À PROPOS DE L'AUTRICE

Nommée par le *Sunday Times* « Autrice de best-sellers », Heidi Swain vit dans le Norfolk avec son mari, ses deux enfants censément adultes et un chat noir facétieux baptisé Storm. Elle est passionnée de jardinage, de la campagne et collectionne tout un bric-à-brac *vintage*.

Vous pouvez suivre Heidi sur Twitter @Heidi_Swain ou vous rendre sur son blog : www.heidiswain.blogspot.co.uk/

La ferme aux alouettes

De la même autrice

Retrouvez les personnages de *La ferme aux alouettes* dans une saga dont les prochains tomes paraîtront bientôt chez HarperCollins Poche.

HEIDI SWAIN

La ferme aux alouettes

Traduit de l'anglais (Royaume-Uni) par
RAPHAËLLE PACHE

Harper
Collins
POCHE

Titre original :
SUMMER AT SKYLARK FARM

Cette œuvre est une œuvre de fiction. Les noms propres, les personnages, les lieux, les intrigues sont soit le fruit de l'imagination de l'auteur, soit utilisés dans le cadre d'une œuvre de fiction. Toute ressemblance avec des personnes réelles, vivantes ou décédées, des entreprises, des événements ou des lieux serait une pure coïncidence.

HARPERCOLLINS FRANCE

83-85, boulevard Vincent-Auriol, 75646 PARIS CEDEX 13
Tél. : 01 42 16 63 63

www.harpercollins.fr

ISBN 979-1-0339-1361-0

À Mary Anne Lewis,
la femme la plus courageuse que je connaisse.

Prologue

À 23 h 57 pétantes, ce vendredi 13 mars, je fouillai dans mon sac pour répondre encore une fois à un appel sur mon portable et, en cet instant, ce moment attendu si impatiemment où je me penchai pour mon premier baiser tant désiré de la journée et alors que les circonstances me le refusaient, je sus que j'avais atteint un stade de ma vie où quelque chose devait tout simplement changer. L'équilibre travail/vie privée n'existait plus, c'en était fini de la spontanéité, de la gaieté, et j'en avais assez.

Bien sûr, j'avais oublié l'éclair aveuglant de l'illumination, la révélation à la Bridget Jones, cet arrêt sur image façon « pile à cet instant-là » quand je me jetai hors du lit, un peu avant 6 heures, le lendemain matin, mais l'idée revint me hanter. Je peux affirmer maintenant, sans l'ombre d'un doute, que ce fut en effet le moment où tout commença à changer.

Chapitre 1

Vendredi 13 mars, 23 h 57

— Non, non, non, ne pars pas, chuchotai-je, en m'étirant sur le lit quand Jake s'assit et entreprit de renfiler son T-shirt. Je n'en ai que pour une minute.

— C'est bon, répliqua-t-il sur le même ton, avec, sur les lèvres, une ébauche de sourire qui n'allait toutefois pas jusqu'à faire pétiller ses yeux. J'ai l'habitude.

Il se pencha, me déposa un baiser sur le front et se dirigea vers la porte, ses oreillers et une couverture ramassée dans le fauteuil coincés sous le bras.

— Désolée, lançai-je tout bas alors qu'il me jetait un ultime regard, avant de s'acheminer silencieusement vers le canapé qui l'accueillait de plus en plus souvent pendant les nuits du vendredi au samedi.

« J'ai l'habitude », avait-il dit. C'était vraiment tragique, non ? C'était affreux qu'il se soit résigné à ce que nos vendredis soir soient interrompus à un moment donné et qu'il soit condamné à dormir sur le canapé, en acceptant l'idée que j'allais travailler jusque tard dans la nuit. Et pour ne rien arranger, j'étais sur le point de découvrir que cette fois-ci, l'interruption était en réalité liée à une erreur de ma part.

Ça n'avait pas été le cas quand mon chef, Simon Hamilton, avait appelé pendant que je rentrais chez moi, puis au cours du dîner et encore une fois en plein milieu du tout premier épisode de *Gardeners' World*[1] (occupation qui, si l'on en croyait Jake, était l'unique manière d'entamer un week-end à partir de mars), mais cette fois-ci la bourde était bel et bien la mienne. Exténuée par une énième semaine de travail acharné, j'avais signé pour les billets de concert qu'un client réclamait avec impatience, attrapé mon manteau, mon sac et filé vers la sortie. Aucune créature saine d'esprit ne voulait être enchaînée à son bureau à 19 heures un vendredi soir, et je ne me suis absolument pas rendu compte que j'avais fourré les billets dans mon sac, en même temps que mon agenda et mon déjeuner à moitié mangé, pendant que je me précipitais vers la porte et courais pour attraper mon bus.

— Amber ? Tu es là ?

— Oui, répondis-je en étouffant un bâillement. Oui, je suis là.

— Donc tu les as ? demanda Simon d'une voix où pointait une impatience inhabituelle. Je pense que oui, parce que j'ai cherché partout ici.

— Désolée, m'excusai-je une nouvelle fois en l'entendant refermer bruyamment des tiroirs et laisser tomber des papiers. Donne-moi juste une seconde, que je jette un autre coup d'œil dans mon sac.

— Et si c'est toi qui les as, l'entendis-je maugréer avant de poser le téléphone sur le lit et d'entreprendre une nouvelle fouille de mes affaires, dois-je t'envoyer un coursier ou peux-tu les apporter toi-même demain matin ?

Pendant quelques secondes, je farfouillai en vain dans l'éventail des poches intérieures de mon sac, puis, ne tenant plus, je renversai tout son contenu sur le lit. Mon cœur se serra quand j'avisai l'enveloppe parmi le tas de cochonneries. Elle était désormais mouchetée de taches peu ragoûtantes de vinaigrette allégée, grâce à une initiative malencontreuse du Tupperware contenant mon déjeuner, qui avait décidé de fausser compagnie à son couvercle. Je ramassai mon téléphone en me mordillant la lèvre.

1. Émission de la BBC consacrée au jardinage. (NdT)

— Oh ! mince, Simon, je suis navrée, marmonnai-je avec une grimace. Oui, oui, ils sont ici. J'irai les porter à la première heure demain matin.

— OK, merci, dit-il, en poussant un soupir de soulagement, à l'évidence bien plus heureux tout à coup. Tout va bien, dans ce cas. Ne t'inquiète pas, Amber. Je sais que la semaine a été infernale. Ça aurait pu arriver à n'importe qui. Je t'attendrai au bureau aux alentours de 9 heures.

Il raccrocha sans me laisser la possibilité de m'excuser pour l'avoir obligé à travailler aussi tard et, après m'être griffonné une note, histoire de ne pas oublier de lui apporter les billets à la première heure le lendemain matin, je remplis à nouveau mon sac, retournai me blottir sous mes couvertures et inhalai l'odeur encore tiède de ma moitié désormais absente. Je brûlais d'aller le rejoindre sur le canapé pour tenter de le ramener dans le lit, mais j'avais le cerveau trop rempli de soucis professionnels pour être en mesure de me détendre correctement, et il n'aurait pas été très juste de le déranger à présent.

Je lançai un coup de poing dans mes oreillers pour leur donner une forme plus propice à l'endormissement, en me répétant que j'aimais mon travail et en m'efforçant d'ignorer la petite voix dans ma tête qui semblait déterminée à me rappeler que cet amour relevait du passé. Depuis presque aussi loin que remontent mes souvenirs, ma carrière avait été ma vie, toute ma vie. Après l'obtention de mon diplôme, j'avais travaillé sans relâche, afin de grimper les échelons, et l'on me considérait à l'heure actuelle dans l'entreprise comme la fille incontournable pour obtenir des billets ou avoir accès à n'importe quel événement très couru, voire à guichets fermés.

La conciergerie d'entreprise haut de gamme, telle était ma spécialité, et j'avais le vent en poupe, mais Dieu seul savait combien je travaillais dur dans ce but. Le seul problème, c'était que, parvenue au sommet, je n'étais plus très sûre de vouloir y rester. Avais-je vraiment envie d'être la fille incontournable ? Soudain, le poste ne m'apparaissait plus comme la panacée.

Je n'avais pas pris de vacances depuis trois ans que j'avais intégré l'entreprise, ni un seul arrêt maladie. Et les interruptions de plus en plus fréquentes, en soirée comme le week-end, commençaient à ne plus m'amuser. Quelque part en cours de route, ma vie s'était vraiment mise à partir en vrille. Six mois plus tôt, je n'aurais jamais commis une erreur aussi stupide avec ces billets, ou quoi que ce soit d'autre d'ailleurs mais, désormais, tout m'apparaissait sous un jour différent, et je n'arrivais pas à m'empêcher de penser que je ne me souciais peut-être pas de tout cela autant que je le devrais.

Autrefois, je levais les yeux au ciel quand mes collègues se plaignaient du déséquilibre qu'il y avait entre leur travail et leur vie privée et qu'ils avaient encore une fois manqué tel spectacle scolaire ou telle fête de famille. Mon travail, c'était ma vie, aucun équilibrage n'était nécessaire. Qu'est-ce que cela pouvait bien faire, si je manquais un énième baptême ou le barbecue que ma mère organisait chaque été ? Je pouvais envoyer assez de paquets de couches en forme de cigogne et de bouquets de fleurs compliqués pour me faire pardonner mon absence.

Du moins le pouvais-je jusqu'à ce que Jake Somerville atterrisse de l'autre côté de mon bureau, dix-huit mois plus tôt, et commence sans le vouloir à inciter mon subconscient à revoir ses priorités. Le processus fut long et lent, je le concède mais, tout à coup, je sentis qu'il n'y avait plus de retour en arrière possible et, pour être tout à fait honnête, je n'en avais plus envie. J'étais prête pour un changement, du moment que c'était vers le mieux, naturellement.

— Amber, permets-moi de te présenter mon petit frère.

J'avais fait pivoter mon siège, la mine consciencieusement renfrognée. Je n'avais pas vraiment de temps, ce matin-là, pour Dan Somerville, le Casanova du bureau et chouchou de tout le monde. J'avais un délai sur le point d'expirer et toujours pas de véhicule pour aller chercher l'un de nos clients européens les plus influents dont l'avion n'allait pas tarder à se poser à Heathrow.

— Jake, voici Amber, déclara Dan en souriant. Amber, voici Jake.

— Salut, lâcha le nouveau venu en souriant lui aussi.

Il me tendit la main.

— Bonjour, répondis-je avec un soupir.

Mais comme je lui jetai un rapide coup d'œil, je dus faire de gros efforts pour ignorer l'irruption inattendue de papillons dans mon ventre.

Après une collision évitée de justesse lors de ma première fête de Noël au bureau, j'avais renoncé à tout ce truc de l'attirance, aux rendez-vous et autres histoires sentimentales. Je ne voulais vraiment pas de ce genre de distraction dans ma vie, pourtant en cet instant, mes pupilles s'étaient écarquillées au-delà de toute raison et mon personnage de reine des glaces entièrement dévouée à sa carrière filait traîtreusement vers la porte.

Je m'empressai de serrer la main de Jake par politesse, pour aussitôt revenir à Dan puis me mettre à feuilleter distraitement les pages de mon carnet d'adresses.

— Tu ne m'avais pas dit que tu avais un frère, marmonnai-je en relevant les yeux, tout en évitant consciencieusement de croiser ceux de l'un ou de l'autre.

— Pourquoi est-ce que je ne suis pas surpris ? s'esclaffa Jake.

Dan rajusta sa cravate et passa une main dans ses cheveux noirs parfaitement disciplinés.

— Eh bien, répliqua-t-il d'une voix où pointait la nuance de sarcasme qui le caractérisait, pour tout te dire, on parle rarement de lui en dehors de la famille. C'est notre mouton noir. Dans chaque famille, il y a un individu qui refuse de se conformer aux règles, non ?

Jake secoua la tête avec bonhomie, et mon regard passa de l'un à l'autre, afin de repérer une quelconque ressemblance, mais je ne trouvai rien qui permette de suggérer le moindre lien entre eux. Dan était un brun ténébreux, alors que Jake était ébouriffé et décidément plus léger dans tous les sens du terme.

— Eh bien, s'il refuse de se conformer aux règles, fis-je avec un sourire, en m'adressant à Dan, mais en osant porter un autre long regard sur Jake, qu'est-ce qu'il fabrique ici ?

Jake fixa sur moi ses prunelles amusées, d'un brun moucheté de noisette.

— CDD, expliqua-t-il. Décroché grâce à la gentillesse pleine de sollicitude de mon frère, histoire de voir comment je m'accommode de l'idée de gagner un salaire de fonctionnaire décent en effectuant un boulot qui correspond à son idée à lui de ce que je devrais faire dans la vie.

— Ce qu'il veut dire, intervint Dan, c'est qu'il a besoin d'argent parce que glandouiller l'a laissé sans un rond et qu'il est tout simplement ravi à l'idée de devenir mon assistant pendant les prochains mois.

— Oui, convint Jake avec un sourire contrit, c'est bien sûr exactement ce que je voulais dire.

Je décidai d'ignorer le sarcasme de Dan.

— Eh bien, je suis enchantée de t'accueillir à bord, répliquai-je avec un sourire. Si tu as besoin d'aide, en quoi que ce soit, n'hésite pas à faire appel à moi.

Je me demandais à quelle vie exactement aspirait Jake.

— Merci, répondit-il avec un nouveau sourire, tandis que son frère l'entraînait à sa suite. Je n'y manquerai pas.

Au cours des semaines qui suivirent cette présentation, il s'avéra qu'il y avait des tas de domaines où Jake avait besoin d'aide. Pour commencer, il lui fallut une visite guidée de nos bureaux, ensuite un rendez-vous à dîner, plusieurs vendredis soir de suite, puis quelqu'un pour prendre la place de cinéma ou de concert en trop qu'il semblait toujours avoir dans sa poche et, en moins de six mois, il avait décidé qu'il avait besoin de quelqu'un avec qui passer tous ses week-ends. Nous formions un couple depuis environ un an et je commençais à oublier ce qu'avait été ma vie avant que Jake n'y débarque.

Dan feignit aussitôt l'ennui et la déception de me voir aussi disposée à répondre aux besoins de son frère, dont le côté un peu négligé n'ôtait rien à l'élégance naturelle. Il faut dire que j'avais décliné à plusieurs reprises ses avances à la fois plus raffinées et plus sophistiquées.

— Si j'avais su que tu allais craquer pour mon petit frère, geignit-il un jour que nous déjeunions tout en travaillant à son bureau, je ne lui aurais jamais suggéré de venir travailler ici. C'est très dur pour moi, tu sais, de vous voir ensemble en permanence.

— Que veux-tu que je te dise ? le taquinai-je, sachant qu'il était bien loin d'avoir le cœur brisé, comme il aimait le faire croire. « Le cœur a ses raisons que la raison ignore. » Et puis, en fait, si tu penses avoir envie de moi, c'est juste parce que je me refuse à toi.

Au cours des quelques jours qui suivirent, « l'arrêt sur image : envie de tout quitter » fut relégué aux confins de mon esprit, mais pas totalement oublié pour autant. Cependant, comme mon agenda professionnel était plus que frénétique et requérait une attention pleine et entière, ma loyauté continuait à s'exercer principalement envers mon travail, même si mon cœur avait commencé à quémander une pause. Je prenais de plus en plus conscience que mes chances d'obtenir un jour de congé s'éloignaient sans cesse davantage, sans même parler de partager cette journée avec quelqu'un, et ce constat me perturbait bien plus que jamais auparavant.

À dire vrai, je ne pouvais m'empêcher d'être un peu jalouse de Jake qui avait eu le bon sens de prendre les congés auxquels il avait droit. Il séjournait pour quelques jours chez sa vieille tante célibataire, afin de lui donner un coup de main à la Ferme aux Alouettes. Je savais donc qu'il reviendrait ragaillardi et prêt à affronter tous les obstacles que la vie lui opposerait, tandis que de mon côté, je m'enfonçais lentement.

La pression constante et les changements de dernière minute dans les projets conçus pour mon prétendu temps libre – ce qui le plus souvent signifiait leur abandon complet – commençaient vraiment à peser lourd. Je savais que quelque chose devrait céder bientôt et l'absence de Jake, du bureau comme de mon appartement, ne contribuait guère à améliorer mon humeur.

J'étais habituée à ce qu'il passe un week-end par mois à la ferme, mais le fait qu'il ait arrêté de me demander si j'aimerais l'y accompagner fit retentir une sonnette d'alarme dans mon cœur. Je compris que si je ne faisais pas attention, je risquais de perdre bien plus que mes perspectives de carrière. J'étais une moitié de ce qui était une relation très heureuse, et il était temps de trouver un moyen de faire de nouveau pencher la balance en ma faveur.

Chapitre 2

La cuisine de mon petit appartement londonien était ma pièce préférée. L'un de ses murs était entièrement occupé par un pan lisse et ininterrompu de placards blancs étincelants, des coins à l'arrondi doux et une cuisinière immaculée de couleur foncée qui n'avait jamais rien fait réchauffer, pas même une conserve de haricots. L'endroit était le rêve incarné de tout cuistot citadin et je savais que, si jamais je décidais de vendre ma demeure, cet espace sophistiqué sans la moindre imperfection serait le couronnement de l'exposé de mon agent immobilier.

Même si Jake et moi passions presque toutes nos soirées ensemble chez moi, j'avais toujours insisté pour que nous mangions dehors ou que nous commandions des plats chez un traiteur. Par conséquent, les odeurs et le bruit qui me réveillèrent le samedi matin suivant, lesquels provenaient à n'en pas douter de la cuisine impeccable susmentionnée, me procurèrent des frissons le long de l'échine et je traversai l'appartement en un sprint dont seul Usain Bolt en personne aurait pu me disputer la victoire.

— Bon sang, Jake, qu'est-ce que tu fabriques ? hurlai-je pour couvrir le bruit de la radio.

Je tournai le bouton du volume, que je fis passer d'un niveau capable de vous donner des acouphènes au silence complet, et contemplai le carnage, bouche bée. Des coquilles d'œufs, des pieds de champignons, des paquets de bacon abandonnés et tout un assortiment de boîtes de conserve vides jonchaient les surfaces jusque-là si propres.

— J'en conclus que tu n'as jamais entendu parler de grille antiprojection ? constatai-je en fronçant les sourcils.

— Oh ! tu es réveillée ! fit Jake, un sourire rayonnant aux lèvres. Je voulais te faire une surprise.

Il délaissa son poste graisseux pour me serrer dans ses bras.

— Ça, pour une surprise, c'est une surprise, grommelai-je en m'extirpant de ses bras afin de m'avancer un peu plus. Pourquoi tu ne m'as pas appelée pour m'annoncer que tu étais rentré ? Je savais que tu revenais ce week-end, mais j'aurais bien aimé savoir quand exactement.

Je fronçai les sourcils, irritée. L'excitation liée à son retour avait été douchée par le désordre qu'il avait causé, et ce constat m'agaçait.

— Désolé, répliqua Jake avec désinvolture. Comme je te l'ai dit, je voulais que ce soit une surprise.

Sur quoi, il tira une chaise à mon intention. L'attention était adorable, mais je ne me sentais toujours pas prête à lui pardonner la désorganisation de ma cuisine.

— Viens t'asseoir, proposa-t-il pour m'amadouer. Laisse-moi finir de préparer le petit déjeuner et je te raconterai ce qui se passe.

— Je n'avais pas compris qu'il se passait quoi que ce soit de particulier, bougonnai-je, refusant de m'asseoir. Si l'on excepte, bien entendu, le fait que tu aies été en vacances et que tu sois revenu pour transformer ma cuisine bien-aimée en un boui-boui !

— Oh ! Amber, me taquina Jake en déchirant avec ses dents la cellophane qui couvrait mes tout nouveaux ustensiles en acier, arrête de faire des chichis et fais chauffer la bouilloire si tu ne veux pas t'asseoir. Pour moi, ce sera du thé, avec deux sucres au lieu d'un, s'il te plaît. J'ai besoin d'un petit réconfort supplémentaire, après tout le travail que j'ai accompli à la ferme !

Une fois qu'il eut fini de cuisiner et m'eut fièrement présenté ce qui ressemblait à une assiette de graisse, je fus bien obligée de picorer dans la nourriture, en prenant bien soin de tourner ostensiblement le dos au capharnaüm. J'avais insisté pour qu'il me prépare des toasts plutôt que du pain frit et ouvert la fenêtre afin de chasser au moins un peu l'odeur, mais sans grand succès. Jake se munit gaillardement de sa fourchette dans une main et serra mon poignet de l'autre. Comme je l'avais prédit, il paraissait incroyablement joyeux et reposé.

— Alors, lâcha-t-il enfin, comment ça s'est passé, au travail ? J'espère que mon frère n'a pas profité de mon absence pour te pourchasser à travers le bureau ?

— Non, bien sûr que non, répondis-je d'un air désapprobateur. Et en ce qui concerne le travail, ça a été…

— Comment ?

Je poussai un long soupir et entrepris d'émietter les restes de mon toast sur mes haricots.

— Donne, il ne faut pas gaspiller, reprit Jake en se renfrognant.

Il s'empara de mon assiette pour l'approcher de lui. Je ramassai quelques miettes égarées sur les boutons de mon pyjama et me rassis sur ma chaise, tout en cherchant les mots adéquats pour décrire ma semaine de travail.

— Ça a été assez affreux, en fait, lâchai-je avec un soupir.

Si je n'avais pas été aussi surprise par mon propre aveu, j'aurais éclaté de rire en voyant Jake assis là, la fourchette en suspens et la bouche grande ouverte, mais c'était comme si je sentais de grosses larmes me picoter le fond des yeux et je secouai la tête avec dédain.

— « Affreux » en quel sens ? finit-il par demander.

Il paraissait tout aussi choqué que moi.

— Oh ! je ne sais pas, répondis-je avec désinvolture. J'ai sans doute formulé ça d'une façon trop dramatique. C'était juste bizarre que tu ne sois pas à mes côtés. Il faut croire que je me suis habituée à t'avoir dans ma vie.

Jake reposa son couteau et sa fourchette dans son assiette, les repoussa et attrapa mon autre main.

— Je parie que tu as abattu bien plus de travail, en revanche. Je me trompe ? suggéra-t-il avec un sourire d'encouragement, destiné à n'en pas douter à me remonter le moral. Je parie que tu t'es demandé comment tu t'en étais sortie pendant aussi longtemps avec moi sans arrêt dans tes pattes. Eh bien, ça ne sera plus un problème pour très longtemps.

— Pour ne rien te cacher, ajoutai-je dans un soupir, sans que ses paroles impriment leur marque pour le moment, j'avais l'impression de revivre ce que je vivais avant que tu n'arrives et je me suis rendu compte… (Je sentis ma gorge se nouer.) J'ai compris que je n'aimais plus ce genre de vie. Je crois que j'en ai assez de mon travail, de mes horaires de folie et de cette pression continuelle. Je crois qu'il est temps pour moi de commencer à chercher quelque chose qui soit moins… tu sais… intense.

Nous restâmes assis sans rien dire pendant de longues secondes. Au cours des quelques instants qui avaient précédé mon endormissement chaque nuit de la semaine précédente, les seuls moments vraiment privés que j'aie eus, j'avais retourné la question dans ma tête et j'étais arrivée à la conclusion qu'il n'y avait en réalité aucun moyen de faire pencher de nouveau la balance du bon côté en restant au poste que j'occupais.

Impossible de nier le fait que ma position requérait un engagement total. Cependant, jusqu'à ce que je prononce les mots à haute voix, je n'avais pas vraiment pensé que je pourrais être assez courageuse pour chercher à y remédier. Je m'étais dit que j'allais sans doute balayer ce constat sous le tapis et persévérer contre vents et marées.

— Qu'est-ce que tu veux dire par : « ça ne sera plus un problème pour très longtemps » ? demandai-je soudain, maintenant que les paroles de Jake, qui avaient réussi à s'infiltrer jusqu'à mon cerveau, me tiraient brusquement de mes rêves de changement de vie. Où est-ce que tu vas ?

Le but, en prenant du recul et en réexaminant ma vie, c'était de comprendre comment y réintégrer Jake. Ma relation avec lui et ma crainte de la détruire étaient les seules raisons de cette remise en question et de ces changements potentiels. Ajoutées à ma peur de me consumer complètement. Mon ventre se noua quand je compris que j'avais peut-être mal interprété l'importance que Jake accordait à notre relation.

— Je vais habiter à la Ferme aux Alouettes, expliqua-t-il, tout penaud. J'y songe depuis un moment, et il s'est passé quelque chose qui m'a forcé un peu la main. C'est le seul endroit où je me sois jamais senti vraiment chez moi, donc j'ai décidé d'aller m'y installer pour de bon.

— Mais je ne comprends pas ! m'exclamai-je. Je croyais que ton week-end mensuel là-bas te suffisait. Je croyais que, Annie et toi, vous arriveriez à cogérer l'endroit de cette façon.

— Plus maintenant, répliqua Jake, qui ne se souciait plus du tout du choc qu'il me causait. Les choses ont changé. Annie se fait vieille et, même si elle refuserait de l'admettre, elle a besoin de plus d'aide, d'une aide véritable, à temps plein. C'était censé jouer le rôle d'un petit indice, ajouta-t-il en désignant les assiettes, contrit. Tu sais, un bon vieux petit déjeuner fermier à l'anglaise, mais je me suis plus ou moins débrouillé pour tout rater. En fait, ce n'est pas du tout la façon dont j'avais l'intention de t'en parler.

Jake m'avait tout raconté sur Annie, sa tante bien-aimée et sa Ferme aux Alouettes dans les plats Fenlands de l'est de l'Angleterre. En fait, après chaque week-end passé là-bas, il revenait frémissant de nouvelles sur les rendements agricoles et les œufs de poule.

Enfant, il avait passé toutes ses vacances scolaires avec elle, à nourrir les poulets et à ramasser des pommes, et il n'avait jamais fait mystère du fait qu'il rêvait d'aller s'y établir définitivement un jour. C'était, je l'avais découvert, la tournure qu'il comptait vraiment donner à sa vie et que Dan désapprouvait du fond du cœur, mais je ne m'étais pas rendu compte qu'il l'envisageait pour un avenir aussi proche.

De façon révélatrice, Dan n'avait jamais passé une seule nuit à la ferme. Apparemment, il préférait des vacances calmes et raffinées plutôt que se salir les mains et pelleter… Bref, vous saisissez l'idée.

— Et tu as projeté ça pendant ton absence ? demandai-je.

— Oui, confirma Jake. Annie a fait une petite chute, quand j'étais là-bas, rien de grave, mais le toubib l'a mise dans tous ses états en lui demandant si elle ne songeait pas à vendre et à déménager en ville. Quand il est parti, elle était complètement paniquée. Alors je lui ai dit qu'il était temps qu'elle se fasse aider. Elle n'admettra pas qu'elle a besoin de soutien, bien sûr, mais elle est terrifiée à l'idée de perdre la ferme et elle sait que je ne laisserai jamais ce malheur se produire. J'ai juste eu le sentiment que la conclusion s'imposait : je lui ai proposé d'emménager là-bas.

— Donc tu y vas, c'est sûr ? Elle n'a personne d'autre à qui demander ?

— Non, répondit Jake sans s'embarrasser de circonvolutions.

— Oh ! lâchai-je, je vois.

— Elle sait depuis toujours à quel point j'aime cet endroit et n'a jamais caché qu'il serait à moi un jour. Comme je ne veux pas qu'elle ait à déménager, c'est la solution idéale. Et puis, pour tout te dire, j'en ai assez de recevoir des ordres de mon frère.

— Oh ! répétai-je. D'accord.

Je pouvais comprendre que Jake en ait assez de son travail et que, pour sa tante et lui, son déménagement soit une étape tout à fait logique, mais j'étais bien obligée de me demander quelle place exacte m'était dévolue dans ce projet. Si Jake allait bel et bien s'établir si loin, autant lui dire adieu et garder mon poste, parce que je n'arrivais pas à imaginer comment notre relation parviendrait à survivre à un changement aussi énorme. J'ouvrais la bouche pour lui exprimer le fond de ma pensée, mais Jake me devança. Il avait un sourire accroché aux oreilles et pas du tout l'air de qui s'apprête à sonner le glas d'une relation.

— J'ai vraiment envie que tu m'accompagnes, Amber, fit-il avec un sourire rayonnant. Et vu tout ce que tu viens de m'avouer, on dirait bien que c'est le moment idéal !

Chapitre 3

Inutile de préciser que je déclinai sur-le-champ la suggestion de Jake, farfelue, quoique gentille. Je lui répondis que je lui étais reconnaissante de sa proposition, que je l'aimais de tout mon cœur et que, si telle était sa destinée, notre relation survivrait aux changements qu'elle était sur le point d'affronter, même si, tout au fond de moi, je n'en étais pas sûre du tout.

— Tu sais que je suis une citadine, lui rappelai-je en nouant les bras autour de son cou avant de l'embrasser. Je ne crois pas être capable de supporter la vie à la campagne, c'est aussi simple que ça. Déjà que je ne sais pas gérer le bazar que tu as mis dans ma cuisine, imagine comment je réagirais devant une cour de ferme boueuse et des traces de terre partout dans la maison.

— Je te signale que la cuisine d'Annie est d'une propreté impeccable, marmonna Jake, la voix lourde de déception. Et il est absolument interdit de faire rentrer de la boue à l'intérieur de la maison. C'est le genre d'endroit où les bottes en caoutchouc doivent obligatoirement être quittées dans l'entrée.

— Bon, tu vois ce que je veux dire, répliquai-je en secouant la tête. Et par ailleurs, qu'est-ce que je fabriquerais là-bas ?

— Comment ça ?

— Question travail, précisai-je. Je suppose qu'il ne doit pas y avoir beaucoup de demandes pour des compétences de conciergerie en entreprise aussi pointues que les miennes à Wynbridge. Je me trompe ?

Jake m'avait décrit Wynbridge comme une petite bourgade rurale typique, avec deux églises, une place du marché, un musée, quelques pubs et boutiques ainsi qu'un salon de thé assez agréable. Le tableau paraissait en fait assez idyllique pour un week-end, mais pas exactement regorger de potentialités professionnelles et de débouchés pour que je mène le genre de vie auquel j'étais accoutumée.

— Je me disais que tu pourrais donner un coup de main à la ferme, suggéra Jake, la voix pleine d'espoir. Pour s'occuper du bétail et ce genre de choses.

— « Pour s'occuper du bétail et ce genre de choses » ! m'esclaffai-je. Tu as complètement oublié qui j'étais ? Je ne me suis même jamais occupée d'un hamster.

— Oh ! c'était juste une idée, répliqua-t-il en haussant les épaules. Concernant les opportunités professionnelles, tu viens de dire que tu avais envie de changer.

Je souris et lui déposai un baiser sur la joue.

— Oui, eh bien, merci pour la proposition. Mais il y a une différence entre « autre chose » et « totalement à côté de la plaque ». À mon avis, tu sais où se situe ta suggestion !

Mon refus ferme et définitif ne m'empêcha toutefois pas de glisser le dernier numéro de *Country Living*[1] dans mon sac de courses, ni d'examiner avec attention la dernière gamme de chemisiers et de bottes en caoutchouc à jolis motifs proposés chez Joules. Le style campagnard pouvait être chic, en effet, décrétai-je en faisant défiler mon écran pendant une minute volée à ma pause déjeuner.

Pendant quelques secondes étourdissantes, je fus à deux doigts de m'imaginer en train de faire cuire un gâteau dans une cuisine de style Shaker et de créer une décoration pour

1. Mensuel consacré à la rénovation, la décoration intérieure, le bricolage et le style de vie campagnards. (NdT)

la table de la salle à manger, avec quelques fleurs sauvages et des bocaux Kilner à la Kirstie Allsopp[1].

Percevant un bruit de pas dans mon dos, je m'empressai de revenir à la page d'accueil de l'entreprise et fourrai le magazine dans un tiroir. C'était Jake.

— J'ai une proposition à te faire, lâcha-t-il en s'adossant au bureau pour me dévisager de son regard noisette si séduisant.

— Ah bon ? fis-je avec un sourire. Une autre ? Vas-y.

Je fis courir mes doigts le long de sa cuisse.

— Le week-end prochain, je veux que tu m'accompagnes à la Ferme aux Alouettes. J'y vais pour deux jours, histoire de voir comment Annie se porte, avant de m'installer là-bas pour de bon et je voudrais que tu voies cet endroit avant de refuser.

— J'ai déjà refusé ! lui rappelai-je. Et de toute façon, qu'est-ce que j'y gagne ?

— Eh bien, voyons voir, répondit Jake avec un sourire. Pas grand-chose en fait, à part la possibilité de changer de vie, évidemment. L'opportunité de vraiment faire ce « quelque chose de complètement et de profondément différent » que tu as affirmé vouloir trouver.

Impossible de ne pas admirer sa persévérance et je devais admettre que, grâce aux magazines sur papier glacé et aux catalogues en ligne, je sentais bel et bien ma détermination commencer à faiblir. En tout cas, je ne risquais rien à jeter un rapide coup d'œil à cet endroit. Au pire, cette petite escapade m'éloignerait quelques heures de mon bureau et me donnerait le temps de réfléchir vraiment – et sans être interrompue – à toutes les questions qui me taraudaient.

— Je ne suis pas sûre, répondis-je en me mordillant la lèvre, alors qu'en réalité je me sentais plus sûre de moi à chaque seconde qui passait.

1. Présentatrice de télévision britannique. (NdT)

— Il s'agit de deux jours seulement, insista-t-il. C'est tout. Tu peux quand même arriver à couper le cordon le temps d'un petit week-end de rien du tout, non ?

Je sentis un élan d'enthousiasme inattendu bouillonner en moi.

— OK, c'est bon, capitulai-je. J'en parlerai à Simon pour voir s'il n'y a pas quelque chose de prévu, je ne te promets rien encore.

— Amber, tu tombes à pic ! lança Simon, tout sourires, en me voyant approcher de son bureau. Tu ne pouvais pas arriver à un meilleur moment, en fait. J'étais justement sur le point d'aller te chercher.

— Si c'est à propos des dispositions prises concernant l'événement de polo, tout est arrangé, répliquai-je. J'ai réussi à réserver un jet pour faire partir l'heureux couple, et tous les documents les attendront à leur atterrissage.

— Génial, super, me félicita-t-il en m'invitant à m'asseoir pendant qu'il s'installait dans l'autre fauteuil, derrière son vaste bureau. Je n'ai jamais douté que tu réussirais, mais je voulais te parler d'autre chose, en fait.

Nerveuse, je m'éclaircis la gorge et me mordillai la lèvre, tout en repassant mentalement ma liste de tâches, afin de m'assurer que rien ne clochait. Non, tout était en ordre.

— J'ai une proposition à te faire, annonça-t-il.

— Ah bon ? fis-je en souriant.

Une autre proposition… Celle de Jake fut aussitôt refoulée dans un coin de mon esprit, mon ancien sens de la déontologie refaisant surface et l'envoyant temporairement en touche.

— C'est une évidence, reprit Simon dans un murmure, mais je préfère te le rappeler : tout ce qui se dit entre ces murs reste entre ces murs, n'est-ce pas ?

— Bien sûr, acquiesçai-je. Tout à fait.

J'avais vu beaucoup trop de membres du personnel déguerpir avec le carton de leurs affaires à la fin d'une semaine de travail pour ignorer les conséquences d'une infraction aux règles et j'étais bien plus professionnelle que ça.

— D'accord, fit Simon en me scrutant attentivement. Alors voilà : j'ai l'intention de développer l'entreprise et d'ouvrir un autre bureau.

Je pris une profonde inspiration et tentai de masquer ma surprise.

— Génial, balbutiai-je.

Un autre bureau, peut-être situé plus au nord, nous serait certainement utile quand nous serions soumis à une grosse pression.

— Liverpool ou Manchester ? demandai-je après avoir passé en revue les options les plus probables. À moins qu'il ne s'agisse de Newcastle ?

J'étais déjà en train de réfléchir à la manière censément la plus facile de m'y rendre, si je devais effectuer un déplacement là-bas.

— Dubaï, se contenta de lâcher Simon.

— Dubaï ! m'écriai-je.

Dubaï était le dernier endroit que je m'attendais à entendre mentionner par Simon. Il n'avait jamais évoqué le désir d'un développement à l'international mais, bon, pourquoi en aurait-il discuté avec moi ?

— Je projetais d'y partir moi-même, poursuivit-il. Au début pour quelques mois, trois sans doute, juste pour m'assurer que tout était en place et prêt à démarrer, mais j'ai dû réviser mes plans. Caroline est enceinte, m'annonça-t-il avec un coup d'œil plein de fierté sur la photo de son éblouissante femme. Je ne peux absolument pas l'obliger à voyager dans son état, et il est hors de question que je la laisse seule ici.

— En effet, approuvai-je avec un sourire. Waouh ! Félicitations, c'est une merveilleuse nouvelle. Tu dois être enchanté.

Caroline était une femme élancée, d'une élégance et d'une sophistication folles, et la plus gentille personne que je connaisse. J'avais été terrifiée quand je l'avais rencontrée, la première fois, si bien que je m'étais totalement trompée sur son compte. Je lui avais fait l'injure de me la figurer comme l'épouse de patron typique : hautaine, condescendante et distante. En réalité, elle n'était rien de tout cela.

— Je le suis, en effet, confirma Simon, rayonnant. Cependant, cette nouvelle donne laisse le bureau de Dubaï sans directeur et je suis en train de chercher quelqu'un pour y aller à ma place.

— Que penserais-tu de Dan ? suggérai-je, sachant que celui-ci arracherait la main de Simon s'il lui offrait la possibilité d'aller se faire dorer la pilule quelques mois au soleil. Il serait parfait pour le poste.

— En fait, Amber, je pensais à toi.

— À moi ? croassai-je.

— Oui, confirma Simon. Pour diriger tout le truc. Tu aurais une petite équipe sous tes ordres et, même si je ne peux pas te proposer concrètement une augmentation, tes vols, logement et dépenses seraient tous pris en charge. Qu'est-ce que tu en penses ?

Les secondes filaient et je ne parvenais pas à trouver quoi répondre. J'avais frappé à la porte de Simon pour lui poser une question toute simple – pouvais-je passer deux jours à la Ferme aux Alouettes ? – et avant que je n'aie eu le temps d'en lâcher le premier mot, on m'offrait l'opportunité de travailler trois mois à Dubaï avec une équipe sous mes ordres.

Sur le plan professionnel, chaque parcelle de mon être avait envie de signer mais, sur le plan personnel, je pensais à la charge de travail, à Jake et à la promesse que je lui avais faite d'envisager la ferme comme ma future maison. J'allais ouvrir la bouche pour répondre : « Merci, mais non », quand Simon me devança.

— Ne me donne pas ta réponse tout de suite, déclara-t-il. Pourquoi ne prendrais-tu pas le week-end pour y réfléchir ? Tu me feras savoir ce que tu en penses la semaine prochaine ?

— Tu es sûr ?

— Tout à fait, insista-t-il. Je n'arrive pas à me rappeler la dernière fois où tu as pris un congé.

J'eus envie de lui rappeler que je n'en avais jamais pris, mais son incroyable proposition suggérait qu'il était tout à fait conscient de mon labeur acharné depuis que j'étais entrée dans l'entreprise.

Je me levai pour partir, plutôt satisfaite de moi. Sans trop savoir comment, j'avais réussi à tout obtenir : le week-end que je voulais passer avec Jake et l'offre d'un poste de rêve à Dubaï à laquelle réfléchir.

— Mais s'il te plaît, je t'en prie, n'oublie pas que tu ne dois, sous aucun prétexte, en parler à qui que ce soit, me rappela Simon.

Chapitre 4

Le reste de la semaine se déroula dans une espèce de brouillard. Pendant la journée, j'avais Jake qui me rappelait d'emporter mes affaires de pluie (pas très encourageant) et, pendant la nuit, je ressassais la perspective d'un balcon au calme et la possibilité de bronzer sans marques de maillot (extrêmement séduisant).

Je n'arrivais pas à me débarrasser de l'impression que taire à Jake la proposition inopinée de Simon était un poil sournois et que notre voyage à la Ferme aux Alouettes s'en trouvait quelque peu entaché, mais Simon avait bien insisté : je ne devais pas discuter de la situation avec qui que ce soit. Ce fut donc avec cette justification en tête que je reléguai mon sentiment de culpabilité dans les tréfonds de mon esprit et continuai à préparer mes bagages.

Pour justifier encore mon discutable mensonge, je me dis que même Mme Soleil n'aurait pu prévoir les propositions qui s'étaient soudain bousculées dans ma vie et que je me devais à moi-même, tout autant qu'à Jake et Simon, de réfléchir très sérieusement avant de m'engager dans un sens ou dans l'autre.

— Je te retrouve à la gare, me rappela Jake pour la millième fois, avant de mettre les voiles, ce vendredi matin-là. Tout ce que tu as à faire, c'est de descendre à Peterborough. Je t'y attendrai.

— J'ai déjà pris le train, répliquai-je. Et parfois, j'ai même réussi à faire un aller-retour toute seule.

— OK, OK, ne fais pas ta maligne avec moi, s'esclaffa-t-il. Je veux juste que tout soit parfait, c'est tout.

— Ne t'inquiète pas, le rassurai-je en le serrant fort dans mes bras. Rien ne viendra gâcher cette aventure.

Pourtant, moins de deux heures plus tard, toute l'aventure tombait à l'eau. La matinée du vendredi matin n'était pas encore terminée qu'il devenait de plus en plus improbable, à chaque seconde qui passait, que je revoie mon lit au cours des quarante-huit heures à venir, sans même parler de sauter dans un train pour Peterborough afin de jouer à la fermière pour le week-end.

— Je t'en prie, Simon, lui répétai-je, ne t'inquiète pas. Transmets juste mes amitiés à Caroline et ne t'inquiète de rien. Tout est sous contrôle ici, donc tu n'as absolument rien à faire.

Quelques minutes seulement après le départ de Jake, Simon avait appelé pour m'annoncer que Caroline ne se sentait pas bien et qu'il l'emmenait à l'hôpital. Il était totalement paniqué, car il avait promis de superviser personnellement les divertissements que nous avions planifiés pour ce week-end en l'honneur des invités de *Fast Ladies*, l'émission de début de soirée préférée des Anglais. Ces femmes avaient une réputation de sacrées fêtardes et, si elles étaient livrées à elles-mêmes, Simon était convaincu que le week-end entier virerait au cauchemar et qu'on se retrouverait à en endosser la responsabilité ainsi qu'une facture salée et une inévitable poursuite judiciaire.

— Tu es vraiment certaine que ça ne te dérange pas, Amber ? demanda encore une fois Simon. Ça m'embête que tu renonces à ce que tu as prévu.

— Tout va bien, lui confirmai-je, en sentant mon cœur se briser un peu plus à chaque seconde. Il n'y a rien que je ne puisse reprogrammer.

Je mis rapidement un terme à l'appel, attrapai mon portable et me jetai sur le canapé. Avec une boule de la taille d'une balle de golf logée dans la gorge, je composai le numéro du portable de Jake, en cherchant à me figurer l'étendue de sa déception quand je lui annoncerais la nouvelle. Je l'appelai au moins une dizaine de fois, mais bizarrement, la connexion refusa de se faire et je ne pus ni téléphoner ni laisser un message à la ferme, parce que je n'avais pas pensé à en demander le numéro à Jake. Je tentai de le joindre encore plusieurs fois, toutefois vu que l'heure tournait, je n'eus bientôt plus d'autre choix que d'envoyer un texto sur son portable pour l'instant injoignable, afin de lui présenter mes excuses les plus sincères quoique les plus terriblement inadéquates, puis de me mettre au travail en croisant les doigts pour qu'au moins l'un de mes messages lui parvienne.

Je cherchai de nouveau à contacter Jake ce week-end-là, mais son téléphone demeura muet et je ne reçus aucune réponse à mes différents textos. Je redoutais d'imaginer ce qu'il devait penser de la situation, même si le fait qu'il n'ait pas tenté de me rappeler m'en donnait une vague idée.

J'étais prostrée sur le canapé quand il regagna l'appartement, de bonne heure le lundi matin. Le sol était jonché des journaux du dimanche, dont une grande partie montrait les excès de mon week-end dans toute leur gloire tape-à-l'œil. On me voyait sur deux des clichés. J'étais la fille à l'arrière-plan qui essayait de faire tenir plusieurs femmes debout et les aidait à conserver un semblant de dignité et de bienséance. Si l'on en croyait les gros titres, j'avais échoué.

Simon m'avait téléphoné et réveillée, soulagé et reconnaissant, juste après 7 heures. Il était enchanté de mes efforts et le coup d'œil qu'il avait jeté aux journaux lui permettait d'affirmer que sans moi, ça aurait été mille fois pire. Il ajouta que je n'avais pas besoin d'arriver tôt au bureau et que Caroline allait bien. Ses crampes ne s'étaient avérées rien de plus graves que des gaz emprisonnés, ce qui était littéralement autant un soulagement qu'une source d'embarras. Comme on l'imagine, j'étais ravie.

*

— Bon alors, lança Jake en lâchant son sac dans l'entrée et en regardant les torchons, d'ordinaire interdits, qui entouraient mon canapé. Qu'est-ce qui t'est arrivé, bon sang ?

Je me redressai et le dévisageai attentivement. Si c'était le résultat qu'avaient deux jours de bon air sur un homme, je brûlais de le découvrir après un mois là-bas.

— Tu avais oublié d'emporter un rasoir ? demandai-je plus pour détendre l'atmosphère que pour plaisanter.

— Pardon ?

— La barbe de trois jours te va bien.

— Amber, me coupa-t-il en fronçant les sourcils, tu étais où ? Je t'ai attendue une heure à la gare, mais il a fallu ensuite que je retourne à la ferme. Annie ne se sentait pas très bien, et je n'avais pas envie de la laisser pour faire des kilomètres en quête de réseau. Je me suis fait un sang d'encre.

— Je t'ai laissé plein de messages ! protestai-je en bondissant pour attraper mon téléphone. Je t'ai envoyé des milliers de textos, vendredi. Tu n'en as reçu aucun ?

— À ton avis ?

— Mais ils ont bien dû passer, insistai-je. Je t'y expliquais ce qui se passait et pourquoi je ne pourrais pas venir. Tu as dû les recevoir dès que tu as capté du réseau !

— Eh bien, comme je te le dis, je ne les ai pas vus.

— Pourtant je te les ai envoyés, m'entêtai-je, avant de sentir mon assurance s'évanouir quand je découvris le message d'« échec d'envoi ». Oh ! mon Dieu ! Je suis désolée. Tiens, lis-les maintenant.

— Je n'en vois pas l'utilité, répliqua-t-il dans un haussement d'épaules. Je vais prendre une douche.

Bien que nous foncions tête baissée vers ce qui semblait être un printemps exceptionnellement doux, l'atmosphère dans l'appartement, et même au travail quand Jake et moi nous trouvions dans la même pièce, était résolument glaciale. Jake préparait son départ pour la Ferme aux Alouettes, un projet qui, à en juger par ses silences prolongés, ne m'incluait plus, à l'évidence. Et Dan passait autant de temps qu'il l'osait à essayer de convaincre son frère que ce serait sans doute préférable pour tout le monde si Annie vendait et déménageait dans un endroit où il y aurait quelqu'un pour veiller sur elle pendant ses vieux jours. Inutile de préciser que Jake faisait tout son possible pour éviter de communiquer avec chacun de nous deux.

J'avais eu de nombreuses occasions de m'excuser pour ce qui s'était passé et j'en étais venue à employer mes soirées vides et silencieuses à réfléchir au poste à Dubaï. Internet montrait des cieux infinis, des plages vierges et une véritable promesse de ce bronzage intégral dont je rêvais. Quelques mois plus tôt, ce simple paysage aurait suffi à me faire sauter de joie, mais ce n'était plus le cas.

Quand j'éteignais l'écran et vidais mon esprit de ces plages virginales et de ces cieux céruléens, j'avais simplement besoin de repenser au week-end que je venais de sacrifier pour savoir que la présence d'une équipe à mes côtés ne signifierait pas forcément que j'aie la possibilité de déléguer. Non que je sois une maniaque du contrôle ou quoi que ce soit du genre, mais Simon si, et le week-end *Fast Ladies* en était le parfait exemple. Il y avait des tas d'autres gens à qui il aurait pu faire appel pour le remplacer, mais c'était à moi qu'il s'était adressé.

Je suppose que j'aurais dû être flattée. J'avais passé des années à rêver de ce que l'on éprouvait à se savoir indispensable, cependant à présent que je l'étais réellement, la sensation était loin d'être aussi excitante que je me l'étais figurée.

Et ça, me répétais-je, c'était dû au fait que pendant toutes les années passées à rêver et à m'échiner, je n'avais pas Jake Somerville dans ma vie. À ce moment-là, je n'étais ni amoureuse ni aimée non plus. Étais-je vraiment sur le point d'abandonner tout ce que nous partagions pour un bronzage intégral qui me ferait sans doute plus de mal que de bien ?

Jake m'offrait exactement ce que je lui avais dit vouloir : la chance de faire quelque chose de complètement et de profondément différent de ma vie. Ajouté à ce premier avantage, il y avait la perspective séduisante d'avoir des horaires de travail bien plus compatibles avec une vie sociale et la possibilité de prendre quelques week-ends de congé pour passer vraiment du temps avec lui.

Je n'avais pas besoin de jeter un œil sur la date surlignée en rouge dans mon agenda pour savoir que Jake était censé partir dans quelques jours seulement, ni non plus de regarder la petite étoile autocollante dorée que j'avais utilisée pour marquer le fait que Simon attendait une réponse de ma part aussi vite que possible. Il était temps de prendre une décision.

Chapitre 5

— Eh bien, Amber, fit Simon en me souriant. Tu es une femme pleine de surprises !

Il me faisait face, assis à son bureau, et je lui rendis son sourire. L'impact et la réalité de ce que j'avais décidé commençaient seulement à me parvenir.

— Pour te dire la vérité, admis-je en m'éclaircissant la gorge, c'est un choc au moins aussi grand pour toi que pour moi.

— Je ne peux pas nier que te voir nous quitter m'accable, ajouta-t-il en secouant la tête. Je ne pense pas que qui que ce soit de ma connaissance soit jamais parti réaliser un rêve d'idylle rurale. Des tas de gens en parlent, bien sûr, mais personne ne l'a encore mis en application. Plus souvent qu'à leur tour, ils se contentent au mieux d'un jardin ouvrier.

— Oui, je sais. C'est un sacré changement, n'est-ce pas ?

— Juste un peu, ironisa Simon, avec un hochement de tête pensif. Mais tu es certaine que c'est vraiment ce que tu veux, n'est-ce pas ? Je veux dire, tu n'es pas encore en train de ruminer ce qui s'est passé le week-end dernier ?

— Non, bien sûr que non, affirmai-je. Absolument pas. Ni toi ni moi n'aurions pu y changer quoi que ce soit.

— C'est un changement tellement radical par rapport à… eh bien, tout, insista Simon, les sourcils froncés. Je ne t'ai jamais vue comme une amatrice de grand air et le fait que tu plies bagage sans même avoir visité cet endroit ou rencontré la femme avec qui tu vas vivre…

— Je sais, l'interrompis-je. Je sais.

Je ne voulais pas que Simon répète encore une fois à quel point mon projet lui semblait fou. Il avait été la gentillesse même en m'accordant de partir pratiquement sans préavis, étant donné que je n'avais jamais pris de vacances, mais je vacillais dangereusement, à deux doigts de changer d'avis. Après avoir passé des heures à organiser la location de mon appartement et à décider quand et comment faire une passation de poste officielle, je n'avais vraiment pas l'énergie de tout défaire pour me résigner à ce que j'avais. J'aimais Jake et je partais pour la Ferme aux Alouettes afin de commencer une nouvelle vie avec lui. J'avais commandé ma nouvelle garde-robe campagnarde et des bottes en caoutchouc de chez Joules, souscrit un abonnement à *Country Living* et même réfléchi aux côtés pratiques de l'acquisition d'un petit 4×4.

— Et qu'est-ce que tu penses de cette idée ? reprit Simon. Pour le cas où ton déménagement tourne au fiasco, ça te dirait que je maintienne ma proposition concernant Dubaï ? J'ai quelqu'un d'autre en tête à envoyer là-bas dans l'immédiat, mais sache que si tout ce grand air et ces odeurs intéressantes deviennent un peu trop pénibles à supporter pour toi, je ne demanderai pas mieux que de rappeler cette personne et de t'envoyer à sa place, d'accord ?

Je hochai la tête sans répondre pour autant. À dire vrai, je n'avais pas pris en compte les « odeurs intéressantes » dans ma décision. J'espérais que la Ferme aux Alouettes ne soit pas limitrophe d'une ferme porcine ou ne pratique pas outre mesure l'épandage de fumier. J'avais regardé de vieux épisodes de *Countryfile*[1] en ligne et, si l'on exceptait les vêlages compliqués, je n'étais pas tombée sur quoi que ce soit qui me paraisse ingérable. Peut-être ma perception aurait-elle été différente si l'« odorama » avait été inventé avec la télévision.

1. Émission télévisée britannique qui fait le point sur les problèmes ruraux et agricoles au Royaume-Uni. (NdT)

— Ça te dirait qu'on se revoie dans six mois ? suggéra Simon. Considère ce semestre comme un congé sans solde et on y repense ensuite.

Je n'avais pas très envie de consentir à cette proposition, parce qu'elle me donnait l'impression d'aller m'installer sans enthousiasme à la Ferme aux Alouettes, cependant il s'agissait d'un compromis des plus généreux et il compensait en quelque sorte la déception que j'avais éprouvée en comprenant que Simon me laissait partir sans vraiment résister. Peut-être n'étais-je pas aussi indispensable que je le pensais.

J'acquiesçai et notai la date dans mon agenda, encore prête à me raccrocher à la carrière que j'abandonnais et sans vraiment réfléchir aux conséquences de cet assentiment sur mon avenir. Six mois, c'était dans très longtemps, après tout.

— D'accord, approuvai-je. On se revoit à la fin de l'été et on avise.

— Eh bien, conclut Simon en repoussant sa chaise pour se lever, je te souhaite bonne chance, Amber. J'espère que la vie à la campagne s'avérera exactement ce que tu espères, mais si ce n'est pas le cas, n'oublie pas que je suis seulement à un appel téléphonique de toi.

— Merci, lâchai-je dans un souffle avant d'ajouter aussitôt : Je sais que Jake a déjà quitté l'entreprise et qu'il y a peu de chances que tu tombes sur lui mais, le cas échéant, s'il te plaît, pas un mot de ma décision de partir avec lui, d'accord ?

— Pourquoi pas ?

— Parce que je ne la lui ai pas encore annoncée.

En deuxième position sur mon agenda, il y avait l'annonce de la nouvelle à Dan. Mon choix de lui parler de mon déménagement à la Ferme aux Alouettes avant de l'apprendre à Jake était une manœuvre plus tactique que pratique. Si j'en jugeais par les propos échangés entre les deux frères pendant la maturation de ma résolution, Dan considérait que la ferme valait beaucoup d'argent et je savais que, à force de rappeler constamment les sommes en jeu, il atténuait l'enthousiasme qu'avait Jake d'aller s'y installer.

Ces derniers jours, lors de nos rares échanges, Jake avait commencé à paraître plus préoccupé et soucieux de se défendre qu'excité. Or je ne voulais pas que quoi que ce soit vienne gâcher ce déménagement auquel il aspirait depuis si longtemps. J'espérais qu'en déclarant à Dan que j'étais résolument du côté de son frère, en l'informant que Jake avait une alliée, j'allais l'inciter à reculer et à laisser Jake organiser tranquillement sa nouvelle vie.

— Tu es devenue complètement dingue ? balbutia Dan en s'étranglant avec sa gorgée de vin. Tu as perdu la boule ?

— Non, je ne pense pas, répliquai-je, manifestant une assurance que j'étais loin de ressentir. J'aime Jake et je veux vivre avec lui. Je tiens vraiment à ce que notre relation fonctionne, Dan, et je suis prête à consentir à certains sacrifices pour m'assurer que ce soit le cas.

— Certes, mais il y a sacrifice et sacrifice ! s'exclama Dan, dubitatif. Tu n'as même pas vu l'endroit.

— Je sais, lâchai-je du ton le plus blasé que je pus. Mais peu importe. Si Jake aime cette ferme, je suis certaine que je l'aimerai aussi, et *idem* concernant Annie, m'empressai-je d'ajouter, avant que Dan n'ait eu le temps de la faire entrer elle aussi dans l'équation. Et puis, il ne s'agit pas seulement de lui. J'en ai assez. Vraiment. Je veux faire quelque chose de complètement différent de ma vie. Le moment ne pouvait pas être mieux choisi pour moi.

Dan parut ne pas croire un traître mot de mon petit discours enflammé, mais je savais que j'étais sincère et c'était tout ce qui comptait.

— Et Jake, qu'est-ce que ça lui inspire, cette situation ? demanda-t-il.

— Il n'est pas au courant, marmonnai-je, soudain plus intéressée par le menu du déjeuner que par notre conversation.

— Qu'est-ce que tu veux dire par : « il n'est pas au courant » ? s'esclaffa Dan.

— Rien de plus que ça, répondis-je avec désinvolture. Il ne le sait pas encore.

Incrédule, Dan prit une nouvelle gorgée de son vin.

— Eh bien, je peux te le dire maintenant, me prévint-il, ce n'est pas plates-bandes de roses et petits déjeuners à la *Darling Buds of May*[1] là-bas.

— Tant mieux, répliquai-je, dans l'espoir de clore le sujet. Parce que je n'aime pas la friture.

Nous finîmes par passer commande, et Dan nous servit un verre de vin à chacun. Je repoussai le mien, préférant siroter mon eau. Il se redressa et rajusta sa cravate.

— En fait, j'ai une nouvelle à t'annoncer, moi aussi, lâcha-t-il d'un air suffisant.

Il avait piqué mon intérêt.

— Vraiment ?

— Oui. Simon m'a demandé si je serais tenté par un poste à Dubaï, afin d'y ouvrir un nouveau bureau.

— Waouh ! m'écriai-je. C'est une nouvelle fantastique ! J'ignorais qu'il cherchait à agrandir l'entreprise. Félicitations !

Je levai mon verre en me demandant si Simon avait exigé de Dan le même niveau de discrétion que de moi.

— Merci, fit-il avec un sourire. Malheureusement, ça n'est pas aussi bien passé chez tout le monde.

— Chez qui, par exemple ?

— Oh ! juste la fille que je fréquente.

— Je la connais ? cherchai-je à l'amadouer.

D'ordinaire, Dan n'était pas aussi évasif concernant sa vie privée, mais je ne savais rien de cette amourette en particulier. Je devinai que ses réticences à donner davantage de détails signifiaient que l'heureuse élue était mariée. Ça n'aurait pas été la première fois.

— Absolument pas, répondit-il avec un sourire rayonnant. Mais peu importe. Je parie que tu regrettes de m'avoir parlé de tes aspirations à la ruralité, maintenant, non ?

1. Série télévisée britannique qui suit les aventures d'une famille nombreuse dans la campagne du Kent. (NdT)

— Pourquoi ça ?

— Eh bien, je suis sûr que si j'avais tiré quelques ficelles, tu aurais pu m'accompagner en qualité de numéro deux.

L'arrivée de la serveuse chargée de nos déjeuners m'évita d'avoir à répliquer. Je ne peux nier que j'étais tentée de lui balancer qu'on m'avait offert le poste en premier et de lui demander ce qu'il pensait du fait d'être envoyé à Dubaï uniquement parce que j'avais refusé. Mais je tins ma langue et observai la serveuse.

— Plus sérieusement, reprit Dan quand nous eûmes entamé nos repas, si tu sens que les choses tournent mal à la ferme, passe-moi un coup de fil, d'accord ?

— Et tu feras quoi, exactement ? demandai-je. Tu sauteras dans le premier avion pour venir m'aider à cueillir des pommes et ramasser des œufs ?

— N'y compte pas trop, ricana Dan. Écoute, Amber, entre toi et moi, la Ferme aux Alouettes et les vergers valent un sacré paquet, mais je n'arrive pas à faire comprendre à Jake quel avantage il y aurait à convaincre Annie de se séparer de l'une comme des autres. Il préfère la rendre heureuse et jouer au fermier. Depuis toujours.

Je n'arrivais pas à croire qu'il soit obsédé à ce point par la valeur marchande de cet endroit. Peut-être était-il plus vénal que je ne l'avais cru.

— Probablement parce qu'il aime cet endroit, suggérai-je, sur la défensive. Et Annie. C'est son rêve, Dan. Tu n'en as pas un, toi ?

— Bien sûr que si, répondit-il crânement. Et grâce à Dubaï et à l'offre de Simon, il est sur le point de se réaliser.

Quand je regagnai l'appartement, ce soir-là, après avoir débarrassé mon bureau et m'être excusée auprès du reste de l'équipe pour ne pas leur avoir laissé le temps de planifier une soirée d'adieu, je découvris Jake à la table de la cuisine, en train de comparer le prix des billets aller pour Peterborough, la gare la plus proche de Wynbridge.

— Comment s'est passée ta journée ? demandai-je en déposant mon carton dans l'entrée.

Je sortis la bouteille de champagne que j'avais achetée sur le chemin de la maison.

— Bien, répondit-il sans relever les yeux. J'ai été assez occupé. Et toi ?

Je laissai échapper un soupir de soulagement en constatant qu'il était toujours de mauvaise humeur. La panique m'avait envahie sur le trajet du retour : et si Dan lui avait téléphoné et gâché ma surprise ? Mais à en juger par la mine renfrognée de Jake ainsi que par sa tête baissée, il n'en savait Dieu merci toujours rien.

— Rien de spécial, répondis-je en souriant.

Je posai la bouteille sur le plan de travail. Soudain, je sentis mon cœur battre plus vite, mes paumes devenir moites. Peut-être m'étais-je montrée présomptueuse ? Si ça se trouvait, il ne voulait plus que je parte avec lui, après tout. Dan pouvait avoir appelé et telle était la réaction de Jake face à la nouvelle… Il était un peu tard pour envisager l'une ou l'autre de ces éventualités alors que je venais de quitter mon travail et de trouver secrètement un locataire pour mon appartement. Je pris une profonde inspiration et attaquai maladroitement.

— Alors quand est-ce que tu pars ? demandai-je en désignant son ordinateur du menton.

— Dimanche. Lundi au plus tard, marmonna-t-il, sans me prêter davantage attention.

— Tu as déjà acheté ton billet ?

— Je suis en train de le faire.

Le curseur était dangereusement proche du bouton « Acheter ». Je pris une autre grande inspiration et me rapprochai de lui.

— Tu pourrais en ajouter un autre à ton panier ? m'empressai-je d'ajouter avant de perdre mes nerfs.

— Un autre quoi ? répliqua-t-il, les sourcils froncés.

Mais il leva enfin les yeux vers moi.

— Un autre billet, balbutiai-je. Enfin, si tu n'as rien contre.

— Pardon ? s'esclaffa-t-il. Tu es sérieuse ?

Il avait les yeux écarquillés par l'incrédulité, puis le soulagement m'envahit quand il m'attira sur ses genoux.

— Bien sûr que oui ! répondis-je en gloussant. J'ai effectué aujourd'hui ma dernière journée dans l'entreprise. Je t'accompagne ! Je viens vivre à la Ferme aux Alouettes !

Chapitre 6

Nos dernières journées londoniennes furent un enivrant cocktail d'excitation et d'appréhension, ponctué par l'arrivée d'une pléthore de colis et de paquets. Je me jetai à corps perdu dans les achats en ligne et, profitant au maximum des livraisons expresses, je possédais désormais les tenues magiques qui allaient transformer la citadine sophistiquée que j'étais en campagnarde chic. Enfin, ça, c'était la théorie.

— Je ne suis pas tout à fait certain de ce que tu imagines, constata Jake en se mordillant la lèvre. Mais tu vas être amèrement déçue si tu t'attends à cuire ton pain et à flâner dans des champs de fleurs sauvages tous les jours de la semaine.

— Non, pas tous les jours, répliquai-je avec malice. Trois ou quatre fois par semaine, ce serait suffisant.

Je n'avais peut-être rien fait d'autre que le taquiner, n'empêche qu'à mesure que les bagages s'empilaient, Jake paraissait de plus en plus préoccupé, alors que munie de ma nouvelle garde-robe, je me sentais toujours plus confiante.

— Je t'en prie, n'aie pas l'air aussi inquiet, insistai-je tout en soupirant d'admiration devant la nouvelle livraison de chez Boden. J'emporte aussi de vieux jeans et de vieux pulls, pour les jours où tu auras besoin que je te donne un coup de main.

Jake haussa un sourcil, secoua la tête, mais s'abstint de tout commentaire. Je lui déposai un petit baiser sur la joue, puis attrapai mon portable qui sonnait… pour la énième fois. J'avais beau ne plus faire partie des employés de

Simon Hamilton, j'avais commis l'erreur stupide d'insister pour qu'Elena, ma remplaçante tout récemment promue, m'appelle en cas de besoin ou de doute et elle ne se privait pas de profiter au maximum de mon offre inconsidérée. Jusqu'à cet instant, j'avais été égoïstement flattée qu'Elena soit perdue sans moi, mais tout à coup je me prenais à regretter de n'avoir pas coupé le cordon au lieu de me contenter de le distendre.

— Salut, Amber, lança-t-elle sur le ton légèrement raide qu'elle adoptait depuis qu'elle avait accepté le poste. C'est encore moi. Tu n'aurais pas le numéro de Thompson's, par hasard ?

— Une seconde, répondis-je en tendant la main vers mon épais carnet d'adresses noir.

Pour l'instant, je le gardais sous la main, parce que chaque fois qu'elle appelait, j'étais obligée de feuilleter ses pages denses pour y dénicher quelque information.

— Tu sais, me cajola-t-elle, soudain plus assurée, ce serait bien plus simple si tu m'avais laissé ton carnet. Je pourrais facilement me débrouiller pour que le coursier de l'entreprise vienne le récupérer, si tu veux, ajouta-t-elle, pleine d'espoir.

— Rien que ça ! m'esclaffai-je. (À l'évidence, j'avais mal interprété le ton qu'elle avait adopté et elle commençait à retomber sur ses pieds, au bout du compte.) Tu veux que je te donne mon carnet ?

— Si ça ne te dérange pas, répondit-elle, apparemment soulagée. Il me faciliterait beaucoup la vie.

— Écoute, Elena, répliquai-je, tout en feuilletant les pages pour atteindre la section des « T ». Ne le prends pas mal, mais constituer ton propre carnet d'adresses, c'est une part très importante du travail. Je ne te rendrais vraiment pas service en te donnant le mien.

Soit, c'était un mensonge flagrant. Mon carnet faciliterait énormément la vie d'Elena, mais il n'était pas question que je m'en sépare. Pas même contre une grosse somme en liquide. J'avais passé trois années à en remplir les pages de tous les contacts que j'avais eus et puis il n'était pas question que je le cède à qui que ce soit, surtout quand je ne savais toujours pas si ma vie à la Ferme aux Alouettes allait s'avérer le changement que j'espérais. On pourrait voir ma réticence à donner ce carnet comme un manque d'engagement de ma part, mais elle m'apparaissait plutôt comme une manifestation de bon sens à l'ancienne.

Je communiquai à Elena le numéro dont elle avait besoin et elle raccrocha enfin, sur un remerciement quelque peu glacial.

— Qu'est-ce qu'il voulait, cette fois-ci ? demanda Jake pendant que je remplissais la bouilloire avant de le rejoindre à la table.

— Ce n'était pas Simon, répondis-je. Je te l'ai déjà dit, il n'a pas appelé une seule fois. C'était Elena, expliquai-je en omettant de préciser que je lui avais dit de ne pas hésiter à me téléphoner. Elle avait besoin d'un numéro pour joindre Thompson's, le traiteur.

— Et qu'est-ce qui l'empêchait d'ouvrir un annuaire ou de consulter leurs coordonnées sur leur site web ?

Je haussai les épaules.

— Rien, admis-je en me frottant les tempes. Rien du tout, mais j'ai dégoté le numéro de Paul lui-même et, bien souvent, téléphoner directement aux chefs fait toute la différence.

Jake approuva d'un signe de tête et tendit la main sous la table pour se saisir de quelque chose.

— Bon, dit-il en sortant un paquet soigneusement enveloppé qu'il posa devant moi. Je pense qu'il est temps d'abandonner la ligne directe des chefs à quelqu'un d'autre, tu ne crois pas ?

— Qu'est-ce que c'est ? demandai-je en m'emparant du paquet que je secouai doucement.

— Ouvre-le, m'ordonna-t-il, rayonnant.

Je déchirai le papier pour regarder le contenu de la boîte : un téléphone portable.

— Merci, bredouillai-je, perplexe. Mais j'ai déjà un téléphone, en fait.

— Je sais, s'esclaffa Jake en repoussant ma si fidèle et si ancienne planche de salut.

J'ignorais ce qu'il avait exactement en tête, avec son sourire ironique et son air entendu, mais je ne voulais pas paraître ingrate.

— Donc tu me l'as acheté parce que… ? hasardai-je.

— Parce que le moment est venu de changer, se borna-t-il à répondre.

— D'accord, admis-je en cherchant à déchirer, sans y parvenir, le Scotch de la boîte. C'est le tout dernier modèle ? Tu crois que je pourrai me contenter d'y transférer ma carte SIM ?

— C'est possible, convint Jake. Mais tu ne vas pas le faire.

— Pourquoi ? m'étonnai-je, faute de comprendre où il voulait en venir.

— À cause de ça, répondit-il en me prenant la boîte des mains pour en déchirer les Scotchs d'un unique mouvement plein de fluidité. C'est un nouveau départ.

— Mais tous mes contacts, tous mes numéros se trouvent sur mon vieux téléphone, marmonnai-je, de plus en plus perplexe.

La frustration de Jake commençait à devenir perceptible.

— En effet, convint-il. Si tu es sérieuse quand tu affirmes que tu veux faire en sorte que nous réussissions à vivre à la Ferme aux Alouettes, Amber, il faut que tu laisses tout ça derrière toi. Tu ne peux pas prendre le train avec la moitié de ton esprit toujours préoccupée par ce qui se passe au bureau.

Il avait raison, bien entendu. Totalement raison, mais ce travail avait été toute ma vie pendant si longtemps qu'abandonner mon téléphone et couper tous les liens avec ce pour quoi j'avais œuvré si dur, même si ce n'était en définitive que pour quelques semaines, s'avérait un véritable déchirement.

Je m'étais attendue à éprouver cette cassure lors de mon entretien avec Simon, toutefois, comme il m'avait accordé une fenêtre de six mois pour voir comment les choses allaient tourner, ça n'avait pas été le cas.

De plus, Jake n'était pas du tout au courant du compromis auquel j'avais consenti. Par conséquent, il vivait dans l'ignorance complète du fait que je risquais d'avoir besoin de mon téléphone et de mon carnet d'adresses à un certain moment dans l'avenir. Pour l'heure toutefois, la cause qu'il plaidait était parfaitement logique, et il était grand temps que je me sépare de ces deux instruments. J'avais vraiment besoin de trancher tous les liens jusqu'à la fin de l'été et puis, si tout se passait comme je l'espérais, pour toujours.

— D'accord, lâchai-je en prenant une profonde inspiration. Ça marche.

— Je ne dis pas que tu dois effacer les contacts de tes amis et de ta famille, précisa Jake. Coupe juste tout ce qui te relie à ton ancien travail.

J'acquiesçai, sans répondre pour autant, surprise de constater combien ce pas me semblait grand à franchir et à quel point il m'apparaissait définitif.

— Mais seulement si tu en as envie, bien entendu, ajouta-t-il non sans chercher à me prendre la main, l'air soudain inquiet. Oh ! bon sang, j'ai tout faux, c'est ça ? Tu te dis que je cherche à te dicter ta conduite. Ce n'est pas l'impression que c'était censé donner, Amber.

— Non, ce n'est pas ce que j'ai ressenti, le rassurai-je en lui serrant la main. Tu as raison, évidemment.

Je me sentais plus coupable à chaque seconde qui passait.

— Vraiment ?

— Vraiment, opinai-je. Je veux tout faire pour que cette nouvelle vie fonctionne et je n'y arriverai pas si ce maudit truc continue à sonner toute la journée. Éteins-le, ajoutai-je. Tout de suite.

— Tu en es sûre ?

— Sûre et certaine, confirmai-je. Ce sera un soulagement, pour être honnête.

Et je disais vrai.

Je dénichai une boîte à chaussures vide au fond de mon placard, j'y déposai mon vieux téléphone, désormais miséricordieusement silencieux, ainsi que mon carnet d'adresses et je la refermai. Je remisai le tout au fond de mon dernier carton de rangement que j'empilai dans le placard de l'entrée avant d'en verrouiller la porte et d'en empocher la clé.

Comme ce placard serait l'unique endroit de l'appartement auquel le locataire n'aurait pas accès, j'y entreposai soigneusement toutes les affaires personnelles que j'avais besoin de laisser derrière moi, ce qui en faisait une capsule temporelle géante.

— C'est ce que Harry Potter a éprouvé pendant qu'il détruisait les horcruxes, commentai-je avec un sourire nerveux, quand j'eus tourné le dos à la porte.

— Tout à fait, confirma Jake qui me serra fort. Ça libère, non ?

Je regardai, émerveillée, la vie que j'avais réduite à une valise, un sac à dos et mon sac en bandoulière Cath Kidston. Oui, j'éprouvais un sentiment de libération.

L'après-midi était lumineux, ensoleillé et assez chaud quand nous montâmes à bord du train qui partait de King's Cross pour Peterborough. Cependant, à mesure que nous progressions vers le nord, le soleil glissait derrière un amoncellement de nuages gris sans cesse croissant. Quand nous arrivâmes à la gare, il pleuvait à verse et le vent s'était rafraîchi, ce qui nous obligea à courir vers la station de taxis.

— Je sais, tu m'avais bien prévenu que la région était plate, glissai-je à Jake quand nous eûmes laissé la ville derrière nous, mais je ne m'attendais pas à ça. On voit à des kilomètres à la ronde !

Ce n'était pas exactement ce qu'on pourrait appeler un endroit pittoresque. Les champs, qui paraissaient nus à mon œil de novice, étaient perforés par des lignes interminables de gigantesques pylônes qui marchaient à travers le paysage comme autant d'envahisseurs extraterrestres et les quelques arbres que j'avisai, victimes des assauts du vent, ployaient bas. Cependant, je sentais quand même que l'endroit n'était pas quelconque. En dépit de la pluie et de la lumière déclinante, j'étais en mesure d'apprécier la beauté brute que Jake m'avait décrite avec une telle passion.

— On est presque arrivés, me dit-il.

Il me prit la main pour y déposer un baiser au moment où le taxi quittait la route principale et s'engageait dans ce que ma colonne vertébrale secouée identifia comme un chemin de terre. Je commençais juste à plaindre les suspensions de la voiture quand nous franchîmes un portail et stoppâmes. Mes mains tremblaient pendant que je récupérais mes bagages et que Jake payait le chauffeur. Il rayonnait.

— Et voilà, déclara-t-il en écartant les bras pour désigner la cour délabrée et un ensemble de dépendances vétustes. Nous voici arrivés dans notre nid douillet.

Chapitre 7

Même si elle avait clairement besoin d'un coup de peinture et d'un rafraîchissement, la ferme n'aurait pas fait tache en couverture du *Country Living* que j'avais dans mon sac. Des roses poussaient même de part et d'autre de la porte centrale, qui s'ouvrait sous un porche voûté (ce que j'appréciais, à défaut d'autre chose, parce que Dan m'avait dit qu'il n'y en avait pas), mais le fouillis de bottes et de vestes dépareillées que j'allais trouver à l'intérieur témoignait clairement de ce qu'il s'agissait d'une ferme en activité plutôt que d'une élégante retraite de villégiature.

— C'est beau, commentai-je, en souriant à Jake. (Et j'étais sincère.) Vraiment beau.

Il me rendit mon sourire, souleva le heurtoir de cuivre en forme de renard et frappa un coup contre la porte. Le vacarme qui monta soudain de l'intérieur accéléra les battements de mon pouls, mes paumes devinrent moites en un instant.

— Qu'est-ce que c'est que ça, bon sang ? m'écriai-je en reculant d'un pas sous la pluie.

Jake s'empressa de me ramener sous le couvert du porche.

— Juste les chiennes, répondit-il. Elles devaient dormir quand le taxi est arrivé.

— Les chiennes, balbutiai-je. Tu ne m'as jamais parlé de chiens.

— Bella et Lily, déclara Jake, l'air de rien. Des labradors. J'ai dû t'en parler, pourtant.

— Non, répliquai-je. Jake, je suis désolée, mais je n'ai pas l'habitude des chiens, ni d'aucun autre animal de compagnie, du reste. Je n'ai même pas eu de poisson rouge quand j'étais gamine.

— Oh ! tout va bien se passer, me rassura Jake sur un nouvel éclat de rire. Ces deux-là, c'est du gâteau par rapport aux oies.

Je ne savais pas trop s'il plaisantait ou pas.

— Elles ne vont pas me sauter dessus, n'est-ce pas ? chuchotai-je. Si ça se trouve, elles ne vont pas aimer mon allure.

— Oh ! elles ne te feront pas de mal, répliqua Jake qui, à l'évidence, ne comprenait pas la gravité de la situation. Ce sont de vrais chatons.

— Eh bien, on ne dirait pas, marmonnai-je en tendant la main pour attraper ma valise et la serrer en guise de protection contre mon corps.

Avant que je n'aie la moindre chance de trouver un trou où loger mon moi craintif, j'entendis un verrou qu'on tournait à l'intérieur, puis la porte s'ouvrir. Le porche fut inondé de lumière, et moi projetée à la renverse dans la cour.

— Oh ! bon sang, Amber ! hurla Jake en se précipitant pour m'aider. Tu vas bien ?

— Non ! lui répondis-je en hurlant. Bien sûr que non ! Je savais que ça arriverait.

J'avais laissé tomber ma valise et me couvris la tête jusqu'à ce qu'il ait rappelé ses chiennes infernales. Laissant tomber ses sacs, il les saisit par le collier et les repoussa. Je m'empressai de me remettre sur pied, avec le cœur qui tambourinait dans ma poitrine pendant que je nettoyais mes vêtements et tentais de reprendre un tant soit peu d'allure.

— Oh ! ma pauvre chérie, lança la femme qui avait ouvert la porte et se précipitait auprès de moi. Je suis affreusement désolée. Ça va ?

— Oui, haletai-je, même si j'avais l'impression du contraire.

J'avais été déterminée à faire bonne impression et déjà mes efforts, de même que le bas de mon nouveau chemisier de lin, étaient en lambeaux. Je ne pense pas que j'aurais pu avoir l'air plus stupide si je l'avais cherché.

— Tante Annie, annonça Jake, rayonnant, tout en bataillant avec les chiennes, apparemment sans plus songer à ma gêne, je te présente Amber. Amber, voici ma tante Annie.

— Enchantée de faire votre connaissance, répondit la vieille femme avec un grand sourire.

Elle me prit aussitôt dans ses bras et déposa un baiser sur ma joue. Elle avait l'odeur rassurante de la poudre compacte et du muguet, si bien que, sans trop savoir comment, je me sentis mieux sur-le-champ. Impossible de déterminer si c'était dû à la chaleur de son accueil ou au plaisir évident que lui procurait ma décision de venir m'installer ici, toujours est-il que son attitude m'aida à me détendre et je sentis disparaître une partie de la tension accumulée dans mes épaules.

— Bienvenue, lança-t-elle avec un sourire, avant de m'embrasser de nouveau. Bienvenue à la Ferme aux Alouettes. Je suis enchantée que vous ayez changé d'avis et choisi de venir, finalement. Jake était inconsolable quand il pensait que vous ne viendriez pas.

— Ah bon ? fis-je.

— Oh que oui, répondit Annie d'un air de conspiratrice. Vraiment. Et je comprends pourquoi, à présent. Elle est vraiment aussi jolie que tu me l'as décrite, hein ? ajouta-t-elle avec un sourire à l'intention de Jake qui était devenu rouge pivoine.

Sur quoi, elle s'empara de mon sac Cath Kidston et passa son bras sous le mien.

— Merci, tata, marmonna-t-il en s'empourprant encore. Je mets les chiennes dans la buanderie pour le moment, d'accord ?

— Oui, je pense que c'est une bonne idée, en attendant qu'on soit installés, convint-elle, avant de reporter ses prunelles bleu pervenche pleines de malice sur moi.

Venez, entrez, que je vous prépare une tasse de thé. Je suis désolée pour les chiennes. Je n'ai pas été capable de leur faire prendre de l'exercice comme j'aurais voulu, ces derniers temps, si bien qu'elles sont un peu surexcitées.

Elle m'entraîna dans la cuisine pendant que Jake installait les chiennes dans l'un des bâtiments attenants au flanc de la maison. Je ne pouvais m'empêcher de penser que je leur avais causé un tort immérité parce qu'elles n'avaient plus du tout l'air aussi effrayantes quand Jake les conduisit dehors, avec leur queue qui battait l'air et leur langue pendante.

Annie entreprit de préparer du thé et de mettre la table.

— Je vous en prie, faites comme chez vous, ma chérie, déclara-t-elle. Vous devez être assoiffée.

— Je peux faire quelque chose pour vous aider ?

— Non, absolument pas, répliqua-t-elle. Ne bougez pas.

Une vieille cuisinière occupait presque un mur entier de la cuisine que meublait, outre une table de pin moult fois récurée, tout un assortiment de chaises dépareillées. Le sol de pierre était dur et froid sous les pieds. L'unique concession au confort était un grand tapis, qui paraissait avoir été fabriqué à partir de bouts de tissu, étalé devant la cuisinière. Un fouillis de coussins assortis s'empilait sur des fauteuils, de part et d'autre de la cuisinière, à l'évidence faits main, et quelques placards aménagés paraissaient avoir été à leur apogée des décennies plus tôt. En regardant autour de moi, je me rendis compte que la seule chose que cette pièce avait en commun avec les cuisines que j'avais fantasmées à partir des magazines sur papier glacé, c'était le fait qu'elle se trouvait en effet à la campagne.

— Et voilà, annonça Annie. Servez-vous en lait et en sucre.

D'une main tremblante, elle déposa devant moi une tasse et une soucoupe décorées de jolis motifs floraux. Reconnaissante, j'enveloppai la tasse d'une main et tendis l'autre vers le pot à lait.

— Oh ! Jake, le réprimanda Annie quand il nous rejoignit, quelques secondes plus tard. Regarde dans quel état tu t'es mis, gros bêta ! Tu ne devrais pas les laisser te sauter dessus, tu sais. Cette chemise est fichue.

— Je sais, je sais, marmonna-t-il en secouant la tête. N'importe qui penserait que j'ai été absent pendant des mois et non des jours ! Je suis désolé, Amber, je ne savais pas que tu avais peur des chiens.

— Ce n'est pas exactement que j'ai peur, répliquai-je en essayant de minimiser ce qui s'était passé. Je suis juste un peu intimidée par eux, c'est tout. J'imagine que je n'y suis tout simplement pas habituée.

— Une mauvaise expérience quand vous étiez enfant, c'est certain, décréta Annie en me coulant un regard finaud.

Il y avait quelque chose dans la manière dont elle avait affirmé plutôt que demandé cela qui me suggéra qu'elle savait déjà ce que j'allais dire. La vieille femme n'était peut-être plus aussi solide qu'elle l'avait été sur ses jambes, mais en tout cas elle était clairement aussi acérée qu'une pelote d'épingles quand il s'agissait d'évaluer les gens. Son rapide coup d'œil et ses observations futées m'évoquèrent tant Miss Marple que je compris aussitôt que c'était une femme à qui l'on ne saurait rien cacher.

— Oui, admis-je. J'en ai bien peur. J'étais à la plage avec ma mère et mon père quand un chien sans laisse s'est précipité et m'a sauté dessus. Je ne me rappelle plus exactement l'âge que j'avais, mais pas plus de quatre ou cinq ans, donc il s'est retrouvé pile à hauteur de mon visage. Je n'ai plus vraiment eu de contacts avec les chiens depuis.

— Oh ! ma pauvre chérie, déplora Annie. Cette vilaine expérience aurait dû être tuée dans l'œuf. Vous n'avez jamais eu de chien dans votre enfance ?

— Non, m'esclaffai-je.

La pensée de mes parents en train de gérer une créature aussi indisciplinée qu'un chiot était des plus amusantes.

— Elle n'a jamais eu d'animaux de compagnie, intervint Jake. D'aucune sorte.

— Diable ! s'exclama Annie, qui eut l'air choquée. En tout cas, je peux vous garantir que demain à la même heure, vous vous serez habituée à ces deux vauriennes-là.

Je la dévisageai d'un œil sceptique.

— Si, gloussa-t-elle. Vous verrez.

Elle déposa un rapide baiser sur la joue de Jake tout en lui tendant une tasse, puis elle regagna la cuisinière d'un pas lent.

— J'espère que vous avez faim, reprit-elle, parce que j'ai une tourte qui cuit là-dedans.

Les yeux écarquillés, Jake me regarda en secouant lentement la tête. Il paraissait si terrifié que j'eus toutes les peines du monde à refouler le gloussement que je sentais bouillonner en moi.

— Et avant que tu ne dises quoi que ce soit, vilain garçon, ajouta Annie sans se retourner, cette tourte vient de la ville. La seule chose que j'aie faite moi-même, ce sont les quelques pommes de terre qui cuisent au four. Je n'ai quand même pas pu les rater.

— J'aurais dû te prévenir concernant la cuisine d'Annie, chuchota Jake quand nous grimpâmes dans notre lit, ce soir-là. Sois très prudente au moment d'avaler quoi que ce soit qu'elle ait préparé elle-même, d'accord ? Ses compétences culinaires sont très discutables, pour ne pas dire pire, donc fais attention.

— D'accord, promis-je en me faufilant plus profondément sous les couvertures, afin de bloquer le bruit qui montait du rez-de-chaussée. Tu penses que les chiennes vont faire du raffut toute la nuit ?

— D'ordinaire, elles dorment dans ce lit, lâcha Jake en guise d'explication. Elles ne vont pas tarder à se lasser et à s'endormir.

— Oh ! je vois.

Je ne pouvais m'empêcher de me sentir un peu coupable de leur exclusion de cette chambre parce que je l'occupais.

Elles m'inspiraient déjà moins de méfiance, depuis qu'Annie les avait laissées regagner la cuisine, une fois notre dîner terminé. Pourtant, je n'avais pas vraiment le sentiment de les connaître assez pour partager un lit avec elles.

Les deux chiennes avaient passé plusieurs minutes à renifler, lécher et se frayer un passage sous mes coudes, chaque fois que j'arrêtais de caresser leurs oreilles soyeuses, après quoi elles s'étaient installées sur mes pieds, jusqu'à ce que le moment soit venu d'aller au lit.

— Alors, comment va Annie, à ton avis ? demandai-je. Je n'ai pas voulu l'interroger sur sa chute, mais elle m'a paru avoir l'esprit aussi affûté qu'une lame.

— Oh ! question esprit, elle est en pleine forme, chuchota Jake avec un sourire. Elle devient juste un peu fragile, c'est tout.

— Je vois, confirmai-je. Pour autant que je puisse en juger, ce n'est pas le genre de femme à lever le pied de son plein gré.

Je tentai de rester immobile et d'empêcher le lit de trembler.

— En effet, convint Jake qui enroula les bras autour de moi pour m'attirer contre lui. Mais ce n'est pas la peine de s'inquiéter pour ça maintenant. Dis-moi plutôt : qu'est-ce que tu penses vraiment de cet endroit ?

— Je l'aime beaucoup, répondis-je avec un sourire et je me blottis contre sa poitrine. Vraiment.

Je ne lui parlai pas de la surprise que j'avais éprouvée en découvrant que l'on tirait la chasse au moyen d'une chaînette ou du fait que je n'avais aucune chance de fermer l'œil, je le savais déjà, à cause des gouttes qui fuyaient à un rythme régulier du plafond et atterrissaient dans un « ploc » au fond d'un seau métallique disposé près de la fenêtre.

Annie m'avait souhaité la bienvenue à la Ferme aux Alouettes, sa maison, comme si j'avais été un membre de sa famille revenu après une longue absence plutôt que comme une inconnue accueillie pour la première fois entre ces murs et j'étais déterminée à la remercier de sa gentillesse en m'adonnant entièrement à ma nouvelle vie à la campagne.

Chapitre 8

Je dormis bien plus tard que je l'avais prévu pour cette première matinée à la Ferme aux Alouettes. En fait, si un rire n'avait pas gravi l'escalier pour se faufiler dans la chambre, j'y serais probablement encore.

À la seconde où sa tête avait rencontré l'oreiller, Jake avait sombré dans un profond sommeil. Pour ma part, il n'en avait pas été ainsi. Si j'avais eu la chance de pouvoir m'affaler dans le confort du matelas à ressorts ensachés que j'avais laissé à Londres, j'aurais sans doute rapidement piqué du nez, moi aussi. Faute de quoi, je me retrouvai à compter tantôt les « ploc » dans le seau, plutôt que les moutons, tantôt le nombre de hululements de chouette par heure, puis je me flanquai une trouille bleue en cherchant à déterminer quelle espèce de rongeurs gratouillait au-dessus de ma tête.

Jake se leva, frais et dispos, dès les premières lueurs du jour, et dévala l'escalier, en promettant de revenir avec un thé. Je me rappelai avoir marmonné quelque chose, comme quoi j'allais me joindre à lui, puis m'être retournée, avoir étiré mon dos douloureux et m'être assoupie... enfin. Si j'en jugeais par la lumière, ce fut au moins deux heures plus tard qu'un gloussement me réveilla, qui n'était certainement pas le fait d'Annie.

Je restai allongée quelques minutes, examinant le papier peint à fleurs, dont les couleurs s'étaient fanées, le lourd mobilier de bois foncé et le cadre de lit démodé. De même que celui de la cuisine et de la salle de bains, le décor de la chambre n'avait rien à voir avec le style lumineux et aérien à la Laura Ashley que j'avais imaginé, mais je me surpris à constater que j'aimais d'autant plus cet endroit pour cette raison.

La ferme était une maison de famille confortable et, à en juger par les petits vases garnis de fleurs fraîches qu'Annie avait disposés sur la coiffeuse et la table de nuit, ainsi que par la pile de vieux livres de poche qui se dressait à côté du lit, elle s'était mise en quatre pour que je me sente comme chez moi. J'espérais être en mesure d'apprendre les rouages de cette existence et de me rendre utile, aussi vite que possible, pour les aider, Jake et elle, à faire tourner la ferme.

Le rire qui montait du rez-de-chaussée devenait de plus en plus sonore, ce qui me fit comprendre que je ne pouvais plus y différer mon apparition. Prenant une profonde inspiration, je repoussai draps et couvertures et m'armai de courage pour entamer le premier jour de ma nouvelle vie.

Tous les espoirs que j'avais pu concevoir de me faufiler dans l'escalier et de jeter un coup d'œil à la cuisine avant d'y pénétrer furent anéantis par le craquement des lattes du plancher. Bella et Lily, qui guettaient manifestement mon réveil, gémissaient et griffaient à la porte avant même que je n'aie descendu la moitié des marches.

— Oh ! Jake, entendis-je une femme ricaner. Sacré toi. Tu ne t'amendes pas, à ce que je vois !

— Peut-être bien que non, s'esclaffa gaiement Jake. Mais je ne vois pas pourquoi tu t'attendais à autre chose.

Je me glissai dans la pièce en silence et, après avoir brièvement examiné non pas la, mais les deux femmes à qui Jake faisait la conversation, je m'arrêtai pour taquiner les chiennes. Annie avait raison. Je n'étais peut-être pas tout à fait à l'aise avec leur accueil frénétique, en revanche je n'étais plus du tout aussi méfiante à leur endroit que la veille. En fait, je leur étais reconnaissante de m'avoir attendue, ce qui m'évitait de faire le pied de grue dans un coin, comme la petite nouvelle espérant d'être présentée. Jake se leva d'un bond.

— Amber ! s'écria-t-il. Te voilà !

— Est-ce que nous vous avons réveillée ? demanda l'une des femmes. Je suis désolée ! Je n'ai pas arrêté de leur dire de la mettre en sourdine, mais ils ne valent pas mieux l'un que l'autre. Au fait, je m'appelle Jessica, conclut-elle en souriant.

Elle se leva, resplendissante dans son jodhpur, ses bottes Dubarry et sa veste Barbour assortie, parfaite image de la châtelaine campagnarde. Je n'avais aucun mal à me figurer en train de feuilleter *Country Life* et d'y lire la description de sa résidence familiale rurale, pleine de coins et de recoins.

— Et je suis Harriet, déclara la seconde, qui cogna maladroitement ses genoux contre le dessous de la table quand elle se leva d'un bond.

Par comparaison, Harriet était plus petite que Jessica, ses cheveux blond foncé pointaient en tous sens sur le sommet de son crâne, et il y avait des trous dans les poignets de son pull. Elle avait la parfaite allure d'une figurante dans un épisode de *The Good Life*[1].

— Bonjour, lançai-je avec un sourire, tout en me frayant un chemin entre les chiennes. Ne vous excusez pas, je vous en prie. J'aurais dû être debout depuis des heures.

— Je te sers du thé, proposa Jake. Je ne suis jamais revenu t'en apporter une tasse au bout du compte.

— C'est aussi notre faute, soupira Jessica. Je t'avais dit qu'on aurait dû passer ce soir, Harriet.

— Je m'occupe du thé, déclarai-je, sautant sur l'occasion de m'occuper les mains.

— Alors, Amber, cet endroit vous plaît ? demanda Harriet.

— Oh ! bon sang ! s'exclama Jessica qui se leva encore une fois d'un bond. Laisse respirer cette pauvre jeune femme. Elle n'est arrivée qu'hier soir. Elle n'a encore rien vu !

1. Sitcom britannique dans laquelle un homme convainc sa femme de tout quitter pour mener une vie simple. (NdT)

Jake me regarda et leva les yeux au ciel.

— Ne fais pas attention à Bonnet Blanc et Blanc Bonnet, me chuchota-t-il. Elles sont toujours comme ça.

— Eh ! protesta Harriet en lui donnant un coup de serviette.

Plus détendue que je ne l'aurais imaginé possible quand je descendais l'escalier d'un pas hésitant, je m'emparai de la bouilloire. La douleur qui fusa dans ma paume fut insoutenable et je la laissai maladroitement retomber sur la cuisinière, hurlant tant je souffrais. Avant que je n'aie eu le temps de comprendre ce qui m'arrivait, Jessica m'avait attrapé le poignet et Harriet ouvrait le robinet d'eau froide de l'évier.

— Bon sang, Amber ! s'écria Jake dont le visage était devenu aussi rouge que ma main. Je suis désolé ! J'aurais dû te prévenir. On ne peut pas prendre la bouilloire sans gant quand elle se trouve sur la cuisinière.

— Aïe, fis-je d'une voix chevrotante, alors que je tentais de minimiser ce qui venait de se produire.

J'eus la sensation d'être une parfaite idiote, plantée là pendant que Harriet et Jessica m'administraient les premiers secours, à moi, stupide citadine qu'elles connaissaient depuis moins de cinq minutes.

Une minute ou deux plus tard, Harriet me séchait doucement la main.

— Voilà, dit-elle. Vous allez vivre.

Et elle souffla sur la brûlure avant de me relâcher. Ma honte était aussi vive que ma souffrance.

— Merci, croassai-je. À ce propos, on pourrait peut-être se tutoyer.

Elles acquiescèrent.

— Annie aura sans doute quelque chose à mettre dessus, n'est-ce pas, Jake ? fit Jessica. Elle a des remèdes pour tout.

— Elle n'aurait pas quelque chose contre ma stupidité ? suggérai-je avec un sourire, dans l'espoir d'alléger l'atmosphère.

J'avais beau essayer de me ressaisir, je n'arrivais pas à empêcher ma lèvre inférieure de trembler et je me savais ridiculement proche des larmes. Comment pouvais-je me sentir aussi submergée et aussi frustrée, quand quelques minutes plus tôt, je commençais au contraire à me détendre ? Rien ne me désarçonnait jamais, normalement. Et là, je me retrouvais avec une paume ébouillantée et un ego malmené, alors que je n'avais même pas encore posé un pied dans la ferme !

— Eh ! protesta Harriet en me frottant rapidement le bras. Comment tu pouvais savoir que cette satanée bouilloire allait te marquer au fer rouge ?

Je haussai les épaules tout en reniflant bruyamment, reconnaissante de sa gentillesse.

— Tiens, dit Jake, qui disposa sur la table la théière nouvellement remplie et des mugs propres. Je vais aller demander à Annie si elle aurait quelque chose pour soigner cette brûlure. Pendant ce temps-là, les filles, faites connaissance. Je ne serai pas long.

— Je fais le service, d'accord ? lança Jessica.

Elle tendit la main vers la théière dès que Jake eut refermé la porte derrière lui.

Je recommençai à me détendre à mesure que la conversation s'animait autour de la table. Jessica me raconta tout sur le centre équestre familial et m'apprit qu'elle allait épouser son fiancé, Henry, à la fin de l'été. Annie avait accepté que le mariage se déroule dans ses vergers, avant la récolte des pommes, si bien que le tableau m'apparaissait comme incroyablement romantique.

— J'espère que tu seras d'attaque pour me donner un coup de main, Amber, conclut-elle en souriant. Jake nous a parlé de ta carrière à la City et j'ai l'impression que je ne vais pas tarder à avoir besoin de tes compétences en matière d'organisation.

— Bien sûr, approuvai-je, étonnée qu'il puisse y avoir une manifestation que quelqu'un d'aussi dégourdi que Jessica ne puisse pas être en mesure d'organiser pour elle-même. Je serai ravie de t'aider.

Quand j'avais quitté Londres (était-ce seulement la veille ?), j'étais convaincue que nul n'aurait besoin de mes compétences professionnelles à la campagne mais, apparemment, la demande était déjà là et je devais admettre que j'étais plutôt enchantée de ne pas servir à rien.

— Et toi, alors, Harriet ? demandai-je en tournant le regard de l'autre côté de la table. Comment gagnes-tu ta vie ?

— Eh bien, si mon père m'avait imposé son choix, répondit-elle, je suivrais ses traces et prendrais la voie de l'agriculture.

— Mais ce n'est pas le cas, la coupa Jessica avec un clin d'œil. Elle marche à contre-courant.

— Oui, on peut dire ça comme ça, convint Harriet qui s'empourpra légèrement. Je démarre ma propre pouponnière, déclara-t-elle fièrement, avant de se hâter d'ajouter : De plantes, pas d'enfants. J'ai étudié l'horticulture à l'université agricole locale. C'est là qu'on s'est rencontrées, Jess et moi.

— Ah bon ? Vous ne vous êtes donc pas rencontrées à l'école ? demandai-je, étonnée. Je pensais que vous vous connaissiez depuis toujours !

— Non, lança Harriet avec un sourire ironique. Je suis allée au lycée du coin, mais il n'était pas assez classe pour Jessica.

— Je suis allée au pensionnat, expliqua l'intéressée sans s'émouvoir. Un épisode que ma bonne amie ici présente ne me laissera jamais oublier.

— Désolée, gloussa Harriet avec l'air de qui n'en pense pas un mot. Elle n'est pas aussi snob que j'aime le faire croire, mais tu ne peux pas nier qu'elle aurait fière allure à tapoter une cravache contre sa cuisse.

Devant Jessica qui fusillait son amie du regard, je décidai qu'il était temps de changer de sujet de conversation.

— Et où Jake s'inscrit-il dans l'équation ? demandai-je. Comment l'avez-vous rencontré ?

Harriet vira carrément à l'écarlate et Jessica se mit à rire. Comme aucune d'elles ne parla pendant quelques secondes, je commençai à me demander s'il n'y avait pas eu une histoire de cœur quelque part en chemin, mais, en m'expliquant tout, Harriet chassa mes doutes.

— Ça remonte à des années, grimaça-t-elle. Je ramassais des pommes avec une amie…

— Elle veut dire qu'elles étaient en train de chaparder, la coupa Jessica avec un clin d'œil. Bref, elles les volaient, ces pommes.

— D'accord, m'esclaffai-je. Je saisis l'idée.

— Et Annie nous a pincées, poursuivit Harriet, ignorant une fois de plus son amie. Jake était ici en vacances et il a été témoin de l'enfer que nous avons traversé quand Annie nous a obligées à manger les pommes que nous avions prises. Lui, évidemment, il a trouvé le spectacle hilarant.

— Pourquoi ? m'étonnai-je. Qu'est-ce qui clochait avec les pommes ?

— On était bien avant l'époque de la récolte, donc les pommes étaient loin d'être mûres, répondit Harriet. Et incroyablement acides.

— Je t'en prie, épargne-nous les détails des crampes d'estomac que tu as gagnées dans l'opération, la supplia Jessica. J'ai déjà trop entendu ces détails sanglants !

— Ah, m'esclaffai-je. Je vois.

— Cette débâcle hilarante a scellé mon amitié avec Jake, conclut Harriet en haussant les épaules. Jess est plutôt une nouvelle venue dans cette affaire. Elle est arrivée avec Pip, le poney Shetland, mais Jake t'expliquera plus tard.

— Et qu'est-ce qui est advenu de l'amie avec qui tu… chapardais ?

— Oh ! fit Harriet qui piqua un nouveau fard. Elle n'habite plus par ici.

Les deux amies échangèrent un rapide regard, que j'eus pourtant le temps de remarquer. À l'évidence, il y avait davantage à dire sur cette absente qu'elles n'avaient l'intention d'en dévoiler.

— Bref, poursuivit Harriet, pour revenir à ta question de départ : mon père me donne un peu de terrain et des serres pour que je puisse commencer à constituer mon stock. Entretemps, j'achète et je vends sur un étal à Wynbridge.

— À ce propos, intervint Jessica en tapotant sa montre. On ferait mieux d'y aller. J'ai un cours ce matin et j'ai promis à Harriet qu'elle pourrait emprunter mon 4×4 pour emporter ses plantes au marché, vu que sa vieille camionnette est de nouveau hors service.

Les deux amies vidèrent leurs mugs et se levèrent pour partir.

— Mais juste avant qu'on n'y aille, reprit Jessica, ça ne te dérange pas si je te dis quelque chose ?

— Nous y voilà, fit Harriet, qui leva les yeux au ciel, d'un air narquois.

— Bien sûr que non, répliquai-je. Vas-y.

Pourtant je sentis mon ventre gronder, sans parvenir à me débarrasser de la sensation d'avoir été convoquée dans le bureau de la directrice.

— Eh bien, commença-t-elle, Jake nous a appris que tu n'avais encore jamais vécu à la campagne. C'est vrai ?

— Oui, confirmai-je. Je me suis rarement trouvée, sans même parler de dormir, dans une chambre qui ne soit pas baignée de la lueur orangée des réverbères.

— Dans ce cas, sois patiente avec toi-même, Amber. Ne t'attends pas à savoir comment tout fonctionne ou à avoir tout bon du premier coup.

— Comme quand il s'agit d'utiliser une bouilloire, tu veux dire ?

Je souris en levant ma main brûlée.

— Oui, confirma Jessica avec un sourire. Même pour quelque chose d'aussi simple que ça. Donne-toi le temps.

— Oh ! écoute-la, la taquina Harriet. Une vraie mère poule !

Jessica haussa les sourcils, mais s'abstint de tout commentaire.

— J'ose penser que tu as déjà compris que la vie à la ferme n'aura rien à voir avec ta vie à Londres, reprit-elle. Donc ne t'attends pas à ce que tout soit parfait d'emblée. D'accord ?

— D'accord, promis-je.

Je frottai ma paume en me disant que ses paroles pleines de sagesse n'auraient pas pu être plus gentilles ni mieux à propos.

— Ça ne te dérange pas que je te dise ça, n'est-ce pas ?

Elle esquissa une petite grimace d'excuse.

— Non, répliquai-je. Bien sûr que non. J'apprécie et je sais que tu as raison. Les choses ici me semblent très différentes et je vais être indulgente envers moi-même.

— Bien. Je suis ravie que tu aies décidé de venir et je pense que je peux parler pour nous deux ? ajouta Jessica avec un petit regard en direction de Harriet, qui hocha la tête afin de marquer son approbation. Pour être honnête, nous n'éprouvons rien d'autre que de l'admiration pour toi et pour ce que tu as entrepris.

— Vraiment ?

— Vraiment, confirma Harriet. Nous n'arrivons même pas à commencer à imaginer à quel point ta vie va être chamboulée. Nous, nous sommes habituées à cet environnement, ajouta-t-elle en regardant autour d'elle et dans la cour. Mais pas toi, donc si tu as besoin de quoi que ce soit, s'il te plaît, demande-le-nous, d'accord ? Jake a nos numéros, et nous sommes toujours dans les parages.

— Je n'y manquerai pas, promis-je, et merci.

Je me sentais mille fois mieux, en dépit de la sensation de brûlure au creux de ma paume.

— Tu viens au pub, ce soir ? s'enquit Harriet pendant qu'elle enfilait ses bottes.

— Je ne sais pas, répondis-je. Je vais voir avec Jake.

— Eh bien dans ce cas, commenta Jessica avec un sourire, je suis certaine qu'on te reverra plus tard !

Chapitre 9

— Oh ! ma pauvre chérie ! s'écria Annie, réprobatrice, pendant qu'elle examinait ma main. Asseyez-vous. J'ai justement ce qu'il vous faut pour ôter le feu de la plaie. Jake, tu veux bien prendre le kit de premiers secours dans le placard ? Il devrait contenir un bandage.

— Un kit de premiers secours, répéta silencieusement Jake à mon intention, à l'évidence émerveillé qu'une chose pareille se trouve sous le toit de la Ferme aux Alouettes.

Je m'assis, comme on me l'avait demandé, et je regardai Annie disparaître dans le garde-manger pour réapparaître avec une pomme de terre, qu'elle lava dans l'évier, puis qu'elle râpa finement dans un bol.

— Ce bandage a connu des jours meilleurs, constata Jake, sourcils froncés, en le déroulant sur la table. Mais franchement, je suis toujours sous le choc de constater que tu as une chose pareille chez toi, Annie !

— Peu importe, répliqua celle-ci, en l'écartant impatiemment pour poser avec douceur ma main, paume vers le haut, sur une vieille serviette. Alors, ma chérie, ça ne devrait pas faire mal, mais prévenez-moi si vous voulez que j'arrête.

Tout doucement, elle couvrit la brûlure d'une couche de pommes de terre râpées qu'elle maintint en place à l'aide du bandage. Pendant toute l'opération, qui ne prit que deux minutes, j'observai un silence abasourdi. Les élancements avaient déjà commencé à céder du terrain et, même si le pansement était quelque peu encombrant, j'éprouvais une immense reconnaissance à être délivrée de la douleur. Quand elle eut terminé, Annie me dévisagea et sourit.

— Considérez cette expérience comme votre première leçon sur les traditions rurales, s'esclaffa-t-elle. Les pommes de terre crues sont la meilleure manière de soigner les brûlures. Ne me demandez pas sur quels principes scientifiques cela repose, mais ma grand-mère ne jurait que par elles.

— En tout cas, ça marche vraiment, confirmai-je. Je me sens déjà bien mieux.

— On y jettera un nouveau coup d'œil après le dîner, répliqua la vieille femme avec un clin d'œil. Histoire de changer la pomme de terre en cas de besoin.

— D'accord, opinai-je. Merci.

Je n'étais pas vraiment certaine de ce que m'inspirait la situation, mais j'appréciais cependant la sagesse de grand-mère dont Annie faisait preuve.

Jake se mit à rire et, remarquai-je, utilisa démonstrativement le petit carré matelassé suspendu à côté de la cuisinière pour remplir la théière avec l'eau contenue dans la vieille bouilloire.

— Prenons une autre tasse, suggéra-t-il. Et puis je t'emmène faire un tour de la ferme.

— Vous pourriez même emporter un pique-nique au bord de la rivière, renchérit Annie en souriant. La journée va être splendide.

Elle couvrit le bol de pomme de terre râpée qu'elle rangea dans le réfrigérateur.

Munis de sandwichs, de deux bouteilles de jus et de quelques pommes trouvées dans le garde-manger, nous nous dirigeâmes vers la cour. La journée était chaude, claire et lumineuse, sans plus rien de la soirée humide et venteuse qui avait accompagné notre arrivée, la veille. Cependant, même le ciel sans nuages était impuissant à montrer l'amas de bâtisses délabrées sous un meilleur jour. Tout avait un air négligé et, quoique mon œil de novice n'y décèle rien d'irréparable, il était évident au premier regard qu'il y avait du travail, et beaucoup.

S'écartant de quelques pas supplémentaires de la maison, la main en visière pour se protéger les yeux de l'éclat tiède du soleil printanier, Jake porta un long regard sans concession au toit.

— Ça va être mon premier ouvrage, m'indiqua-t-il en désignant un morceau de bâche inefficace, qui avait à l'évidence glissé au cours de la tempête de la veille.

Là où il y aurait dû y avoir trois, peut-être quatre tuiles s'ouvrait un trou béant, et des chevrons étaient exposés qui devaient forcément être pris en compte pour expliquer l'adjonction avant-gardiste du seau métallique à la décoration de notre chambre.

— Il faut que je remplace quelques tuiles et que j'en répare d'autres, poursuivit Jake. Ce trou se trouve juste au-dessus de notre chambre. Je ne sais pas si tu as remarqué, ajouta-t-il en secouant la tête, mais la pluie entre par le plafond, maintenant. Annie a placé un seau là-dessous, pour récupérer les gouttes.

— Oui, acquiesçai-je, j'avais remarqué.

Je m'abstins d'ajouter que le bruit m'avait tenue éveillée la moitié de la nuit.

— Bon, reprit-il avec un sourire. (Visiblement, la pensée de crapahuter sur le toit ne lui inspirait pas la moindre peur.) On va commencer avec les poules. J'espère que tu t'en occuperas à partir de demain, à condition, bien sûr, que ta main soit guérie.

— Tout ira bien, dis-je. Viens, commençons.

Je ravalai mon appréhension et lui emboîtai le pas vers la petite remise qui jouxtait la maison. À l'évidence peu impressionnées par une visite qu'elles avaient déjà effectuée un nombre incalculable de fois, Bella et Lily gambadaient ici et là, si bien que je pus explorer mon nouveau bureau en paix.

— Nous n'avons que trois poules pour le moment, expliqua Jake. On en avait une demi-douzaine jusqu'il y a peu, mais les renards ont malheureusement été actifs.

— Tu veux dire qu'ils les ont tuées ? m'enquis-je, horrifiée.

— Oui, confirma Jake, j'en ai bien peur.

— Mais c'est affreux ! m'écriai-je. Comment sont-ils entrés là-dedans ?

— Eh bien, les poules vont et viennent comme bon leur chante, pendant la journée, expliqua Jake. Ce sont des cibles faciles, donc même si tu as l'impression que ce n'est pas le cas, nous avons eu de la chance. Très souvent, le renard continue de revenir tant qu'il n'a pas décimé le poulailler. Vraiment, je suis épaté que nous ayons conservé celles-ci.

Il désigna une extrémité de la cour où un couple de poules brunes et dodues grattait la terre sous la haie.

— Voici Martha et Mabel, précisa-t-il. Toutes nos poules sont d'ex-pensionnaires de batteries. Elles ont peut-être l'air en forme, maintenant, mais elles étaient dans un état affreux quand Annie les a récupérées. Elle appelle la Ferme aux Alouettes le « saloon de la dernière chance » pour ses filles et s'adapte personnellement à tous leurs caprices jusqu'à ce qu'elles soient remises sur pied et puissent être livrées à elles-mêmes.

Je me retins de lui demander comment elle les préparait au combat, au cas où un renard vienne rôder.

J'ouvris précautionneusement la porte du poulailler. Une odeur âcre me sauta aussitôt aux narines, à laquelle je m'efforçai de ne pas réagir.

— Mais alors, fis-je, si elles se baladent un peu partout dans la cour, à quoi leur sert cet endroit ?

— Elles reviennent y dormir et, très souvent, c'est aussi là qu'elles pondent, mais pas toujours, cela dit. Si tu trouves un œuf dans la cour, à moins d'être sûre à cent pour cent qu'il est frais, mieux vaut t'en débarrasser. Sauf si Annie est dans les parages, naturellement, ajouta-t-il après coup. Si je me rappelle bien, elle connaît une vieille méthode des campagnes pour vérifier la fraîcheur d'un œuf.

Je glissai ma tête à l'intérieur et avisai la troisième poule qui me renvoya un regard perçant depuis son poste dans l'un des nichoirs.

— C'est Patricia, déclara Jake avec un petit signe de tête. La favorite absolue d'Annie. Il faut la soulever des œufs tous les matins, en ce moment, parce qu'elle est devenue couveuse.

— Qu'est-ce que ça veut dire ?

— En substance qu'elle a arrêté de pondre elle-même, mais qu'elle veut couver tous les œufs qu'elle trouve en attendant qu'ils éclosent, expliqua Jake.

— D'accord, fis-je avec un sourire, enchantée à l'idée d'avoir de mignons petits poussins courant partout dans la cour. Pourquoi ne pas la laisser faire ?

Jake m'examina en secouant la tête.

— Parce que les œufs ne sont pas viables, expliqua-t-il sans s'énerver. Comme nous n'avons pas de coq, il ne peut y avoir de poussins à l'intérieur.

— Oh ! fis-je en rougissant. Je vois.

Vraiment, j'avais beaucoup de choses à apprendre.

— Mais si l'idée d'avoir des poussins te plaît, reprit Jake, je pourrais toujours acheter quelques œufs fécondés et les lui placer sous les ailes.

— Ça fonctionnerait ?

— Oui, répondit Jake. Du moment qu'elle reste couveuse, elle attendra qu'ils éclosent, et tu pourras choisir la race que tu préfères. Ce serait chouette d'avoir quelques jolies bestioles par ici après les rombières d'Annie pendant toutes ces années. Bien sûr, il faudra bâtir un enclos pour commencer, ajouta-t-il. Juste pour leur donner une chance au cas où le renard repointe le bout de son nez.

Je n'aimais guère la pensée de perdre d'autres volatiles à cause de l'affreux renard, mais la perspective d'avoir de petites boules de plumes fraîchement écloses exerçait sur moi un attrait puissant.

— Bien, reprit Jake en laissant le pique-nique dehors, j'aimerais bien que tu t'en charges demain, donc regarde attentivement. Je vais la soulever et toi, tu attrapes ce sur quoi elle est assise.

Patricia s'avéra tout sauf impressionnée quand Jake la souleva doucement de son nid de fortune. Elle piailla, battit des ailes et lui becqueta les mains à plusieurs reprises, tandis que je regardai, abasourdie, le trésor qu'elle protégeait. Nichés parmi la paille et les plumes, il y avait quatre gros œufs marron légèrement mouchetés. Je m'en saisis précautionneusement, surprise de les sentir aussi tièdes, et les emportai hors de la remise, pendant que Jake reposait Patricia dehors. Elle caqueta, secouant ses plumes d'indignation et déployant ses ailes avec force piaillements mécontents pour faire bonne mesure.

— Waouh ! fis-je, rayonnante, sans quitter les œufs des yeux.

— C'est adorable, non ? demanda Jake.

— Je ne peux pas dire que j'aie jamais accordé une telle attention à un œuf jusqu'à maintenant, mais oui, ils sont plutôt adorables.

— Deux d'entre eux doivent être d'hier, déclara Jake, les sourcils froncés. Annie a sans doute oublié de les ramasser. Les poules ne pondent qu'un œuf par jour, tu vois, donc…

— Oui, le coupai-je d'un éclat de rire. Ça au moins, je le sais.

— Bon alors, reprit-il, amusé, tu penses être capable de t'en charger ?

— Tout à fait, répondis-je en lui rendant son sourire. Il faudra que tu m'expliques ce que je dois faire d'autre avec les poules mais, oui, je suis sûre que je vais réussir à m'en occuper. À supposer qu'il y ait des gants par ici, qui puissent me protéger les mains du petit bec vicieux de Patricia !

C'était exactement ce dont j'avais besoin : quelque chose de tout à fait différent, qui soit aux antipodes de mon ancienne vie, qui suppose une routine totalement autre. Même si j'étais secrètement terrifiée par la responsabilité et l'étrangeté de la situation, j'étais bien déterminée à dire

« oui » à tout ce que Jake suggérait et à ne pas m'autoriser à esquiver quoi que ce soit.

— Soit, répliqua Jake. Laisse-moi réfléchir. Tu devras les laisser sortir chaque matin et les enfermer pour la nuit. Elles sauront comment rentrer, bien entendu, donc tu n'as pas besoin de les pourchasser pour qu'elles regagnent leur lit. Ensuite, il faut que tu ramasses les œufs, que tu leur donnes à manger et à boire, puis que tu nettoies le poulailler et, si tu y arrives, ajouta-t-il en jetant un regard à l'intérieur, une complète désinfection ne serait pas du luxe. On n'a pas besoin d'une invasion de mites, surtout maintenant que le temps se réchauffe.

Je dois admettre que l'idée de ramasser des fientes de poules ou de traiter les mites par fumigation ne m'enchantait guère, mais j'étais déterminée à faire mon possible, sans quoi quel était le but de venir ici ? Je pourrais même être en mesure de me procurer le petit panier que je convoitais pour m'en aller ramasser les œufs.

— D'accord, admis-je. Considère-moi comme la nouvelle directrice du Bien-Être des poules de la Ferme aux Alouettes.

— Génial ! s'esclaffa Jake. Je te fais confiance pour le mettre en avant ! Et, sans tarder, tu vas me dire que tu veux du matériel spécialisé. (Je haussai les sourcils, sans oser lui parler de mon idée de panier.) En tout cas, poursuivit-il, on fera en sorte de trouver des œufs à couver pour Patricia avant que le goût ne lui passe, et tous les voyants seront au vert.

— D'accord, approuvai-je. Génial.

Je savais que l'un des magazines rangés dans ma valise comportait trois doubles pages intitulées « Volaille chic » et j'étais d'ores et déjà impatiente de choisir les miennes.

— Et ces œufs-là, on les met où ?

Nous rapportâmes les œufs encore tièdes dans la maison, les déposâmes dans le garde-manger dans un grand bol de faïence et reprîmes notre visite. Notre prochaine étape nous mena aux oies. Elles étaient au nombre de cinq et vivaient dans un enclos à une extrémité de la cour. Elles avaient également leur propre petite remise, où elles dormaient et, à en juger par la manière dont elles cacardaient et agitaient leurs grandes ailes à notre approche, je devinai que le renard ne risquait pas trop de les embêter.

— Tu n'aimes pas les oies ? demandai-je en me penchant pour caresser Bella.

La chienne alla leur jeter un coup d'œil, mais refusa d'approcher de la clôture. Sa queue touffue battait contre mes jambes et la lueur languissante au fond de ses yeux suggérait que non, les oies n'avaient rien de drôle.

— Non, s'esclaffa Jake. Elle ne les aime pas. Elle les a trop souvent trouvées en travers de son chemin quand elle était encore un chiot et elle ne s'en approche plus du tout, dorénavant. En fait, ajouta-t-il en me reluquant de la tête aux pieds, je ne suis même pas certain que tu pourrais les distancer, Amber.

— Merci bien, répliquai-je avec une moue. Je suis plutôt en forme, figure-toi.

— Je sais, mais ce sont de sacrées teignes. Accompagne-moi quand je m'en occupe, mais tu ferais mieux de les laisser à ma charge pour le moment. Viens, allons faire la connaissance de Pip.

Bella et Lily sur nos talons, nous gagnâmes le dernier champ avant le début du verger.

— C'est donc Pip, constatai-je en souriant.

Jake secoua un seau de ce que je devinai être le petit déjeuner de l'intéressée et un poney arriva au petit galop à travers champ, à une vitesse surprenante vu la taille réduite de ses pattes.

— Mmm, fit Jake, ne te fais pas abuser par sa taille et sa bonne bouille. C'est une fougueuse, qui n'hésitera pas à te donner un coup de dent ou de patte si les choses ne vont pas dans son sens.

— Harriet m'a dit que tu avais rencontré Jessica quand Pip est arrivée. C'est bien ça ?

Le petit poney passa la tête par-dessus la clôture pour plonger son museau dans le seau.

— Oui, répondit Jake. Maintenant que j'y pense, je ne connais pas Jess depuis très longtemps, mais j'ai l'impression qu'on est amis depuis toujours. Sa mère a acheté Pip pour leur club hippique. C'était censé être le poney idéal pour apprendre à monter dans leurs cours à destination des jeunes, mais elles ne l'avaient pas depuis cinq minutes qu'elles se sont rendu compte que Pip ne ferait pas l'affaire. Tu n'aimes pas trop être montée, hein, ma belle ?

L'interpellée secoua la tête et me fixa de son regard sombre. Non sans hésitation, je tendis le bras pour caresser son épaisse crinière noire. Elle m'ignora complètement, ce qui, de l'avis de Jake, était bon signe. Puis elle se remit à mâchonner.

— Donc pour résumer, elle va finir sa vie ici, à la ferme ?

— Tout à fait, confirma Jake. Grâce à elle, l'enclos est entretenu et Jessica paie pour sa nourriture, les honoraires du vétérinaire et ainsi de suite. Helena, la mère de Jess, l'aurait bien revendue, sauf que Jess n'a pas voulu en entendre parler.

— La revendre où ? demandai-je en me penchant pour caresser rudement le dos de Pip.

Laquelle martela le sol de ses talons et s'en fut sur un hennissement indigné.

— Je n'en suis pas très sûr, répondit Jake, qui secoua la tête en la regardant décamper.

Quand nous eûmes accompli le tour des vergers, il était presque midi et il faisait assez chaud pour pique-niquer près de la rivière qui longeait la limite de la ferme.

— Quand est-ce que les fleurs vont commencer à apparaître ? demandai-je en observant les rangées de pommiers uniformément taillés.

— Probablement d'ici deux semaines, répondit Jake qui déplia notre couverture sous un saule et leva les yeux vers le ciel. Mais si la météo demeure aussi douce, ce sera sans doute plus tôt.

— Je suis impatiente, murmurai-je avec un sourire.

— Je ne peux même pas te dire à quel point c'est splendide, soupira-t-il. J'aurais beau faire tous les efforts du monde, aucun mot ne pourrait rendre justice à ce spectacle. On n'aurait vraiment pas pu emménager ici à un meilleur moment.

Je levai les yeux vers le ciel bleu et écoutai le clapotis de la rivière qui se frayait son petit bonhomme de chemin jusqu'à Wynbridge. Je me sentais déjà comme chez moi, très détendue. Oui, la sensation était étrange de ne pas avoir mon téléphone en permanence collé à l'oreille, mais « étrange » au sens positif du terme. Je savais que si j'avais pris un avion pour Dubaï, je ne serais pas aussi heureuse, loin de là, qu'en étant assise sous ces saules, même si les chiennes s'étaient accaparé l'endroit le plus ensoleillé de la couverture.

— Harriet m'a raconté que vous vous étiez rencontrés grâce aux vergers, lâchai-je, tout en m'efforçant de déballer le pique-nique de ma seule main fonctionnelle.

— En effet, s'esclaffa Jake. Elle t'a aussi parlé des crampes d'estomac sonores qu'elle s'est récoltées ?

— Plus ou moins, admis-je. Elle a dit que son amie et elle n'avaient plus jamais rien volé ensuite.

Jake se laissa tomber sur la couverture, et je me blottis contre lui. Il n'ajouta rien et je me rappelai le regard que Harriet et Jessica avaient échangé un peu plus tôt. Je savais que ce n'étaient pas de près ou de loin mes affaires, pourtant je ne pus m'empêcher de demander, en veillant à garder une intonation badine :

— Qui était cette amie ? Harriet a dit…

— Holly, me coupa Jake. (Il avait soudain le ton bien moins badin.) Elle s'appelait Holly. Elle n'habite plus par ici maintenant.

— Mais vous êtes toujours amis ?

— Non, répondit-il en se tournant pour me regarder. Écoute, mieux vaut que tu le saches, Amber : Holly et moi, on a été en couple. On est restés ensemble un bon moment, en fait, mais on a rompu, et elle est partie.

— Oh non ! plaisantai-je, pour tenter de me convaincre que je n'étais pas le moins du monde décontenancée par son aveu. Dois-je être jalouse de ces amours d'été juvéniles ?

— Non, bien sûr que non, m'assura Jake sans une once d'amusement. (Il avait les sourcils froncés pour la première fois depuis notre arrivée à la ferme.) Absolument pas, mais notre relation était sérieuse. Je me serais abstenu de t'en parler si Harriet n'avait pas abordé le sujet. On pourrait laisser tomber, s'il te plaît ?

— D'accord, répondis-je avec désinvolture, maintenant que je me sentais un peu moins décontenancée. Je plaisantais juste.

— Vivre dans une petite communauté comme celle-ci, ce n'est pas comme vivre à Londres, continua Jake, sans se départir de son air soucieux. Il faut que tu te prépares à une bonne dose de cancans par ici, Amber, surtout au pub.

— Oh ! ça me fait penser, ajoutai-je, désireuse de chasser de mon esprit la fille qui avait occupé le cœur de Jake avant moi, Jessica m'a demandé si on avait l'intention de sortir ce soir.

— Qu'est-ce que tu as répondu ?

— Que je n'en savais rien, mais que j'aimerais beaucoup. Elles m'ont vraiment beaucoup plu, Harriet et elle. Jess m'a même demandé de l'aider à organiser son mariage.

— On ne va rien décider maintenant concernant le pub, lâcha Jake en me tendant un sandwich. On verra dans quel état d'esprit on se trouve tout à l'heure.

Chapitre 10

Jake et moi passâmes notre premier après-midi à la Ferme aux Alouettes à somnoler paresseusement et à deviser ensemble, à l'ombre tachetée de lumière des saules qui bordaient le tronçon de la Wyn jouxtant la ferme. Il faisait incroyablement doux pour un début avril, mais Jake s'empressa de me rappeler que la météo pouvait changer en un clin d'œil, si le vent tournait au nord ou à l'est.

— Bon, déclarai-je en bâillant. (Je m'obligeai à m'asseoir et à m'étirer.) Une fois que tu auras réparé le toit de la ferme, quelle sera la prochaine étape ? Que puis-je faire d'autre pour me rendre utile ?

— Eh bien, répondit Jake en louchant vers moi. Je sais que ce n'est pas très glamour mais, en plus de t'occuper des poules, ce serait génial si tu pouvais aider Annie aux tâches ménagères. Elle préférerait mourir plutôt que de demander mais elle a du mal, et je sais que ça peut paraître vieux jeu mais je suis sûr qu'elle refuserait de me laisser faire quoi que ce soit.

— Bien sûr. Tout à fait. (Je comprenais parfaitement ce que Jake avait en tête, pourtant je ne voulais pas me cantonner aux corvées domestiques.) Mais je parlais de t'aider dehors. Je tiens vraiment à m'impliquer. C'est toute la raison de ma venue ici, après tout.

— Dans ce cas, tu pourrais m'aider à réparer les dépendances et apprendre comment t'occuper de Pip, suggéra-t-il. Quand les récoltes commenceront, j'aurai besoin d'autant d'aide que j'en trouverai, donc ce ne serait pas mal que tout soit le plus en ordre possible avant. Enfin, du moment que tu en es capable, bien entendu, ajouta-t-il avec un regard appuyé à ma main.

Je jetai un coup d'œil sur mon bandage à la pomme de terre et rougis.

— Oh ! arrête, protestai-je. Je me sens déjà assez bête comme ça.

— Ça aurait pu arriver à n'importe qui, objecta gentiment Jake, qui me repoussa en arrière pour pouvoir m'embrasser. Et bien sûr, j'oubliais qu'il y a une autre leçon très spéciale que je dois te donner concernant la vie à la campagne.

— Ah bon, fis-je alors que mon corps commençait à frémir doucement sous les baisers qu'il semait délicatement le long de ma mâchoire puis de mon cou. Et qu'est-ce que c'est ?

— Il est de mon devoir de t'instruire sur l'art de faire l'amour en extérieur, chuchota-t-il, un bras autour de ma taille, tout en effleurant mes lèvres du baiser le plus doux. Je pars naturellement du principe que tu n'es pas déjà une experte en la matière.

— Repos, soldat, m'esclaffai-je en le repoussant doucement. Même moi je sais qu'il faut une météo plus chaude pour faire des galipettes en plein air !

Il me relâcha et s'assit.

— Je ne perdais rien à essayer, plaisanta-t-il. Allez, viens. On ferait mieux d'aller voir ce qu'Annie fabrique cet après-midi. On va rentrer par les vergers.

La température sous le couvert des arbres était plus fraîche et le silence régnait. Aussi étrange que cela puisse paraître, je n'arrivais pas à me débarrasser de la sensation qu'ils retenaient leur souffle, attendant patiemment de livrer leur premier spectacle de l'année. Je traversai le chemin et pris la main de Jake.

— Tu sais, lui dis-je, je suis étonnée que tu n'aies pas encore installé des ruches par ici.

— On en avait, il y a quelques années, répliqua-t-il. Mais le gars qui s'en occupait a arrêté et, j'ai honte de te l'avouer, mais on n'a jamais cherché à les remplacer.

— Eh bien, tu pourrais peut-être, maintenant, suggérai-je, enchantée que mon idée ne soit pas totalement irréalisable. Vu que les populations d'abeilles diminuent et que des tas de gens cherchent à avoir des ruches chez eux, je parie que tu trouverais un gars du coin qui sauterait sur l'occasion d'en installer ici.

— Tu sais quoi ? répliqua-t-il en déposant un baiser sur ma main. Tu as peut-être raison. On posera la question à Annie. Je parie qu'elle va adorer l'idée.

— Tu vois ! le taquinai-je. Et toi qui affirmais que tous mes magazines n'étaient que de l'argent dépensé en vain !

Nous avions presque traversé les vergers quand je distinguai un cri d'oiseau parmi tous les autres. Son chant, doux et mélodieux, montait et montait encore, un son exquis s'élevant jusqu'au paradis. Je m'immobilisai et levai ma main bandée.

— Quel est cet oiseau ? demandai-je. Tu l'entends ?

— C'est une alouette, chuchota Jake qui tendait l'oreille, lui aussi. Elles nichent dans les fraisières qui jouxtent les vergers, tout là-bas. Je t'en montrerai une, plus tard. Elles n'arrêtent pas de chanter tout en s'élevant dans le ciel. Ce sont de petits oiseaux vraiment incroyables. Il y en avait bien plus, autrefois, ce qui explique pourquoi la ferme porte leur nom.

— C'est adorable, commentai-je, un sourire aux lèvres. Et qu'est-ce qu'il y a, là-bas ?

Je désignai l'endroit qui se trouvait par-delà la limite la plus éloignée des vergers.

— Un cottage, répondit Jake sans même suivre la direction indiquée par mon doigt.

Je m'étais attendue à ce qu'il me réponde qu'il s'agissait juste d'un autre champ ou quelque chose du genre.

— Quel cottage ? insistai-je.

— C'est juste une petite maison qui appartient à la ferme.

— Qui y habite ?

— Personne pour le moment, répondit-il en haussant les épaules. Cela fait un bail qu'il est vide.

— Qu'est-ce que tu as l'intention d'en faire ? On pourrait aller le voir ?

Jake jeta un coup d'œil dédaigneux à sa montre.

— Pas aujourd'hui, conclut-il. On ira demain. Pour être honnête, c'est une petite bicoque sombre et humide, qui cause plus de tracas qu'elle n'a de valeur. Si j'avais voix au chapitre, je la ferais raser pour nous épargner la peine de la conserver.

Le commentaire de Jake et son brusque changement de ton me surprirent. Je ne l'avais jamais entendu parler de façon méprisante de quoi que ce soit qui touche de près ou de loin à la ferme. Je décidai de ne pas approfondir, même si mon esprit bouillonnait déjà, tandis que j'imaginais les multiples usages que nous pourrions faire de cet endroit.

Une fois de retour à la maison, Jake m'aida à ôter mes bottes en caoutchouc nouvellement étrennées, parce que je n'y arrivais pas d'une seule main.

— Cette plante qui pousse autour du porche, dis-je en désignant les jeunes vrilles qui s'entortillaient et sinuaient sur tout l'avant de la maison, c'est un rosier grimpant ? Elle ressemble au plant dont Monty parlait dans *Gardeners' World*, la semaine dernière.

— En effet, confirma Annie avec un sourire. (Elle était venue à la porte.) Je croyais qu'Amber ne connaissait presque rien à la campagne et au jardinage, Jake.

— Disons qu'elle apprend vite, répliqua-t-il, souriant lui aussi.

— J'en ai bien l'impression, confirma la vieille femme. Bon, maintenant, rentrez, que je jette un nouveau coup d'œil à votre main.

*

Quand Jake m'avait prévenue que, dans les Fenlands, la météo était sujette aux changements brutaux, j'avoue que je n'y avais pas accordé grande attention, avec le ciel bleu au-dessus de nos têtes et le soleil qui nous souriait à travers l'ombre tachetée des saules. Cet après-midi-là, on avait l'impression que la chaleur allait durer jusqu'au soir. Cependant, lorsque nous sortîmes du taxi qui nous avait conduits jusqu'à Wynbridge et que je me penchai par-dessus le pont pour avoir mon premier véritable aperçu de la Wyn dans toute sa gloire, le souffle glacé qui me frappa en plein visage m'apporta une démonstration tout à fait parlante de ce qu'il avait voulu dire. Il m'enjoignit de reculer et de traverser la rue.

— Viens. On ferait mieux d'entrer.

Je pris une profonde inspiration et me cramponnai à sa main comme s'il s'agissait de ma seule et unique planche de salut. Il souleva un loquet puis poussa une lourde porte de bois.

— Tu n'es pas nerveuse, quand même ? s'étonna-t-il.

— Bien sûr que si, répliquai-je d'une voix rauque. Tu as oublié comment tu te sentais quand on a commencé à sortir ensemble, à Londres ?

Jake se retourna, désinvolte, pour me dévisager, et je me rendis compte que la question était absurde. Évidemment qu'il avait oublié sa nervosité ou son malaise en société, parce qu'il ne les avait jamais éprouvés. Il s'acclimatait toujours, quelles que soient les assemblées où nous nous retrouvions. C'était son style facile, décontracté qui m'avait fait tomber amoureuse de lui, pour commencer. Alors que nous franchissions le seuil du pub, je ne pus me retenir de souhaiter qu'un peu de sa confiance ait déteint sur moi. Il m'adressa un sourire tout en me serrant doucement la main pour me réconforter.

— Tout va bien se passer, murmura-t-il. Tout le monde va t'adorer. Harriet et Jess sont déjà conquises.

La certitude qu'elles seraient là, l'une et l'autre, empêcha ma nervosité de prendre le dessus. Si je ne les avais pas déjà rencontrées, j'aurais probablement refusé de quitter la ferme pour au moins quelques jours de plus. Leur gentillesse m'avait en quelque sorte garanti que cette escapade en ville ne serait pas un désastre complet.

Chapitre 11

La Sirène s'avéra un pub traditionnel au plafond bas, avec un feu accueillant crépitant dans sa cheminée et un accueil tout aussi chaleureux de la part de ses propriétaires, Jim et Evelyn. Jim avait un physique impressionnant, toutefois je compris d'emblée que c'était sa minuscule femme qui portait la culotte.

— Jake, mon garçon, l'accueillit-elle alors que nous nous frayions un chemin jusqu'au bar, te voilà de retour et, si j'en crois les potins locaux, pour de bon, cette fois-ci !

— En effet, confirma Jake, rayonnant. Mais je ne suis pas seul, comme tu le sais déjà aussi, je suppose.

Evelyn rejeta la tête en arrière pour s'esclaffer.

— Evelyn, reprit Jake en me poussant devant lui, malgré mes réticences. Voici Amber. Amber, je te présente Evelyn, déclara-t-il avant d'ajouter, en un pseudo-chuchotement assez sonore pour qu'elle puisse l'entendre : Celle contre qui je t'ai mise en garde.

Evelyn fit de nouveau entendre son rire de gorge savoureux et se pencha par-dessus le bar pour donner une tape à Jake qui l'esquiva, en une manœuvre dont il avait à l'évidence l'habitude.

— Bonjour, ma belle, me lança Evelyn avec un sourire et une étincelle dans son regard pétillant. Bienvenue à La Sirène. Je t'aurais bien serré la main, mais j'ai cru comprendre que tu avais eu un petit accident.

Je levai ma main bandée pour confirmer ses informations. Était-ce Harriet ou Jess qui lui en avait parlé ?

— Pourquoi Annie ne peut-elle pas avoir une satanée bouilloire électrique, comme tout le monde ? Ça me dépasse, maugréa Evelyn en levant les yeux au ciel. Mais ne t'inquiète pas, ma belle, on n'est pas tous restés coincés au Moyen Âge.

— C'était ma faute, insistai-je, déterminée à défendre Annie et sa façon de faire à la ferme. J'ai beaucoup de choses à apprendre.

Evelyn m'observa pendant ce qui me parut durer de longues secondes. Je ne pouvais m'empêcher de penser qu'elle m'évaluait, exactement comme Annie l'avait fait quand j'étais arrivée. Incapable de soutenir son regard, je tripotai distraitement mon bandage pendant qu'elle se faisait son opinion. Dieu merci, je dus lui convenir parce qu'une minute plus tard, elle m'offrait une boisson et à Jake une pinte de ce qu'il prenait d'habitude, sur le compte de la maison.

— Regarde, hurla-t-il pour couvrir le bruit, une fois que nous eûmes récupéré nos boissons, Harriet nous fait signe de la rejoindre. Ouvre la marche, je te suis avec les verres.

Je me frayai un chemin, passant devant un groupe de musiciens qui rigolaient et accordaient leurs instruments, tout en discutant avec leur auditoire impatient, et gagnai un endroit plus calme où nous attendaient un autre feu et deux canapés à l'air confortable.

— Je savais que vous viendriez ! lança Jessica, qui se leva d'un bond pour se précipiter vers nous. Approche que je te présente Henry. (Elle m'entraîna vers le canapé qu'elle occupait avec un homme qui la complétait de toutes les façons possibles.) Amber, je te présente Henry, mon fabuleux fiancé.

— Eh bien, je ne suis pas très sûr pour ce qui concerne le côté « fabuleux », fit Henry avec un sourire, feignant l'embarras. Mais « fiancé », c'est plutôt exact.

— Enchantée de faire ta connaissance, m'esclaffai-je.

Jessica reprit sa place près de son bien-aimé et je m'assis en face d'eux, avec Harriet d'un côté et Jake de l'autre.

— Alors, demanda Harriet avant que je n'aie pu avaler une gorgée de ma boisson, comment s'est passée ta journée ?

— Géniale, déclarai-je, vraiment super. Jake m'a fait visiter la ferme et, ma main mise à part, je suis toujours intacte. Donc je dirais qu'il y a du progrès, non ?

Sans attendre la réponse de Harriet, Jake se pencha en avant pour lui lancer, sourcils froncés :

— À ce propos, Harriet, qu'est-ce qui t'a pris d'aller raconter l'accident d'Amber à Evelyn ?

— Elle n'en a rien fait, s'empressa d'intervenir Jessica. Je le racontais à Henry pendant qu'on était au bar, et elle m'a entendue, même si Dieu seul sait comment elle a fait. Elle se trouvait à l'autre extrémité !

— Parce qu'elle a l'ouïe d'un… (Harriet s'interrompit, le temps de réfléchir à quoi comparer l'ouïe miraculeuse d'Evelyn.) Eh bien… d'une créature dotée d'une ouïe performante. Tu me connais quand même mieux que ça, Jake, ajouta-t-elle en le fusillant du regard, l'air bien plus offensé que je ne l'aurais imaginé. Tu sais que je ne supporte pas les ragots.

— Pardon, marmonna Jake, penaud. Vraiment, désolé. J'aurais dû le savoir, oui.

— Une chauve-souris ! s'écria soudain Henry.

— Quoi ? firent Jake et Harriet à l'unisson.

Henry leva son téléphone, ce qui me rappela pourquoi mes mains, en dépit de mon bandage, me paraissaient si vides.

— Si l'on en croit Google, la chauve-souris est l'animal doté de l'ouïe la plus performante au monde.

— Vous ne seriez pas en train de parler de ma chère moitié, par hasard ? gloussa Jim, qui passait devant nous pour se diriger vers le bar, les mains chargées de verres vides.

— Non ! répondîmes-nous en chœur avant d'éclater de rire.

Le visage rougi, un grand sourire aux lèvres, nous prîmes une gorgée de nos boissons et nous réinstallâmes sur les canapés.

Deux verres plus tard, je me sentais bien plus détendue. Je me joignis même au chœur qui accompagna l'une des chansons dont le groupe local nous gratifia.

— Et toi, demandai-je à un Henry légèrement empourpré, qu'est-ce que tu fais dans la vie ? Je sais tout du travail des filles, mais tu demeures un mystère.

— Eh bien, répondit Henry en reposant son verre à moitié vide, mon titre officiel est régisseur de Wynthorpe Hall, qui se trouve juste au sud du village de Wynthorpe, mais ces jours-ci, vu que la plus grande partie du domaine initial a été vendue, ce n'est pas du tout aussi important que ça en a l'air. J'interviens aussi en qualité d'agent immobilier pour quelques fermiers locaux et propriétaires terriens qui cherchent à acquérir et à vendre des terres, en fonction de leur compte en banque, bien entendu.

— Ça m'a l'air intéressant, convins-je. Je présume qu'il y a plus de ventes que d'acquisitions, en ce moment.

— Je ne saurais dire, dit-il sur un clin d'œil, mais à ce propos, Jake, tu as un peu réfléchi au cottage ?

— Non, rétorqua Jake avec une pointe d'humeur. Laisse-nous un peu respirer, mec, ajouta-t-il sur un ton un peu plus affable. On n'a même pas encore fini de défaire nos bagages.

— Oui, mais ce n'est pas une bonne chose de repousser éternellement, répliqua Henry avec le plus grand sérieux. L'horloge tourne, et la baraque ne va pas veiller sur elle toute seule, tu sais.

— Oui, admit Jake. Je suis au courant.

— Il s'agit du cottage dont tu m'as parlé plus tôt ? demandai-je. Celui qu'on n'a pas eu le temps de voir aujourd'hui, c'est bien de lui dont il s'agit ?

Il hocha la tête et but une nouvelle gorgée de sa pinte, sans quitter Henry des yeux. Celui-ci haussa les épaules et reprit son verre.

— Bref, fit-il, tout ce que je dis c'est que tu ne devrais pas attendre trop longtemps.

Le brusque changement de ton de Jake et le rétropédalage très rapide de Henry achevèrent de piquer fortement ma curiosité concernant le cottage. À l'évidence, il y avait quelque chose de mystérieux là-dessous et Jake refusait que quiconque aborde le sujet, surtout, semblait-il, en ma présence. Je décidai séance tenante d'en demander les clés à Annie, afin de pouvoir aller y jeter un coup d'œil moi-même au cours des prochains jours, sous réserve que Jake ne propose pas de m'y emmener, ce que je ne pouvais plus désormais imaginer.

— Vous avez entendu pour la foire ?

Jake, Harriet et moi pivotâmes sur nos sièges afin de regarder celle qui avait posé la question : une femme couverte de taches de rousseur, dont le visage, encadré d'un fouillis de boucles rousses, avait le teint pâle et lisse de la porcelaine, taches de rousseur mises à part.

— Bonjour, lança-t-elle en me souriant. Vous devez être Amber.

— Oui, confirmai-je. Bonjour. Ravie de faire votre connaissance.

Je ne parvenais pas à m'habituer au fait que tout le monde semblait connaître mon nom, alors que je ne connaissais presque aucun de ceux de mes interlocuteurs.

— Et réciproquement. Je suis Lizzie. Lizzie Dixon du Café du Cerisier. Je dirige cet établissement avec Jemma, ma meilleure amie.

Bon, au moins c'était un endroit dont je connaissais le nom. Je lui souris.

— Bien sûr, fis-je. Jake évoque souvent avec des trémolos dans la voix le succulent bavarois aux fraises et son glaçage de rêve que vous proposez.

— Et qu'est-ce que tu en penses ? Ça ne te dérange pas si je te tutoie ? demanda Lizzie.

— Pas du tout, répondis-je avant d'ajouter, les joues en feu : Je ne l'ai pas encore goûté, mais je suis certaine que c'est délicieux.

Lizzie reporta son attention sur Jake. Ses yeux verts pétillaient.

— Dis-moi donc ce qui est arrivé aux jolis petits gâteaux dont je te préparais une boîte quand tu rentrais à Londres, Jake Somerville ? « C'est un petit quelque chose pour Amber », répétais-tu chaque fois !

— Ils n'ont jamais réussi à tenir la distance, marmonna Jake, en baissant le nez sur son verre, l'air coupable. Désolé, Lizzie.

— Tu devrais plutôt dire : « Désolé, Amber », non ? le taquina-t-elle en lui tapotant l'épaule. Même si je suppose que c'est un compliment, au fond. Viens très vite nous voir, Amber, et on t'offrira la sélection dont tu aurais déjà dû avoir un échantillon.

— Merci, m'esclaffai-je. Je n'y manquerai pas.

— J'en conclus que Jake aime le sucré, constata Henry, hilare. C'est bien ça, Lizzie ?

— Tu peux parler, toi ! s'esclaffa mon compagnon. Tu sais aussi bien que moi que tu vas leur commander un cupcake au caramel à chaque repas de midi !

— Vraiment ? s'étonna Jessica qui se tourna, le sourcil interrogateur, vers son fiancé. Tu es censé chercher à perdre quelques kilos avant le mariage ! (Elle se renfrogna.) Tu pourrais refuser de le servir, Lizzie, s'il te plaît ? Sauf s'il commande un latte allégé, chasse-le de ta boutique.

— Impossible, répliqua malicieusement l'intéressée. Ces deux-là sont nos meilleurs clients !

Et elle secoua la tête, ce qui fit danser encore ses boucles.

— Et donc… c'est quoi, cette histoire de foire ? demanda Harriet, sauvant ainsi les deux garçons de nouveaux coups de chaleur.

— Apparemment, elle n'aura pas lieu cette année, répondit Lizzie.

Son intonation avait totalement changé, pour leur communiquer la nouvelle.

— Quoi ? s'écria la tablée, unanime.

Ils commencèrent à se bombarder de questions et à se couper la parole pour tenter de découvrir si quelqu'un savait exactement de quoi il retournait.

— Les Harrison ont retiré leur champ, annonça Lizzie par-dessus le brouhaha. Ils ont déclaré qu'ils en avaient assez de jouer les hôtes et qu'il était grand temps que quelqu'un d'autre héberge les déambulations des gens du coin sur ses terres.

— Mais enfin, la foire de mai s'est toujours déroulée chez eux ! s'écria Jessica, faisant écho au reste du groupe. C'est impossible !

— Certes, mais souvenez-vous, leur rappela Lizzie. Quand elle a redémarré, il y a dans les dix ans maintenant, ce qui avait été décidé, c'était que différentes familles l'accueilleraient à tour de rôle, or ça ne s'est jamais produit, n'est-ce pas ? Les Harrison s'y sont collés parce que personne d'autre ne s'est jamais proposé. Personnellement, conclut-elle avec un soupir, je pense qu'ils méritent une pause.

— Je suis d'accord avec Lizzie, renchérit Henry. Tout le monde a présumé qu'il en irait ainsi chaque année sans se poser de question et ce n'est vraiment pas juste. Le vieux M. Harrison ne rajeunit pas et il a déjà assez à faire, depuis qu'il a perdu sa femme, l'année dernière. Il n'a pas besoin de s'inquiéter par-dessus le marché avec cette histoire de foire.

Une autre femme, dont j'appris plus tard qu'il s'agissait de Jemma, s'approcha pendant que Henry parlait.

— Tom m'a dit que, si l'on ne parvenait pas à trouver un autre site convenable, le conseil allait refuser d'accorder une licence aux forains, cette année. Ils ne laisseront pas la fête foraine revenir sur le parking du terrain de rugby. J'en déduis qu'elle n'aura pas lieu. Et on ne va pas seulement perdre la foire, bien entendu, mais aussi la barbe à papa et les manèges !

— Qui est Tom et qu'est-ce que la foire de mai ? chuchotai-je à Jake qui paraissait aussi outré que tout le monde autour de lui.

— Pardon, Amber, répondit-il en me prenant la main pour y déposer un baiser. J'oublie que tu n'es pas au courant du calendrier social local. Tom est le mari de Jemma. Il travaille au conseil, expliqua-t-il, et la foire est un spectacle rural annuel qui célèbre la région. Traditionnellement, elle se tient aussi près du 1er mai que possible et avant que les gens d'ici ne soient accaparés par les difficultés liées aux récoltes.

— Des tas d'artisans et d'associations locales se réunissent, poursuivit Jessica, reprenant le fil. Il y a un concours canin, une course d'obstacles et des tas de compétitions auxquelles chacun peut participer. En général, Annie écrase la concurrence dans les concours de couture, n'est-ce pas Jake ?

— En effet, convint Jake en éclatant de rire, mais son sourire disparut. Pas l'année dernière, cela dit. Elle n'était pas assez en forme pour y participer. Et je n'aimerais vraiment pas qu'elle la manque encore cette année.

— Eh bien, dans ce cas, je suis encore plus désolée d'être la messagère d'une aussi mauvaise nouvelle, soupira Lizzie. Mais à moins qu'un autre site ne soit disponible, on va tous la manquer.

— Trois semaines, a dit Tom, lança Jemma par-dessus son épaule, alors qu'avec Lizzie, elles allaient s'agglutiner à la foule autour du piano. On a trois semaines pour trouver un autre lieu, sans quoi c'est fichu.

Chapitre 12

Je ne dormis pas beaucoup plus au cours de ma deuxième nuit à la Ferme aux Alouettes que pendant la première. Dieu merci, la pluie s'était arrêtée et le seau de fer-blanc était, pour le moment du moins, superflu et consigné au pied de l'armoire. J'avais l'impression, étant donné l'espace qui lui semblait dévolu parmi les boîtes et les sacs, qu'il servait régulièrement depuis bien plus longtemps que Jake ne le pensait.

Ce ne fut donc pas la pluie qui me tint éveillée cette nuit-là, ni les chiennes. Depuis que Jemma avait nonchalamment lancé la date limite pour l'organisation de la foire de mai, mon cerveau bouillonnait, et je me demandais si j'avais des chances de convaincre Jake et Annie de mettre à disposition les deux champs derrière le verger pour l'occasion. D'après ce que j'en avais vu, l'accès à ces terrains était plus qu'adapté, parce que leur portail donnait sur la route et qu'on n'aurait pu souhaiter emplacement plus idyllique pour une foire campagnarde, mais Jake et Annie seraient-ils d'accord avec moi ?

Il n'y avait pas plus important à mes yeux que de m'adapter à la vie à la Ferme aux Alouettes. Dan, Dubaï et mon entrevue avec Simon étaient déjà aux oubliettes et ma vie à Londres me paraissait à des années-lumière. Je voulais apporter une contribution valable qui montre à tout le monde combien j'étais sérieuse dans mon désir de réussir ma nouvelle vie à la campagne.

Toutes les personnes que j'avais rencontrées pour l'instant m'avaient donné l'impression que j'étais la bienvenue et je n'arrivais pas à m'empêcher d'espérer que l'hébergement de la foire de mai à la ferme serait le moyen idéal de les remercier de leur gentillesse. Bien entendu, il allait falloir que je m'habitue à ce que chacun semble tout connaître de moi et de mon existence, mais d'une certaine manière, j'aimais ça. Appartenir à une communauté aussi soudée était une nouveauté en ce qui me concernait et, même si j'avais conscience des embûches inhérentes à la situation, je ne pouvais m'empêcher de penser, à partir de ce que j'en avais vu pour le moment, qu'elles étaient largement contrebalancées par ses avantages.

Le lendemain matin, ce fut mon tour d'être debout dès l'aube, bien avant Jake ou Annie. En fait, quand celle-ci gagna la cuisine, j'avais déjà nourri les chiennes, les avais laissées sortir et rentrer et j'avais préparé une théière, en veillant bien, évidemment, à me protéger les mains quand j'avais approché la cuisinière.

— Eh bien, dites donc, quelle lève-tôt vous faites ! s'esclama Annie quand elle entama sa lente traversée de la cuisine, pour gagner sa chaise préférée.

— Je vais aller chercher les œufs et ouvrir aux poules dans une minute.

Bien plus qu'Annie, ce furent ces mots qui me firent sourire. J'aimais leur sonorité. La simplicité de cette routine matinale était tellement agréable après toutes les années où je m'étais retrouvée collée contre des aisselles inconnues, sur le trajet qui me menait au travail.

— Eh bien dans ce cas, il me semble que vous n'aurez rien contre cela, lâcha Annie qui tendit la main vers un côté de sa chaise.

— Qu'est-ce que c'est ? demandai-je, en m'emparant d'un paquet très léger, emballé un peu n'importe comment.

— Ouvrez-le, m'encouragea-t-elle. Je l'ai trouvé hier et je me suis dit que ce serait pile ce qu'il vous fallait. J'ai mis la doublure hier soir, pendant que Jake et vous étiez sortis. J'espère que vous aimerez. J'ai l'impression que vous appréciez les jolies choses.

— Oh ! Annie ! m'écriai-je. (Je déchirai le papier et en sortis le plus ravissant panier d'osier que l'on puisse imaginer.) C'est parfait, la remerciai-je avec chaleur et j'enroulai mes doigts autour de l'anse. Merci infiniment !

L'intérieur du panier était matelassé et doublé par ce qui semblait être un tissu à fleurs ancien et sa forme tout autant que sa taille en faisaient l'auxiliaire idéal pour recueillir des œufs.

— Il était à moi quand j'étais petite, me dit Annie avec nostalgie. Et la doublure vient de l'un des vieux torchons de ma mère. Je suis assez contente du résultat, ajouta-t-elle fièrement. J'ai bien peur d'avoir négligé mes compétences de couturière, ces derniers temps, mais c'était une bonne chose d'avoir l'occasion de me servir de nouveau d'une aiguille et d'un fil.

— Vous êtes vraiment certaine de vouloir me les donner ? (Je me sentais obligée de poser la question car l'ensemble revêtait à l'évidence pour elle une grande valeur sentimentale.) Si ces objets signifient autant pour vous, Annie, vous ne devriez pas les conserver ?

— Et qu'est-ce que j'en ferais ? s'esclaffa-t-elle. Non, ma belle, gardez-les. Je tirerai un bien plus grand plaisir à vous voir les utiliser tous les jours qu'à les savoir remisés au fond de mon placard !

— Eh bien, puisque vous êtes sûre de vous, répliquai-je en me penchant pour l'embrasser, merci. Merci infiniment. Vous aviez raison, j'aime les jolies choses. Je sais que Jake se moque de mes bottes et de tout le reste, mais c'est comme ça que je me sens bien. J'aime avoir la tête de l'emploi.

— Inutile d'avoir la tête de l'emploi, rétorqua-t-elle dans un éclat de rire. Vous êtes l'emploi. Je suis tellement contente que vous ayez décidé de venir ici, Amber, continua-t-elle, la voix légèrement frémissante. C'est bon pour l'âme d'avoir des jeunes dans les parages. Je me sens déjà mille fois mieux.

— Et moi, je suis honorée de vivre ici, la rassurai-je. Et je suis ravie que vous vous sentiez assez bien pour vous remettre à la couture. En fait, je suis impatiente de voir à quel objet vous allez donner une nouvelle vie ensuite.

Annie sourit, et mes projets de faire venir la foire de mai à la Ferme aux Alouettes, auxquels j'avais rêvé pendant la nuit, me revinrent en mémoire.

— À ce propos, il a été question de vos prouesses de couturière à La Sirène, hier soir.

— Ah bon ? Comment le sujet est-il venu sur le tapis ?

— Jake et quelques autres personnes discutaient de la foire de mai, expliquai-je. Comme quoi personne n'avait la moindre chance face à vous, lors des remises de prix dans les compétitions de couture.

— C'est vrai ? ironisa-t-elle avant d'ajouter, plus triste : Je n'ai pas participé l'année dernière, mais je pense refaire une tentative cette année. J'ai juste assez de temps pour préparer quelque chose, si je m'y mets tout de suite. Ce serait chouette de récupérer le titre que Bunty Harris m'a chipé.

Tout à mon désir de trouver comment m'y prendre pour suggérer que la ferme héberge la foire de cette année, j'avais sans le vouloir enflammé Annie et j'espérais ne pas la placer devant une cruelle désillusion si la foire était bel et bien annulée. Telle n'avait pas du tout été mon intention.

— Eh bien, repris-je, sachant que je devais mettre les choses au clair, aussi délicatement que possible, je ne suis pas certaine que vous en ayez la possibilité, cette année, Annie.

— Que voulez-vous dire ?

— Si j'en crois ces dames du Café du Cerisier, la foire risque de ne pas se tenir, cette année.

— De ne pas se tenir ! s'écria Annie, qui parut outrée et voir clairement une offense personnelle dans cette annulation potentielle. Mais comment ça ? C'est ridicule, complètement inouï !

— Les gens qui prêtent habituellement leurs terres, les Harrison je crois, y ont renoncé. Ils veulent que quelqu'un d'autre s'en charge.

— Oui, c'est vrai, concéda Annie. Ils ont connu une année vraiment difficile, donc je peux comprendre leur décision mais, bon sang, qu'est-ce qu'on va faire ?

J'ouvrais déjà la bouche pour énoncer ma suggestion, toutefois je m'arrêtai car les chiennes avaient quitté leur panier pour se précipiter vers le pied de l'escalier, la queue remuant dans un unisson parfait.

— Bonjour tout le monde, lança Jake avec un bâillement.

Il se passa une main dans les cheveux avant de se baisser pour câliner le duo en adoration. Sa coiffure avait particulièrement pâti de la nuit. Ce matin-là, les épis pointaient dans tous les sens, et sa voix était inhabituellement rauque et rocailleuse.

— Je sais, je ne me suis pas particulièrement surveillé, hier soir, confessa-t-il. Mais j'ai l'impression d'avoir la gueule de bois du siècle. Tu as mis quelque chose dans mon verre, Amber ?

— Non, bien sûr que non, répliquai-je en secouant la tête. Ne sois pas bête mais, en effet, tu m'as l'air patraque. J'espère que tu ne couves pas quelque chose.

— Si c'est une gueule de bois, je sais exactement ce dont tu as besoin, déclara Annie, qui partit s'affairer dans le garde-manger. Il faut soigner le mal par le mal, avec un petit quelque chose supplémentaire, et il n'y paraîtra plus rien.

Jake grimaça, mais il n'avait, à l'évidence, pas l'énergie pour argumenter. Nous attendîmes en silence : Annie débouchait des bouteilles et, de ce que je pus déduire des bruits que nous entendions, cassait des œufs.

— De quoi parliez-vous de si bonne heure, toutes les deux ? demanda Jake qui posa un œil circonspect sur le verre qu'Annie déposa sur la table.

— Ne reste pas planté à analyser son contenu, le réprimanda-t-elle. Ne le regarde même pas. Contente-toi de le vider d'un trait.

D'un mouvement rapide, Jake se saisit du verre et le but selon ces instructions. Je détournai les yeux pour ne pas voir l'épais breuvage glisser à contrecœur du verre jusque dans sa bouche. Ma mine dégoûtée risquait de le dissuader d'avaler. Aussi reportai-je mon attention sur le panier, jusqu'à ce que je l'entende reposer brutalement le verre sur la table, avec force toux, crachats et jurons.

— Amber était en train de me dire que la foire de mai était annulée, lui indiqua Annie qui retira vivement le verre. Tu te sens mieux ?

— Un peu, croassa Jake.

— Un autre ? proposa la vieille femme, un second verre à la main.

— Non ! s'écria-t-il. Non merci, peut-être plus tard, si je fais une rechute.

Il recula d'un bond, sans doute un peu trop vite, et dut se cramponner à la table jusqu'à ce qu'il ait recouvré son équilibre.

— Quelle tristesse, cette histoire de foire ! déplora Annie en rinçant le verre. Je brûlais de récupérer mon titre de championne de couture.

— Je suis désolé, Annie, marmonna Jake, dépité. Ça ne sera pas possible et on ne peut rien y faire.

— En fait si, intervins-je avec un sourire timide. On pourrait peut-être faire quelque chose.

— Que veux-tu dire ? Pas de champ, pas de foire, résuma Jake, résigné.

Il s'assit pour se verser du thé dans un mug et remplir nos tasses, à Annie et à moi.

— Eh bien, insistai-je après une profonde inspiration, est-ce qu'on ne pourrait pas l'organiser ici ?

— Quoi ? s'étrangla-t-il.

— Hier, pendant que tu me faisais faire le tour du propriétaire, tu m'as bien dit que vous aviez deux pâturages vides, à l'heure actuelle ?

— Et ?

— Quand tu me les as montrés, j'ai vu qu'on y accédait par la route. Autrement dit, s'y rendre et en repartir ne poseraient pas de problème.

— Continuez, m'encouragea Annie.

— Eh bien, d'après ce que je vois, ce serait la simplicité même. Personne ne s'approcherait de près ou de loin de la maison, ni même des vergers, d'ailleurs. On pourrait faire en sorte que l'événement soit cantonné au niveau des parcelles les plus éloignées de la ferme, avec la foire dans un champ et la fête foraine dans l'autre.

Jake fronça les sourcils, le teint de nouveau cendreux.

— C'est une idée insensée. Il n'y a tout simplement pas le temps et tu as entendu, hier soir, Tom a dit à Jemma que le conseil municipal était prêt à tout annuler.

— Il ne peut pas y avoir tellement de choses à faire, m'entêtai-je, encouragée par l'éclat que je voyais briller dans l'œil d'Annie. Vu que l'événement existe depuis de nombreuses années. Il me semble qu'une fois les prés fauchés et une clôture temporaire posée, le reste doit plus ou moins incomber à ceux qui siègent au comité. Je suis certaine que la foire doit en avoir un, sans doute même plus d'un, et je n'aurais rien contre le fait de les aider à se coordonner, si besoin.

Jake secoua la tête. Son beau visage affichait une expression aussi résolument qu'étonnamment hostile à cette idée.

— Ça n'a rien à voir avec l'un de tes événements d'entreprise, commença-t-il à m'expliquer sur un ton dont le paternalisme avait de quoi rendre furieux. Cette foire ne ressemble à rien de ce que tu as déjà rencontré, Amber. Il y a tellement de susceptibilités à ne pas froisser que tu ne sauras pas où te tourner ! C'est une idée insensée.

— Bon, c'était simplement une suggestion, répliquai-je en haussant les épaules. Il me reste beaucoup à apprendre sur la vie à la campagne, de toute évidence.

Sur quoi, je vidai mon thé et m'emparai de mon nouveau panier.

— Attendez une minute, m'intima sévèrement Annie. Vous êtes en train de me dire que c'est tout ?

— Qu'est-ce que vous entendez par là ?

Je remarquais toujours l'éclat brillant au fond des yeux d'Annie, mais, à présent, il côtoyait un air de choc et d'incrédulité.

— Vous n'allez même pas essayer de vous battre ? demanda-t-elle.

— Euh…, marmonnai-je, tout en cherchant à ignorer son air exaspéré.

Je sentais des pulsations émaner de Jake.

— Non, Annie, admis-je. Visiblement, Jake sait mieux de quoi il parle et a bien plus d'expérience en la matière que moi.

— De même que moi, rétorqua Annie qui se redressa de tout son mètre cinquante pour se diriger vers ma chaise. Et moi, je dis « oui ».

Quand elle se tourna vers son neveu, l'éclat au fond de ses yeux avait l'air encore plus espiègle.

— Non, riposta Jake, pas question.

— Si, s'entêta Annie. Ça te fera du bien, Jake.

Je ne restai pas pour découvrir pourquoi cela ferait du bien à Jake. Je me faufilai hors de la cuisine et gagnai la cour en emmenant les chiennes avec moi pendant que les deux camps fourbissaient leurs armes. Face à l'opposition de Jake contre mon projet, une partie de moi regrettait d'avoir ouvert la bouche, mais l'autre partie, la rebelle, était enchantée à l'idée que la Ferme aux Alouettes se fasse l'hôte de la foire de mai.

D'après ce que Jake avait dit sur la pléthore de « susceptibilités » qui risquaient d'être « froissées », je savais qu'il y avait des tas de gens du coin d'ores et déjà impliqués dans l'organisation et le déroulement de la foire. J'étais plus qu'heureuse de faire profil bas, d'obéir aux ordres et de m'armer de courage pour un cours accéléré sur les façons de faire à la campagne.

Chapitre 13

Munie d'une petite pelletée de maïs puisée dans le sac sous le porche, mon panier à la main et une paire de gants de jardin en coton bien coincés sous mon bras, je me frayai un chemin hésitant vers le poulailler. C'était ma première sortie solo en tant que directrice du Bien-Être des poules. Aussi répétai-je méthodiquement les opérations que Jake avait effectuées la veille.

Comme j'avais ouvert la petite trappe sur le devant du poulailler, je m'attendais à ce que les filles se précipitent dehors, exception faite de Patricia bien sûr, mais rien, pas même un caquètement. Je fis alors tomber par terre quelques grains de la pelle et, en un clin d'œil, ce fut le galop, la ruée et un nuage de plumes : Mabel et Martha déboulèrent de la porte et se mirent à becqueter le maïs, manifestant leur satisfaction par de petits caquets.

— De rien, leur dis-je en souriant.

Je leur déversai quelques grains supplémentaires et réservai le reste pour la mangeoire.

Une fois que je l'eus remplie et que j'eus vérifié le niveau de l'eau, je revins précautionneusement vers la porte à l'arrière de la maison, posai la pelle et le panier, enfilai les gants et me préparai à affronter mon adversaire aux yeux perçants.

Je dévisageai Patricia, Patricia me dévisagea. Elle ébouriffa ses plumes et raffermit sa posture. Elle n'aurait pas pu se comporter autrement pour un duel au petit jour !

On y était. Je savais que des quelques secondes qui allaient suivre dépendraient toutes nos interactions futures.

J'inspirai à deux reprises pour me calmer, m'avançai rapidement, la soulevai fermement de son nid, la reposai par terre et reculai. Elle fut, me sembla-t-il, si choquée par mes actes qu'elle oublia complètement ses œufs pendant quelques secondes, si bien que, de fierté, mon cœur se mit à battre à toute allure et j'oubliai complètement son petit bec pointu et ses réflexes aussi rapides que l'éclair. Comme je me penchais pour la caresser, elle pivota et me becqueta violemment les doigts. Par chance, elle ne rencontra que les gants et, faute d'en avoir conscience, quitta le poulailler d'un pas nonchalant (au sens littéral du terme) pour s'en aller rejoindre Martha et Mabel.

Elle s'était débrouillée pour confisquer les deux œufs pondus par les filles, lesquels étaient serrés l'un contre l'autre, blottis dans son petit nid de paille. Ôtant les gants, je soulevai précautionneusement les œufs légèrement tachetés et les déposai dans le panier. Je ne savais pas trop si le premier round avait tourné en ma faveur, mais les poules étaient dehors et nourries, j'avais deux œufs dans mon panier et, pour l'instant, ce résultat me suffisait.

Je ne revis pas Jake du reste de la journée

— Je crois qu'il travaille dans les vergers, me confia Annie quand je finis par regagner la maison. Il a certainement emporté son déjeuner avec lui. Qu'est-ce que vous faisiez ?

J'avais savouré chaque minute de ma matinée. J'avais même fini par m'habituer à l'odeur des fientes de poule pendant que je balayais le poulailler et le regarnissais en paille propre. Après quoi, je m'étais affairée un peu dans la cour et familiarisée avec les remises délabrées. Dans l'une d'elles, j'avais découvert deux nids de merle et passé plusieurs minutes délicieuses à regarder les parents entrer et sortir, le bec bourré d'insectes.

Ensuite, je m'étais rendue dans l'enclos où j'avais attiré Pip près de la clôture en faisant s'entrechoquer des friandises pour poney dans un seau, même si je ne pus m'empêcher de trouver qu'elle était déjà un peu rondelette, pendant que je passai les doigts dans le crin rêche de sa crinière. Enfin, peut-être les shetland avaient-ils une silhouette légèrement plus ronde que les poneys de mes souvenirs que j'avais persuadé mes parents de me laisser monter sur la plage, quand j'étais petite.

Même si je prenais plaisir à rapporter les détails de ma matinée à Annie, je devais bien admettre que, sans Jake pour entendre tout ce que j'avais fait, il manquait un peu d'éclat à ma journée de même qu'une partie de la fierté éprouvée dans tout ce que j'avais accompli.

— Comment va votre blessure ? demanda Annie. J'espère que vous ne l'avez pas trop tachée de boue pendant tous vos travaux !

Je levai la main et lui montrai le bandage gris, désormais encore plus crasseux.

— Je sais que j'aurais dû garder mes gants, dis-je, mais on ne sent rien quand on les porte, vous ne trouvez pas ?

— Voilà qui est parlé comme une vraie femme de la campagne ! s'esclaffa Annie en battant des mains.

— Pas encore tout à fait.

Je m'empourprai, secrètement ravie d'une telle approbation malgré un œil aussi attentif.

— Je pense qu'on ferait mieux de l'enlever, décréta-t-elle en désignant le bandage. Et de vérifier l'état des dégâts.

Là où la peau avait été cloquée et d'une nuance rouge vif, elle était désormais lisse, rose et presque plus douloureuse.

— Vous ne savez vraiment pas comment ça fonctionne, les emplâtres de pomme de terre crue sur les brûlures ? demandai-je tout en frottant doucement la cicatrice pendant que je me lavais les mains au-dessus de l'évier.

— Vous savez, répondit Annie en fronçant les sourcils, au fond je l'ignore, mais je pense que ça doit être lié à la rétention d'humidité et, naturellement, la modeste pomme de terre est bien connue pour ses propriétés antibactériennes, n'est-ce pas ? Je ne connais vraiment pas les principes scientifiques exacts qui se tapissent là derrière, j'en ai bien peur, mais ma grand-mère ne jurait que par cela.

— Et ce sera aussi mon cas, dorénavant, m'esclaffai-je.

— Encore une petite journée, je dirais. Qu'en pensez-vous ? fit la vieille femme en changeant la garniture de mon pansement.

— Jake est toujours fâché contre moi à propos de la foire ? trouvai-je enfin le courage de demander. Je n'avais pas l'intention de le contrarier quand j'ai proposé cette idée. Je pensais juste que l'expérience pourrait être amusante et, comme ça, vous seriez assurée de ne pas manquer une nouvelle compétition de couture.

Annie fixa mon bandage propre avec une épingle à nourrice.

— Vous êtes très gentille, dit-elle avec un sourire. Et vous avez le cœur placé au bon endroit. Ne vous inquiétez pas pour Jake, il s'y fera.

Personnellement, je n'en étais pas aussi sûre et, quand je gagnai mon lit toute seule, ce soir-là, je commençais à penser que j'avais effectué le premier faux pas de ma vie à la campagne bien plus tôt que je ne m'y étais attendu.

Bizarrement, il n'y avait toujours aucun signe de Jake le lendemain matin et, vu que j'avais dormi comme la souche proverbiale, je ne savais même pas s'il s'était seulement couché. Pourtant, quand j'interrogeai Annie à ce sujet, elle ne parut pas le moins du monde préoccupée.

— Oh ! il doit être quelque part dans les parages, répliqua-t-elle. Arrêtez de vous tracasser. Vous savez comment sont les hommes de la famille Somerville. Il leur faut du temps pour arrêter de bouder.

— Ah bon ?

C'était la première fois que Jake et moi nous disputions. Même si on aurait du mal à qualifier de dispute ce qui s'était passé entre nous, c'était un aspect de lui que je n'avais encore jamais vu et que je n'étais pas certaine d'apprécier.

— Mais naturellement ! s'esclaffa Annie. Il suffit de songer au ramdam que fait en permanence son bêta de frère pour deviner que Jake doit avoir dans les veines un peu de ce stupide entêtement.

Elle avait raison sur ce point. Dan était bien connu pour ruer dans les brancards si les choses ne se passaient pas comme il l'entendait. Pour la première fois, je me demandai comment se passait sa vie à Dubaï et si la fille qu'il avait mentionnée avait été abandonnée, le cœur brisé, ou quittée avec la promesse de lui rester fidèle et de lui payer un billet d'avion pour qu'elle lui rende visite.

— Et puis, continua Annie, voyant que je ne disais rien, ces histoires de retour à la campagne et de problèmes à régler, elles sont bien plus complexes qu'il y paraît.

— Ah bon ? m'étonnai-je. Par exemple ?

Je ne savais pas trop comment comprendre ce « retour à la campagne ». Pour autant que je sache, Jake n'avait jamais été qu'un résident temporaire à la ferme.

— Ce n'est pas à moi de les révéler, fit-elle, réprobatrice. Il vous le dira quand il se sentira prêt. Il aurait déjà dû le faire, si vous voulez mon avis, mais je n'ai jamais été du genre à me mêler des affaires d'autrui.

Faute de pouvoir rien en tirer d'autre, je pris, avec sa permission, les clés de la camionnette et me rendis à Wynbridge.

Je me garai sur la place du marché en essayant de ne pas penser à ce qu'Annie avait voulu dire par « plus complexes qu'il y paraît ». J'avais l'intention de m'inscrire à la bibliothèque et, si possible, de profiter du wi-fi. Depuis qu'elle avait mentionné Dan, l'envie me démangeait d'aller consulter mes mails et de me mettre au courant de ce qui s'était passé dans le reste du monde. J'aurais beaucoup aimé mener mon enquête sur les possibilités de connecter la ferme à Internet, mais vu les répercussions de ma suggestion d'y organiser la foire, je jugeai préférable de ne pas aborder le sujet pour l'instant.

Alors que je refermais la portière de la camionnette et empochais la clé, j'avisai, de l'autre côté de la place, le panneau d'un établissement proposant du wi-fi gratuit, qui n'avait pas l'air du tout rattaché à la bibliothèque. Je n'avais fait que quelques pas quand je me rendis compte que l'enseigne appartenait au Café du Cerisier.

Au moment où je poussais la porte afin de poursuivre mes investigations, un client sortit de la boutique et l'arôme du café dans son sillage m'attira à l'intérieur.

— Amber, c'est bien ça ? m'accueillit cordialement Jemma de derrière le comptoir. Comme c'est chouette de te voir. Qu'est-ce que je te sers ?

— Une tasse de ce délicieux café qui sent si bon, s'il te plaît, répondis-je en inspirant profondément.

Je n'avais pas eu la moindre gorgée de café depuis mon départ de Londres et je n'en pouvais plus d'attendre d'y tremper mes lèvres.

— Installe-toi et je t'apporte ça.

— Je voudrais également un croissant, s'il te plaît, ajoutai-je en observant le joli décor *vintage* et le style intelligemment coordonné. Cet endroit est magnifique, complimentai-je Jemma quand elle vint m'apporter ma commande.

— Merci, lâcha-t-elle. On l'aime bien, en effet. C'est Lizzie qui s'est chargée de la décoration du café et de toutes les jolies touches finales. Elle sera là dans une minute. Elle a un cours de feutrage, ce matin. Derrière, c'est son espace à elle, ajouta-t-elle en désignant l'arrière du café. C'est là-bas qu'elle donne ses cours d'artisanat.

— Waouh ! murmurai-je. Jake ne m'en a jamais parlé. Quelle installation fabuleuse !

— Ça marche bien, renchérit Jemma, très fière. Cela dit, c'est beaucoup de travail quand il faut jongler entre les enfants et le reste, mais on ne changerait rien à nos vies. Bon, y a-t-il quelque chose d'autre que je puisse faire pour toi ?

— Non, je ne pense pas. Merci. J'aurais voulu profiter de votre wi-fi gratuit, mais comme je projetais au départ d'aller à la bibliothèque, je n'ai pas pris la peine d'emporter mon ordinateur.

— Tu peux m'emprunter le mien, si tu veux, proposa Jemma. Ça ne me dérange pas.

Elle alla chercher l'ordinateur en question dans la cuisine et je passai quelques minutes à discuter avec Lizzie, qui me présenta ensuite à Angela, l'autre femme qui les aidait au café et qui était, selon les mots de Jemma, la « colle qui maintenait toutes les pièces ensemble ». Je savourai chaque gorgée de mon café et Lizzie remplit de nouveau ma tasse sans que j'aie eu besoin de le demander.

Inutile de préciser que, comme je n'avais pas relevé ma boîte mail depuis deux jours, mon dossier spam était plein à craquer et ma boîte de réception bourrée de requêtes d'Elena, obligée de changer de tactique après avoir découvert que mon ancien numéro de portable avait été désactivé. Je fis défiler l'écran, cochant méthodiquement chaque message émanant d'elle pour cliquer ensuite sur « Supprimer ». J'éprouvai une brève pointe de culpabilité, mais les mails disparaissaient déjà, et il était temps qu'elle se lance dans son voyage en solo.

Je n'avais reçu qu'un seul message de Dan, intitulé « J'aurais bien aimé que tu sois là ». En comparant la dizaine de photos qu'il m'avait envoyée et les nuages qui commençaient à s'amonceler au-dehors, je dus admettre que j'aurais dû questionner la sagesse de mon choix s'il ne s'était agi que de météorologie. Son luxueux appartement paraissait aussi séduisant que le paysage, les restaurants, le balcon et la vue sur la place. Cependant, il y avait une chose dont Dan ne parlait pas, à savoir le travail, et pas davantage de photos du bureau ou de l'équipe qui travaillait pour lui. À l'évidence, il prenait son temps pour s'installer. J'imaginais que Simon en était ravi.

— Je peux te proposer un autre café ? demanda Angela, qui avait surgi à côté de moi avec la cafetière.

— Non, répondis-je. Merci.

Ses yeux allèrent se poser quelques instants sur mon écran puis revinrent sur moi. Elle sourit.

— Ça a l'air chouette, non ? repris-je.

Angela se pencha pour un examen prolongé.

— Ça m'a l'air plutôt pas mal, convint-elle. Ça me rappelle l'endroit où vit ma fille, en Australie. C'est bien pour des vacances, je dirais, mais notre maison, elle est là où se trouve notre cœur, tu ne crois pas ?

Je hochai la tête sans rien répliquer. En cet instant, j'éprouvai un léger doute concernant ma nouvelle maison. Il était évident, après ma conversation avec Annie et la réaction de Jake quand Henry avait mentionné le cottage, au pub, qu'il me cachait quelque chose et, même si je détestais l'admettre, ce constat ébranlait ma foi dans le bien-fondé de ma décision hâtive de plier bagage pour déménager à la campagne.

— Merci, lâchai-je en faisant glisser l'ordinateur sur le comptoir pour le rendre à Jemma. Je suis totalement à jour, désormais.

— Comment ça s'est passé pour Jake, hier ? lança Lizzie depuis l'atelier qu'elle était toujours en train d'installer.

— Que veux-tu dire ? demandai-je en m'approchant.

— Il est bien passé au bureau du conseil municipal, hein, Jemma ? demanda-t-elle à son amie.

— Je ne peux pas vraiment en parler, répliqua l'interpellée, désinvolte. Il serait déplacé que la femme d'un conseiller discute des affaires du conseil.

— Son activité n'a rien à voir avec celle d'un médecin, s'esclaffa Lizzie. Tu n'enfreins aucun serment !

— Bah, intervins-je, pas d'inquiétude. Je suis sûre que je vais découvrir très bientôt de quoi il retourne.

Chapitre 14

Je sortis du parking en marche arrière et regagnai la ferme avec des sentiments mitigés. La journée avait pris la même teinte que mon humeur, à savoir grise et morose, et quand je me garai dans la cour, une petite bruine régulière avait commencé à tomber. Je stationnai la camionnette à l'emplacement qui lui était alloué, puis rentrai dans la maison.

— Tu étais où ? demanda Jake en se levant d'un bond. Je t'ai cherchée partout.

— Je pourrais te poser la même question, ripostai-je. (Jake opina, mais ne répondit rien.) Je suis allée à Wynbridge, ajoutai-je avec une touche de défi. Je voulais relever mes mails, histoire de voir si quelque chose requerrait mon attention.

— Et c'était le cas ?

— Non, admis-je, sachant que j'avais perdu le point que je cherchais à marquer.

— Peu importe, concéda-t-il. Viens t'asseoir. J'ai quelque chose à te dire.

— Quoi ?

Au lieu d'accepter la chaise qu'il avait tirée pour moi, j'allai remplir la bouilloire. Il me saisit le poignet dès que je l'eus posée sur le feu et m'attira dans ses bras.

— Je suis désolé, marmonna-t-il.

Il déposa un petit baiser sur mes lèvres, ce qui me noua le ventre, même si mon cerveau lui intimait de se calmer.

— Je me suis fait du souci pour toi, murmurai-je. Ce n'était pas gentil de me laisser comme ça toute seule.

— Tu avais Annie, répliqua-t-il.

Nouveau sourire, nouveau baiser.

— Oui, mais je pouvais difficilement lui demander de venir me protéger des rongeurs dans les chevrons, n'est-ce pas ? À ce propos, il pleut de nouveau, et tu n'as toujours pas réparé le toit.

— Je suis venu dans le lit, chuchota-t-il à mon oreille, tout en me caressant doucement le cou. Donc en fait, j'étais là pour te protéger et, pour ce qui est du toit, je vais aller y jeter un coup d'œil dans une minute.

— Chouette, commentai-je, tout en résistant à sa tentative de séduction tout sauf subtile. Parce que je ne dors pas une nuit de plus dans cette chambre avec ce fichu seau au pied de mon lit.

Je me moquais bien qu'il se fasse tremper.

— Amber.

— Quoi ?

— Je t'en prie, assieds-toi et écoute.

À contrecœur, je cédai et attendis le récit de ce qu'il avait fait au cours des dernières vingt-quatre heures.

— Comme tu le sais, reprit-il en s'installant sur la chaise en face de moi, quand tu as suggéré qu'on pourrait organiser la foire de mai ici, je n'étais pas très chaud.

— Oui, confirmai-je froidement. Ça, je l'avais compris.

— Mais Annie, si.

— En effet, dis-je, avec un sourire cette fois.

— Et, comme tu l'as probablement aussi compris, poursuivit-il avec un sourire ironique, ce qu'Annie veut, Annie l'obtient, du moins en ce qui concerne cet endroit.

— Oui. Je l'avais plus ou moins compris aussi.

Je sentis se réveiller le début d'espoir que j'avais éprouvé quand j'avais fait ma suggestion.

— Bref, pour aller droit au but…

— Je commence à le souhaiter, en effet.

— On va accueillir la foire de mai ! débita-t-il à toute allure.

— Vraiment ?

— Oui.

— La Ferme aux Alouettes accueille la foire de mai cette année ? couinai-je.

— Oui.

— Et tu es content ?

— Oui.

Je me levai d'un bond, nouai les bras autour de son cou et déposai un baiser passionné sur ses lèvres. Je n'avais pas cru que l'accueil de la foire soit aussi important à mes yeux, mais c'était bel et bien le cas. Peut-être parce que cela m'offrait l'occasion de me rendre utile à cette ferme et à cette région dans un domaine que je maîtrisais, ou bien ma joie était-elle plutôt liée à la possibilité que je donnais ainsi à Annie de revendiquer sa couronne de couturière. Peu importaient mes raisons, j'étais enchantée que la foire se tienne ici et impatiente de me mettre à l'ouvrage.

Chapitre 15

Comme je m'y attendais, l'organisation d'une foire rurale traditionnelle ressemblait fort à la supervision des événements d'entreprise que j'avais pris l'habitude de gérer à la City. Beaucoup de patience, d'obstination et une détermination farouche, voilà ce qu'il fallait, en plus d'un engagement que je ne connaissais que trop bien : celui d'être disponible pour un oui ou pour un non afin d'aplanir les difficultés qui avaient la fâcheuse tendance de surgir quand on s'y attendait le moins.

Cependant, à la différence des relations commerciales auxquelles j'étais accoutumée, la foire de mai se compliquait d'un million de règles qui, pour être non écrites, n'en étaient pas moins fermement établies et avec lesquelles je devais composer. Un problème encore compliqué par le fait que je n'avais aucune idée de la moindre de ces règles.

Prenez le fauchage du pré, par exemple. À mes yeux, il était parfaitement logique que M. Smith, notre plus proche voisin, soit autorisé à s'en charger, puisqu'il était à portée de main, cependant, ç'aurait été oublier M. Richards, plus loin le long du Drove, qui avait toujours préparé l'ancien site et s'était avéré mortellement offensé quand il avait entendu dire qu'on ne recourrait pas à ses services. Il me fallut une heure de douces paroles et plusieurs demis de bière à La Sirène pour rectifier le tir. J'y parvins bel et bien, même si les souvenirs que M. Richards conserverait de ses excuses sincères seraient quelque peu brumeux, je n'avais aucun doute là-dessus.

Et ce n'était qu'un infime détail. Ajoutez à cela le fastidieux plaisir de décider qui allait fournir les fontaines à thé et les tables, les chaises et les nappes (papier ou tissu ?), ainsi que le choix des juges de la « queue la plus frétillante » pendant l'exhibition canine et de la composition florale la plus frappante sur un plateau à thé, et je ne tardai pas à comprendre que, dans ma hâte de me faire une place au sein de cette communauté rurale et d'y jouer un rôle utile, ce que j'avais en réalité obtenu, c'était de réunir toutes les conditions pour tomber en dépression.

Toutes ces ennuyeuses pertes de temps, je ne tardai pas à m'en rendre compte, passèrent bien au-dessus de mon bien-aimé, naturellement. Quand Jake m'avait annoncé que la ferme accueillerait la foire, il avait aussitôt précisé, sans la moindre ambiguïté, que même s'il y participerait à mes côtés, il n'aurait en aucun cas le temps de m'aider à l'organiser et à la préparer, car il avait d'autres choses bien plus urgentes auxquelles s'atteler, comme réparer le toit de la maison.

— Tu as repensé au thème du déguisement pour les enfants de moins de neuf ans ? me demanda Harriet, un jeudi particulièrement tendu, deux semaines avant le grand événement.

— Je n'ai pensé qu'à ça, répondis-je sérieusement, tout en feuilletant le dossier où je fourrais tous les papiers liés aux compétitions enfantines.

— Et finalement, il y aura un quatrième camion de glace ?

— Je ne sais pas encore, répondis-je d'un ton sec. J'ai programmé ma prise de décision pour demain, vers 3 heures du matin.

Elle s'arrêta de feuilleter sa propre pile de papiers et leva les yeux vers moi.

— J'ai cru que tu parlais sérieusement, marmonna-t-elle.

— Pardon, lâchai-je en reposant le dossier sur la table pour me frotter les yeux. Pardon.

— Tu tiens le coup ? demanda-t-elle en plissant le nez, histoire d'affronter la réponse.

— Tu veux vraiment savoir ?

— Oui, vraiment, fit-elle avec une grimace.

— Eh bien, laisse-moi voir…, commençai-je. Quand j'ai suggéré l'idée au départ, je suis plus ou moins partie de la supposition qu'il existait divers comités déjà constitués qui allaient prendre toutes ces décisions ridicules et assumeraient la responsabilité de la majeure partie des composants de cette fichue foire !

— Oh ! m'interrompit Harriet avec un sourire, donc c'est devenu la « fichue foire » ?

— J'ai cru, m'emportai-je, que tout ce que Jake et moi, pardon, rectifiai-je, tout ce que moi, j'aurais à faire, ce serait de signer quelques papiers et d'indiquer à divers camions et camionnettes dans quelle direction aller, le moment venu, mais que nenni ! Maintenant, on me demande même mon opinion sur la compétition des pâtisseries maison : est-ce qu'il devrait y avoir une catégorie gâteaux carrés et une catégorie petits pains à découper à la main ? Ou bien est-ce qu'on devrait juste s'en tenir à l'une ou à l'autre ?

— À propos de pâtisserie, intervint Jessica qui passait la tête dans l'entrebâillement de la porte de la cuisine, comment ça se passe pour la préparation des gâteaux ?

— Oh flûte ! m'écriai-je en me précipitant vers la cuisinière pour sauver du four deux génoises un tantinet brûlées. Je n'attraperai jamais le coup de main, avec tout ce que j'ai d'autre à faire, lâchai-je, résignée. J'abandonne.

Je laissai tomber les moules sur la table et même les chiennes se détournèrent, dégoûtées. Clairement, au cours des dernières semaines, on leur avait donné plus souvent qu'à leur tour de ces offrandes ratées à manger.

— Comment se fait-il que je me retrouve avec tout ce travail quand la foire a été organisée pendant des années sans la moindre anicroche, si j'en crois Annie ?

Jessica parcourut les piles de carnets, prenant note de tous les gribouillis rouges qui indiquaient les points sur lesquels on m'avait demandé de l'aide.

— On dirait bien que tu t'es récolté tous les trucs délicats, constata-t-elle.

— Que veux-tu dire ? demandai-je en soupirant. Quels « trucs délicats » ?

— Tous les trucs qui posent problème chaque année, répondit Harriet. Toutes les décisions qui vous mettent les gens à dos. Toutes les choses qui requièrent une grosse dose de tact et de diplomatie, ainsi qu'une connaissance intime de l'histoire de la famille de chacun sur au moins trois générations. Toutes les…

— Oui, merci, j'ai saisi l'idée, la coupai-je en levant une main à cet effet. Vous croyez qu'ils essaient exprès de me piéger ? (Je me posais la question depuis que j'avais commis cet impair, avec le fauchage du champ.) Vous croyez qu'ils cherchent à prouver que je ne peux pas le faire et que, en tant qu'étrangère, je n'ai même pas le droit d'essayer ?

— Absolument pas, martela Jessica. Tout le monde chantait tes louanges à La Sirène, hier soir. Pas vrai, Harriet ?

— Oui, confirma-t-elle. Tout le monde sait que sans ta ferme et toi, la foire n'aurait pas eu lieu, cette année, et, bien entendu, on sait aussi quelle était ta profession à Londres. En plus, ne l'oublie pas, tu as annoncé depuis le départ que tu voulais aider. C'est toujours la même histoire, j'en ai bien peur.

— C'est-à-dire ?

— Si tu dis que tu vas aider…, commença Harriet.

— Tu passes ta vie à aider, acheva Jessica.

Le seul moment où je jouissais d'un véritable répit, sans organiser, ni vérifier ni téléphoner, c'était tard le soir. Aussi, je pouvais toujours barrer des jours sur le calendrier de la cuisine, mes compétences en pâtisserie s'amélioraient à la même vitesse que mon habileté à la couture… avec une douloureuse lenteur.

Annie m'avait persuadée de prendre part à l'une de ses compétitions de couture, puisque je m'étais déjà inscrite à l'un des concours de pâtisserie. Elle avait avancé que coudre m'aiderait à relâcher un peu de la pression résultant de la préparation des gâteaux et qu'effectuer quelques points m'éviterait d'ouvrir trop souvent la porte du four pour vérifier l'avancement de leur cuisson, ce qui avait pour conséquence de les empêcher de lever. J'avais consenti, immensément reconnaissante à la météo de sa clémence, à Mabel et Martha d'être en mesure de me fournir un œuf chaque jour et à la ferme voisine d'en avoir toujours une demi-douzaine à vendre à son portail.

— Comment vous en sortez-vous ? demandai-je en examinant le dessus-de-lit qu'Annie était en train de réaliser.

Elle avait décidé de se concentrer sur une seule participation, cette année, et consacrait chaque seconde de liberté à l'amélioration du motif molletonné de la Ferme aux Alouettes qu'elle avait conçu. La ferme occupait la place centrale, agrémentée de roses brodées autour du porche et de poules caquetant près de la porte. Le pourtour était orné de pommiers à chaque saison, pour représenter les vergers et la Wyn apparaissait sous forme d'un fil bleu qui sinuait autour du motif comme elle le faisait aux limites de la ferme. Il y avait même une paire de bottes en caoutchouc à motifs appuyées contre le mur, près du porche.

Lizzie Dixon du Café du Cerisier était interdite de compétition, car la couture et l'artisanat étaient ses gagne-pain, mais elle était devenue une visiteuse régulière depuis qu'Annie avait commencé son dessus-de-lit : elle l'interrogeait sur la personne qui lui avait enseigné la couture et comment elle avait appris tel ou tel point. Ce fut d'ailleurs Lizzie qui répondit à ma question à la place d'Annie.

— Elle s'en sort incroyablement bien. Et c'est vraiment quelque chose, ajouta-t-elle pour la millième fois, quand nous nous fûmes attablées ensemble dans la cuisine. J'en ai presque autant appris d'Annie que de ma grand-mère.

Il s'avérait que la grand-mère de Lizzie et Annie avaient été des amies proches. Leur amour de la couture avait cimenté leurs liens quand d'autres amitiés d'enfance s'étaient délitées pour finir par s'effacer progressivement des mémoires.

— Qu'est-ce que vous pensez de mon marque-page ? demandai-je en brandissant mon modeste effort de broderie au point de croix.

Annie examina mes points pendant quelques secondes, puis me dévisagea par-dessus ses lunettes en demi-lune.

— Je recommencerais tout le côté gauche, si j'étais vous, commenta-t-elle avant d'ajouter : Je n'aime pas devoir vous dire ça, mais je crois que vous avez fait brûler vos gâteaux.

D'accord, j'étais nulle en couture et je prenais à l'évidence mon temps pour trouver un rythme en matière de pâtisserie, mais la vie à la ferme était un rêve. Il suffisait de jeter un œil à l'état de mes jolies bottes à motifs pour comprendre que j'étais vraiment occupée par la gestion des affaires courantes. J'aimais les poules, surtout Martha qui serait bien volontiers restée nichée sous mon bras, placide, docile, à caqueter doucement pendant que j'effectuais mes corvées. Patricia et moi n'avions pas vraiment réussi à nous entendre, en revanche. Elle restait toujours bien en place et couvait à présent les quatre œufs que Jake s'était procurés – je nourrissais de grands espoirs concernant une éclosion imminente.

— Ça y est, tu as décidé quelles poules tu veux ? m'avait-il demandé un matin au petit déjeuner. Parce que Bob Richards, au bout de la route, a quelques œufs de poule Pékin prêts à être couvés. Il les vend trois fois rien.

— À quoi elles ressemblent ? fis-je en cherchant à repérer ces poules dans le « panorama des poules les plus élégantes », proposé par l'un de mes magazines.

Jake s'empara du guide de l'éleveur de volailles dans le placard et en feuilleta les pages.

— Il ne garantit pas leur couleur, expliqua-t-il en faisant pivoter l'ouvrage vers moi, mais cette image te donnera une idée.

J'observai leurs minuscules pattes duveteuses et l'éventail de leurs couleurs. Je les trouvai toutes adorables, même si les poules lavande étaient particulièrement jolies.

— Oh oui, fis-je. Elles sont mignonnes comme tout.

— Elles ne pondent que de petits œufs, mais comme nous avons aussi les trois filles, ça nous évitera de nous retrouver submergés. Oh ! à ce propos, je voulais t'en parler hier : j'ai trouvé quelqu'un qui aimerait beaucoup venir implanter des ruches dans le verger. Il les apporte ce week-end.

Avec la foire de mai à l'horizon, les abeilles dans le verger et la perspective de poulets duveteux occupés à gratter le sol de la cour, j'avais vraiment l'impression que la vie à la Ferme aux Alouettes promettait de devenir plus frénétique que je m'y étais attendue au départ. N'empêche qu'elle n'en demeurerait pas moins parfaite.

Chapitre 16

Deux jours avant la foire de mai, le temps passa au beau, chaud et lumineux. Je fus réveillée par Annie qui m'appelait depuis le rez-de-chaussée et Jake qui tirait les couvertures du lit.

— Viens ! lança-t-il tout excité, en passant un jean et un T-shirt. Les forains sont arrivés !

Dire qu'on n'avait pas beaucoup de place pour manœuvrer les camions, caravanes et autres remorques sur le Drove et dans le champ était l'euphémisme du siècle. À la fin de la matinée, j'eus l'impression que mon cœur avait passé plus de temps au bord de mes lèvres que dans ma poitrine. Jake en revanche était dans son élément et, pour la première fois, il paraissait sincèrement enthousiaste à l'idée que sa ferme bien-aimée joue un rôle aussi primordial dans le calendrier de la communauté.

Vers l'heure du goûter, tout était en place, même si le calme revenu n'avait rien de silencieux. Les énormes générateurs ronronnaient et les enfants des forains couraient d'une attraction à l'autre, fiers de leurs tâches et responsabilités, pendant que leurs parents fixaient des ampoules et vérifiaient que les câbles ne présentaient aucun danger.

— Jake m'a dit que c'était votre idée, me glissa Luca, le propriétaire de la fête foraine.

Il me sourit, sans cesser de surveiller sa famille qui s'activait à l'autre bout du champ.

Luca était une véritable armoire à glace. Fort et massif, avec une tête couverte de boucles noires et un regard pénétrant que j'avais bien du mal à soutenir, découvris-je.

— Plus ou moins, répondis-je, les joues écarlates. Simplement, je détestais l'idée que la foire de mai n'ait pas lieu, surtout quand c'était ma première occasion d'y participer. Et cet endroit, ajoutai-je en désignant le pré récemment fauché, m'est apparu comme la solution idéale au problème.

— Oh ! tout à fait d'accord, convint-il. Pour tout vous dire, je vous suis extrêmement reconnaissant d'avoir eu cette idée. Je commençais à me demander où nous allions finir par atterrir.

Je n'avais pas vraiment réfléchi au sort des forains quand j'avais suggéré d'héberger la foire, mais je voyais ce que Luca voulait dire. Ils pouvaient difficilement sillonner les routes jusqu'à la prochaine date de leur programme, tout de même.

— Évidemment, en tant que nouvelle venue, je n'avais pas tout à fait réalisé l'ampleur de la tâche quand j'ai lancé ma proposition, ajoutai-je en secouant la tête.

— Il n'y a pas de mal à mouiller un peu sa chemise, répliqua Luca avec un sourire.

Après l'avoir vu accomplir le travail de trois hommes pendant la journée, je devinais que rester les bras croisés à regarder le monde aller son train était un concept qui lui était totalement étranger. À lui ainsi qu'à sa famille.

— Et parfois, reprit-il en souriant, ce qui fit pétiller ses yeux noirs de gitan, un nouveau venu, c'est justement ce qu'il faut à un endroit pour se secouer un peu. (Je ne répliquai rien, mais gratouillai le gazon de la pointe de ma botte.) Alors, qu'est-ce que vous en pensez ? lança-t-il à Tom et un autre membre du conseil municipal, qui se dirigeaient à grands pas vers nous, un gros dossier sous le bras. Tout est réglo ?

— Naturellement ! répondit le conseiller municipal. Si seulement tout le monde se montrait aussi soigneux que vous, Luca, ça me faciliterait beaucoup la vie ! (Il tendit, à lui, ce que je supposai être un permis d'exploitation et à moi deux autres feuilles.) Vous pourrez les donner à Annie, Amber ?

— Bien sûr, promis-je. Vous trouvez l'autre champ comment ? demandai-je, espérant qu'il serait aussi satisfait du site de la foire de mai à proprement parler que de la fête foraine.

Pendant la journée, en même temps qu'on construisait les attractions de cette dernière, un grand chapiteau avait été dressé sur le champ de la foire, flanqué de quatre plus petits. Les ouvriers avaient également mis une clôture en place, pour bloquer l'accès à la rivière, ainsi que les poteaux et les cordes qui délimitaient la piste où auraient lieu la course d'obstacles, le défilé canin et les démonstrations.

— Tout a exactement l'allure adéquate, me rassura Tom. Je sais qu'il y a de nombreux réfractaires au changement mais, à mon avis, ils verront l'avantage qu'il y a à organiser la foire ailleurs pour une fois. En ce qui me concerne, je trouve le site génial.

— Oui, renchérit son chef, qui rassembla sa paperasse. Moi aussi. Et je reviendrai demain soir avec mes gosses, pour l'inauguration.

La fête foraine allait débuter le samedi soir, avant la foire elle-même qui aurait lieu le lendemain, et reprendrait au milieu de l'après-midi jusqu'aux alentours de minuit le dimanche. Le conseil municipal avait été heureux de nous accorder un permis d'exploitation légèrement plus tardif que d'ordinaire parce que, à la différence de celle des Harrison, notre ferme n'avait pas de voisinage immédiat.

Quand Tom et son chef furent partis et que Luca se fut retiré afin de prendre un thé dans sa caravane, Jake et moi examinâmes les champs pour chercher à imaginer à quoi ils allaient ressembler quand l'événement battrait son plein.

— Tu es toujours fâché à cause de tout ça ? demandai-je en l'enlaçant par la taille, d'autant plus sereine que j'étais certaine de ce qu'il allait me répondre.

Il déposa un petit baiser dans mes cheveux.

— Non, dit-il, pas du tout. En fait, j'adore.

— Vraiment ? insistai-je, pivotant pour le dévisager et m'en assurer. Tu es sincère ?

— Oui, lâcha-t-il. Je ne m'en rendais pas compte, mais Annie avait raison. Et toi aussi bien sûr. C'est exactement ce dont j'ai besoin, ce dont la Ferme aux Alouettes a besoin. Il est grand temps de faire bouger cet endroit et de s'y amuser !

Chapitre 17

En me penchant aussi loin que je l'osai par la fenêtre de la chambre, de bonne heure le samedi matin, je parvenais juste à distinguer les attractions et les caravanes de la fête foraine et le soleil qui rebondissait dessus tandis que le vent tordait les interminables fils à linge qui avaient été attachés entre les véhicules. Je m'habillai rapidement et avalai mon petit déjeuner à la hâte, impatiente de voir cette journée commencer.

— Quand je serai venue à bout de mes tâches, Annie, lançai-je avec ma dernière bouchée de toast, je vous accompagnerai là-bas.

J'attrapai mon panier, enfilai mes bottes et me ruai sur la porte.

— J'ai l'impression que les poussins vont éclore, ce matin, ajoutai-je, tout excitée. Et avant de revenir, je vais aller jeter un œil sur Pip. Elle me semble un peu… Jc ne sais pas trop comment le formuler. Eh bien, je l'ai trouvée un peu placide, hier.

— Dans ce cas, me conseilla Annie, il faut absolument l'examiner et à deux fois, si nécessaire. « Placide » n'est pas un adjectif que j'aie déjà entendu appliqué à cette petite vaurienne !

Ce que m'avait soufflé mon instinct concernant les poussins s'était avéré, non qu'il ait fallu être un génie pour le comprendre. En me rejoignant au lit, la veille au soir, Jake m'avait dit qu'il avait jeté un dernier coup d'œil sous Patricia et repéré des fissures bien nettes dans deux des œufs. Naturellement, j'avais eu envie de me précipiter pour le constater de mes propres yeux, mais il avait argué qu'il valait mieux ne pas la déranger et qu'une éclosion prenait en général du temps.

Isolée de Mabel et Martha dans un nichoir, Patricia n'en avait pas bougé depuis ce qui me paraissait une éternité. Ces derniers jours, chacun de ses caprices était exaucé et elle avait même été nourrie et abreuvée directement dans son nid. Bien plus facile à gérer, maintenant qu'elle avait compris que nous n'allions pas chercher à la déloger, elle tenait résolument son poste. Je ne pense pas qu'une bombe aurait été en mesure de la faire bouger.

Je laissai sortir Mabel et Martha par la petite porte de devant, puis je me faufilai silencieusement vers l'arrière, que nous avions fait en sorte de rendre un peu plus sombre et silencieux.

— Bonjour, chuchotai-je. Quoi de neuf ?

Je changeai l'eau et remplis son petit bol de nourriture. Je brûlais d'envie de l'écarter et de voir plutôt ce qu'elle cachait, mais je savais qu'il valait mieux ne pas intervenir. Je souris en moi-même pendant que je mettais de l'ordre pour la future maman.

Un souvenir de mon ancienne vie surgit dans mon cerveau : mon émotion, mon stress et mon anxiété pendant que j'attendais l'arrivée depuis les États-Unis de mes chaussures Jimmy Choo rouge rubis. Ma tension et mon impatience d'alors étaient palpables, mais il n'y avait rien qui puisse se comparer à celles que j'éprouvais en cet instant. Vu les gargouillements de mon estomac et les battements frénétiques de mon cœur, on aurait pu croire que c'était moi qui avais pondu ces œufs.

J'étais sur le point de plier bagage et de laisser Patricia en paix quand elle se leva lentement et ébouriffa ses ailes. Nichés ensemble dans la chaleur de son ventre doux et duveteux, je découvris quatre petits poussins à la tête légèrement hirsute plantée sur un cou chancelant. Étouffant le couinement de plaisir qui montait dans ma poitrine, je les observai, émerveillée, et, même s'ils étaient loin d'être mignons, ils n'en firent pas moins fondre mon cœur. Je déplaçai rapidement les fragments de coquille, complimentai Patricia, qui était une brave fille, et filai à la maison pour annoncer la bonne nouvelle à Annie.

Je n'avais jamais réfléchi à la possibilité d'avoir un bébé moi-même, pourtant l'image soudaine de Jake avec un bébé dans les bras se fit jour dans mon esprit et je les vis aussi nettement que s'ils se trouvaient sous mes yeux. Je le regardais emmener le bambin jusqu'au poulailler pour voir les poussins et j'imaginais combien le cadre de la Ferme aux Alouettes serait idyllique pour y élever une famille. Quel meilleur endroit y avait-il pour passer les longues journées d'été et les douillettes soirées d'hiver ? Je m'empressai de repousser ces sentiments maternels inattendus.

— Ils ont éclos ! lançai-je à Annie en laissant tomber les éclats de coquille à côté de l'évier. Je les ai vus, tous les quatre.

— Oh ! quelle magnifique nouvelle ! s'exclama la vieille femme en souriant. Poulets ou poulettes ?

— Quoi ? fis-je, sourcils froncés, momentanément oublieuse des bonnes manières.

— Poules ou coqs, expliqua-t-elle, c'est l'équivalent chez eux de « garçons ou filles ».

— Je vois. (Je tentais de repenser à quoi ils ressemblaient.) Zut, je n'ai pas regardé. Pardon. Je ne sais pas.

Non que j'aie la moindre idée de comment ou quoi regarder, naturellement. Annie éclata de rire.

— Je me moque de vous, bécassine, gloussa-t-elle en s'essuyant les yeux avec son mouchoir. Vous ne seriez pas capable de déterminer leur sexe avant un bon moment.

— Annie, maugréai-je en rougissant. Vous savez à quel point je suis nulle là-dessus.

— Vous êtes loin d'être nulle, répliqua-t-elle, redevenant sérieuse. Très loin.

— Eh bien, peu importe, soufflai-je. Ils étaient tous en bonne santé. Jake affirme qu'on peut les laisser un jour ou deux sans surveillance et j'ai rempli le bol d'eau de Patricia, donc s'ils partent en promenade et tombent dedans, leur seul problème, c'est qu'ils en ressortiront mouillés.

— Comme je l'ai dit, s'entêta Annie dont les yeux étincelaient, vous êtes loin d'être nulle. Maintenant, allez jeter un œil à Pip, histoire de voir quelles surprises elle nous a réservées, ce matin !

Beaucoup de vérités s'énoncent en plaisantant et, quand j'ouvris la moitié supérieure de la porte de l'écurie, je reçus le choc de ma vie. Les poules, je pouvais gérer, mais je n'étais nullement préparée au spectacle que découvrirent mes yeux de citadine. Je regagnai la maison à fond de train et déboulai dans la cuisine, où Annie était en train de faire bouillir de l'eau pour la vaisselle du petit déjeuner.

— Qu'est-ce qui se passe ?

— C'est Pip, lâchai-je en me penchant en avant afin de soulager mon point de côté. Elle est couchée et on dirait...

— On dirait quoi ? insista Annie, qui attrapa un torchon pour se sécher les mains. On dirait quoi, Amber ?

J'avais du mal à croire aux mots qui allaient sortir de ma bouche.

— On dirait que deux pattes lui sortent du derrière.

— Oh ! bon sang ! s'écria Annie qui jeta son torchon pour tendre la main vers le téléphone. Je trouvais aussi qu'elle grossissait. J'en ai parlé à Jessica, mais on avait fini par conclure que cette petite gloutonne ne faisait pas autant d'exercice qu'elle en avait l'habitude. Je vais appeler Kate. C'est notre vétérinaire, mais je ne sais pas si elle pourra venir. Il va falloir que vous y retourniez pour l'aider, Amber.

— Moi ? m'écriai-je. Où est Jake ?

— Il est allé jeter un œil sur la foire, répondit-elle en tapant le numéro. Et vous savez qu'il n'aura pas de réseau. Retournez-y, ma fille, et faites ce que vous pouvez.

Quand je regagnai l'écurie, la situation avait évolué et, en plus de la paire de pattes, je distinguais clairement un museau et une bouche minuscule. Pip déployait de gros efforts, mais rien ne se passait, je le voyais bien. Sans réfléchir ni laisser à ma peur le temps de s'installer, je me retroussai les manches, m'assis dans la paille derrière elle et me préparai pour la contraction suivante.

Je n'attendis pas longtemps. Cette fois, quand la petite jument se crispa, je m'emparai de la paire de sabots glissants et tirai, doucement, mais fermement. Comme j'ignorai avec quelle force tirer, je n'aidai le poulain qu'à progresser un tout petit peu et, dès que la contraction cessa, il repartit dans l'autre sens. Pip se mit à hennir et à trembler. Je rampai vers elle pour caresser sa crinière drue et hirsute.

— Allez, chuchotai-je. La prochaine fois sera la bonne.

Pip parut se calmer pendant quelques instants, puis elle recommença à se crisper, les yeux écarquillés par la détresse. Je me précipitai derrière elle et attrapai de nouveau les petites pattes, tirant plus fort, cette fois-ci, et refusant de lâcher.

Les quelques secondes qui suivirent passèrent dans un brouillard, mais, avant que je n'aie pu m'écarter, je me retrouvai assise dans une flaque de liquide, un minuscule poulain presque sur mes genoux. J'essuyai le résidu gluant collé à ses narines et le regardai secouer doucement la tête, puis sa poitrine commencer à se soulever. Après avoir vérifié que le cordon ombilical n'était plus attaché, je pressai doucement le poulain contre le museau de Pip, comme j'avais vu des vétérinaires le faire à la télévision. Elle se mit à le lécher et à hennir de nouveau, mais avec douceur désormais, sans plus aucune crainte.

Quant à moi, inutile de chercher à essuyer mon jean ou mon chemisier. Je m'adossai au mur, le souffle court, afin de tenter de recouvrer mon calme après ce qui venait de se produire. Je m'étais attendue à ce que la vie à la ferme me procure de nouveaux spectacles et de nouvelles expériences, mais celle-ci allait bien plus loin que tout ce que j'avais imaginé. Je fermai les yeux une seconde et laissai échapper un long soupir.

— Oh ! bravo, déclara une voix sèche, qui trancha le silence. (Une grande femme aux cheveux noirs, vêtue d'une salopette, entra d'un pas vif dans l'écurie.) Très bien joué. Et maintenant, ça vous dirait de me donner un coup de main avec le placenta ?

Chapitre 18

— Bon alors, raconte-moi encore, chuchota Jessica tandis que nous contemplions, par-dessus la moitié inférieure de la porte de l'écurie, la scène douillette qui se jouait à l'intérieur. Comment as-tu su quoi faire ?

— Je te l'ai déjà dit, répétai-je en haussant les épaules. Je ne savais pas. J'ai juste repensé à ce que j'avais vu à la télé et j'ai prié pour que tout se passe bien. J'ai été aidée par la chance, et Pip, naturellement. Elle savait vraiment ce qu'elle faisait.

— Sauf que si tu n'avais pas été là pour l'aider, intervint Jake en m'embrassant la main, ni elle ni ce petit gars ne seraient probablement là. Je suis très fier de toi, Amber, chuchota-t-il d'une voix si basse que je fus la seule à l'entendre.

Je n'arrivais toujours pas à croire vraiment à ce qui s'était passé. Non seulement j'avais aidé à la naissance du petit poulain noir velouté, mais j'avais aussi assisté Kate, puis nettoyé et rangé l'écurie après son départ. Mère et fils étaient à présent merveilleusement liés et installés, assez loin de l'agitation et du bruit de la fête foraine pour ne pas être dérangés, ce qui était heureux, comme nous en avions tous convenu.

— Je n'arrive toujours pas à croire qu'elle était pleine, tiqua Jessica en secouant la tête. Ma mère est absolument furieuse. On ne t'aurait jamais embarqué là-dedans si on avait su, Jake.

— Combien de temps dure la gestation des poneys ? demanda Harriet, qui nous écarta afin de jeter un nouveau coup d'œil.

Jessica et moi répondîmes à l'unisson :

— Onze mois.

J'avais fait un peu de recherches au cours de l'après-midi, juste pour me préparer à toutes les autres petites surprises que la jument modèle réduit pouvait encore avoir dans sa manche, ou n'importe où d'autre, d'ailleurs.

— Donc à vrai dire, reprit calmement Harriet, quand tu en as fait l'acquisition, elle venait tout juste de tomber enceinte. Tu ne pouvais absolument pas savoir, n'est-ce pas ?

— N'empêche, répliqua Jessica, sourcils froncés. On va t'aider pour les honoraires de Kate et ainsi de suite, ajouta-t-elle à l'adresse de Jake.

— Jess, s'esclaffa celui-ci, s'il te plaît, arrête de te faire du mouron. Tout va bien. On est ravis. Ça arrive. Et, maintenant, viens. Allons dîner et nous préparer pour la foire. Je ne sais pas pour vous, mais je suis d'humeur à faire la fête !

— La voilà ! s'écria Annie, tout sourire. Ma petite maligne !

— Oh ! Annie, s'il vous plaît, ne commencez pas, m'exclamai-je, rougissante. Je vous ai dit que tout le mérite revenait à Pip, au fond.

Mais Annie avait décidé de faire la sourde oreille. Elle dressa sur des assiettes le *fish and chips* que Henry, Jess et Harriet avaient apporté.

— C'est un signe, déclara-t-elle. D'abord les poussins et à présent ce poulain. Cela faisait longtemps que cette ferme n'avait pas vu naître un animal et voilà que toutes ces naissances se produisent le même jour. C'est grâce à vous, Amber. Vous avez aidé la Ferme aux Alouettes à tourner la page. Je vois de bonnes choses se profiler à notre horizon.

J'étais immensément fière de ce que j'avais accompli, même si je n'arrivais toujours pas à croire que j'étais vraiment celle qui avait joué un rôle crucial dans toute cette affaire. À la pensée du petit poulain noir avec ses pattes flageolantes et son museau orné d'un éclair blanc, je souris.

— Tu lui as déjà trouvé un nom ? demanda Henry, entre deux bouchées de purée de petits pois.

— Moi ? m'étonnai-je.

— Oui, Amber, renchérit Jessica. Il faut que tu le baptises. N'est-ce pas, Jake ?

— Absolument, approuva-t-il avec un sourire.

Il leva son mug de thé dans ma direction, comme pour porter un toast.

— Je ne sais pas encore, répliquai-je en secouant la tête. Que diriez-vous d'Étoile ou d'Éclair, vu la tache blanche qu'il a sur le museau ?

Annie plissa le nez, à l'évidence peu convaincue par mes suggestions.

— Soit, d'accord, admis-je tout en poursuivant mes réflexions. Qu'est-ce que vous pensez de Flamme alors ?

— Parfait ! approuva-t-on à l'unisson.

— Tout à fait, s'enthousiasma Annie, qui fit passer une nouvelle tournée de frites. Un vrai nom de petite *rock star* !

Était-ce lié au fait que je n'étais pas allée dans une fête foraine depuis très longtemps ou aux autres péripéties de la journée, toujours est-il que la soirée qu'on y passa fut la meilleure depuis longtemps.

Toute l'expérience consistait en un assaut intense et fabuleux sur les sens. Nous étions bombardés de musique, d'ampoules clignotant comme des folles ainsi que d'odeurs de hot-dogs, barbes à papa, pommes d'amour et oignons frits. Je regardais, fascinée, les enfants des environs courir à toute allure entre les attractions. Ils piaillaient et lançaient négligemment dans les airs des bâtons fluorescents remplis de substances toxiques, sans se soucier le moins du monde des mises en garde que leur hurlaient leurs parents.

— Où est-ce qu'on va, pour commencer ? cria Harriet par-dessus le vacarme.

Elle se frottait déjà les mains.

— À l'attraction la plus bruyante et la plus rapide ! aboyai-je en réponse. Ça me dirait bien, une bonne trouille.

Nous passâmes en titubant, prises de vertiges, d'une attraction à une autre, croisant quelques autres amis que Jake avait en ville et des collègues du centre équestre de Jessica. Au fil de la soirée, nous perdîmes le souffle et la voix, nos ventres se firent douloureux, à force d'ingurgiter toutes les friandises écœurantes et douteuses sur lesquelles nous mettions la main.

— Je ne peux plus rien avaler, répliquai-je avec une moue, quand Harriet me tendit une tétine rouge poisseuse, de la taille de ma main. Si j'avale encore un autre de ces trucs, je jure que je vais vomir.

Vers 22 h 30, la foire commença à s'éteindre. Avec en tête le permis que l'inspecteur du conseil municipal lui avait délivré la veille, Luca n'avait pas l'intention de tenter le diable et voulait s'en tenir strictement aux horaires auxquels on l'avait autorisé à ouvrir ses attractions et à vendre ses marchandises. La fête battrait son plein jusqu'à minuit après le début de la foire de mai, mais vu comme je me sentais avec toute l'excitation accumulée au fil de la journée, je me réjouissais que les festivités du samedi se cantonnent à un horaire plus raisonnable.

Les familles étaient parties depuis longtemps et il ne restait plus que les groupes d'adolescents locaux, en général prêts à tout pour combattre l'ennui abrutissant de la vie dans une petite ville, ainsi que Jessica, Harriet et moi, qui cherchions Jake et Henry. Je savais qu'ils nous avaient regardées quand nous avions attaché nos ceintures pour un tour d'Eliminator, mais la tête me tournait tellement lorsque nous en étions descendues que je n'avais pas remarqué qu'ils s'étaient éclipsés.

— Je parie qu'ils sont retournés jeter un œil sur Pip, lança Jessica avec raison. Ne t'inquiète pas, Amber, on va marcher avec toi jusqu'à la ferme. Nos voitures sont dans votre cour, de toute façon.

Nous étions sur le point de nous mettre en route quand nous remarquâmes, reléguée dans le coin le plus éloigné du champ, près des caravanes, une petite tente isolée, sans presque aucune illumination ou signe ostentatoire, à la différence de tout ce qui l'entourait.

— Qu'est-ce que c'est que ça ? demandai-je, en désignant la tente d'un geste du menton.

Ce faisant, je cherchai, au prix de vives douleurs, à retirer un résidu de barbe à papa de mes cheveux. En vain.

— Ha ha ! s'écria Harriet, hilare. On va rigoler. Pas vrai, Jess ?

— Oh que oui ! couina l'interpellée, en lâchant sa tétine poisseuse dans la poubelle la plus proche.

Elle glissa son bras sous le mien.

Mon trajet jusqu'à la tente s'apparenta surtout à une marche forcée. J'y découvris le domaine de Rose, la diseuse de bonne aventure la plus révérée au monde.

— Tu n'aurais pas une petite pièce ? me chuchota Harriet.

— Quoi ?

— Pour lui graisser la patte ! me pressa-t-elle.

— Je ne pense pas que ça fonctionne comme ça dans la vraie vie ! gloussai-je, consciente de violer l'aura mystérieuse qui pulsait aux environs de la petite tente.

— Je vous en prie, venez vous asseoir.

Maintenant que la gêne nous avait réduites au silence, nous entrâmes toutes les trois dans une enceinte faiblement éclairée, embaumant l'encens. Soudain, les bruits de la foire qui s'achevait n'étaient plus qu'à peine audibles, les lumières et la musique de tantôt un lointain souvenir.

— Rien que toi, précisa la femme en me désignant d'un doigt osseux qui avait tout d'une griffe. Vous deux, attendez dehors.

Avant que je ne puisse les rattraper, Harriet et Jessica s'étaient esquivées.

— Assieds-toi.

J'obtempérai.

— Laisse-moi voir ton visage.

Je levais les yeux vers la tête couverte de la femme. Son visage était presque impossible à distinguer. Quant à son corps, il était drapé dans des couches de châles bordés de sequins, malgré la chaleur oppressante. La fumée de l'encens était épaisse et entêtante. Elle me piquait les yeux aussi bien que la gorge.

— Qu'est-ce que tu désires ? me demanda-t-elle.

Une partie de moi avait envie de filer hors de la tente, mais une autre partie vissait fermement mon derrière à la chaise. Après tout, quel mal pouvait-il y avoir à jouer le jeu ? Je réfléchis quelques secondes avant de lui donner la réponse la plus honnête qui me vienne à l'esprit.

— Vivre ici, finis-je par répondre. À la Ferme aux Alouettes. Et être heureuse.

— Mais tu n'es pas d'ici. Tu viens juste de t'installer.

— C'est vrai, admis-je. Mais j'aime déjà cet endroit, j'aime Jake et Annie et je veux commencer une nouvelle vie ici.

Il ne faisait aucun doute qu'elle était déjà au courant. Luca lui avait forcément dit qui j'étais. Je m'attendais à ce qu'elle me déclare que tout irait bien, que mes vœux seraient réalisés, mais son attitude, ou ce que j'en distinguais, m'apparut résolument sceptique.

— Je vois des problèmes, lâcha-t-elle lentement. Et des disputes. Les choses ne vont pas bien se passer pour toi, mais tu ne sais pas encore pourquoi. Quelqu'un te cache des choses.

La gorge nouée, je tentai de prendre sa déclaration à la légère, mais ses mots touchaient une corde sensible de mon cœur. Je sentais bien en effet qu'il y avait des choses que j'ignorais à propos de Jake et de la vie qu'il avait vécue à la ferme avant mon arrivée, toutefois il n'y avait là que quelque chose de tout à fait normal. Il avait passé la majeure partie de son existence rattaché à cet endroit où je ne me trouvais que depuis quelques semaines. Il y avait donc forcément des choses dont je ne serais jamais au courant.

La femme me dévisagea avec intensité et je baissai aussitôt les yeux vers la table.

— Je vois une perspective de soleil à l'horizon, ajouta-t-elle d'une voix langoureuse, les yeux à moitié fermés, comme si elle-même rêvait de contrées lointaines. Et une chaleur intense, mais seulement si tu les choisis.

Je repoussai ma chaise et tirai ce qui me restait de monnaie de la poche de mon jean. Je ne voulais pas entendre un mot de plus. Je tournai les talons pour sortir.

— N'oublie pas, me lança-t-elle, triomphante, pendant qu'elle ramassait l'argent, tu es toi-même aussi bien la trompeuse que la trompée.

Chapitre 19

J'eus la surprise de découvrir Jake au lit quand je regagnai la maison. J'avais réussi à me débarrasser de Jessica et Harriet en leur débitant une ineptie, comme quoi j'allais « vivre heureuse jusqu'à la fin de mes jours », si j'en croyais Rose, la diseuse de bonne aventure, pourtant je ne cessais de ressasser ce qu'elle avait bien pu vouloir dire à propos des gens qui me cachaient quelque chose et de me demander si j'étais assez sceptique ou non pour croire qu'il y avait la moindre vérité dans sa prédiction.

Je revendiquai fermement le minuscule espace que Jake avait laissé pour moi, à côté des chiennes.

— Ça va ? chuchotai-je en me glissant dans le lit. Je me faisais du souci pour toi.

— Je vais bien, me rassura-t-il quand je me blottis contre lui.

Je n'arrivai pas à trancher s'il avait la voix de quelqu'un d'authentiquement somnolent ou s'il avait attrapé un rhume.

— Je voulais juste jeter un dernier œil sur Pip et Flamme, finit-il par préciser.

— Pourquoi tu n'es pas revenu ? insistai-je. Tu m'as manqué.

— Désolé, marmonna-t-il. Je pensais que tu t'amusais bien avec Jess et Harriet et j'ai décidé de te laisser avec elles. J'espère que c'était le cas.

— Tout à fait, répondis-je en bâillant. (Je me collai encore plus étroitement contre lui et lui glissai une main autour de la taille.) Et ils allaient bien ?

— Qui ?

— Pip et Flamme, pardi. Ils n'étaient pas dérangés par le bruit et l'agitation ambiants ?

— Non, murmura-t-il, avant de se tourner enfin et de m'attirer dans ses bras. Ils allaient bien, vraiment. Je ne peux même pas te dire à quel point je suis fier de toi, Amber. (Je rougis dans l'obscurité.) Je ne t'aurais jamais cru capable d'accomplir un exploit comme celui d'aujourd'hui.

— Moi non plus, admis-je.

Je n'arrivais pas non plus à déterminer si sa remarque me vexait ou si j'étais certaine du sens à lui donner. Cependant, aider une jument à mettre bas pouvait difficilement se comparer à attendre l'éclosion de quelques œufs, aussi décidai-je de ne pas insister. Si quelqu'un m'avait annoncé, ne serait-ce que quelques semaines plus tôt, ce que j'allais me retrouver à faire, ce matin-là, je ne l'aurais jamais cru non plus.

— À ce propos, repris-je, après avoir décidé de ne pas approfondir le sens sans doute non intentionnel caché derrière ses mots, tu avais raison à propos des œufs. Quand je suis allée vérifier ce matin, ils avaient éclos tous les quatre. Je voulais t'en informer avant, mais comme Pip leur a volé la vedette, j'ai complètement oublié ces mignonnes petites choses !

— C'est bien normal, répliqua Jake qui déposa en gloussant un baiser dans mes cheveux.

— Je pense qu'ils seront sur pied demain, ajoutai-je avec un nouveau bâillement. J'irai jeter un œil sur eux dès que je serai debout. J'en ai assez fait pour aujourd'hui. Je suis claquée.

— Je comprends, convint Jake. La journée a été du genre « plongeon dans le grand bain », non ?

— Juste un peu, marmonnai-je en cochant des centaines d'items dans ma liste de tâches. Oh ! mon Dieu ! m'écriai-je. J'ai oublié le satané gâteau !

Je me rassis, droite comme un « I », ce qui fit bondir les chiennes.

— Quel gâteau ? demanda Jake qui tenta de me ramener contre lui.

— Mon gâteau pour l'exposition de demain, sanglotai-je. Je suis censée participer à la compétition avec une génoise !

— Oh ! ne t'inquiète pas pour ça, dit Jake dans l'espoir de m'apaiser, mais ne parvenant en fait qu'à aggraver la situation. C'est l'une des catégories les plus disputées. Crois-moi, il vaut mieux que tu restes en dehors.

Je me renfrognai et m'écartai encore de lui, avec la sensation d'être de nouveau complètement éveillée.

— Tu ne m'en crois pas capable ? fis-je. Tu as peur que je te ridiculise ?

— Bien sûr que non. Bon sang, Amber, ce n'est pas du tout ce que j'ai voulu dire !

— Qu'est-ce que tu as voulu dire, dans ce cas ?

— Écoute, soupira-t-il. Tu vas être suffisamment sur la sellette comme ça, demain, je me disais juste que tu pourrais te passer d'une pression supplémentaire. Vu tous les problèmes que tu as dû surmonter, je voudrais que tu profites de la journée, sans t'inquiéter de ce que les gens vont penser de tes compétences de pâtissière.

— Quelle pression ? m'esclaffai-je. Quels gens ? Personne ne va s'intéresser le moins du monde à moi…

Les mots moururent dans ma gorge quand je commençai à imaginer le parking plein à craquer et des centaines de gens descendant dans le pré. Tous allaient se demander qui était le responsable du fiasco que, j'en étais certaine tout à coup, la journée ne manquerait pas d'être.

— Tout le monde va être intéressé, répliqua Jake d'un air entendu qui augmenta ma paranoïa d'un cran. Chacun sait que la proposition d'accueillir la foire de mai ici était au départ ton idée et, naturellement, tout le monde voudra voir ce que tu as réussi à faire.

Je sentis mes entrailles se tordre, et cette pensée me fit gémir. En ville, je savais ce que je faisais. Je savais quoi dire et quels habits porter, mais je n'avais pas passé assez de temps ici pour avoir élucidé aucune de ces questions. Que se passerait-il si je donnais la mauvaise image, si j'assortissais le mauvais chemisier avec les mauvaises chaussures ? Je savais que mes nouvelles amies s'en moqueraient, mais les autres gens du coin, si impatients de participer à leur petite sauterie annuelle ? Que se passerait-il si je les décevais, et pas seulement en ce qui concernait mon choix de tenue ? Et si je n'avais pas fait assez d'efforts ? Je ne m'en remettrais jamais.

— Crois-moi, poursuivit Jake qui ne se rendait à l'évidence pas compte qu'il en avait déjà dit plus que nécessaire, il y aura des dizaines de personnes à rencontrer. Tout le monde va vouloir jeter un coup d'œil à la fille qui fait bouger les choses à la ferme.

Il avait beau parler sur un ton léger, je savais qu'en vérité, j'allais très probablement devenir la fable de la ville, ou du moins son attraction.

— Où tu vas ? s'étonna Jake quand je lançai mes jambes hors du lit pour filer en ligne droite vers la porte.

— Faire ce satané gâteau, répondis-je dans un chuchotement. Il ne va pas cuire tout seul, n'est-ce pas ?

Finalement, la journée de la foire de mai ne débuta pas du tout comme je m'y étais attendue. Dans la vision irréaliste et idyllique que je m'étais forgée, toute nimbée de teintes rosées, j'avais imaginé que je me réveillerais d'une nuit de sommeil ininterrompue, que je passerais une robe à fleurs *vintage* avant de m'en aller d'un pas sautillant dans les champs, sous un soleil radieux. J'aurais charmé tout un chacun par mes manières aimables et des paroles pleines de gentillesse, avant de m'éloigner en laissant une brume fleurant bon la rose dans mon sillage.

Malheureusement, la réalité ne pouvait pas être plus éloignée du tableau dont j'avais passé le mois dernier à rêver. La première chose qui parvint à ma conscience, ce fut une douleur paralysante dans mon cou, une tache humide sur ma joue et des chevilles congelées.

— Tu as entendu ?

Quelqu'un criait. Je songeai qu'on aurait dit Harriet, mais qu'aurait-elle fait dans ma chambre et à une heure pareille ?

— Tu as entendu qui est de retour ? répéta la voix qui, j'en étais certaine désormais, appartenait bel et bien à Harriet et paraissait s'être rapprochée. Bon sang, qu'est-ce que tu fabriques ?

Soudain, tout me revint et, gênée, j'essuyai la bave qui avait coulé sur la manche de ma robe de chambre, puis je tentai de me redresser en position assise.

— Tu as passé toute la nuit ici ?

— Pas tout à fait, croassai-je. Quand je suis allée me coucher, hier soir, je me suis souvenue que je n'avais pas fait mon gâteau.

Je parcourus rapidement du regard un message laissé par Jake à côté de moi, où il expliquait qu'il avait dû sortir de bonne heure et qu'il n'avait pas eu le cœur de me déranger.

— Ne me dis pas qu'il t'a fallu toute la nuit pour faire cuire une foutue génoise ? ironisa-t-elle tout en remplissant la bouilloire qu'elle posa sur la cuisinière.

— Non, protestai-je, irritée. Il ne m'a pas fallu toute la nuit pour faire cuire une « foutue génoise », comme tu l'as si élégamment formulé. Il m'a fallu toute la nuit pour en préparer sept.

— Sept !

— Je n'ai pas arrêté de les rater, expliquai-je, sur la défensive. Et quand j'ai enfin réussi à en confectionner une dont je sois satisfaite, je n'avais tout simplement plus l'énergie de grimper l'escalier pour retourner au lit. Alors je me suis assise ici quelques secondes et… eh bien, tu devines la suite.

Je lui lançai ce faisant un regard qui la mettait au défi de se payer ma tête.

J'étirai mon dos endolori et frottai mon cou pour recouvrer quelques sensations dans le point le plus douloureux de mes cervicales.

— Où se trouve donc ce chef-d'œuvre ? demanda Harriet en balayant la pièce du regard.

— Ils sont tous dans le garde-manger, lui répondis-je. Tu pourras m'aider à les assembler dans un petit moment. Pour être honnête, je n'ai toujours pas tout à fait tranché sur lequel est le meilleur. Mais peu importe, on s'en fiche de mon gâteau, et ce n'est pas que tu ne sois pas la bienvenue ici, Harriet, mais pourquoi tu es là, exactement ? fis-je dans un bâillement. Et plus important encore : qui est de retour et de quel endroit ?

— Quoi ?

— Tu hurlais que quelqu'un était de retour, lui rappelai-je.

J'aperçus en cet instant Jake qui garait la camionnette dans la cour.

— T'occupe, répondit Harriet. Je reviens t'aider dans quelques minutes.

Elle se précipita vers la porte. Je me retrouvai finalement à me préparer une théière pour moi seule puis, en l'absence d'aide extérieure, je sélectionnai les deux génoises que je considérais les mieux à même de témoigner de mes compétences de pâtissière et de tenir leur rang parmi les gâteaux présentés par les représentantes de l'Institut des femmes de Wynbridge et consorts. Selon Annie, à elles seules, ces dames de l'Institut des femmes avaient plus de sept cents ans d'expérience combinée et donc des siècles d'expertise en plus de la mienne. Tout en disposant mon gâteau dans la plus jolie boîte en fer-blanc d'Annie, je tentai de ne pas penser à ce qui m'attendait ou de ressasser que toute cette débâcle liée à la foire était une de mes idées.

Presque à court de temps, je vidai ma tasse, refis le nœud de mon peignoir, enfilai mes bottes en caoutchouc et m'en fus jeter un œil sur Patricia et les poussins. Je vis Jake et Harriet dans l'écurie de Pip et, même si je n'entendais pas ce qu'ils se disaient, je devinai que leur conversation n'était pas des plus amicales, à en juger par la façon véhémente dont ils secouaient la tête, leurs gesticulations et mouvements de bras. La scène me procura une espèce de choc. La relation de Jake et Harriet m'avait toujours paru parfaitement chaleureuse. Je repensai à Rose, la diseuse de bonne aventure, et à son évocation anticipée de secrets et de tromperies.

Je repoussai ces soupçons insidieux et m'attaquai à mes tâches. Je laissai sortir Mabel et Martha par l'avant du poulailler avant de me faufiler par la porte de derrière pour constater les progrès effectués dans l'aile nurserie. À ma grande surprise, Patricia était sur pied et ressemblait, me semblait-il, à n'importe quelle autre mère : fatiguée et un peu négligée, mais quand je jetai un œil dans le nichoir, je compris pourquoi elle était restée aussi scrupuleusement à son poste. Les quatre poussins n'avaient plus le cou ramolli et le plumage ébouriffé. À présent, on aurait dit qu'ils s'étaient pris une sacrée soufflée sous un sèche-cheveux.

Je souris en mon for intérieur devant le spectacle de trois d'entre eux, partis explorer la paille sans cesser de pépier. Le quatrième était assis, silencieux, mais je devinai que l'effort de percer sa coquille avait été plus que gargantuesque pour un minuscule petit bonhomme comme ça et que, par conséquent, il méritait un peu de repos. Difficile de croire que seulement deux jours plus tôt ils étaient toujours confortablement installés dans leurs œufs.

— Amber ?

— Je suis là, répondis-je, en passant la tête par la porte arrière, afin que Jake puisse me voir et que je n'aie pas à crier. Viens.

Jake me rejoignit dans le poulailler et referma la porte sans bruit.

— Oh ! waouh ! s'exclama-t-il avec un sourire et un câlin. Bien joué !

— Je n'y suis pour rien, protestai-je en m'esclaffant. C'est Patricia que tu devrais féliciter.

— Tu vois ce que je veux dire, répliqua Jake en regardant autour de lui. Je n'ai jamais vu cet endroit aussi impeccable, à l'intérieur comme à l'extérieur.

Je haussai les épaules pour lui indiquer que ce n'était rien, mais je mentais, j'étais enchantée que Jake ait remarqué le mal que je m'étais donné. Il m'avait fallu plus d'heures que je ne pouvais en compter pour donner à l'endroit son élégance actuelle et qu'il commence enfin à ressembler aux poulaillers que j'avais convoités dans les magazines accumulés à l'approche de notre déménagement.

— Je vais aller sur-le-champ préparer des graines pour les poussins, déclara Jake qui ramassa précautionneusement la boule de plumes la plus silencieuse pour l'examiner. Avec la foire et tout, on ne pourra peut-être pas revenir jeter un œil sur ces petits gars, aujourd'hui, mais ils se portent comme des charmes. Tu peux t'occuper de l'eau ?

— Bien sûr, acquiesçai-je.

Il reposa le minuscule paquet dans son lit de paille encore tiède et le gratifia d'une dernière caresse. Le petit bonhomme se recroquevillait de nouveau, sans manifester la moindre intention de se joindre aux trois autres.

— Disons…, commença Jake.

— Quoi ? insistai-je. Qu'est-ce qui cloche ?

— Je pense qu'on devrait garder un œil sur celui-ci, répondit-il, très sérieusement. Il n'y a sans doute pas à s'inquiéter, il est peut-être un poil lent à la détente, mais j'aimerais le voir un peu plus sur pied, dorénavant.

— Je pensais qu'il était juste fatigué par l'effort de l'éclosion, chuchotai-je en regardant attentivement le poussin que je brûlais de voir se lever d'un bond et commencer à pépier.

— Tu as sans doute raison, concéda Jake. Ne te soucie plus de ça aujourd'hui.

— Tu crois que je devrais revenir lui jeter un œil, un peu plus tard ? demandai-je, rechignant à partir.

— Tu n'en auras pas le temps, objecta Jake. Laissons juste la nature suivre son cours.

Je n'aimais pas cette idée, pourtant je savais que nous devions nous préparer pour la foire.

— Comment va Pip, ce matin ? demandai-je quand je réussis enfin à me détacher des poussins.

— Elle va bien, répondit Jake, tout sourires. Et Flamme aussi. Je n'arrive toujours pas à y croire. Comme Kate va venir à la foire pour superviser la course d'obstacles, elle leur rendra une autre visite, dès qu'elle aura un moment.

Il s'interrompit une seconde, la main sur le verrou de la porte, le regard dans le vague.

— Ça va ?

En l'observant mieux, je remarquai les cernes noirs sous ses yeux, et son sourire avait bien du mal à gagner ses prunelles. Je m'étais attendue à ce qu'il soit excité par la foire, surtout maintenant que le grand jour était arrivé, que le soleil brillait et que tout était en ordre, mais il paraissait plus accablé qu'insouciant.

— Ça va, répliqua-t-il. Vraiment.

Cependant son ton manquait de conviction.

— Tu as vu Harriet ?

— Non, répondit-il en tournant les talons. Pas depuis hier soir. Viens, on ferait mieux d'aller se préparer.

Chapitre 20

Emportée par la peur, l'appréhension et l'excitation, je ne tardai pas à oublier les poussins et me préparai à affronter tout ce que la journée projetait de me jeter au visage. Je n'avais jamais vu Annie aussi animée et enthousiaste et, même si je savais que quelque chose clochait chez Jake, un quelque chose qu'il me taisait, j'étais quand même enchantée que sa tante ait la possibilité de profiter d'une foire organisée aussi près de chez elle.

— Qu'est-ce que vous avez ? me demanda-t-elle en voyant que je me frottais le cou et que je cherchais à l'étirer pour adopter une position moins douloureuse.

Je choisis de ne pas lui préciser où j'avais passé l'essentiel de ma nuit.

— J'ai dû prendre une mauvaise position en dormant, répondis-je plutôt. J'ai juste le cou un peu raide, c'est tout. Ça va aller.

Elle laissa tomber l'empaquetage de son précieux dessus-de-lit qu'elle devait terminer afin qu'il soit prêt à être emporté sous le chapiteau pour farfouiller bruyamment dans les tiroirs encombrés du vieux buffet.

— J'ai ce qu'il vous faut, déclara-t-elle, éparpillant ici et là des pelotes de ficelle et des rubans élastiques. Il n'y paraîtra plus rien.

— Oh ! ce n'est pas la peine, protestai-je. Honnêtement, ce n'est pas aussi affreux que cela.

Ma tentative pour traiter le problème par le mépris s'avéra vaine.

Impossible d'envisager de participer à la foiré avec, sanglé à mon corps, un cataplasme à l'ananas qui attirerait les guêpes ou une minerve à la myrtille, ou d'ailleurs n'importe laquelle des concoctions d'Annie.

— Ah ! annonça-t-elle triomphalement en me lançant une boîte qu'il me fut très pénible de rattraper.

Elle retourna envelopper son dessus-de-lit pendant que j'examinais ce qu'elle avait recherché avec autant d'acharnement.

— De l'Ibuprofène, m'esclaffai-je. Annie, vraiment ?

Elle leva les yeux et m'adressa un clin d'œil.

— Et vous qui pensiez que j'allais vous envoyer à la foire avec une vessie de porc toute fraîche drapée autour de vos épaules !

Je fis sortir deux cachets de leur plaquette et les avalai, pleine de reconnaissance, avec une gorgée d'eau.

— Mmm. En effet, je pensais à quelque chose dans ce goût-là, admis-je.

— Faites-moi confiance. On ne tentera pas ce remède avant ce soir.

Le spectacle des prés miraculeusement transformés était, à mon humble avis, tout simplement à couper le souffle et méritait vraiment les appels sans fin et les couchers tardifs qui avaient accompagné la mise en place de l'événement. La brume matinale, qui s'était amusée aux confins de la rivière pour grimper sur ses rives et se glisser sous les haies, n'avait pas tardé à se dissiper et la perspective d'une superbe journée ensoleillée se profilait, Dieu merci, à l'horizon.

Alors que la veille au soir, tout paraissait certes parfaitement organisé mais encore calme et tranquille, les chapiteaux prêts à l'action et les indications à la bombe de peinture blanche pour guider l'installation des différents vendeurs de glaces et de crêpes, tout bourdonnait à présent d'une activité frénétique. Un petit bataillon de personnes du coin et de membres de divers comités s'agitait autour des fontaines à thé et des décorations florales, des tickets de tombola, des boîtes de vaisselle. Difficile d'imaginer que les champs ainsi transformés aient été destinés un jour à un été silencieux et calme.

J'enroulai un bras protecteur autour de la vieille boîte à gâteau d'Annie, laquelle se cramponna aussitôt à son précieux dessus-de-lit, et nous nous mîmes en quête de nos sections respectives sous le grand chapiteau. La guirlande de fanions remuait à peine sous l'immense toit de toile et l'air à l'intérieur grouillait de bien davantage que de la chaleur du seul soleil.

— C'est un gâteau ? s'enquit Jeannie Russell, l'une des dames les plus éminentes de l'Institut des femmes. (Surgie comme par enchantement à mes côtés, elle se hâta de me piloter vers la table des pâtisseries.) Vous devez voir Mme Summers, c'est elle la responsable, ajouta-t-elle d'un ton brusque.

Intérieurement, je gémis à la vue de la table sur tréteaux couverte d'une nappe blanche, croulant déjà sous les gâteaux et biscuits de toutes les sortes. Il était d'emblée évident que la génoise était la pâtisserie la plus populaire et si évidemment hors de ma portée que je regrettai amèrement de ne pas avoir laissé le fruit de mes efforts à la cuisine. Pour l'instant, Mme Summers n'était pas en vue.

— Allons vous trouver un emplacement, ma chère, décréta Jeannie Russell, tout sourires, en m'indiquant un minuscule espace sur le devant.

— Non, non, bredouillai-jc cn reculant. Je vais plutôt mettre ça derrière.

Je sentis au moins dix paires d'yeux se détourner de leur propre pâtisserie pour se poser sur la mienne, quand j'ôtai le couvercle de ma boîte. Précautionneusement, les mains tremblantes, je sortis mon gâteau et le plaçai au milieu des autres. Pour être honnête, à la froide lumière du jour, je ne lui trouvai pas un air trop miteux.

— Est-ce que la confiture est faite maison ? intervint l'une des pâtissières.

— Oui, répondis-je, soulagée que ce soit le cas. La fournée d'Annie de l'année dernière.

Les membres du groupe reculèrent d'un demi-pas et certaines d'entre elles prirent une brusque inspiration. Je me rendis aussitôt compte de mon erreur, mais il était trop tard pour reprendre mes paroles. Désormais au courant de la personne qui avait confectionné la confiture, je ne pouvais imaginer juge assez courageux pour la goûter et j'étais amèrement déçue d'avoir gâché mes chances par une affirmation aussi inconsidérée.

— Ça n'a pas l'air trop mal, glissa une autre pâtissière à sa voisine.

Ce commentaire fut accueilli par un reniflement dédaigneux et une moue intriguée, si bien que je sentis un soupçon de tension déserter mes épaules. Peut-être mon humble gâteau n'était-il pas un désastre après tout.

— Et la confiture a l'air correcte, ajouta quelqu'un d'autre. Même Annie ne peut pas se tromper avec des fruits et du sucre.

Quelques minutes plus tard, on nous rassembla et nous demanda de regagner le pré, afin de refermer les portes du chapiteau pour que le jury puisse commencer son travail. Même si je ne m'attendais absolument pas à ce qu'un prix distingue mon assiette, j'étais indéniablement tendue et en dépit de sa grande expérience de compétition, la pauvre Annie avait l'air sur le point de s'écrouler.

— Venez, lui dis-je en passant mon bras sous le sien. Allons nous promener un peu, histoire de respirer le bon air et de manger un morceau.

Nous déambulâmes aussi longtemps que possible, à l'autre extrémité du chapiteau, admirant les objets confectionnés par d'habiles artisans et les produits de saison exposés : des tablettes de cire d'abeille joliment lissées, des compositions florales extravagantes et, mes préférés, d'amusants couvre-théières tricotés. En les observant, je me réjouis de me trouver dans le rôle de la compétitrice plutôt que dans celui de la juge.

Quand j'avais décidé d'abandonner ma participation à la compétition de point de croix, j'avais éprouvé une pointe de culpabilité, mais à voir la qualité des broderies des autres concurrentes, j'étais soulagée. Ma petite contribution brouillonne aurait suscité beaucoup de rires autour de la table.

— Comment vont-ils trancher ? demandai-je à Annie.

Pour ma part, mon cœur balançait entre un couvre-théière en forme de cupcake et un autre en forme de gigantesque abeille rayée.

— Je vous remercie de votre attention, mesdames, lança une voix sévère depuis la porte du chapiteau. J'ai peur de devoir vous presser un peu.

Raide comme un piquet et d'une lenteur exaspérante, Annie, qui se cramponnait à mon bras un peu plus fort que nécessaire, j'en étais sûre, ralentit le pas. J'entendis des soupirs et des grognements de désapprobation quand nous atteignîmes la porte de toile, laquelle fut étroitement fermée à la seconde où nous la franchîmes.

— Alors ? demandèrent Jake et Harriet en se précipitant vers nous. Comment ça s'est passé ? Quelle allure ça avait, par comparaison avec les autres ?

— Très bien, répondit Annie, qui retrouva aussitôt son attitude désinvolte et confiante. Je n'aurais pas été aussi sûre de moi, en temps normal, mais, soit dit entre nous, j'ai des espoirs plutôt élevés, cette année.

Harriet leva les yeux au ciel et Jake secoua la tête.

— On parlait d'Amber, grommela-t-il. Comme tu le sais très bien !

— Oh ! son gâteau avait tout à fait sa place, répondit-elle en souriant. N'est-ce pas, ma belle ?

— J'espère, répliquai-je en tripotant nerveusement la ceinture de ma robe. Le temps nous le dira, j'imagine. Je ne peux plus rien y faire.

Après avoir dégoté pour Annie un siège à l'ombre, d'où elle pourrait voir aussi bien l'estrade que la porte du chapiteau et l'avoir resservie en thé, Jake et moi fîmes lentement le tour du champ pour accueillir les visiteurs à la Ferme aux Alouettes et vérifier que tout allait bien pour les vendeurs et les groupes qui mettaient une dernière touche à leurs stands et étals.

— Où Harriet a-t-elle donc disparu ? demandai-je, quand je remarquai qu'elle s'était esquivée.

— Ça ne m'étonnerait pas qu'elle soit retournée à la section Plantes, me confia Jake.

— Je suis surprise qu'elle n'y ait pas son stand, d'ailleurs, renchéris-je en étirant mon cou, légèrement moins douloureux, vers les étals en question.

— Je pense qu'elle a le béguin pour la concurrence, répliqua Jake avec un clin d'œil. Donc elle a décidé de ne pas participer cette fois-ci.

— Oh ! vraiment ? fis-je avec un sourire. Il faudra que tu me le montres. Elle ne m'a jamais dit qu'elle avait un homme en vue.

— En fait, corrigea Jake avec un hochement de tête discret vers une jolie fille aux cheveux noirs. C'est Rachel. C'est sur elle que Harriet a des vues.

La jeune femme faisait la queue devant un marchand de glaces, vêtue d'une robe en coton fleurie semblable à la mienne.

— Oh ! je vois. Eh bien, dans ce cas, elle a très bon goût, non ? Rachel m'a plutôt l'air d'une bombe.

— Hmm, fit Jake rêveusement. J'ai toujours trouvé, oui.

— Eh, toi ! m'esclaffai-je en lui plantant mon coude dans les côtes.

Nous nous tournâmes et découvrîmes Jemma et Lizzie qui se dirigeaient vers nous. Lizzie tenait la main d'une très jolie blondinette et Jemma poussait un landau au fond duquel je distinguai deux menottes minuscules et deux petons, qui apparaissaient et disparaissaient au rythme des coups de poing et pied que son occupant distribuait dans les airs.

— Félicitations ! lança Jemma, rayonnante. Tout a l'air génial. Vous vous rendez compte de la chance que vous avez question météo ?

— Tu m'étonnes, confirma Jake avec un regard reconnaissant au ciel bleu au-dessus de nos têtes. Pour être honnête, c'était ma plus grosse inquiétude, mais ça ne changera pas.

— Maman, intervint la fillette en tirant sur la jupe de Jemma, je peux avoir une glace, s'il te plaît ?

— Viens, dit Lizzie. Je vais t'en chercher une. À tout à l'heure, vous autres.

— Est-ce que vous allez danser autour de l'arbre de mai ? lança malicieusement Jemma par-dessus son épaule, avant d'emboîter le pas à la fillette et à sa meilleure amie.

— Je crois que je vais passer mon tour, cette année, répondit Jake. Mais Amber va essayer.

— Non, Amber ne va pas essayer, m'écriai-je, en lui donnant une petite tape. Pas question.

Avant même que nous ne nous en rendions compte, les préparatifs pour la première catégorie du défilé canin allaient bon train et une bagarre violente, quoique furtive, venait tout juste d'éclater entre deux terriers rivaux quand Jake me donna un petit coup de coude pour me désigner le chapiteau, d'où émergeaient les juges.

— L'heure est venue de connaître ton sort, me glissa-t-il avec un petit sourire ironique. Tu veux rester en retrait ou en finir au plus vite ?

Je lui montrai Annie.

— Regarde-la. Je vais devoir choisir l'option « en finir au plus vite ».

Annie, qui avait déjà quitté son siège, m'adressait de grands signes véhéments pour que je la rejoigne. Je pris une profonde inspiration et lissai le devant de ma robe. Même si je m'étais convaincue que ma participation était purement récréative et que peu m'importait si mon gâteau était classé ou non, mon cœur effectuait un travail miraculeux pour me suggérer le contraire.

— Tu viens ? demandai-je à Jake, qui ne bougeait pas alors que j'avais commencé à avancer.

— Ils laissent entrer les compétiteurs d'abord, expliqua-t-il. Je vais faire quelques pas. Bonne chance, conclut-il en me plantant un petit baiser sur la joue.

Je n'arrivais toujours pas à mettre le doigt sur ce qui clochait chez lui, mais il y avait bel et bien quelque chose. On aurait dit qu'un léger brouillard s'était installé entre nous et, en dépit de tous mes efforts, je n'arrivais pas à me frayer un chemin jusqu'au véritable Jake, le gars dont j'étais tombée amoureuse. Il m'avait tenu la main, il avait parlé aux visiteurs et réglé plutôt bien les inévitables tracas. Si vous aviez demandé à quelqu'un de l'extérieur ce qui n'allait pas chez Jake, il aurait répondu : « rien », mais moi, je savais. Je savais que quelque chose le tracassait.

— D'accord, concédai-je en souriant, bien consciente que je retardais une Annie qui trépignait d'impatience. À tout à l'heure.

Sous le chapiteau, l'atmosphère s'était manifestement réchauffée, parce que quand nous y remîmes les pieds, elle bourdonnait littéralement d'une charge émotionnelle à l'électricité véloce.

— C'est du grand n'importe quoi ! pesta une femme qui regagnait la sortie d'un pas raide.

Elle n'esquissa pas le moindre mouvement pour s'écarter de notre chemin quand nous nous croisâmes, si bien qu'elle manqua presque de m'éjecter d'un coup d'épaule de sa trajectoire. Aussitôt figées l'une et l'autre, nous échangeâmes un regard qui ne dura qu'une fraction de seconde et, pour une raison que je ne m'expliquai pas, ce fut moi qui me hâtais de marmonner un « désolée », avant qu'elle ne reprenne sa progression vers la sortie.

— Qui était-ce ? lançai-je à Annie.

— Je n'ai pas vu. Venez, ajouta-t-elle en me tirant par la manche.

Elle avait les yeux rivés sur la table où elle avait disposé son dessus-de-lit.

Un petit attroupement s'était formé là, qui s'écarta quand nous approchâmes, afin de nous dégager la vue.

— Félicitations, Annie ! l'interpella un membre du groupe. C'est vraiment chouette de t'avoir de nouveau parmi nous, ma chère.

Un murmure d'appréciation et d'approbation parcourut les dames de l'assistance et Annie caressa fièrement le coin du carton indiquant sa première place.

— Il n'y aurait rien de surprenant à ce que tu reçoives la cocarde de la meilleure du salon, avec ce dessus-de-lit, s'immisça une autre voix.

Annie se tourna, le visage rouge de fierté. Elle me regarda pendant moins d'une seconde, mais j'eus le temps de voir son infime clin d'œil.

— Merci, Bunty, répondit-elle de bonne grâce. C'est très gentil à toi.

À présent, c'était mon tour.

La foule était encore plus dense autour de la table des pâtisseries et, si possible, l'atmosphère environnant les gâteaux et autres petits fours encore plus électrique que près des œuvres de la section Artisanat. Je parvins à jeter un œil par-dessus l'assemblée des têtes, mais je me rendis compte que mon gâteau n'était pas dans les parages. Pourvu que la mention de la confiture d'Annie ne l'ait pas d'emblée condamné à la poubelle.

— Bravo, déclara l'une des femmes. Félicitations. On ne vous imaginait pas en pâtissière.

— Oh oui, s'esclaffa une autre femme, bravo ! Vous avez à n'en pas douter fait bouger les choses ici. Ça vaut presque le coup de ne pas être classée, rien que pour voir la mine de certaines personnes !

Jouissant enfin d'une vue complète de la table, j'avisai la jolie assiette à motifs floraux d'Annie, nichée entre le premier et le troisième prix, avec mon gâteau toujours dessus.

— Vous avez décroché la deuxième place ! me félicita Annie en frappant dans ses mains. Oh ! Amber, bravo !

Je la dévisageai, bouche bée, incapable de bouger. Je n'étais pas seulement sidérée d'avoir réussi à apprendre toute seule comment confectionner un gâteau digne de recevoir un prix, mais aussi de réaliser l'importance que ce prix revêtait en fait à mes yeux. Je ne pouvais m'empêcher de me demander ce que mon ancien moi aurait pensé de mes réussites domestiques. Ma cuisine londonienne n'avait rien connu de plus compliqué que le réchauffage d'un bagel et la préparation de la première dose de caféine nécessaire à une journée de travail.

— Vous faites des gâteaux depuis toujours, ma chère ?

— Non, parvins-je à répondre malgré ma gorge serrée et desséchée. Non. Je ne me suis lancée là-dedans qu'il y a six semaines, quand je suis venue m'installer ici avec Jake.

— Encore mieux, s'esclaffa la femme qui avait été la première à me féliciter. Un pavé dans la mare, comme qui dirait, ajouta-t-elle avec un clin d'œil à l'intention de sa voisine.

Et les voilà reparties à glousser.

— Venez, me conseilla Annie. Allons trouver Jake pour lui annoncer la bonne nouvelle.

Le reste de la journée se déroula dans un brouillard. Comme sa rivale de toujours l'avait pronostiqué, Annie fut désignée « Meilleure concurrente du salon », ce que nous célébrâmes avec une bouteille de sirop et quelques sandwichs sous l'ombre encore fraîche des saules près de la rivière.

— On a bien fait de poser ces clôtures, dis-je à Jake en lui désignant d'un signe du menton un groupe de jeunes garçons qui cherchaient un moyen de descendre sur la berge.

— N'y pensez même pas ! leur cria Jake. (Les gamins s'en furent bouder aux abords de l'estrade, l'air aussi abattus que déçus.) J'espérais avoir une tranche du gâteau primé, reprit-il avec un sourire à mon intention.

— Les réalisations en lice doivent rester en place jusqu'à la fin de la journée, répliqua Annie, à demi somnolente, de sous le bord de son chapeau de paille élimé.

— Mais les gâteaux ne risquent pas de se dessécher à la chaleur ? ronchonna Jake, visiblement déçu. Je veux goûter le deuxième prix à son apogée.

— Oh ! je ne m'inquiéterais pas pour ça, si j'étais toi, lui glissai-je. Il y en a des tas à la ferme et je pense qu'ils sont tous presque aussi bons.

— Non, mais écoutez-la ! ironisa Harriet qui se laissa tomber à côté de moi sur la couverture et déposa un baiser de pure forme sur ma joue. Elle va devenir invivable, maintenant !

— Je ne voulais pas me vanter ! protestai-je en rougissant, gênée qu'elle ait pu penser que je fanfaronnais.

— Je sais bien, s'esclaffa-t-elle. Je plaisantais.

— Tu es de bonne humeur, dis donc, contre-attaquai-je en m'asseyant plus droite pour regarder son visage hâlé. Ça n'aurait pas quelque chose à voir avec une certaine Rachel, par hasard ? (Harriet, visiblement estomaquée, lança un regard accusateur à Jake.) Il était censé garder sa langue ? bredouillai-je en lui attrapant la main. Bon sang, Harriet, je suis désolée. Je ne pensais pas. Je t'ai fâchée ?

Elle plongea son regard dans le mien.

— Tu t'en fiches, alors ? demanda-t-elle. Ça ne te dérange pas que je… que je…

— Que tu quoi ?

Harriet ne répondit rien, mais se mit à arracher frénétiquement les brins d'herbe aux abords de la couverture.

— Que tu aimes les filles ? achevai-je à voix basse.

— Oui, confirma-t-elle.

Elle avait presque parlé sur un ton de défi et de nouveau croisé mon regard une infime seconde, juste avant d'arracher une nouvelle poignée d'herbe.

— Évidemment que ça ne me dérange pas, répondis-je en cherchant une nouvelle fois à lui prendre la main. Harriet, je ne te connais pas depuis longtemps, mais je t'aime à la folie. Grâce à toi, mon installation ici a été une partie de plaisir et tu as été une amie merveilleuse. Que tu aimes les filles, les garçons, les deux ou ni les unes ni les autres, ça n'a aucune conséquence sur l'affection que je te porte. Tu es une amie sur qui je peux m'appuyer depuis le premier jour, et c'est tout ce qui compte.

— Vraiment ?

— Bien sûr, insistai-je. Honnêtement, tu me prends pour qui ?

— Pardon, marmonna-t-elle avec un lourd soupir. C'est juste que mon coming out n'a pas été bien accueilli par tout le monde ici, pour dire les choses simplement.

— Ce sont des hypocrites à l'esprit borné, intervint Annie. Envoie-les-moi, Harriet, et je te les remettrai dans le droit chemin en moins de deux.

Notre discussion fut interrompue par l'animateur de la foire.

— Est-ce qu'Annie, Jake et Amber pourraient venir sur l'estrade ?

Jake se leva d'un bond et chercha à me hisser avec lui par la même occasion. Du coin de l'œil, j'avisai un petit groupe d'adultes et d'enfants, magnifiquement parés de rubans et de fleurs, qui se réunissaient autour de l'arbre de mai, orné à l'identique.

Je refusai de bouger.

— Si cet appel suppose de près ou de loin qu'il faille danser, m'entêtai-je, vous pouvez m'oublier.

— Il s'agit d'arbitrage, expliqua Annie de derrière son chapeau.

— De quoi ? fit Harriet, qui s'était empressée d'oublier ma mention de Rachel maintenant que la situation promettait de devenir tellement amusante et de receler autant d'humiliations potentielles pour moi.

— Vous n'aurez pas à danser, à sautiller ou quoi que ce soit d'autre, Amber, avança Annie pour me rassurer. Mais en tant qu'hôtes de la foire nous sommes attendus tous les trois pour juger le mieux habillé des enfants.

— Allez, viens, s'impatienta Jake. Un peu de nerf, Annie ! Si on ne se dépêche pas, on va perturber tout le planning et personne ne sera content.

— Je ne viens pas, déclara Annie.

À l'évidence, elle jugeait l'idée grotesque.

— Pourquoi ? S'il vous plaît, Annie, insistai-je. J'aimerais vraiment avoir votre soutien moral.

— Hors de question, s'entêta la vieille femme, qui refusa d'ouvrir les yeux. Vous deux, vous êtes dans votre élément. N'oubliez pas, Amber, que je connais presque toutes les fripouilles qui attendent là-bas, et la plupart de leurs enfants. Une cocarde mal placée et des décennies d'amitié partiront en fumée.

— Et mes amitiés, alors ? m'insurgeai-je.

— Vous n'êtes pas ici depuis assez longtemps pour en avoir établies avec ces gens-là, répliqua-t-elle malicieusement. Personne ne vous blâmera si vous commettez un impair, du moins pas pendant longtemps.

— Merci, marmonnai-je alors que Jake m'entraînait sous les arbres pour me ramener vers l'estrade.

— Je vais devoir choisir qui ? soufflai-je alors que nous approchions.

— Je ne sais pas, éluda-t-il. Mais je dirais que, conformément à la tradition de la foire, tu vas élire une fille et moi un garçon.

— Tu plaisantes ! m'esclaffai-je.

— En fait, non, répliqua-t-il avec un sourire.

Tous les enfants étaient adorables, à mes yeux, les garçons comme les filles, toutefois il y avait une petite demoiselle, légèrement plus petite que les autres, qui retint aussitôt mon attention.

Vêtue d'une simple robe de coton blanc brodée, le visage encadré de boucles blondes qui rebondissaient, elle incarnait le printemps à la perfection, à l'instar de la joyeuse petite pâquerette qu'elle représentait, avec son serre-tête blanc, ses chaussures et chaussettes vertes. Elle tenait même un petit cerceau décoré de délicates fleurs artificielles.

Je poussai un soupir de soulagement quand le reste des compétiteurs, leurs parents et leurs grands-parents au regard d'aigle applaudirent et acclamèrent l'annonce du palmarès. J'avais clairement fait le bon choix. Les mains un peu hésitantes, je m'agenouillai devant la petite et lui agrafai précautionneusement sa cocarde fleurie.

— Merci, gazouilla-t-elle, intimidée, avant de m'adresser un petit sourire. Je m'appelle Eliza.

— Eh bien, félicitations, Eliza, lui dis-je. Tu es très jolie.

Ce fut seulement quand elle tendit la main pour m'offrir à son tour une couronne de pâquerettes que je me rendis compte de son infirmité : son bras avait quelque chose qui n'allait pas. Sa mère se précipita pour l'aider, puis Eliza nous abandonna pour aller danser autour de l'arbre.

— Elle a perdu l'usage de son avant-bras à cause d'une méningite, l'année dernière, expliqua la femme en tirant un mouchoir de sa manche.

Son mari s'avança pour lui glisser un bras autour de la taille.

— À cette époque, l'année dernière, nous ne savions même pas si elle serait ici, ajouta-t-il, les yeux étincelants de larmes et d'une fierté farouche. Mais c'est une petite bagarreuse, notre Eliza. Il a bien fallu qu'elle le soit.

— Merci de l'avoir choisie, ajouta la mère de la fillette en passant une main sur son ventre rebondi. C'est très important pour elle, de s'entendre dire qu'elle est jolie.

— À vrai dire, répliquai-je en soupirant, elle est vraiment belle.

— Faites bien attention à ce que vous souhaitez, quand votre tour viendra, ajouta la femme, avant de se placer le mieux possible pour observer sa fille.

— Mon tour pour quoi ?

— Pour danser, répondit-elle. Il y a deux ans, j'ai fait le vœu d'un autre enfant.

— Elle n'a pas été exaucée sur le moment, ajouta son mari avec un sourire, mais maintenant elle en attend deux !

— Oh ! ne vous inquiétez pas pour moi, protestai-je en leur rendant leur sourire. Je ne m'approche pas de ce truc.

Et je posai un regard circonspect sur l'arbre de mai. Ils éclatèrent de rire. Je les priai de m'excuser et m'en fus rejoindre Jake qui se tenait toujours près des garçons, lesquels, gênés, se préparaient à être jugés.

Jake m'adressa un sourire plein de chaleur et désigna ma couronne.

— Tu es magnifique, commenta-t-il. La reine de mai en personne. Tu devrais aller faire un tour là-bas, ajouta-t-il en me montrant les danseurs. Juste une fois.

— Ça ne risque pas ! m'écriai-je. Pas après ce que je viens d'entendre !

Je reculai d'un pas. Même si je n'avais jamais été encline à la superstition, ce que les parents d'Eliza m'avaient dit s'était vite gravé dans mon esprit. Certes, la vie à la campagne avait eu pas mal d'impact sur moi au cours des dernières semaines. Je menais une existence totalement différente et faisais des choses dont je n'aurais pas rêvé, six mois plus tôt. Cependant, il y avait une chose que je n'avais certainement pas besoin de modifier ou d'améliorer, c'étaient mes chances en matière de fertilité.

— Même pas pour moi ? me cajola Jake.

— Absolument pas, m'esclaffai-je. Tu sais ce qui va se passer si j'y vais ?

— Je me le figure assez bien, oui, répondit-il avec un sourire et un froncement de sourcils suggestif. Et ce serait la pire chose qui puisse se produire, tu ne crois pas ?

Soudain, la musique, les cris et la danse me parurent bien lointains. Je n'étais même pas certaine que le sol sous mes pieds soit assez solide pour supporter mon poids. Jake s'empara d'un ruban disponible, m'en passa un autre et, pendant les minutes qui suivirent, nous fîmes la ronde, nous baissant, esquivant et serpentant sans pourtant nous quitter des yeux, ni faire disparaître ne serait-ce qu'une seconde le sourire béat qui s'était dessiné sur nos lèvres.

— Oh ! tu m'as eue ! constatai-je en gloussant avant de lui tomber dans les bras à l'instant où la musique se tut.

— J'espère bien, répliqua-t-il.

Il repoussa mes cheveux emmêlés de mon visage et m'embrassa passionnément. J'avais enfin le sentiment que mon Jake était de retour.

Chapitre 21

— Bon sang, mais elle se prend pour qui ?

— La châtelaine, sans doute.

À l'étroit dans des toilettes préfabriquées où il régnait une chaleur étouffante, j'écoutais attentivement ce qui était, à n'en pas douter, la dernière série en date des ragots locaux, ruminés et débités devant les miroirs. Vu la façon dont s'y prenaient les deux femmes, plantées à quelques centimètres seulement de moi, j'étais bien contente de ne pas être l'objet de leurs langues de vipères.

— Elle se balade dans cet endroit, comme si elle en était la propriétaire, cracha la première, avec un nouveau ricanement de dédain. Et choisir la gamine Patterson ! Elle devait bien savoir.

Mon cœur se serra. Je rabattis silencieusement l'abattant de la cuvette et m'assis tout au bord.

— Bien sûr qu'elle savait. Quelqu'un a dû lui dire.

— Mais ça, bon, passons. Ce qui me met en rogne, c'est qu'ils l'aient laissée participer au concours de pâtisserie. C'est maman qui devait remporter le deuxième prix, pas elle, et cette vieille sournoise d'Annie, elle n'aurait pas dû participer non plus. Meilleure concurrente de cette saleté de salon. Tu parles d'une blague !

— Je ne pense pas qu'une règle leur interdise de participer.

— J'en suis bien consciente, cracha la voix numéro 1. Mais c'est simplement un usage du salon, non ? N'importe qui un tant soit peu familier du système le sait. Les hôtes ne participent jamais. La vieille Mme Harrison a fourni des dizaines de scones et de gâteaux à vendre au fil des années, pourtant elle ne s'est jamais attendue à gagner une satanée cocarde pour ça, non ?

— Tu penses que les juges se sont sentis obligés de lui donner un prix ?

— Évidemment.

— Mais c'est affreux. Je ne suis pas certaine que ce soit exact. Tout le monde semble l'apprécier. Ils disent qu'elle s'est très bien adaptée.

— Évidemment ! La petite Mlle « Je suis un enfant de chœur » avec ses chemisiers Boden et ses bottes à motifs est la perfection absolue, hein ? Mais je vais te dire un truc.

— Quoi ?

— Je te parie tout ce que tu veux qu'elle ne sait rien du tout sur Jake et moi, ni sur pourquoi il s'est précipité à Londres à la poursuite de son gros malin de frère, la queue entre les jambes.

Étouffant mes sanglots, j'attendis que leurs rires cruels s'éteignent puis, après m'être humecté le visage à l'eau froide, je regagnai discrètement le chapiteau. Dès que j'eus récupéré mon gâteau sur la table, je le jetai dans la première poubelle venue et rentrai à la maison, l'assiette décorée et la boîte en fer-blanc d'Annie sous le bras. Une migraine de tous les diables me martelait le cerveau, attisée par les dizaines de questions qui y tourbillonnaient à présent.

Inutile d'être un génie pour comprendre que la personne qui me cassait du sucre sur le dos dans les toilettes et celle dont Harriet avait crié qu'elle était « de retour » n'en faisaient en réalité qu'une. Et dès lors que la connexion était faite, il n'y avait qu'un pas jusqu'au prénom de l'ex de Jake : Holly.

Je devinai qu'elle était également la responsable du coup d'épaule que j'avais reçu sous le chapiteau et refis mentalement le trajet pour tenter de me rappeler à quoi elle ressemblait. Malheureusement, la scène s'était déroulée si vite et tant d'autres événements avaient eu lieu depuis que les seules caractéristiques que je parvins à me remémorer, ce fut qu'elle était grande, blonde et plutôt anguleuse.

Chapitre 22

Le lendemain matin, comme je m'asseyais sous l'un des chênes immenses qui bordaient les champs, je vis que l'on démontait la fête foraine et qu'on embarquait tout en même temps que le chapiteau qui, effondré dans l'herbe humide, était à présent aussi impressionnant qu'une montgolfière dégonflée. Il était à l'image de mon cœur : écrasé et piétiné en tout sens. Et même si, en réalité, je savais qu'il s'agissait seulement de la fin de la foire de mai, j'avais l'impression qu'il s'agissait de la fin de bien davantage.

Incapable de repousser plus longtemps et refusant d'ailleurs de le faire, je gagnai à grandes enjambées le cottage, dont Annie m'avait dit qu'on l'appelait Cottage des Prés, dans l'espoir d'obtenir quelques réponses. Après avoir ruminé tout ce que je savais, j'étais à présent convaincue qu'il devait s'agir de l'endroit où Jake et Holly avaient vécu ensemble. Une fois que j'aurais visité la maisonnette, j'avais la ferme intention de mettre la main sur Jake et de l'obliger à m'expliquer exactement sur quoi portaient tous les chuchotements furtifs et les conversations étouffées que j'avais surpris. Si une bagarre se profilait à l'horizon, je ne pouvais y prendre part auprès de supposés alliés qui retenaient les munitions susceptibles de m'aider à la gagner.

Le cottage à un étage m'apparut quand je tournai au bout du chemin poussiéreux. Niché à flanc de colline, au milieu de son jardin, il me sembla plutôt inoffensif, un peu décrépit, mais pourtant pittoresque pour peu qu'on ravive son potentiel. Je me rappelai la suggestion de Jake, qui avait parlé de sa démolition comme d'une option à laquelle il réfléchissait et je me sentis plutôt désolée pour la petite bâtisse dont je bataillai avec le portail que j'avais du mal à ouvrir.

Un examen plus attentif m'apprit que le jardin était vraiment à l'abandon et envahi par les mauvaises herbes, mais quand j'atteignis finalement la fenêtre à gauche de la porte pour jeter un œil à travers la crasse, je reculai d'un pas, sidérée. Le lit de la chambre était en désordre et défait, comme si quelqu'un venait juste de repousser les couvertures pour en sauter. Soudain, je m'attendais presque à ce qu'un visage me renvoie mon regard et se mette à me crier que j'avais enfreint les limites de sa propriété.

J'attendis quelques secondes, le cœur martelant dans ma poitrine puis, comme personne n'apparaissait, je pris une profonde inspiration et j'empruntai l'allée colonisée par les herbes folles, qui longeait la propriété. Le jardin de derrière était presque dans le même état que celui de devant et les pièces donnaient la même sensation d'abandon. Il y avait de la vaisselle autour de l'évier de la cuisine et un journal ouvert sur la table. Même la grosse pendule au-dessus de la porte marquait toujours l'heure.

Pendant quelques secondes, je me demandai si quelqu'un n'était pas entré par effraction pour vivre ici en catimini, mais l'herbe sur laquelle j'avais marché n'avait pas été foulée depuis un long moment et il n'y avait aucun signe de passage en force nulle part. Si quelqu'un squattait les lieux, il y aurait sûrement un indice révélateur quelque part : on ne pouvait pas avoir atterri ici par la voie des airs.

J'étais certaine que ce mystérieux cottage recelait les réponses qui me permettraient de percer les secrets que tous refusaient de me dévoiler. Aussi regagnai-je la ferme avec l'intention de dénicher les clés pour en examiner l'intérieur plus à fond.

Il n'y avait toujours aucun bruit dans la cuisine, même les chiennes manquaient à l'appel. Exténués par les efforts et l'excitation de la foire de mai, Jake et Annie tiraient à n'en pas douter le meilleur parti d'une de leurs rares grasses matinées. Ce dont je m'empressai de profiter en me mettant à chercher les clés du Cottage des Prés. Pourtant, ce que je découvris fut bien plus inquiétant.

— Jake, sifflai-je, écartant brusquement les rideaux de la chambre sur leur tringle, afin de laisser entrer les rayons du soleil. Jake !

Il grogna et se retourna, non sans plaquer l'un de mes oreillers sur sa tête.

— Allez, insistai-je en tirant dessus. Il faut que je te dise quelque chose. C'est important.

— Qu'est-ce qu'il y a encore ? gémit-il d'une voix étouffée par les draps qu'il avait remontés sur lui.

— Je voudrais que tu descendes à la cuisine. J'ai quelque chose à te montrer.

— S'il s'agit de tes plans pour accueillir la foire de mai ici l'année prochaine, débrouille-toi toute seule. J'ai du pain sur la planche, moi.

— Mais tu pourrais bien ne plus en avoir pour très longtemps ! le prévins-je. Viens, c'est peut-être important.

Quelques minutes plus tard, Jake se tenait à mes côtés dans la cuisine, les bras croisés. Il regardait la pile de lettres non décachetées que j'avais découvertes pendant que je cherchais les clés du cottage.

— Où les as-tu trouvées ? demanda-t-il, les sourcils froncés.

Il passa une main dans sa tignasse ébouriffée et frotta ses yeux fatigués.

— Au fond du buffet.

Ni l'un ni l'autre, nous n'avions pris place autour de la table. Au contraire, nous nous tenions à bonne distance, comme si le contenu des enveloppes risquait d'entrer en combustion spontanée.

— Qu'est-ce que tu fabriquais au fond du buffet ?

— Je cherchais des enveloppes, mentis-je. Mais ça n'est pas vraiment important, si ? Le truc, c'est que personne ne reçoit autant de lettres de sa banque quand il s'agit de bonnes nouvelles, tu ne crois pas ?

Jake haussa les épaules.

— Regarde l'affranchissement, insistai-je en attrapant l'enveloppe en haut de la pile. Il faut que tu les ouvres !

— Pas question ! s'écria-t-il, avant de baisser la voix. Elles sont adressées à Annie. Je refuse de fouiner dans ses affaires. Et tu ne devrais pas non plus, ajouta-t-il avec humeur.

— Bon, je suis désolée, lâchai-je en jetant la lettre sur la table. Mais j'en suis parvenue au stade où j'ai l'impression de devoir tout essayer de découvrir par moi-même.

— Qu'est-ce que tu veux dire ?

— Rien.

— À d'autres. Si tu as quelque chose sur le cœur, vas-y.

Le grincement des lattes du plancher au-dessus de nos têtes nous avertit qu'Annie n'allait plus tarder. Jake s'empara de la pile de lettres et les remisa rapidement au fond du buffet.

— Je pense que ça s'appelle du déni, marmonnai-je.

Sur quoi je m'emparai de mon panier et me dirigeai à nouveau vers la porte.

À mon grand soulagement, le poussin numéro 4 était bien plus en forme, et je m'acquittai de mes tâches avec la satisfaction de savoir que, sur le front des poules au moins, tout était en ordre. Cependant, quand je revins à la cuisine après être allée jeter un œil sur Pip et Flamme, la gaieté coutumière qui y régnait m'avertit aussitôt que rien n'avait été dit de mon inquiétante découverte.

— Est-ce que je peux prendre la camionnette ? demandai-je, après avoir déposé mon panier et lavé mes mains à l'évier.

— Bien sûr, répondit calmement Jake. Je travaille au verger ce matin et je retrouve l'homme aux abeilles, donc je n'en aurai pas besoin.

— Il n'a pas un nom, cet homme-là ?

Je me montrais grincheuse, je le sais, mais la jovialité à l'évidence forcée de Jake, pour faire croire que tout allait bien, m'irritait au plus haut point.

— Charlie, je crois, répondit-il en se grattant la tête. Mais tout le monde par ici l'appelle comme ça : « l'homme aux abeilles ».

— Je suis contente que vous vous sentiez mieux, Amber, déclara Annie. Vous nous avez manqué à la fête foraine, hier soir, mais vu tout le travail que vous avez abattu, je ne peux pas dire que j'ai été surprise en apprenant que vous aviez été rattrapée par vos efforts. Quel dommage que ça n'ait pas attendu jusqu'à aujourd'hui !

— Ou qu'elle n'ait rien eu du tout, nuança Jake avec un sourire.

— Oh non, protesta Annie. Il y a toujours un prix à payer.

— Que voulez-vous dire ? demandai-je.

J'étais en train de raccrocher le torchon à son support.

— D'après mon expérience, expliqua Annie, tout ce qui est plaisant dans la vie, tout ce qu'on aime a toujours un prix. Comme ça, on obtient un juste équilibre et on est sûr que le positif contrebalance le négatif, ce qui n'est pas une mince affaire.

— Vous savez, repris-je, vous avez peut-être raison. Hier, j'ai entendu une fille dire du mal de moi et sans doute que c'était l'élément négatif envoyé pour contrebalancer le plaisir que je prenais à cette foire. Je devine que c'était sans doute sa venue que tu cherchais à éviter, Jake, quand tu ne parvenais pas à décider si tu voulais ou non accueillir la foire.

Jake laissa tomber le document qu'il lisait, tandis qu'Annie fixait sur lui un regard d'acier.

— Je t'avais dit que tu aurais dû lui en parler ! s'écria-t-elle en abattant un poing sur le bras de son fauteuil.

Est-ce que je ne t'ai pas prévenu que rien de bon ne sortait jamais des secrets ?

— Tu ne sais même pas s'il s'agissait bien d'elle, objecta Jake avec lassitude.

Les lèvres pincées, le visage crispé par une colère dont je ne l'aurais jamais crue capable, Annie ne répliqua rien. J'en avais assez de tous les deux et de leur petit jeu idiot.

— Annie, fis-je, ignorant le commentaire de Jake qui était en réalité bien plus un aveu qu'il n'en avait sans doute eu l'intention, il faudrait commencer par balayer devant votre porte.

Et sur cette déclaration, j'attrapai les clés et me précipitai hors de la maison.

Au sortir de la cour, je pris la direction de Wynbridge en réfléchissant à ce qui avait été dit dans la cuisine. Je me sentais de plus en plus coupable d'avoir passé mes nerfs sur Annie. Je tentai de me concentrer sur la route devant moi et de ne pas penser à Jake, qui bataillait tout seul pour faire rentrer les vers échappés de la boîte que je venais d'éventrer.

Comment était-il possible qu'autant de choses aient changé en vingt-quatre petites heures ? J'avais été si contente, si heureuse, et tout m'avait été arraché au cours des deux minutes où j'avais été piégée dans des toilettes portatives. Je me retrouvais à me demander s'il était prématuré de supplier mon agent immobilier pour qu'il déniche une faille juridique me permettant de me débarrasser de mon locataire et de retourner vivre à Londres. Non que j'en aie vraiment envie, mais je n'avais pas non plus l'intention de mener cette nouvelle vie, si elle était destinée à n'être que duperie.

Je garai la camionnette sur la place du marché et pris une table isolée au Café du Cerisier.

— Qu'est-ce qui te ferait plaisir, ma belle ? me demanda Angela avec un sourire.

— Une tranche de ton gâteau le plus calorique, répliquai-je. Et un café, s'il te plaît. Une pleine cafetière, tiens.

— Oh ! ma belle, lâcha-t-elle, compatissante. C'est donc si affreux que cela ?

J'opinai et la regardai qui retournait s'activer en cuisine. Jemma passa la tête par le rideau de perles et me lança un discret « bonjour », auquel je répondis par un petit signe de la main.

— Ça ne te dérange pas si je me joins à toi ? lança une voix dans mon dos.

C'était Jessica.

— Bien sûr que non, répondis-je en tapotant le siège voisin du mien. Tu ne travailles pas, aujourd'hui ?

Elle suspendit son sac au dossier de sa chaise, puis examina le café et l'assiette de jolis gâteaux qu'Angela déposait devant moi, sourcils froncés.

— Non, répondit-elle, je fais des courses. C'est quoi, tout ça ?

Elle leva des yeux écarquillés vers Angela.

— Un peu de tout ce qu'Amber devrait déjà avoir goûté, si l'on en croit Jemma, répondit Angela en gloussant. D'après ce que j'ai compris, les gâteaux qu'il était censé rapporter à Londres, Jake les engloutissait sur le trajet.

— Ah oui, c'est vrai, fit Jessica, reluquant les friandises d'un œil avide. Je me rappelle, maintenant. Je vais prendre la même chose, Angela. Et un thé, s'il te plaît.

— Tu ne vas jamais rentrer dans ta robe, la prévins-je.

— Eh bien, si c'est le cas, ils me la desserreront un peu, voilà tout.

Je n'étais pas assez naïve pour penser que les problèmes du monde peuvent se résoudre avec du thé, du café et des gâteaux, néanmoins une fois que j'eus avalé les deux tiers de ce qui avait été placé devant moi, je me sentais bien mieux et bien plus désireuse de partager mes soucis avec Jessica que je ne l'étais à son arrivée.

— Alors, lâcha-t-elle en reposant sa fourchette et en s'essuyant les lèvres avec une serviette aux motifs de cupcakes, qu'est-ce qui se passe ?

Pas facile de répondre à cette question, dans la mesure où personne ne m'avait dit grand-chose, mais je devais, pour moi-même, tenter d'élucider la situation avant qu'elle ne devienne irrécupérable.

— Il s'agit seulement d'une petite déprime d'après l'agitation ambiante ou de quelque chose de plus grave ?

Étant donné le ton qu'elle avait employé et l'inquiétude qui lui fronçait les sourcils, je devinai qu'elle était déjà au courant d'une partie des révélations que j'allais lui faire.

— Depuis que j'ai emménagé ici, commençai-je avec un soupir, tout le monde, y compris Annie, s'est mis en quatre pour que je me sente bien et que j'aie l'impression d'appartenir à la communauté.

— Et c'est un problème… parce que ? demanda-t-elle, en se choisissant une nouvelle pâtisserie glacée.

— Parce qu'il y a autre chose, quelque chose qu'ils ne me disent pas. Je sais que Jake a presque grandi à la ferme et je sais aussi qu'il a eu une relation avec une certaine Holly, cependant j'ai l'impression très nette que leur séparation a été autre chose qu'une simple rupture et je n'arrive pas à me débarrasser de l'impression que tout le monde y pense et en parle derrière mon dos.

Les mots s'étaient déversés à toute allure de ma bouche, quasiment d'eux-mêmes, ce qui me fit presque trébucher dans le processus, mais au moins avaient-ils été prononcés. Si je finissais par détaler à Londres, la queue entre les jambes, il y aurait au moins une personne pour connaître la véritable raison de mon départ.

— Oh ! je ne pense pas que ce soit vrai, lâcha Jessica en secouant la tête. Personne ne parle de rien. Pourquoi serait-ce le cas ?

— Parce qu'elle est de retour, répondis-je simplement. Cette Holly je-ne-sais-quoi se trouve à Wynbridge. Ne fais pas semblant de l'ignorer. Harriet est à l'évidence au courant, donc toi aussi.

— Je ne l'ai pas vue, marmonna Jessica, mais j'admets que Harriet m'a dit l'avoir croisée.

— Et entendue, grommelai-je.

— Qu'est-ce que tu veux dire ?

Soudain écarlate, je lui expliquai ce que Holly et son amie avaient dit de moi.

— Elle a l'intention d'abîmer l'opinion que les gens se sont faite de moi, c'est évident, lâchai-je. Ou bien elle veut seulement me remettre à ma place. J'ai vraiment été stupide de penser que je pourrais faire mon trou ici aussi rapidement, non ?

— Absolument pas, rétorqua Jessica qui parut fâchée. Tu n'as pas commis le moindre faux pas, tu as tout fait pour que la foire de mai se déroule cette année et tu as été la gentillesse et la générosité incarnées, Amber. Ne va pas t'imaginer un seul instant que son opinion est partagée par tout un chacun. Tout le monde t'adore, ici.

— Dans ce cas, pourquoi est-ce qu'elle se balade en racontant que j'ai des ambitions qui me dépassent et que je suis un imposteur ?

— Peut-être parce qu'elle est jalouse, suggéra Jessica. Et qui pourrait le lui reprocher ? Elle a très certainement entendu parler du bonheur que vous partagez, Jake et toi, et à la foire elle a pu voir de ses propres yeux tout ce que tu as accompli. Elle a sans doute décidé de mettre son nez là-dedans.

Raisonnement logique, mais qui n'expliquait toujours pas le pourquoi du comment.

— Écoute, il faut que tu parles avec Jake et Harriet, ajouta Jessica, pleine de sagesse. Si tu leur exposes exactement ce que tu ressens, ils reviendront sur leur décision de garder le silence et ils te raconteront ce qui s'est passé avant qu'elle ne s'en aille.

Je lui adressai mon regard le plus suppliant, mais il était évident qu'elle n'allait pas se mettre à table. Cela étant, mon pressentiment s'était révélé exact. Je savais désormais que cette situation détestable allait au-delà de la simple amertume provoquée par une rupture.

Jessica tendit la main vers son sac pour régler l'addition.

— À mon avis, poursuivit-elle, Holly est revenue parce qu'elle s'ennuie, parce qu'elle est à court d'argent ou bien parce qu'elle s'est disputée avec son énième mec. Je peux déjà t'annoncer qu'elle mettra les voiles dès que papa et maman auront regarni son compte en banque, mais ça ne signifie pas que tu doives ignorer ce qu'elle a fait. Pour ma part, je pense qu'on devrait te l'apprendre et, franchement, je suis surprise que Jake ne t'en ait pas déjà parlé. Ses explications t'aideront peut-être à comprendre pourquoi il ne s'est toujours pas débarrassé du cottage.

J'acquiesçai sans rien répliquer, car mon esprit était en ébullition avec toutes les informations que je venais de glaner.

— Parle à Jake et Harriet, répéta Jessica en me caressant la main. Ils sont les seuls à connaître toute l'histoire. Je t'assure, je suis presque aussi démunie que toi et j'ai sans doute mal compris ce qui s'est passé, de toute façon.

Je pris du temps pour regagner la Ferme aux Alouettes, à dessein, et quand je me garai dans la cour, j'avisai la camionnette de Harriet stationnée devant la porte de derrière. J'en conclus que Jake et elle avaient eu une petite conversation. Pour être honnête, au fil du trajet retour, j'en étais rapidement arrivée au stade où je ne m'inquiétais plus pour moi-même ni pour savoir si j'allais m'effondrer en entendant leurs révélations. J'étais davantage préoccupée par la pique que j'avais lancée à Annie avant de partir. Avait-elle compris que j'avais découvert les lettres non décachetées de la banque ? Et, le cas échéant, pourrait-elle me pardonner de les avoir mentionnées ?

Jake et Harriet revenaient de l'enclos de Pip, et j'attendis qu'ils aient atteint la cour avant de me diriger vers eux. Jake fut le premier à ouvrir la bouche.

— Amber, lâcha-t-il, il faut qu'on parle.

— Oui, acquiesçai-je. J'espérais que tu me le proposes.

Nous marchâmes jusqu'au siège à bascule d'Annie, près de la petite table et des chaises disposées dans ce qu'elle appelait son « jardin », à l'arrière de la maison. La pelouse avait besoin d'une tonte et les bordures de soin. L'endroit figurait sur ma liste de tâches pour la semaine à venir, une sorte de thérapie cathartique pour soigner le vide laissé par la fin de la foire, en supposant bien entendu que je sois toujours là.

— Annie est à l'intérieur ? demandai-je en désignant la maison d'un signe du menton.

— Non, répondit Jake, elle est allée se promener dans le verger.

— Et elle est…, croassai-je. Elle va bien ?

— Oui, dit Jake. On parlera d'elle plus tard. Pour le moment, ce que je veux surtout, c'est réparer le gâchis que la simple pensée d'une certaine personne a réussi à provoquer une fois de plus.

— Je suppose que tu veux parler de Holly, précisai-je en plantant mes yeux dans les siens. Si c'est bien elle, s'il te plaît, appelle-la par son nom. Je trouve qu'il y a déjà eu assez de confusion comme ça, tu ne crois pas ? Et au passage, je sais que tu refuses de me croire, mais je suis certaine que c'est elle que j'ai entendue à la foire.

— Réflexion faite, je pense que tu as sans doute raison, convint-il. C'est exactement le genre d'énormités qu'elle peut sortir.

J'étais soulagée que Jake soit enfin d'accord avec moi, mais je voulais continuer à clarifier la situation.

— OK, concédai-je avant de me hâter de poursuivre, sans lui laisser le temps de m'interrompre à nouveau. Mais finissons-en. Je sais que Holly est de retour à Wynbridge, je sais qu'elle m'a dans le nez et je sais aussi qu'elle se balade partout en disant du mal de moi. Ce que j'ignore, c'est pourquoi.

— Parce qu'elle est toxique, marmonna Harriet d'un air sombre.

— C'est vraiment ce que tu penses d'elle ? lui demandai-je, sourcils froncés. J'avais plutôt l'impression que vous étiez amies toutes les deux. Je croyais juste qu'elle était partie et que vos chemins avaient divergé.

— En fait, ça, ce n'est pas tout, soupira-t-elle.

— Dans ce cas, ce serait peut-être une bonne chose que tu me mettes au parfum, non ?

Je m'assis, prête à entendre ce qu'elle avait à dire, mais ce fut Jake qui reprit finalement la parole :

— Comme tu le sais, Holly et moi, nous sommes sortis ensemble, lâcha-t-il à toute allure. Et tu as dû comprendre qu'on a vécu au cottage pendant un moment.

— Oui, j'y ai songé, en effet, confirmai-je, avant d'ajouter, car l'idée venait de me traverser l'esprit : Mais pourquoi ne pas avoir logé dans la maison ? Comme toi et moi, à présent ?

— Parce qu'Annie ne supportait pas Holly, répondit Jake sans s'embarrasser de circonvolutions. Elle n'a jamais pu la souffrir. Depuis le jour où elle les avait surprises, Harriet et elle, à voler dans ses vergers. Elle est convaincue que c'était Holly la responsable des ennuis où les filles s'étaient fourrées. Elle a tenté de me mettre en garde, elle n'a pas cessé de me répéter que cette fille était sournoise et perfide, ce qui s'est avéré exactement le cas.

— Dans ce cas, pourquoi tu es tombé amoureux d'elle ?

— Tu sais, avec le recul, je n'en ai absolument aucune idée.

Je n'étais pas certaine qu'il s'agisse d'une pensée rassurante.

— Au début, tout se passait bien au cottage, reprit-il. Je travaillais à la ferme, et Holly faisait en sorte de ne pas croiser Annie. Puis, peu à peu, elle a commencé à parler de la valeur de cet endroit et de ce que nous pourrions faire avec l'argent, si Annie se décidait à vendre. Annie n'avait jamais évoqué la possibilité de quitter la ferme et je ne savais pas qui avait fourré ces grandes idées dans la tête de Holly.

Je coulai un regard à Harriet qui fixait obstinément l'herbe du regard.

— Finalement, c'est devenu insupportable. Elle proclamait qu'elle n'allait pas passer le restant de ses jours enchaînée à cet endroit, qu'elle voulait me voir faire quelque chose de ma vie comme Dan. Elle était tellement obsédée par l'idée de mener le genre de vie pour lequel je n'avais aucun intérêt qu'elle passait chaque minute de la journée à tenter de me convaincre de le lui procurer.

— Elle aurait dû sortir avec ton frère, si elle ne voulait pas travailler pour s'offrir ce genre de vie, non ? remarquai-je alors que Harriet, mal à l'aise, remuait sur son siège. Mais comment le connaissait-elle d'ailleurs ? Je pensais que Dan n'était jamais venu ici ?

— Il venait passer une journée de temps à autre, expliqua Jake. Il arrivait dans sa belle voiture, avec des cadeaux de Londres dont personne, à l'exception de Holly bien entendu, n'avait vraiment envie. Je pense qu'à cause de lui, elle est tombée amoureuse de l'idée d'une vie dans un penthouse urbain, ce qui a eu pour conséquence de faire perdre tout attrait pour elle à la Ferme aux Alouettes, avec ses bâtiments vétustes et délabrés.

— Et comment tu t'inscris là-dedans ? demandai-je à Harriet qui n'avait pour l'instant guère contribué à la discussion, à part quand elle avait qualifié son ancienne amie de « toxique ».

— Je suis venue un jour à la ferme, pour rendre visite à Jake, répondit-elle après s'être éclairci la gorge. Et j'ai trouvé Holly dans la maison, qui épluchait une pile de papiers appartenant à Annie. Pour commencer, elle ignorait que je l'observais, mais quand elle s'est mise à placer certains documents dans un dossier séparé, je l'ai avertie de ma présence.

— Et qu'est-ce qu'elle a dit ? Comment s'est-elle justifiée ?

— Elle ne s'est même pas fatiguée à le faire, répliqua Harriet, désabusée. Elle était persuadée que je ne raconterais pas à Jake ce qu'elle fabriquait.

— Pourquoi ? demandai-je, sourcils froncés. Pourquoi pensait-elle que tu allais garder son vilain petit secret ?

— Parce que…, commença Harriet avec un soupir. Parce qu'elle…

Jake tendit le bras en travers de la table et attrapa la main de Harriet.

— Parce qu'elle était la seule personne à cette époque-là à savoir que Harriet était homosexuelle. Elle l'a donc prévenue que si elle me disait quoi que ce soit à propos des lettres, elle la démasquerait au pub, devant tout le monde.

— Mais c'est grotesque ! m'exclamai-je.

— N'empêche que c'est ce qu'elle a fait, soupira Jake.

— Elle a vraiment mis sa menace à exécution ?

Il opina.

— Parce que, évidemment, je me suis empressée d'aller trouver Jake, reprit Harriet. Qu'est-ce que je pouvais faire d'autre ? Je savais que Holly avait les moyens de le manipuler pour parvenir à ses fins et j'étais terrifiée de savoir que Jake et Annie risquaient de perdre la ferme. Je n'étais pas prête à ce que tout un chacun connaisse les détails de ma vie privée, mais quel autre choix me restait-il ?

— Et toi, demandai-je en me tournant vers Jake, qu'est-ce que tu as fait quand tu as découvert l'idée qu'elle avait en tête ?

— J'ai fermé le cottage à clé, répondit-il. Afin que ni elle ni moi ne puissions plus y rentrer et, fou de rage, j'ai jeté le seul jeu de clés en ma possession dans la rivière.

— L'endroit est exactement dans l'état où ils l'ont laissé, ajouta Harriet avec un sourire. Et personne ne l'a plus revue depuis, enfin jusqu'à sa réapparition à la foire, rectifia-t-elle.

— Tu veux dire que tu ne lui as même pas laissé le temps de faire ses bagages ? demandai-je.

— Non, confirma sèchement Jake. Tout ce qu'elle a emporté, c'est son téléphone et les vêtements qu'elle portait.

— Et elle n'a pas bronché ? insistai-je.

— Elle n'a pas osé. Harriet avait découvert qu'elle fréquentait quelqu'un derrière mon dos, en plus, ajouta-t-il en se tournant vers l'intéressée.

— Qui ?

Je les interrogeai tous les deux du regard.

— Je ne l'ai jamais découvert, répondit Harriet en haussant les épaules. Elle est partie avant que je ne puisse aller au fond de l'affaire.

— Et cet épisode a marqué la fin de notre histoire, conclut Jake, désabusé. Je lui ai dit que je n'hésiterais pas à aller trouver la police si elle m'en fournissait la moindre raison et je n'ai plus entendu parler d'elle, sauf pour apprendre qu'elle était définitivement partie. Je ne sais pas comment elle a réussi à financer son déménagement, ni où elle est allée, mais elle était sortie de ma vie, et c'était tout ce qui comptait à mes yeux.

— Et c'est à ce moment-là que tu es venu à Londres ?

— Oui, confirma Jake. J'avais besoin de m'éloigner d'ici pendant un moment. Elle avait sali tout ce que j'aimais avec son comportement malveillant et, au départ, quand Dan m'a dégoté ce poste chez Hamilton, je me suis demandé si je reviendrais un jour. La réponse ne s'est pas fait attendre, cela dit. Mais bon, là, tu es au courant, Amber, dit-il en souriant. Tu n'as pas tardé à me ramener à la vie et, peu de temps après, je n'arrêtais déjà plus de reparler de cet endroit.

Je me sentais tout de même un peu trahie. Quand nous avions commencé à sortir ensemble, j'ignorais complètement que je le « ramenais à la vie ». Mais, en effet, ni lui ni moi n'avions jamais approfondi nos relations précédentes, pas même les sérieuses. Me comportais-je de façon stupide en m'agaçant des circonstances qui avaient présidé à son exode citadin ? Ou bien avais-je raison de m'inquiéter tout à coup de n'être qu'une relation passagère, une femme qu'il pourrait quitter si quelqu'un d'autre se présentait ? Était-ce une réaction naturelle face à ce que je venais de découvrir ou est-ce que je surréagissais ?

Tout à coup, je fus incapable de me retenir :

— Pourquoi tu ne m'en as pas parlé plus tôt ?

— Parce que ça n'avait pas d'importance, j'imagine. Holly, c'était du passé, elle ne comptait plus. Je suis amoureux de toi, Amber, et te faire venir à la ferme, c'était pour moi une façon de me projeter dans l'avenir. Je ne voulais pas que tu viennes ici et que tu compares ce que tu faisais avec ce qu'elle avait fait.

— Je n'aurais jamais agi comme elle, objectai-je. Et de toute façon, il n'y a rien à comparer. Elle n'a jamais voulu travailler à la ferme, alors que c'est tout ce que je recherche, depuis le jour de mon arrivée à la Ferme aux Alouettes. Tout ce que tu as réussi à faire, c'est me donner l'impression d'être une idiote, et vulnérable par-dessus le marché. Si j'avais su qu'il y avait une ex dans les parages, qui chercherait à remettre en cause ma présence ici, je m'y serais préparée. C'est vraiment très inattendu pour moi.

— Mais jamais je n'aurais imaginé qu'elle revienne, insista Jake. Je croyais vraiment qu'elle était partie pour de bon.

— Jake n'a pas voulu te blesser, intervint Harriet. Son silence était destiné à me protéger moi plutôt que lui. J'ai été tellement humiliée que je voulais tout oublier. Donc si tu veux blâmer quelqu'un pour tous ces secrets, adresse-toi à moi.

Loin de moi l'idée de faire des reproches à qui que ce soit, mais je ne pouvais m'empêcher de regretter d'avoir ignoré dans quoi je mettais les pieds en venant ici. À l'évidence, je ne ressemblais ni de près ni de loin à Holly. C'était une garce manipulatrice et égoïste, qui avait l'intention d'utiliser Annie, la ferme et même l'homme qu'elle prétendait aimer pour assouvir ses envies. Moi, en revanche, je cherchais un nouveau départ et une nouvelle vie avec l'homme que j'aimais, pour l'être qu'il était, et non en raison de ce que sa tante et lui possédaient. Pas de mobiles, pas d'obligations, pas d'intentions cachées.

Nous ne passâmes pas plus de temps à analyser la situation et, quand les choses commencèrent à se tasser, cet après-midi-là, je me rendis compte de l'ampleur de mon soulagement à constater que tout avait finalement été révélé – enfin, à l'exception du contenu des lettres de la banque, bien sûr. Manifestement, ce problème restait à résoudre, mais, dans un esprit de solidarité renouvelée, j'espérais que nous pourrions nous y attaquer ensemble.

Pour ce qui concernait Holly, si Jake n'était pas inquiet de son retour à Wynbridge, j'allais devoir accepter la situation et la laisser suivre le cours de la Wyn jusqu'à la mer du Nord. Le projet paraissait plutôt simple, mais comme leur ancienne vie était restée intacte au Cottage des Prés, qui en devenait ainsi le mausolée macabre, j'espérais réussir à me montrer aussi conciliante à l'égard de la situation que j'en avais l'intention.

J'adressai un petit signe de la main à Harriet et m'en fus jeter un nouveau coup d'œil sur les poussins en me répétant avec sévérité que mes priorités actuelles, c'était me tenir aux côtés de Jake et Annie et faire front uni avec eux. Grâce à la récolte en préparation et au mariage de Jessica et Henry à organiser, des temps plus enthousiasmants se profilaient à l'horizon pour la Ferme aux Alouettes, et je n'avais pas l'intention de laisser quoi que ce soit en ternir l'éclat ou m'empêcher de profiter de mon premier été ici.

— Je suis désolé de ne pas t'avoir parlé de Holly plus tôt, murmura Jake quand nous nous blottîmes l'un contre l'autre dans notre lit, cette nuit-là. Si j'avais pensé ne serait-ce qu'une seconde qu'elle aurait le culot de revenir, je t'aurais expliqué la situation avant.

— Ça n'a pas beaucoup d'importance, fis-je en lui caressant le torse. Pour être honnête, je me sens plutôt contente.

— Contente ? répéta Jake, l'air complètement abasourdi. Comment ça ?

— Eh bien, Annie n'a jamais rien eu contre ma présence dans la maison, pas vrai ?

Dès que les mots eurent franchi ma bouche, mon esprit revint aux lettres non décachetées et je me demandai si les pensées de Jake avaient suivi le même chemin. Peut-être la vieille femme serait-elle plus réticente si elle savait ce que j'avais découvert dans le buffet.

— Non, en effet, confirma-t-il.

— Jake, à propos de ces lettres… Je ne fouillais pas dans ses affaires.

Qu'il n'aille surtout pas penser que je ressemblais de près ou de loin à Holly. J'omis donc de lui préciser que j'étais alors à la recherche des clés du cottage.

— Je sais, me rassura-t-il en m'embrassant sur le sommet du crâne. D'autant que tu es venue aussitôt me trouver. Ce n'est pas comme si tu les avais ouvertes ou que tu en avais subtilisé une.

— Bien sûr. J'étais juste inquiète. Et je le suis toujours. Jake ?

— Mmm ?

— Tu sais qu'il va falloir aborder la question, à un moment ou à un autre.

— Je sais, répondit-il dans un bâillement. Mais pas maintenant, d'accord ? Laissons passer deux semaines et voyons si Annie y fait allusion.

Je n'étais pas ravie-ravie à l'idée de perdre plus de temps, mais je n'avais d'autre choix que de consentir.

— D'accord, on ne va pas se faire du souci à ce sujet pour l'instant. Tu es très fatigué ? ajoutai-je en faisant descendre ma main le long de son torse pour plonger sous les couvertures.

— Tu sais que le lit grince, me prévint-il.

— Je sais, répliquai-je avec un sourire. Mais pas le plancher, si ?

Chapitre 23

Les deux semaines qui suivirent furent chargées à la ferme. Trois des poussins avaient grandi au point d'être méconnaissables et, pendant un moment, le plus petit, que j'avais baptisé Mini M, parut sur le point de rattraper enfin les autres jusqu'à ce qu'un matin je découvre la petite boule sans vie, dans le coin d'un des nichoirs. Les yeux qui avaient jusqu'alors brillé s'étaient refermés pour toujours, de même que son bec minuscule.

Le choc avait été difficile à accepter et, bien que je veille extérieurement à me montrer vaillante, intérieurement, j'étais affligée. Même le discours sensé d'Annie sur « la survie du plus apte » n'arrivait pas à me ragaillardir. En secret, j'enterrai la petite âme derrière la haie du jardin d'Annie et je marquai l'endroit d'une pierre plate toute lisse.

Pendant que ces événements se déroulaient, Flamme savourait sa liberté nouvelle dans l'enclos, à l'autre extrémité de la cour. Donnant de petits coups de sabot sous les chauds rayons du soleil, il éprouvait déjà la patience de sa mère et chacun s'accordait à penser que ce retour de bâton ne faisait pas de mal à Pip.

Aux dires de Jessica et Harriet, Holly était toujours à Wynbridge, mais après le succès incontestable de la foire de mai et les fabuleux articles dans la presse locale, j'étais aux anges et, je n'accordai que quelques rares pensées à sa présence persistante.

— Ça te dirait, une petite excursion au pub, ce soir ? suggérai-je à Jake, deux jours après avoir enterré Mini M. J'ai l'impression qu'on n'a vu personne depuis une éternité.

J'étais déjà follement amoureuse de la vie à la ferme, mais, étant donné ce qui s'était passé, je ne pensais pas qu'un changement de décor puisse nous nuire en quoi que ce soit. Et puis, comme cela faisait un moment que nous ne nous étions pas aventurés jusqu'en ville, je ne voulais pas que les gens nous imaginent terrés chez nous ou évitant Wynbridge juste parce que Holly se trouvait encore dans la région.

J'étais plus que capable de bien me conduire et de la gérer, au demeurant. Non, en fait, c'était Jake qui paraissait réticent à quitter le refuge de la ferme et à affronter ses démons. Pour l'instant, il avait réussi à éluder chaque fois que j'avais suggéré de débarrasser le cottage, d'interroger Annie sur les lettres de la banque ou d'aller quelque part, mais il ne pouvait continuer à résister plus longtemps, tout de même.

— Oh ! je ne sais pas, fit-il, maussade. Je suis assez claqué, en fait.

Et il se frotta les yeux. Pour tout dire, il avait en effet l'air fatigué, mais je n'avais pas l'intention de le laisser s'esquiver une nouvelle fois. Il était temps de changer de tactique.

— C'est vrai, admis-je avec un sourire. Dans ce cas, je vais prendre une petite douche vite fait et je file.

Sur quoi, je jetai intentionnellement un coup d'œil dans mon sac, en quête des clés de la camionnette.

— Tu y vas quand même ? fit-il, surpris.

— Oui. Ça ne te dérange pas ? J'ai à peine croisé Jess et Harriet depuis la foire, et Henry va y être, ajoutai-je en guise d'appât.

— Oh ! c'est bon, capitula-t-il à contrecœur. Je viens, mais on ne reste pas longtemps, d'accord ?

*

Comme toujours un vendredi soir, la foule qui se massait à La Sirène vibrait d'excitation et d'optimisme à l'approche du week-end. Chacun avait la ferme intention de démarrer en trombe ces deux jours d'enivrante liberté.

À l'instant où je refermai la porte du pub, j'avisai Jessica et Harriet qui désignaient énergiquement l'extrémité du bar et, avec le spectacle du visage de Jake qui se vidait de ses couleurs, je n'eus pas besoin de plus de quelques secondes pour scruter la rangée de tabourets de bar et repérer la silhouette filiforme de sa maudite ex.

Profitant de ce qu'elle ne nous avait pas encore vus, je l'examinai longuement. Physiquement, nous étions à l'opposé : j'étais brune, elle était blonde ; j'étais mince (mais tout juste : comment avais-je réussi à prendre du poids en effectuant autant de travail physique ? Ça me dépassait) tandis qu'elle était maigre. Et surtout, je commençais à me sentir de plus en plus tendue alors que, si ses épaules pouvaient servir de signe indicateur, elle paraissait incroyablement à l'aise. Je devais tuer ce sentiment dans l'œuf.

— Va nous prendre un siège, intimai-je à Jake en lui désignant Jessica et Harriet. J'apporte les boissons.

— Tu es sûre ? fit-il, inquiet.

— Tout à fait, répondis-je en souriant.

Et je l'incitai à s'éloigner d'une petite poussée. Au terme de manœuvres prudentes pour me frayer un chemin à travers la foule, j'arrivai exactement où je l'avais projeté, entre Holly et Charlie, l'homme aux abeilles, dont le visage était déjà rougi.

— Bonjour, Charlie, lui lançai-je avec un grand sourire. Je peux t'offrir un autre verre ?

— Oh ! bonjour, Amber, répondit-il en me rendant mon sourire. Ce ne serait pas de refus.

Je commandai les boissons à Jim, mais c'était sur Evelyn que je comptais pour avoir l'occasion de m'amuser un peu. Je sentais que Holly m'évaluait de ses yeux verts de félin, mais j'étais bien déterminée à ne pas lui donner la satisfaction de lui retourner son regard d'acier. J'étais sur le point de m'éloigner avec mon plateau quand Evelyn vint effectivement à mon secours.

— Bonjour, belle inconnue ! s'esclaffa-t-elle. Ça fait un bail ! Où te cachais-tu donc ?

— Oh ! tu me connais, Evelyn, répliquai-je malicieusement. J'aime bien rester à la ferme avec Jake pour faire ma part du boulot, histoire que les choses avancent. C'est très chargé, à cette saison, et il aime bien que je sois près de lui pour lui donner un coup de main.

L'étincelle dans l'œil d'Evelyn m'indiqua qu'elle savait exactement l'effet que je cherchais à produire et qu'elle était plus que désireuse de me donner la réplique.

— Je comprends, approuva-t-elle, et je sais aussi que tu es exactement ce dont cet endroit a besoin, quelqu'un qui soit prêt à se salir et à se cochonner les mains.

— Pour tout te dire, répliquai-je avec un soupir, j'aime cet endroit autant que lui et puis, bien sûr, il y a Annie. Grâce à elle, je me sens merveilleusement bien accueillie. J'ai beaucoup de chance, ajoutai-je avec un sourire. Je suis impatiente d'aider la ferme à aller de succès en succès.

— Tant mieux ! déclara Evelyn d'une voix assurée. C'est la bonne attitude à avoir. Je sais qu'il y a des gens du coin, des gens qui sont nés et ont grandi ici, qui préféreraient voir les vergers rasés. (Elle secoua la tête à cette pensée.) C'est drôle qu'une nouvelle venue comme toi soit capable de mesurer la valeur de cet endroit alors que d'autres n'en sont pas fichus.

— Tu me connais, Evelyn, conclus-je en soulevant précautionneusement le plateau. Enfile-moi mon chemisier Boden et mes bottes à motifs, et je suis prête à foncer !

Première manche pour moi. Je souris tout en rejoignant les autres, à qui je relatai notre conversation. Tout le monde, à l'exception de Jake, se tordait de rire sur son siège quand j'arrivai à la fin de mon histoire que je n'avais pas eu besoin de trafiquer ou d'enjoliver pour les captiver.

— Tu n'aurais pas dû l'énerver, marmonna-t-il. Tu ne sais pas comment elle est.

— Sournoise, vindicative, manipulatrice, énumérai-je. Je continue ?

— Je ne veux pas d'embêtements, c'est tout, reprit Jake qui s'empressa de vider son verre. Je ne tiens pas à lui donner la moindre raison de riposter, autant pour le bien de Harriet que pour le nôtre.

Un coup d'œil à cette dernière me permit de constater qu'elle riait comme tous les autres, mais avec ce recadrage de Jake, je me sentais plutôt stupide. J'avais eu ma petite minute de gloire, peut-être était-il temps de rétracter mes griffes. Après tout, il ne sortirait rien de bon si je m'abaissais au niveau de Holly, non ?

— Bon alors, on fait un barbecue chez nous le week-end prochain ? proposa Jessica, un peu plus tard dans la soirée, au moment où nous commencions à songer au départ.

— Oui, répondîmes-nous à l'unisson.

— J'apporte les desserts, proposai-je.

— Et moi une salade et des boissons, intervint Harriet. Et que diriez-vous de…

Elle s'interrompit en plein milieu d'une phrase et nous pivotâmes tous sur nos sièges pour voir ce qui l'avait ainsi prise de court.

— J'ai vu que vous vous apprêtiez à partir et je voulais juste venir vous dire… eh bien, en fait, je ne sais pas trop ce que je voulais vous dire.

Je devais bien le lui reconnaître, Son Altesse maîtrisait à la perfection la mine penaude et vulnérable. Holly se tenait derrière le canapé, à se tordre les mains, avec l'air d'être sur le point d'éclater en sanglots.

— Viens, marmonna Jessica en tirant Henry pour qu'il se lève. Il est temps de partir.

— S'il vous plaît, non, implora Holly. Accordez-moi juste une minute, d'accord ? S'il vous plaît. Il y a quelque chose que je veux vous dire, j'en ai vraiment besoin… (Un immense regret, très bien imité, se peignit sur son visage.) Que j'aurais dû vous dire il y a des lustres, en fait.

Jessica se laissa retomber sur sa chaise dans un bruit sourd, attirant Henry à sa suite.

— Je sais que je n'ai absolument aucun droit de venir ici, reprit Holly, dont les yeux balayaient les membres de notre groupe. Et encore moins de te parler à toi, Jake, et à toi, Harriet, ajouta-t-elle doucement. Mais sachez-le ; je suis désolée. (Avec un cri de dégoût offusqué, Harriet continua d'enfiler sa veste.) Harriet, je suis vraiment sincère. J'ai beaucoup réfléchi depuis mon départ et ce que je t'ai fait, la façon dont je t'ai traitée, toi, ma plus vieille amie, c'était complètement méprisable. (Harriet la dévisagea sans rien dire.) Et toi, Jake, poursuivit-elle en baissant vers lui des yeux qui étincelèrent de larmes à cet instant précis, je suis désolée pour ce que je vous ai fait, à la ferme et à toi. Je n'avais aucun droit de m'attendre à ce que tu changes ou que tu quittes cet endroit. Tu as toujours aimé y vivre, mais je pensais que je pourrais te pousser à m'aimer encore plus. J'étais égoïste, je me faisais des idées et je suis désolée de vous avoir trahis, Annie et toi.

Je commençais à souhaiter disparaître sur le canapé quand je sentis les yeux de Holly se poser enfin sur moi.

— Je sais que tu as emménagé là-bas, maintenant, reprit-elle, en s'adressant à Jake tout en me regardant. Et Amber, je sais que tu aimes la vie à la ferme. Je te souhaite tout le bonheur du monde à la Ferme aux Alouettes. Ne commets pas les mêmes erreurs que moi, d'accord ?

— Je n'ai pas l'intention de commettre la moindre erreur, répliquai-je.

— Je ne m'attends pas à ce que vous me pardonniez, lança-t-elle avec un sourire. (Elle s'adressait de nouveau à tout le groupe.) Et si j'étais à votre place, je m'aurais conseillé de ficher le camp, mais voilà : je suis désolée pour ce que j'ai fait et je tenais à ce que vous le sachiez. Et pour info, Amber, ajouta-t-elle encore, j'ignore ce que les gens t'ont rapporté, mais je te trouve très jolie avec tes chemisiers Boden et tes bottes en caoutchouc.

Un silence ahuri suivit son retour vers le bar. Je savais sans l'ombre d'un doute que la voix entendue dans les toilettes à la foire de mai était bien celle de Holly et j'étais sur le point de l'affirmer quand Harriet prit la parole :

— Euh, qu'est-ce qui vient de se passer, là ?

Il y avait de l'incrédulité dans son intonation, mais également un petit sourire que je ne m'étais pas attendue à voir sur ses lèvres.

— Elle est vraiment venue ici pour s'excuser ?

— Je pense que c'était l'idée générale, lâcha Henry, tout aussi choqué.

— Bon, je ne m'emballerais pas trop, si j'étais vous, rétorqua sèchement Jessica. Je n'imagine pas une seconde qu'elle pense un mot de ce qu'elle nous a sorti.

Je fus soulagée d'entendre enfin une voix raisonnable.

— Mais tu ne la connais pas aussi bien que nous, répliqua Harriet en secouant la tête. N'est-ce pas, Jake ? (L'interpellé resta muet.) Holly n'est pas du genre à s'excuser, Jessica, elle ne l'a jamais fait, et elle ne s'est certainement pas abaissée à venir ici pour nous tenir ce discours sans une bonne raison.

— Oh ! je parie qu'elle a de très bonnes raisons, riposta Jessica, sur la défensive.

— Je ne sais pas, fit Harriet, pensive.

— Allez, insista Jessica, qui hissa de nouveau le pauvre Henry sur ses pieds. Tu as oublié ce qu'elle t'a fait, Harriet ? Tu as oublié comment elle a traité Jake ? Je sais que je ne connais pas tous les détails sanglants de l'affaire, mais tu ne peux quand même pas imaginer qu'elle pense le moindre mot de sa petite histoire à faire pleurer dans les chaumières ?

Harriet haussa les épaules et se leva.

— Tout ce que je dis, c'est que je ne l'ai jamais entendue s'excuser avant. Bien entendu, je n'ai pas oublié ce qu'elle a fait, mais ce qui vient de se passer me laisse baba, pour ne pas dire plus, tu n'es pas d'accord, Jake ?

— Juste un peu, lâcha-t-il. Juste un peu.

Je n'arrivais pas à étouffer complètement ma panique face à la manière dont Jake et Harriet réagissaient au tour inattendu des événements. Holly n'aurait-elle pas réussi ici un ultime coup de maître ?

— Donc tu la crois ? insista Jessica, alors que la tension montait d'un cran.

— Je ne sais pas, éluda Harriet. Le temps nous le dira, j'imagine.

Chapitre 24

La façon dont Holly réussit à s'insinuer à nouveau dans les bonnes grâces du groupe relevait du génie. En fait, il y eut même des moments, au cours des semaines qui suivirent, où je fus tentée de baisser ma garde et de jouer le jeu instauré par ses mains impeccablement manucurées. Cependant, toujours convaincue au plus profond de moi qu'elle était aussi intelligente et rusée que le renard redouté par Annie, je campais intérieurement sur mes positions et me forgeai vite la conviction qu'elle avait une idée derrière la tête. Néanmoins, comme tous les autres paraissaient ensorcelés, je n'osai faire état de mes réserves, de peur de me retrouver dans le rôle de la méchante.

La semaine qui suivit la soirée de ses excuses si étrangères à son caractère fut assez sereine, mais je remarquai ensuite que, peu à peu, lentement mais sûrement, Holly s'insinuait dans nos vies. Comme on pouvait s'y attendre, elle commença par Harriet.

— Bonjour, Harriet ! lançai-je depuis mon poste d'observation dans le petit jardin d'Annie.

— Qu'est-ce que tu fabriques là-haut ? s'esclaffa-t-elle avant de porter la main à son cœur quand elle m'avisa en équilibre précaire en haut d'une échelle.

— Viens voir, l'invitai-je en descendant prudemment. J'apprécierais ton opinion d'experte.

Elle hocha la tête après avoir examiné ma réalisation la plus récente.

Pas mal. Et même pas mal du tout, ajouta-t-elle après un examen plus attentif.

— Je sais que ce n'est sans doute pas la bonne saison pour tailler et attacher les rosiers, mais cette monstruosité était totalement hors de contrôle et j'en avais assez de décrocher mes manches chaque fois que j'entrais ici. Qu'est-ce que tu penses du reste ?

— Je pense que tu as accompli un travail magnifique, déclara-t-elle avec un coup d'œil autour d'elle. De mémoire, je ne crois pas avoir jamais vu cet endroit aussi beau. Mince alors ! s'esclaffa-t-elle, l'index pointé sur le pré. J'avais oublié qu'un chemin passait par là.

Le chemin de brique qui sinuait à travers le pré n'était que l'une des innombrables pépites que j'avais découvertes après avoir décidé de sauver le petit jardin d'Annie des étreintes effrénées et désordonnées de mère Nature. Je m'étais rendu compte que les bordures autour du pré regorgeaient de plantes de jardin. Il y avait de robustes géraniums et des iris, des alchémilles mollis et des œillets préhistoriques au parfum très prononcé. Dans le chaos général de la cour et le fouillis des dépendances, le jardin m'apparaissait comme une oasis de quiétude bienvenue.

— Que pense Annie de tous les exploits que tu accomplis ? demanda Harriet pendant que je nous versais un sirop de fleurs de sureau.

— Elle adore ! admis-je. Elle n'a pas passé une soirée avec nous dans la maison depuis que j'ai remis la table et les chaises à neuf et coupé l'herbe. Elle oblige Jake à prendre des photos de tout ! Mais je dois dire que j'y prends autant de plaisir qu'elle. C'est tout à fait fascinant d'apprendre le nom de chaque plante.

— Tu as vraiment changé les choses, ici, Amber, commenta gentiment Harriet. Et je ne veux pas seulement parler du petit jardin. Je t'admire, tu sais. Ça n'a pas dû être facile.

— Plus facile que tu le penses, confessai-je. J'étais vraiment prête pour un changement, quand je suis venue m'installer ici.

Mon corps répondit à cette déclaration par un petit frémissement, au souvenir du bruit et de l'agitation urbains, ainsi que des trajets qui me semblaient sans fin entre mon appartement et mon bureau. À une époque, je m'en accommodais très bien, mais la Ferme aux Alouettes était l'endroit avec lequel je me sentais une appartenance authentique. Mon cœur était bel et bien conquis par la vie à la campagne.

— Vous êtes tous prêts pour ce soir ? demandai-je, désireuse d'oublier mon ancienne vie. (Harriet ne répondit rien, mais vida son verre avant de le reposer sur la table.) Tu en veux un autre ?

Comme je levai la bouteille, elle acquiesça et je la resservis.

— En fait, dit-elle enfin, une fois son verre de nouveau en main, c'était de ça que je voulais te parler.

— Tu viens toujours, n'est-ce pas ? Ne me dis pas que tu vas encore travailler tard ! On a déjà changé de date une fois.

Harriet eut soudain l'air intimidée, plus vulnérable que je ne l'avais jamais vue.

— Non, répliqua-t-elle, je ne travaille pas, j'ai un rendez-vous.

— Je ne suis pas certaine que tu sois autorisée à revenir sur des dispositions prises avec tes amis parce que tu as un rendez-vous, grommelai-je, boudeuse.

— C'est un rendez-vous avec Rachel.

Son intonation s'était soudain faite aussi douce que son cœur romantique.

— Oh. Dans ce cas, c'est tout à fait différent.

— J'espérais cette réaction de ta part, balbutia-t-elle avec un sourire penaud.

— Tu es nerveuse ? demandai-je.

Je venais de me rappeler l'angoisse qui l'emportait sur l'excitation optimiste lorsqu'elle se frayait un chemin dans un premier rendez-vous susceptible de changer votre vie.

Harriet était devenue toute pâle.

— Je suis terrifiée, admit-elle. Je n'ai pas réussi à avaler quoi que ce soit de la journée.

— Mais que tu es donc bécasse ! m'esclaffai-je, pour donner l'impression que je prenais la situation à la légère et apaiser ainsi ses inquiétudes. Tout va bien se passer. Ce n'est qu'une question de temps avant que vous ne vous mettiez en couple, toutes les deux.

— Je sais, confirma-t-elle avec un sourire un peu plus assuré. Tu as raison, mais je n'arrive pas à croire que ce soit pour ce soir.

— Et Jessica, comment elle voit les choses ? demandai-je, désireuse d'entendre toute l'histoire. Je veux dire, elle aimerait que j'apporte d'autres victuailles puisque tu ne viens pas ?

Je m'étais empressée d'ajouter la deuxième question en me rendant compte que j'avais fourré mon nez un peu trop loin.

— En fait, j'ai les trucs que j'étais censée apporter au dîner dans le coffre de ma voiture, admit-elle. Je me demandais si ça ne te dérangerait pas de te charger de les apporter.

— Tu veux dire que tu ne lui en as pas parlé ? (Harriet secoua la tête.) Dégonflée ! m'exclamai-je pour la taquiner. Tu es au courant qu'elle serait aux anges si tu lui donnais la raison de ton absence ? Elle sait combien tu apprécies Rachel et, par ailleurs, c'est toujours à Jessica que tu as parlé d'elle, non ?

— Je sais, reconnut Harriet en se passant une main dans les cheveux. Et c'est justement ce qui rend toute la situation encore plus gênante.

— Qu'est-ce que tu entends par « gênante » ? fis-je en fronçant les sourcils. Je ne faisais que plaisanter quand je parlais de revenir sur des dispositions prises avec tes amis. Tu l'avais compris, non ?

Elle avait l'air de plus en plus confuse à chaque seconde.

— Oui, bien sûr… Oh ! mon Dieu, gémit-elle, je n'avais pas l'intention d'en parler.

— De quoi ?

— Bon, se lança-t-elle sur une profonde inspiration. Ne t'énerve pas.

— D'accord.

Mais pour tout dire, je commençais à me sentir aussi inquiète que soupçonneuse.

— C'est Holly qui a organisé tout le truc.

— Quoi ?

— Je suis tombée sur elle au Café du Cerisier, alors on a discuté. Elle m'a demandé si je voyais quelqu'un, je lui ai parlé de Rachel. Et dans la seconde qui a suivi, elle sortait son téléphone pour arranger un rendez-vous. Elles sont cousines éloignées ou quelque chose du genre…

Sa voix se tut quand elle avisa mon expression blessée.

— Je comprends, lâchai-je.

— Vraiment ?

— Bien sûr.

— Je ne voulais pas t'en parler, mais je savais que quelqu'un allait cancaner, comme quoi on nous avait vues au café et je ne voulais pas que tu te méprennes sur la situation.

— Harriet, répliquai-je en rassemblant verres et bouteille, ça n'a absolument rien à voir avec moi.

Ce qui était bel et bien le cas, sans que ce constat m'empêche pour autant de détester la situation. Une image de Harriet et Holly au café, tête contre tête, me traversa l'esprit et j'admets que j'éprouvai de la jalousie, même si je n'en avais absolument aucun droit.

— Je suis vraiment convaincue qu'elle veut juste faire amende honorable, reprit Harriet. Holly, s'entend. Mais ça ne fait aucune différence pour moi. Rien, zéro. Je ne lui ai toujours pas pardonné ce qu'elle a fait. Même si…

— Même si quoi ? rétorquai-je plus brusquement que je ne l'aurais voulu.

Peu importe.

Visiblement, Harriet devinait ce que m'inspirait toute cette histoire.

— Non, vas-y, insistai-je, plus doucement. Qu'est-ce que tu allais dire ?

Gênée, elle posait les yeux partout sauf sur moi.

— Juste que, parfois, je ne peux m'empêcher de me demander si elle ne m'a pas rendu service en révélant mon secret à tout le monde.

Le choc me laissa bouche bée.

— Tu ne peux pas parler sérieusement.

— Le truc, c'est que je n'arrivais vraiment pas à trouver le courage de l'annoncer, dit-elle en haussant les épaules.

— Oh ! je t'en prie. N'essaie pas de trouver une justification à ce qu'elle t'a fait. Je ne pense pas que je pourrais le supporter. J'espère que ta soirée de ce soir sera réussie, ajoutai-je avec un sourire. Vraiment.

Sur quoi je me dirigeai vers le portillon du jardin, Harriet dans mon sillage. Je m'efforçai de refouler ma colère et ma frustration : pas question de laisser Holly s'interposer entre nous. Harriet avait été une amie sûre et fiable depuis que j'étais arrivée à la ferme et je ne voulais surtout pas la perdre.

— Merci, dit-elle. J'espère que vous allez passer une bonne soirée, vous aussi.

Je me penchai vers elle et déposai un baiser sur sa joue.

— Appelle-moi demain, lui dis-je, jonglant avec des sacs de salade, des boissons, nos verres et le sirop. Je veux entendre tous les détails. Enfin, presque tous.

Je la regardai sortir de la cour, sans me départir de mon sourire. Holly avait donné à Harriet exactement ce qu'elle voulait. Cela signifiait donc que la deuxième manche était allée à la blonde maigrichonne qui rôdait dans les parages. Et, si Harriet se laissait ainsi marcher sur les pieds, je ne pouvais m'empêcher de me demander quel atout Holly gardait dans sa manche pour triompher de Jake.

Je ne donnai ni à Jake ni à Annie la véritable raison de l'absence de Harriet au barbecue. Je ne me faisais pas confiance : je risquais de fulminer et, pour être honnête, quand Jake, les yeux écarquillés et une esquisse de sourire aux lèvres, avait répété à Annie toute la scène d'excuses au pub qu'avait jouée Holly, la vieille dame était demeurée incroyablement silencieuse. Elle avait écouté Jake qui lui relatait les événements et jeté de temps à autre des « ça alors ! » et des « tu m'en diras tant » mais, sinon, elle s'était murée dans un silence frustrant. Je n'arrivais toujours pas à déterminer ce que la situation lui inspirait, si bien que je jugeai préférable de garder mes opinions pour moi.

J'étais assez avisée pour comprendre que critiquer Holly auprès de Jake ou de Harriet, voire simplement manifester un infime mépris à son endroit, suffirait à me faire passer pour une garce. Pour une raison qui m'échappait, le duo semblait vouloir à tout prix lui accorder une seconde chance.

Heureusement pour ma santé mentale, Jessica s'était fermement et très définitivement rangée de mon côté, sans se soucier un instant de l'impression produite par son attitude.

— Tu te moques de moi ! s'écria-t-elle à l'instant où je finissais de lui exposer la véritable raison de l'absence de Harriet au barbecue.

Ce n'était pas son rendez-vous avec Rachel qui l'offusquait, mais plutôt la manière dont il avait été établi.

— Chut, soufflai-je en refermant la porte arrière du cottage rénové de frais qu'ils habitaient, Henry et elle. Ne parle pas trop fort.

— Mais, enfin, tu ne remarques rien ?

— Bien sûr que si, répondis-je d'une voix apaisante. Mais les autres, non. Donc tu gardes ça pour toi, d'accord ?

— Tu en as parlé à Jake ? demanda-t-elle.

Je n'eus pas la possibilité de lui expliquer que Jake n'était au courant de rien.

— Viens là, Jess ! cria Henry par la fenêtre. Tu veux que ces steaks soient cuits ou cramés ? Quelques assiettes ne seraient pas du luxe.

Nous nous installâmes pour manger sous le soleil qui baignait leur jardin, et la conversation finit par porter sur l'absence du troisième « mousquetaire », comme Henry avait pris la fâcheuse habitude de nous surnommer.

— Donc elle a fini par se dégoter un rendez-vous avec Rachel, constata-t-il, la mine réjouie, tout en empilant salade de chou et salade verte dans son assiette. Tu vas pouvoir te reposer un peu, maintenant, Jess !

— Oh ! j'en doute, intervins-je avant que Jessica n'ait pu ouvrir la bouche.

— Pourquoi ? s'enquit Henry, perplexe.

— Eh bien, elle va vouloir partager tous les détails de l'affaire avec sa meilleure amie et confidente, non ?

— Je ne suis pas certaine de convenir pour le rôle, marmonna Jessica d'un air sombre.

Attablé en face de moi, Henry me dévisagea et poussa un long et lent soupir.

— Je me demande si Holly a quelque chose à voir là-dedans, s'immisça soudain Jake.

Il avait posé la question et prononcé son nom comme s'il était on ne peut plus naturel que le mot franchisse ses lèvres sereinement. Je reposai mon couteau et ma fourchette, sentant mon ventre qui se serrait et se tordait pour protester.

— Qu'est-ce qui te fait dire ça ? demanda Henry.

Rendu à l'évidence perplexe par la mention de ce prénom, il demeurait dans l'ignorance béate de la tempête potentielle qu'il était sur le point de déclencher.

Jake leva les yeux de son assiette et se rendit compte que nous l'observions tous. Je fus consternée de constater qu'il s'était légèrement empourpré.

— C'est juste que je l'ai croisée en ville, il y a deux jours, répondit-il, évasif. Elle a parlé de vieux amis avec lesquels elle avait renoué contact et elle a dit, entre autres choses, qu'elle était une cousine éloignée de Rachel ou quelque chose du genre…

— Quand est-ce que tu as eu cette petite conversation avec elle, exactement ? lâchai-je, choisissant mes mots avec autant de soin et aussi peu de dédain que je parvins à mobiliser.

Je savais que je donnais l'impression d'être jalouse, maussade, excessive et, s'il s'était agi de n'importe qui d'autre à Wynbridge, n'importe qui d'autre au monde en fait, cette rencontre m'aurait laissée complètement indifférente. Mais on parlait de Holly, là, et le fait n'était pas sans importance. Le silence de Jake sur le sujet me faisait souffrir le martyre.

— Écoute, reprit-il pour tenter de m'apaiser, notre échange a dû durer dans les deux secondes. On s'est littéralement rentrés dedans sur le parking. Elle m'a demandé comment tu allais, d'ailleurs.

— Ah bon ? crachai-je, avant de prendre une énorme gorgée de vin.

— Oui, soupira-t-il.

Je ne pus m'empêcher de constater sa lassitude et je devinai que, s'il n'avait rien dit, c'était parce qu'il anticipait exactement ma réaction à la simple mention de son nom.

— Elle a proposé de venir aider à débarrasser le cottage.

— Quoi ?

— Vu que la moitié des affaires qui y sont lui appartient, elle trouve que c'est le moins qu'elle puisse faire. Je pensais que ça te ferait plaisir.

— Dans ce cas, pourquoi tu ne m'en as pas parlé plus tôt ?

— Parce que ça m'est sorti de l'esprit, répondit-il en souriant. Honnêtement, Amber, ne transforme pas toute cette affaire en quelque chose qu'elle n'est pas. Ça te dirait de venir toi aussi nous aider à débarrasser la bicoque ? Au moins, de cette manière, on fera tout ça ensemble.

— Oh ! merci, marmonnai-je. Ce sera un vrai régal.

Je repoussai mon assiette à laquelle j'avais à peine touché.

— Dans ce cas, ne nous aide pas, rétorqua Jake qui jeta sa serviette. Ça m'est égal.

— Oh ! mais je viendrai, protestai-je avec véhémence. Ça ne me plaira peut-être pas, mais je viendrai, ne t'inquiète pas.

Je louchai vers Jessica et Henry : ils avaient l'air mal à l'aise. Quelle merveilleuse manière de les remercier pour leur hospitalité et quel moment parfait pour une dispute stupide. Soudain, je pris conscience du ridicule de la situation. Bien sûr que je voulais voir le cottage débarrassé des affaires qui l'encombraient et, oui, ce serait sans doute plus facile avec Holly sous la main pour récupérer ses affaires, mais je n'étais pas non plus prête à oublier les horreurs qu'elle avait proférées à mon sujet, derrière mon dos, pendant qu'elle se refaisait une beauté dans les toilettes de la foire de mai.

Chapitre 25

Les propos dithyrambiques de Harriet sur le plaisir d'une relation débutante furent presque suffisants pour que mon cœur se radoucisse concernant Holly… presque.

— Je n'arrive pas à croire à tout ce que nous avons en commun, répéta Harriet pour la énième fois, non sans secouer la tête, émerveillée par la magie de cette histoire. Et je t'ai dit qu'elle voulait créer sa propre pouponnière, elle aussi ?

— De plantes, pas d'enfants.

— Pardon ?

— De plantes, pas d'enfants, répétai-je. C'est ce que tu m'as dit, le jour où on s'est rencontrées et où tu m'as expliqué ce que tu voulais faire de ta vie.

— Oh ! je vois, s'esclaffa Harriet en me regardant pendant une infime seconde. Tu imagines, ajouta-t-elle avec un sourire, si on pouvait faire quelque chose ensemble, si Rachel et moi on pouvait monter une pouponnière ensemble ?

Son regard, qui se fit rêveur, partit une fois de plus par-delà le jardin, en direction du verger. Je ne savais pas trop ce qu'elle voyait vraiment, vu la confusion de son état, mais j'aurais mis ma main à couper qu'il ne s'agissait ni de fleurs ni d'arbres.

— Allez, mademoiselle Rêve éveillé, intervins-je en lui agitant la main devant le visage pour la ramener à la réalité. Sortons le reste des affaires de la voiture. On dirait que les cieux sont sur le point de se déchaîner.

— Tu as raison, convint Harriet, qui parut légèrement plus vigilante. Bien sûr. On va les placer à couvert, et je te montrerai comment les planter.

Maintenant que j'avais fini de réparer et de rénover le jardin d'Annie, il ne me restait plus grand-chose à faire à part tondre la pelouse et arracher les mauvaises herbes. Non seulement l'exercice me manquait, mais également le sentiment d'accomplissement qui venait avec une transformation achevée. Par conséquent, après avoir admiré les massifs saisonniers proposés chaque vendredi soir par Monty Don, dans son émission sur le jardinage, j'avais demandé à Harriet de me fournir des plants à repiquer moi-même, pour essayer de réaliser quelque chose de semblable de mon côté.

Elle était arrivée de bonne heure, ce matin-là, avec un sourire aussi ensoleillé et éclatant que les plantes en cagettes entassées à l'arrière de son camion, et elle m'avait donné un cours pratique rapide, mais efficace.

— Tu vas les planter dans quel conteneur ? demanda-t-elle quand nous eûmes fini de décharger.

— J'ai trouvé deux vieux abreuvoirs dans la remise. Et quelques seaux galvanisés mais, à part ça, je ne suis pas sûre. Pour être honnête, je n'attendais pas autant de plantes, m'esclaffai-je.

— Tu veux produire ton petit effet, non ?

— En effet, confirmai-je.

Oui, marquer les lieux de mon empreinte m'apparaissait comme une priorité encore plus grande, maintenant que je savais que Holly allait nous aider à débarrasser le cottage. Elle viendrait à la ferme, à un moment ou à un autre, et je voulais qu'elle en reparte avec la certitude que cet endroit était bel et bien mon territoire.

— Tu sais quoi ? reprit alors Harriet en se mordillant la lèvre. Tu devrais aller à Wynbridge. Il y a une vente aux enchères, aujourd'hui. Tu es sûre de trouver quelque chose de convenable, là-bas, et ça ne te coûtera pas une fortune.

— Qu'est-ce qu'ils y vendent ?

— Tout un tas de bric-à-brac. Des trucs pour la maison et le jardin, des petites machines agricoles et il y a même deux fois par an une vente de bétail. Je sais que tu es fan de tous les machins *vintage* cabossés qu'ils montrent dans tes magazines, et la vente aux enchères regorge toujours de trucs dans le genre. Je me demande pourquoi je ne t'en ai pas parlé plus tôt, en fait.

— Oh ! génial ! m'exclamai-je, de plus en plus excitée. L'idée me paraît excellente. J'ignorais que la ville organisait sa propre vente aux enchères et, en effet, la réprimandai-je, moi non plus, je n'arrive pas à croire que tu ne m'en aies pas avertie plus tôt !

— Eh bien, tu ferais mieux de t'activer, répliqua-t-elle en tapotant sa montre. Ça commence dans une heure.

— D'accord, déclarai-je. Je vais me changer et je file tout droit là-bas.

Harriet claqua la portière arrière de sa camionnette et grimpa sur le siège conducteur. Elle était sur le point de tourner la clé de contact quand, même si je me détestai pour mon geste, je ne pus m'empêcher de demander, comme s'il s'agissait de la question la plus naturelle qui s'offrait à moi :

— Bon alors, que pense Holly de votre relation naissante, à Rachel et à toi ? En tant qu'entremetteuse officielle, j'imagine qu'elle est plutôt contente d'elle.

Harriet me dévisagea pendant une seconde et, sur le coup, je ne devinai guère ce qu'elle allait répondre. Étant donné ma réaction précédente au mot en « H », j'aurais eu du mal à la blâmer, si elle avait décidé de ne rien dire du tout.

— Pour te dire la vérité, finit-elle par lâcher, je l'ai à peine vue. Je pensais qu'elle prendrait la grosse tête et me harcèlerait pour obtenir des détails, des remerciements ou des marques de reconnaissance. L'ancienne Holly se serait très certainement conduite ainsi, crois-moi, mais je ne l'ai vue que cinq minutes et juste avant de partir de chez moi pour venir ici.

— Elle était venue te voir ?

— Non, répondit Harriet. Elle m'a vue qui refermait mon portail alors qu'elle passait devant chez moi en voiture et s'est arrêtée pour échanger quelques mots. Elle était ravie qu'on ait entamé quelque chose, Rachel et moi, mais elle ne l'a pas attribué à ses compétences d'entremetteuse, comme tu le supposes.

— Oh ! admis-je un peu à contrecœur, peut-être qu'elle a changé au bout du compte.

— Peut-être, concéda Harriet avec un haussement d'épaules. En tout cas, rends-toi à Wynbridge et vois ce que tu peux trouver à cette vente aux enchères. Et appelle-moi si tu veux un coup de main pour tes plantations.

Sur quoi, elle mit le contact et commença à reculer.

— Je n'y manquerai pas, lui lançai-je. Merci, Harriet.

Quand j'eus achevé mes tâches à la ferme et conduit jusqu'en ville, j'eus du mal à trouver une place de parking où je me sente assez en confiance pour y faufiler la camionnette de la ferme. Dieu merci, la pluie qui menaçait s'était finalement abstenue et la place du marché grouillait de plus de gens que je n'en avais jamais vus dans toute la ville. J'avais espéré boire un café vite fait et avaler une tranche de quelque délice au Café du Cerisier, hélas l'établissement n'avait plus le moindre siège de libre, dedans comme dehors.

— C'est toujours comme ça, les jours de vente aux enchères, me glissa Angela en passant près de moi, munie de son carnet de commandes et de son stylo. Si tu étais arrivée une heure plus tôt, on aurait pu te dégoter une petite place !

— Ce n'est pas grave, fis-je en haussant les épaules. Je reviendrai plus tard.

— Bonne chance à la vente, me lança Angela. Parce que je suppose que c'est là que tu vas ?

— Oui, répondis-je, avant de me faufiler dans la foule. Je te dirai comment ça s'est passé.

Il ne me fallut pas plus de quelques secondes pour découvrir où la vente se déroulait. Je me contentai de suivre le flot régulier des autochtones qui se dirigeaient vers le vieil hôtel de ville que j'avais toujours cru fermé et inutilisé.

Après m'être enregistrée au bureau et avoir récupéré ma carte d'enchères numérotée, je n'eus plus que quelques minutes pour courir à droite et à gauche et tout voir avant que la visite ne se termine et que les enchères ne débutent. L'existence d'un temps imparti s'avéra une bénédiction, sans quoi j'aurais dépensé une petite fortune sur des accessoires de cuisine *vintage* pour la maison, avant même de m'être seulement intéressée au jardin !

— Tu as vu quelque chose qui te fait envie ? demanda une voix dans mon dos.

— Bonjour, Jim, répliquai-je en souriant. Tu m'as fait peur. Comment réussis-tu à t'approcher sans bruit avec la taille qui est la tienne ?

— Sache que je suis très léger sur mes pieds, gloussa-t-il. Depuis toujours.

Je décidai de ne pas commenter, non sans l'avoir reluqué de haut en bas.

— Je cherche des jardinières pour la ferme, expliquai-je plutôt. Je me suis dit que ce serait chouette de lui donner un peu de peps pour l'été. Harriet m'a fourni tout un assortiment de jolies plantes si bien que, maintenant, j'ai besoin de pots et de paniers à suspendre pour les mettre en valeur, tu vois, ce genre de choses.

Jim ne cessait d'opiner du chef, visiblement tout content de lui.

— Suis-moi, dit-il. Je viens juste de voir ce qu'il te faut. Je pensais enchérir moi-même dessus, mais Evelyn piquerait une crise. Et puis, ajouta-il en frottant son menton mal rasé, je ne pense pas que nous ayons la place.

Au cours des mois que j'avais passés à la ferme, chaque visite à La Sirène avait été une révélation. Au fil du temps, maçonnerie et chemin devenaient de moins en moins visibles et, à présent qu'on s'approchait de la mi-juin, sa devanture semblait finalement entièrement recouverte par une explosion de fleurs d'été aux couleurs vives. Elles faisaient la fierté et la joie de Jim et je savais, à force d'entendre Evelyn le raconter à quiconque restait planté assez longtemps à côté d'elle, qu'il passait des heures à couper les fleurs fanées et à les arroser.

— Regarde, me chuchota-t-il en écartant deux autres lots d'un petit coup de son pied immense. Qu'est-ce que tu en dis ?

— Jim, répliquai-je avec un sourire. Ils sont parfaits, mais je ne pense pas pouvoir me les offrir. (Jim me regarda comme si je parlais une langue étrangère.) Sérieusement, ce sont des objets très convoités.

— Jamais de la vie, s'insurgea Jim, dont le regard ne cessait d'aller et venir entre moi et les deux grands bacs galvanisés, couverts de toiles d'araignée, qu'il avait découverts. Je me disais juste qu'ils seraient parfaits en raison de leur taille. Tu es sûre qu'ils valent quelque chose ? Je me rappelle que ma grand-mère faisait sa lessive hebdomadaire dans un de ces bacs.

— Tu peux me croire, insistai-je, tout en fouinant parmi les différents pots et paniers. Je vais essayer d'enchérir, mais prépare-toi à être sidéré !

Ma prédiction (grâce aux heures passées à parcourir attentivement les pages de divers magazines consacrés à la vie à la campagne) se révéla en plein dans le mille. Plus les prix s'envolaient, plus la mâchoire de Jim se décrochait et plus j'avais du mal à me focaliser sur la somme que je proposais et à réprimer mes gloussements.

Les deux vieux bacs à lessive étaient en effet les conteneurs idéaux pour flanquer le petit porche de la Ferme aux Alouettes et je n'avais aucun mal à me les imaginer *in situ*, débordant de couleurs en été, de guirlandes lumineuses à Noël et de tulipes et de jonquilles au printemps.

Embringuée dans une guerre des enchères féroces contre un autre acheteur, dissimulé à ma vue derrière un pilier, je perdis rapidement tout bon sens, et le prix grimpa de plus en plus. Si Jim n'avait pas tiré sur ma manche et fini par me retirer ma carte d'enchères, j'aurais sans doute fini par hypothéquer mon appartement pour les payer.

— Ça suffit, me souffla-t-il.

Il conserva ma carte jusqu'à ce que le coup de marteau retentisse et que la foule laisse échapper un soupir d'incrédulité, manifestement déçue que la rigolade soit terminée.

— Mince, marmonnai-je quand il jugea la situation suffisamment sûre pour pouvoir me rendre ma carte. C'était exactement ce que je voulais.

— Eh bien, pour ma part, je suis soulagé qu'ils te soient passés sous le nez, répliqua Jim, en éventant son visage rougi.

— Pardon ? chuchotai-je, offusquée. C'est toi qui me les as montrés, pour commencer !

— En effet, convint Jim en souriant. Et si Annie avait découvert combien tu avais dépensé, elle m'aurait écorché vif !

Il avait raison, bien entendu, mais je n'en étais pas moins déçue. Je balayai la foule compacte du regard, en quête de l'individu qui avait réussi à remporter l'enchère. Qui d'autre, me demandai-je, en scrutant les visages, savait qu'il s'agissait d'une bonne affaire ? Incapable de choisir qui que ce soit, je réglai les quelques enchères que j'avais remportées, décidai de sauter l'arrêt au Café du Cerisier et acceptai l'offre de Jim qui se proposait de m'aider à transporter mon butin jusqu'à la camionnette.

— Tu as fait de bons achats, me complimenta-t-il avec un signe du menton en direction de ma collection hétéroclite. Vu ce que tu as payé, ironisa-t-il.

— Ils auraient pu être meilleurs, grommelai-je. Bon, tant pis.

— Tu auras plus de chance la prochaine fois, ma belle, s'esclaffa-t-il en me disant au revoir.

Chapitre 26

De retour à la ferme, je finissais juste de décharger la camionnette et j'étais sur le point de me préparer un rapide sandwich quand un 4×4 que je ne reconnaissais pas se gara dans la cour. Je m'en approchai pour aller saluer notre visiteur, en me demandant où se trouvaient Jake et Annie.

— Je peux vous aider ? demandai-je face à la vitre qui se baissait lentement. À moins que vous ne veniez pour Jake ?

— Non, c'est parfait, me répondit une voix qui m'était déjà familière. C'est toi que je cherchais, en fait.

Complètement décontenancée, je lissai machinalement mon chemisier et me pris à espérer que mes cheveux ne formaient pas le chignon ébouriffé qu'ils avaient tendance à échafauder après une matinée passée au grand air. Furieuse d'avoir été trahie par mes réactions face à l'apparition des lunettes de soleil griffées et de l'épais rideau de cheveux blonds qui étaient la couronne de Holly, j'enchaînai sur une question qui parut énoncée à contrecœur et s'avéra sans doute plus brutale que mon interlocutrice ne le méritait.

— Qu'est-ce que tu veux ? demandai-je en m'avançant vers les chiennes pour les empêcher de sauter et d'érafler la peinture de la carrosserie. Je suis occupée.

— Je ne vais pas te retenir longtemps, répliqua-t-elle en entrouvrant sa portière, ce qui m'obligea à reculer d'un pas. C'est juste une visite éclair.

Bella et Lily jetèrent un regard à la silhouette gracile de l'ancienne habitante de la ferme, échappèrent à ma poigne et regagnèrent la maison.

— Écoute, commença-t-elle sur un ton légèrement moins assuré, maintenant qu'elle se trouvait sur mon territoire. Je sais que nous ne nous sommes pas revues depuis cette fameuse soirée, au pub, mais je pensais chaque parole que j'ai prononcée. Je suis vraiment honteuse de la manière dont j'ai traité Jake et Harriet, et je suis profondément désolée de tout le mal que j'ai causé. (Je fixai le sol des yeux, sans savoir quoi dire. Ce n'était pas moi qui avais un compte à régler.) Je ne peux défaire ce que j'ai fait, c'est indéniable, poursuivit-elle. Mais je ne veux pas continuer à vivre à Wynbridge en sachant que c'est ce dont tout le monde ne cesse de parler. Je tiens à clarifier les choses une bonne fois pour toutes. Je ferai tout pour me racheter.

— Je suis désolée, Holly, lâchai-je quand j'eus enfin recouvré ma voix, mais tu ne t'adresses vraiment pas à la bonne personne.

Non que je tienne tant que ça à la voir discuter avec Jake, évidemment, mais cette situation n'avait rien à voir avec moi. Jake, Harriet et elle devaient se débrouiller entre eux.

— Et pourtant, si, répliqua-t-elle d'une voix qui me suppliait de la comprendre.

— Que veux-tu dire ?

Holly leva les yeux au ciel et s'autorisa un petit sourire.

— Tout le monde par ici sait que Jake est complètement fou amoureux de toi, Amber.

Soulagée qu'elle en soit consciente, je me sentis rosir de plus en plus.

— Et qu'Annie aime t'avoir ici, surtout maintenant que tu as aussi intelligemment redonné à cet endroit son lustre d'antan.

— Et donc ? insistai-je, déterminée à ne pas laisser ses louanges me monter à la tête, tant elles arrivaient à point nommé.

Holly soupira.

— Écoute, reprit-elle, Jake ne lâchera rien, s'il pense que toi et moi, on ne s'entend pas. Ton opinion compte vraiment, par ici, Amber. Et si, toi et moi, on arrive à être amies, je sais qu'il sera en mesure de voir que j'ai changé. (Elle secoua la tête.) Je ne veux pas paraître égoïste, mais Harriet me manque et Jake aussi. Non que j'aie l'intention de m'immiscer dans votre relation, s'empressa-t-elle d'ajouter. Je veux juste que tout le monde sache que je suis vraiment désolée et ne pas avoir l'impression de marcher sur des charbons ardents chaque fois que je quitte ma maison.

Étant donné ce que Jake avait dit quand il avait parlé de débarrasser le cottage avec elle et comme il savait le rôle qu'elle avait joué pour aider Harriet et Rachel sur la voie de l'amour, je devinais qu'il n'était pas très loin de lui accorder son pardon, mais je n'allais pas en informer Holly.

— Je lui parlerai, finis-je par lâcher.

— Vraiment ? s'écria Holly en m'agrippant le bras.

— Oui, répondis-je, agacée de l'amusement que m'inspirait sa réaction.

— Vraiment ?

— Oui, répétai-je.

Si je n'avais pas été dans le secret des tenants et des aboutissants de la débâcle dans son ensemble, j'aurais probablement éclaté de rire devant l'excitation puérile qui métamorphosa soudain les traits ordinairement calmes de Holly.

— J'ai un petit quelque chose pour toi, s'empressa-t-elle d'ajouter. J'espère que ça ne te dérange pas.

— Tu n'as pas à me donner quoi que ce soit, Holly, protestai-je.

— C'est une sorte d'offrande de paix, répliqua-t-elle, ignorant mes protestations et contournant l'arrière de son élégant 4×4.

Mon ventre se serra à la pensée de la réaction de Jessica quand j'allais lui relater la scène. Elle serait furieuse que je n'aie pas fait déguerpir Holly de la cour dès qu'elle y avait posé le pied et je me promis que, quoi qu'elle ait caché dans son coffre, je ne l'accepterais pas.

— Quand j'ai vu Harriet un peu plus tôt, poursuivit Holly en bataillant sans succès avec le loquet de la portière, elle m'a dit que tu faisais du jardinage. Or je me suis retrouvée à la vente aux enchères, en ville… Et j'ai vu ça. (Victorieuse de son loquet, elle ouvrit brusquement la portière dans un bruit métallique.) Apparemment, ils font fureur en ce moment. Je me suis dit qu'ils rendraient bien de chaque côté du porche.

J'éclatai de rire. Je n'arrivais pas à croire que Holly soit l'enchérisseuse rivale, dissimulée derrière le pilier de la salle de ventes, mais j'en avais désormais la preuve, on ne peut plus indéniable, soigneusement rangée dans le coffre de son onéreux tout-terrain.

— Qu'est-ce qu'il y a de si drôle ? demanda-t-elle en fronçant les sourcils. Ce ne sont pas les bons machins ? Je trouvais qu'ils ressemblaient à ceux qu'on voit dans les magazines.

Son regard fit un aller-retour entre les bacs et moi.

— Si, si, répondis-je en reprenant la maîtrise de moi-même. Holly…

— Quoi ? fit-elle avec une grimace de découragement.

— C'était moi, l'autre enchérisseuse !

— Tu veux dire que j'ai dépensé une fortune pareille parce que c'était toi qui enchérissais contre moi ?

— Oui, confirmai-je.

C'était le genre de retour de bâton que j'appréciais : rapide et précis. Je ne pouvais prouver à personne que Holly était la femme qui avait dit du mal de moi dans les toilettes de la foire de mai, mais je savais que tel était le cas. Elle aussi et, apparemment, le karma aussi. Et la somme dont elle avait dû se séparer pour s'acquitter de sa dette méritait presque que je fasse passer cette génoise par pertes et profits !

— Qu'est-ce qu'il y a de drôle ? s'enquit Jake qui venait de se garer dans la cour, l'air perplexe.

— Je laisse Amber t'expliquer, répondit Holly qui me donna un petit coup de coude, en levant les yeux au ciel.

— Tu pourrais nous aider à décharger ces bacs ? lui demandai-je.

Je lui désignai les deux conteneurs d'un geste du menton.

— Qu'est-ce que c'est que ces trucs ? demanda-t-il, pendant qu'il cherchait à comprendre comment les manipuler sans rayer la peinture immaculée du 4×4.

— Je vais te le dire, moi, répondit Holly après m'avoir regardée en souriant. Ce sont des machins hyper chers !

Chapitre 27

Comme prédit par Jim, Holly et moi-même, la paire de bacs à lessive, une fois nettoyée et garnie de hauts fuchsias en leur centre et de diverses plantes estivales aux couleurs vibrantes sur le pourtour, la paire de bacs à lessive donc avait fière allure de part et d'autre du porche de la ferme. Cependant, bien que les ayant convoités et aimés, je ne pouvais me débarrasser de l'impression qu'ils étaient souillés et que je les avais obtenus à un prix plus élevé que celui auquel j'aurais été prête à les payer.

Depuis que j'avais expliqué à Jessica les détails quelque peu suspects de leur arrivée, elle se montrait distante et maussade et je plaçais tous mes espoirs sur la planification imminente de son mariage pour nous réconcilier. Ce n'était pas que je lui souhaite de connaître des soucis avec sa robe ou quoi que ce soit, juste un petit tracas qui l'amènerait à recourir à mes services pour le résoudre, quelque chose qui me replacerait sur son radar et me ferait remonter dans la liste de ses amis.

— Le facteur est passé ! lançai-je dans la cuisine, tout en achevant de vider les dernières gouttes de mon arrosoir dans l'assemblage éclectique de pots qui trônaient devant la porte de derrière.

Je passai en revue la pile de lettres. Mes yeux s'attardèrent sur une nouvelle missive adressée à Annie par la banque et portant la mention « Urgent ».

— Jake, appelai-je depuis le pied de l'escalier. Tu pourrais descendre ?

Annie était elle aussi devenue extrêmement distante au cours des deux dernières semaines et même si, comme Jessica, elle n'était pas ravie du retour de Holly sur la scène, j'avais la très nette impression qu'il y avait davantage derrière son humeur morose que les réapparitions récurrentes de l'ex de Jake.

— Encore une lettre de la banque pour Annie, lâchai-je en laissant tomber la pile de courrier sur la table, avec la lettre en question sur le dessus. Ça ne peut pas continuer, Jake.

Il se passa les mains dans les cheveux et grimaça.

— Je sais, marmonna-t-il, résigné. Je sais.

— Tu aimerais que je te laisse t'en charger ? demandai-je en retournant vers la porte. Il faut encore que je m'occupe de Pip et des poules.

— En fait, répliqua Jake qui se mordillait la lèvre, j'aurais préféré que ce soit toi qui lui en parles.

— Moi ?

— Si ça ne te dérange pas. Je suis sûr qu'elle s'ouvrira à toi. Vous avez su créer une belle proximité.

— Mais et toi ? insistai-je, pourtant déjà résignée à l'idée de devoir aborder l'épineux sujet. C'est ta tante.

— S'il te plaît, répéta Jake. Je m'occuperai de Pip et des poules.

Il avait l'air si malheureux que je savais ne pas avoir le choix. Aussi intimidant que ce soit, j'étais celle qui allait devoir mener l'affaire à bien.

— D'accord, soupirai-je. Mais ne me fais pas de reproches si elle finit par m'en vouloir.

— Ce ne sera pas le cas, répliqua-t-il avec douceur. J'en suis sûr.

Je lui tendis mon panier bien-aimé.

— Tu peux prendre ça pour ramasser les œufs. Mais s'il te plaît, fais-y bien attention.

J'avais déjà rempli de thé la tasse d'Annie, tranché et beurré son pain pour accompagner ses œufs à la coque quand les craquements du plancher au-dessus de ma tête m'annoncèrent l'imminence de son arrivée. Je plaçai délicatement les deux œufs bien lisses, légèrement mouchetés, dans le coquetier qu'elle utilisait depuis l'enfance et déposai le courrier à côté de son assiette, à un endroit où elle ne pouvait le manquer.

— Bonjour, Annie, lançai-je joyeusement.

Pour masquer ma nervosité, je m'immergeai dans le confort de notre rituel et de notre bavardage matinal. Elle s'installa à sa place habituelle avant de me répondre :

— Bonjour, ma chérie. Jake n'est pas là, ce matin ?

— Il ne va pas tarder, dis-je avec un sourire. Il voulait voir comment se portait Flamme, aujourd'hui.

Elle me fixa de ses yeux perçants.

— Et toi, comment vas-tu ? demanda-t-elle. (Nous avions commencé à nous tutoyer depuis peu.) Tu m'as l'air un peu pâlotte.

— Oh ! tout va bien, répliquai-je, désinvolte. Un peu fatiguée, mais ça n'a rien d'étonnant. On a été occupés ces dernières semaines, non ?

— Hmm, fit-elle, clairement dubitative.

— Tu as reçu du courrier, repris-je en désignant la pile d'un geste du menton. La lettre du dessus m'a l'air importante.

Je versai une cuillerée de sucre dans mon thé.

— C'est le courrier d'aujourd'hui ? demanda Annie. Alors Bob doit être en vacances. Je suis sûre que l'autre gars rechigne à faire les tournées. Je parie qu'il ne vient qu'un jour sur deux, c'est pour ça qu'on se retrouve avec une pile pareille. Tu sais, poursuivit-elle, je n'ai jamais vu le facteur passer si tôt.

J'étais plus que jamais résolue à ne pas me laisser distraire par les subtilités des tournées de la poste rurale.

— On dirait que celle-ci vient de la banque, insistai-je en tapotant la pile, impatientée. Tu vas l'ouvrir ? Ça pourrait être important.

Annie détacha lentement le sommet de son premier œuf et m'observa d'un air finaud. Je tripotai mon toast et mon miel, me rappelant soudain la soirée où j'étais arrivée à la Ferme aux Alouettes et l'évaluation mentale à laquelle elle m'avait également soumise.

— C'est en tout cas l'impression que j'ai, cédai-je, craquant sous la pression de son regard qui voyait tout. Oui, c'est l'impression que j'ai. Exactement comme avec la dizaine d'autres que j'ai trouvées dans le buffet et qui n'ont toujours pas été ouvertes non plus.

Voilà, c'était dit, je ne pouvais plus reculer.

— Où ça ? demanda Annie, en tapant sa cuillère sur la table.

Elle avait l'air outrée. Pourvu que Jake ne se soit pas trompé en me demandant d'aborder moi-même le sujet sensible.

— Là, répondis-je en plongeant dans le buffet, pour en retirer la pile de lettres que Jake avait remise en place, des semaines plus tôt. Tout ça.

Et je les ajoutai à celle qui venait d'arriver.

— Ah, celles-là, fit Annie gaiement. Ce sont juste des prospectus. Je les garde pour allumer le feu quand le temps change, en automne.

— Tiens, déclara Annie en poussant la pile vers Jake, qui s'était acquitté de ses tâches matinales en un temps record. Occupe-toi de ça.

— Je ne peux pas croire qu'il s'agisse de quelque chose de trop grave, lâcha-t-il, pour se montrer rassurant, pendant qu'il ouvrait la première enveloppe avec l'antique coupe-papier du père d'Annie. S'il y avait vraiment eu quelque chose de grave, M. Walker, le directeur, t'aurait certainement appelée.

Annie renifla, mais ne répliqua rien. Jake et moi échangeâmes des regards inquiets.

— Je n'arrive pas à croire que tu connaisses le nom du directeur de ta banque, commentai-je. Je n'ai aucune idée de celui du mien.

— M. Walker s'occupe de nous depuis des décennies, expliqua Annie, attendrie. Depuis presque aussi loin que remontent mes souvenirs.

— D'après ce que je sais de lui, reprit Jake, il fait les choses à l'ancienne. Le service personnalisé compte beaucoup, à ses yeux.

Je hochai la tête, sans rien répliquer. Je me contentai de regarder la pile de lettres ouvertes qui augmentait régulièrement et son expression qui se renfrognait de plus en plus.

— Eh bien, demandai-je, à l'instant où il eut achevé la lecture de la dernière missive. Qu'est-ce qu'elles disent ?

— Ce n'est pas trop grave ? chuchota Annie. C'est impossible. On garde la tête hors de l'eau, n'est-ce pas ?

Elle affichait une pâleur mortelle, et il y avait dans sa voix un tremblement que je n'avais encore jamais entendu.

— Non, répondit Jake, mal assuré. Pas vraiment. Si j'en crois ces papiers, Annie, on est tout près d'atteindre la limite de découvert autorisée pour la ferme. Je ne savais pas qu'on avait une limite de découvert. Pourquoi tu ne m'as pas dit que la situation était tendue à ce point ?

Annie haussa les épaules, l'air honteux.

— Mais on va s'en sortir, n'est-ce pas ? balbutia-t-elle, la lèvre tremblante. On a toujours de quoi manger.

— Oui, convint Jake, et de quoi allumer la cuisinière, mais pas grand-chose d'autre. D'après ce que je comprends, on s'enfonce un peu plus chaque mois. Il y a longtemps qu'une véritable rentrée d'argent n'est pas venue contrebalancer les dépenses.

Annie soupira, résignée, et essuya les commissures de ses lèvres avec sa serviette amidonnée.

Je ne pouvais m'empêcher de penser que si elle avait ouvert la première lettre quand elle avait atterri sur son paillasson pour en partager le contenu avec Jake, toute cette histoire aurait été tuée dans l'œuf. Elle avait perdu beaucoup trop de temps et la situation s'était à l'évidence nettement dégradée. Toutefois, vu son désarroi, je n'avais pas le cœur de lui faire le moindre reproche et, de toute façon, à quoi cela aurait-il servi ?

— Ça sent le roussi, déclara Jake en lui prenant la main. La banque nous demande de prendre conscience du cercle vicieux dans lequel nous nous trouvons et de revenir à l'équilibre avant que la situation ne devienne irrécupérable.

— Qu'est-ce que tu es en train de dire, exactement ? insista Annie dont le regard s'était fait plus aiguisé et plus attentif, maintenant qu'elle comprenait que sa ferme bien-aimée risquait de ne pas avoir l'avenir riant qu'elle prévoyait.

— Ce que je dis, répondit Jake avec un soupir, c'est que si tu veux vraiment qu'on continue à vivre ici et à entretenir le verger, Annie, il faut qu'on trouve un moyen d'augmenter nos rentrées d'argent. Que cet endroit rapporte plus que le seul revenu des récoltes. L'argent que nous procurent actuellement les pommes n'est tout simplement pas suffisant pour que la ferme ait un avenir durable. On n'est peut-être pas encore dans une situation désespérée, mais il se peut que dans deux mois, ce soit trop tard.

— Mais à l'époque de mon père…, commença Annie.

— À l'époque de ton père, les choses étaient très différentes, Annie. Il va falloir qu'on se diversifie, ajouta Jake en se tournant vers moi. On conserve le verger, bien entendu, mais il faut qu'on trouve d'autres façons de tirer des revenus de la ferme, et je ne parle pas simplement de vendre quelques bouquets de fleurs ou des pots de miel au portail de la ferme.

— Non, s'entêta Annie, pas question qu'on transforme cet endroit en un terrain de jeux pour gens de la ville. Il y a déjà assez de cafés à la ferme et autres aires de jeux pour enfants qui surgissent sur les terres agricoles. Ce qu'on a ici, Jake, c'est de l'histoire. Une culture du verger telle qu'elle était conçue depuis l'origine. La Ferme aux Alouettes fait partie intégrante de l'histoire des traditions agricoles des Fenlands et je ne la laisserai pas se perdre.

— Très bien, fit Jake qui commençait à se mettre en colère. On va juste enfoncer encore un peu nos têtes dans le sable et quand la banque viendra frapper à notre porte, ce qui ne manquera pas de se produire, il ne nous restera plus qu'à arracher les pommiers et à vendre la terre à des promoteurs. L'histoire dont tu fais si grand cas sera enterrée sous des briques et du béton, sans plus la moindre chance de secours. On continuera à vivre tous les trois ici, évidemment, mais n'espère pas nous voir beaucoup parce qu'Amber devra aller travailler quelque part et moi, trouver à me faire embaucher dans une autre ferme. Cette perspective te séduit ? Peut-être que le week-end, on pourra jouer aux fermiers dans la cour, avec de nouvelles maisons et des routes en train de surgir autour de nous.

Ce n'était pas à moi de l'interrompre, mais je ne pouvais supporter le regard effaré d'Annie une seconde de plus.

— Jake ! Sois un peu plus charitable !

— Pardon, marmonna-t-il en se passant une main dans les cheveux. Pardon.

— Qu'est-ce qu'on va faire ? chuchota Annie.

Sa voix tremblotait bel et bien à présent et je fus bouleversée de la voir tendre une main hésitante vers sa manche, en quête d'un mouchoir.

— Je pensais, reprit-elle entre deux sanglots, que j'allais te laisser un héritage solide, pas un nœud coulant. On devrait peut-être vendre, et tu me mettrais dans un hospice.

— Arrête avec ça, lui intimai-je d'une voix ferme. Hors de question de parler de nœud coulant ou de baisser les bras. La Ferme aux Alouettes a beaucoup à offrir et de quoi espérer un futur rayonnant. Je n'ai pas tout abandonné pour venir assister à la faillite de cet endroit. Il faut juste arrêter de paniquer, réfléchir ensemble et bâtir un plan. Je suis sûre qu'il y a ici tout un potentiel encore inexploité qui assurera l'avenir de la ferme sans compromettre son intégrité, achevai-je en plantant mes yeux dans ceux d'Annie.

— Je suis vraiment désolé, répéta Jake qui serra encore un peu plus la main de sa tante. Amber a raison. On va trouver quelque chose. Un moyen de s'en sortir.

J'étais soulagée de constater que mon petit discours enflammé avait tiré mon bien-aimé de son désespoir mais, pour l'instant, je n'arrivais même pas à imaginer ce que nous pourrions entreprendre pour améliorer la situation de la ferme. C'était bien joli d'avoir encouragé Jake à augmenter le nombre de nos volailles et d'avoir rendu les lieux plus jolis avec quelques plantes et quelques poteries. Cette fois, cependant, c'était sérieux. Il ne s'agissait plus de jouer à la fermière, il était temps de passer la vitesse supérieure et de prouver ma valeur.

Chapitre 28

Je passai les quelques jours qui suivirent dans un brouillard permanent. Il suffisait que j'aie l'impression d'avoir trouvé une idée pour qu'elle s'échappe de nouveau, et Annie qui me suivait partout, les yeux pleins de l'espoir d'assister au moment où je sortirais le lapin de mon chapeau, n'aidait pas le moins du monde ma créativité à se manifester.

Jake m'avait demandé de ne parler ni à Harriet ni à Jessica des problèmes que nous allions probablement affronter, ce qui était vraiment dommage parce que j'aurais eu là une excuse parfaite pour aborder Jessica – je n'en avais toujours pas eu la possibilité depuis que Holly m'avait offert les bacs à lessive. Et j'étais également persuadée que la connaissance approfondie que mes amies avaient de la région aurait pu me fournir l'inspiration dont je manquais, mais je comprenais aussi les réticences de Jake.

Le jour où il avait ouvert les lettres, il avait appelé ses parents et n'en avait retiré qu'une forte migraine et une humeur de chien parce que, comme toujours quand il était question de la ferme, ils lui avaient débité le même mantra que Dan, à savoir : « Vends la ferme ». Depuis le sanctuaire de leur villa dans l'Algarve, la Ferme aux Alouettes devait être un souvenir aussi lointain que le pays laissé derrière eux pour prendre leur retraite sous un climat plus ensoleillé. La fortune chancelante de l'exploitation n'était tout simplement pas leur problème.

— On va trouver une solution, me chuchota Jake à une heure indue de la nuit. N'est-ce pas ?

— Bien sûr, répondis-je avant de lui masser le dos, passage obligé que j'espérais pourtant réconfortant.

— Tu as dit toi-même qu'il y avait forcément quelque chose à faire, non ? Un potentiel encore ignoré dans lequel puiser.

— Tout à fait, chuchotai-je dans l'obscurité, sachant qu'une nouvelle nuit sans sommeil se profilait devant moi.

Le lendemain matin, fatiguée de mâchonner le bouchon de mon stylo et de fixer une feuille A4 désespérément blanche, j'appelai les chiennes et nous partîmes toutes les trois pour une promenade autour de la ferme, afin d'avoir un véritable aperçu de ce que l'endroit avait à offrir.

Les champs à l'extrémité la plus éloignée, là où la foire de mai s'était tenue, n'avaient pas été touchés depuis que tout avait été remballé et ils ne le seraient plus jusqu'au mariage de Jessica et Henry, quelques semaines plus tard. J'admets que j'ignorais tout des pratiques agricoles – le pâturage et ainsi de suite –, mais laisser une telle superficie de terrain vide et inutilisée m'apparaissait comme un gâchis. Je me promis de demander à Jake quelle autre utilisation pourrait être envisagée de cette parcelle pour l'heure inoccupée. Pip jouissait d'un enclos plus que vaste, Flamme pouvait y trottiner et même les oies (qui continuaient à me terrifier) avaient un lopin susceptible d'être réduit en cas de besoin.

Tout en déambulant dans les parages du verger, j'admirai les pommes qui avaient commencé à grossir. Même mon œil inexpérimenté était en mesure de voir que les branches étaient bien garnies, certaines ployant presque sous le poids des fruits naissants. La famille d'Annie avait toujours ramassé, empaqueté et expédié la récolte de pommes sur le marché de gros et je savais que les vendre au portail de la ferme n'était pas vraiment une solution, mais n'y aurait-il pas moyen d'utiliser une partie des pommes sur place, voire de trouver quelque chose à vendre en plus ?

Mon esprit revint aux pages de l'un des magazines qui m'avaient tant plu pendant que je préparai mon déménagement et je me précipitai vers la maison, impatiente de partager mon idée et l'éclair d'inspiration qui m'avait enfin frappée, Dieu merci.

— Qu'est-ce que c'est que ça ? s'esclaffa Jake quand il revint pour le déjeuner.

La table était jonchée de notes, de bouts de papier et de magazines ouverts sur diverses pages.

— Assieds-toi, lui intima Annie en le guidant vers la table. Elle a oublié d'être bête, cette fille-là, gloussa-t-elle. Elle te protégera des ennuis, mon garçon.

Jake me regarda en souriant et entreprit de déplacer les magazines.

— Laisse tout en place, protestai-je. Et ne commence surtout pas à lire quoi que ce soit. On examinera tout ça quand je t'aurai expliqué mon idée. Seulement si tu penses que ça vaut le coup, évidemment.

— D'accord, consentit Jake qui détourna lentement son regard de la table pour revenir à moi. Qu'est-ce que tu as donc trouvé exactement, ô grande sage ?

— Eh bien, je suis allée faire le tour de la ferme avec les chiennes, tout à l'heure, commençai-je, déterminée à ne pas aller trop vite, afin de ne pas gâcher mon explication. Et quelques idées de diversification me sont venues à l'esprit.

— Tiens-t'en à la plus importante, intervint Annie, qui bouillait d'impatience. Voyons voir s'il arrive à deviner.

— Je regardais les ruches, repris-je, ignorant Annie qui me tirait par la manche, comme un enfant suppliant sa mère de lui acheter une glace à la fin de sa journée d'école. Et je me suis souvenue du plaisir que tu avais éprouvé à l'idée d'en avoir de nouveau. Tu te rappelles ?

— Bien sûr, répondit Jake, dont l'expression confuse suggérait pourtant que je ne m'en sortais pas bien du tout avec mes explications. Mais on ne peut pas gagner grand-chose en vendant du miel, Amber, objecta-t-il d'une voix calme. D'autant que l'homme aux abeilles empoche la majeure partie des gains.

— Elle ne parle pas de vendre du miel, monsieur l'exaspérant, s'emporta Annie. Laisse-la terminer.

— Mais elle a dit…

— Peu importe, le coupai-je avant que la confusion n'empire.

Secrètement, j'étais ravie de l'idée que j'avais eue et je ne voulais surtout pas que sa révélation soit gâchée par des malentendus et mon incapacité à m'expliquer de façon succincte.

— Ce que j'essaie de t'expliquer en évoquant le miel, repris-je après une profonde inspiration, c'est qu'à mon avis tu aimes d'autant plus ce projet qu'il est en adéquation avec la ferme et le paysage rural. Cette petite entreprise, tous les pommiers et l'installation des abeilles, eh bien, ils se complètent les uns les autres, non ?

— Tout à fait, admit Jake. Mais je ne vois pas…

— Qu'est-ce qu'il y a d'autre pour compléter les pommes ? l'interrompit Annie en fixant son neveu de son regard perçant.

Je savais qu'elle était sur le point de divulguer l'idée, or je voulais que Jake parvienne à la réponse logique avant qu'elle n'en ait l'occasion.

— Surtout quand c'est servi avec une sauce aux pommes, continua-t-elle, incapable de résister.

Je vis un lent sourire se dessiner sur le visage de Jake.

— Tu parles d'élever des cochons ici, c'est ça ? me lança-t-il.

— Alléluia ! s'écria Annie, avant de se laisser tomber dans son fauteuil et de s'emparer de l'un des magazines comme quelqu'un qui vient d'accomplir son travail de la journée.

— Oui, repris-je en souriant, mais pas sur une vaste échelle. Si j'en crois les deux articles de magazine que j'ai lus, laisser les cochons nettoyer les pommes détachées par le vent dans les vergers est une méthode agricole traditionnelle qui revient un peu à la mode à l'heure actuelle.

Maintenant qu'il avait découvert ce qui m'enthousiasmait à ce point, Jake commença à feuilleter les différents papiers et s'empara du carnet et des listes que j'avais commencé à établir.

— Si on choisit la bonne race et qu'on peut atteindre des normes haut de gamme en matière de bien-être, d'abattage et de boucherie, le cochon rapporte de beaux bénéfices. D'après ce que j'ai trouvé, on pourrait se faire un profit considérable, poursuivis-je. Et si l'idée te tente et que ça te dit d'aller jeter un œil sur la façon dont le système fonctionne, j'ai trouvé deux fermiers, pas trop loin d'ici, qui travaillent dans cette optique-là et qui seraient d'accord pour nous faire faire le tour du propriétaire.

Sans rien répliquer, Jake continua à examiner les différentes notes que j'avais prises.

— Je n'ai pas eu le temps de faire plus que quelques études préliminaires sur les coûts d'installation et ainsi de suite, repris-je, mais pour être honnête, je ne pense pas qu'on ait besoin de tant que ça pour démarrer.

Je me tus, légèrement hors d'haleine et redoutant vaguement d'avoir brûlé les étapes. Peut-être aurais-je dû mentionner l'idée en passant, avant de me laisser emporter au point de passer des coups de fil et ainsi de suite.

— Et les pommes ? demanda Jake, sans quitter des yeux la page qu'il était en train de lire.

— Quoi, les pommes ?

— Eh bien, tu n'as pas eu des idées sur la manière de leur faire rapporter leur petit pécule, à elles aussi, pendant que tu planifiais tout ça ? (Il laissa tomber mes notes et fit pivoter le magazine qui se trouvait tout près de lui sur la table.) Du jus de pomme et du cidre biologiques ! s'esclaffa-t-il.

— Et des cochons, renchéris-je. Élever des cochons et fabriquer du cidre à la Ferme aux Alouettes. Ça sonne comment à tes oreilles, Annie ?

— Très bien ! répondit-elle en souriant.

Et elle leva sa tasse de thé pour trinquer avec nous deux.

— Tu vois, déclarai-je, hilare, quand Jake contourna la table pour venir me serrer dans ses bras. Je t'avais dit que tous ces magazines me serviraient à quelque chose !

Comme il était du genre à battre le fer pendant qu'il était chaud, Jake se saisit à pleines mains de ces deux idées et, entre lui et moi, nous avions enclenché le processus dès la fin de la semaine. La cidrerie était bel et bien en route, mais, pour commencer, à un niveau très amateur. Jake avait réparé tout un tas de bricoles, notamment un vieux broyeur de végétaux, en prévision de la récolte, et envisageait de préparer plusieurs cuvées pour les amis et les fermiers du coin afin de s'assurer que l'idée méritait d'être suivie avant que nous n'investissions trop d'argent dans la production.

À ma grande joie, l'élevage de cochons devint en revanche notre objectif principal pour sécuriser l'avenir de la ferme. Jake et moi ne perdîmes pas de temps et organisâmes une visite chez l'un des fermiers présentés dans mon magazine préféré. La ferme était située dans le Suffolk et, même si elle ne se trouvait pas très loin, nous décidâmes de partir de bonne heure, histoire de profiter de la journée et de l'un des rares moments que nous passions loin de la ferme.

— Tu es sûre que les poules sont dans l'enclos ? me demanda Annie pour ce qui me sembla être la centième fois. J'ai entendu ce fieffé renard, la nuit dernière, et je n'aimerais vraiment pas perdre une autre de nos filles.

— Ou de nos garçons, intervint Jake. Je suis certain que l'un de ces poussins est un futur coq.

— Bon, peu importe, le rabroua Annie. Le renard ne fera pas le difficile quand il viendra et je ne veux plus perdre le moindre d'entre eux.

— Ne t'inquiète pas, Annie, la rassurai-je. J'ai vérifié le portillon moi-même et, si tu veux, j'irai revérifier encore une fois, avant notre départ. Je les ai tous confinés dans l'enclos aujourd'hui et aucun renard ne pourra les y atteindre, peu importe son niveau de ruse !

— Merci, ma chérie. Tu es vraiment une perle.

Je jetai un œil au portillon, comme promis, et Jake chargea la camionnette.

— J'aimerais bien qu'elle ne se fasse pas autant de souci, marmonna-t-il en glissant notre pique-nique parmi les couvertures à l'arrière. Parfois, je me dis que notre présence ne l'aide pas à se sentir plus en sécurité, ni ne lui procure le moindre réconfort. Je sais qu'on ne peut pas remonter dans le temps, mais j'aurais bien aimé qu'en vivant avec elle, on l'empêche d'une manière ou d'une autre de percevoir les avancées de l'âge. Je veux qu'elle continue à se sentir en sécurité ici, peu importe son âge.

— C'est le cas, répliquai-je en grimpant à côté de lui. J'en suis sûre, mais je pense qu'elle s'est habituée à ce qu'au moins l'un d'entre nous se trouve à ses côtés désormais. J'irais même jusqu'à dire qu'elle n'a plus l'habitude de se retrouver seule et, par-dessus le marché, tu sais qu'elle se tracasse énormément pour les filles, qu'elle les adore, surtout cette bonne vieille Patricia. Elles sont comme ses enfants, Jake. C'est naturel qu'elle s'inquiète si elle entend un renard. Rien que la semaine dernière, j'en ai vu un de mes propres yeux, avec trois petits, en train de gambader à l'autre bout de l'enclos de Pip. Ils sont d'une effronterie ! Beaux, je l'admets, mais culottés.

— Sans doute, concéda Jake en se retournant pour jeter un coup d'œil vers la maison. Tu penses qu'elle va s'en sortir, toute seule, toute la journée ?

— Bien sûr, m'esclaffai-je. Voilà que tu te fais du souci ! C'est juste qu'elle vieillit, Jake. Elle n'a aucun problème physique, déclarai-je avant de le voir froncer les sourcils et d'ajouter : Tu veux que j'envoie un texto à Harriet quand j'aurai du réseau, pour lui demander de passer un peu plus tard, afin qu'on n'ait pas à s'inquiéter et à rentrer à toute allure ? Annie ne t'en sera pas reconnaissante, mais est-ce que ça t'enlèverait une épine du pied ?

— Oui, admit-il avec un sourire. Tu sais, Annie a raison en ce qui te concerne, ajouta-t-il en tournant la clé dans le contact.

— Comment ça ?

Je déplaçai mon téléphone à travers l'habitacle, dans l'espoir infructueux de dégoter ne serait-ce qu'une barre de réseau.

— Tu es une perle.

Chapitre 29

Parmi les noms susceptibles d'être donnés à une entreprise, Jake et moi trouvâmes que « Cochons chic » devait être le pire que l'on puisse imaginer. Cependant, l'accueil chaleureux qui nous y fut réservé et son installation fabuleuse s'avérèrent inégalés. Nichée tout près des douces sinuosités de la frontière du Suffolk, la ferme Palmer était très éloignée de la Ferme aux Alouettes, mais la terre et les vergers avaient une surface approchante et je pouvais sans mal imaginer reproduire ce qui avait été créé ici à l'endroit que je considérais désormais comme chez moi.

— Alors, qu'est-ce que vous en pensez ? demanda Billy, robuste fermier du Suffolk aux mains aussi grandes que des jambons.

Il s'appuyait sur le portillon de bois qu'il venait de refermer et balayait du regard le monde idyllique qu'il avait créé pour ses aimables cochons de race Oxford Sandy and Black.

— J'adore, déclara Jake qui examinait aussi l'endroit. Je crois vraiment qu'on pourrait faire fonctionner ce système chez nous. Tu ne penses pas, Amber ?

— Tout à fait, approuvai-je, me délectant de penser à la ferme comme à un « chez-nous ». Je ne vois pas pourquoi nous ne pourrions pas sécuriser les deux prés vides de façon à ce que les cochons sevrés puissent s'y prélasser pendant le printemps et l'été, puis qu'ils aillent nettoyer le verger pendant l'automne avant de partir pour l'abattoir. Ils pourraient même vagabonder dans le petit bois tout au bout, à condition bien sûr qu'ils ne causent pas trop de dégâts.

— Il faudrait installer deux abris dans le champ, pour qu'ils puissent y passer la nuit, ajouta Jake, le regard perdu dans le lointain. Et à eux la liberté d'aller se remplir la panse de pommes.

— Il ne faudrait quand même pas qu'ils les mangent toutes, lui rappelai-je avec un petit coup de coude. Tu veux fabriquer du cidre, je te rappelle.

— Oh ! j'aime bien cette idée, gloussa Billy. Il se pourrait fort que je vous rende sous peu une visite à tous les deux.

— Vous seriez le bienvenu, répliqua Jake avec un sourire. J'apprécierais tous les conseils ou idées que vous pourriez avoir.

— Servez-moi un verre de cidre, mon gars, accompagné d'un petit dîner, et je ne demanderai pas mieux.

Après avoir encore une fois observé les facéties ultra-rapides de la dernière portée qui filait entre les troncs et les pattes patientes des truies, Jake et moi prîmes congé, rangeâmes le paquet de saucisses dodues que Sally, la femme de Billy, avait tenu à nous offrir, afin que nous les goûtions, et nous nous mîmes en quête d'un emplacement pour déguster notre pique-nique.

— Alors, qu'est-ce que tu penses de tout ça ? demanda Jake pendant que nous roulions. Tu crois vraiment qu'on pourrait faire fonctionner le projet ?

— C'est une évidence, répondis-je. On n'a pas besoin d'un système de reproduction, comme Billy, cela dit. On va faire simple. On achète des porcelets au printemps, on les engraisse pendant l'été, qu'ils soient prêts pour l'abattoir à l'automne, et on laisse la terre se reposer pendant l'hiver, avant que la portée suivante n'arrive. On a plus qu'assez de place pour effectuer une rotation chaque année. C'est parfait !

Jake éclata de rire et me prit la main.

— Ce n'est pas tout à fait la même chose que de réserver des billets pour un match de polo ou la finale de Wimbledon, hein ?

— Pas tout à fait, en effet, m'esclaffai-je avec lui. Mais je ne reviendrais pas à ma vie d'avant pour un empire. Cela étant…

— Cela étant quoi ?

— Eh bien, nous ne devrions pas trop nous emballer pour l'instant.

— Pourquoi ?

— À cause du mariage de Jess et Henry. À mon avis, Jessica ne serait pas ravie-ravie d'avoir des abris pour cochons en arrière-plan de ses photos !

— Bon sang ! s'esclaffa Jake, qui visualisait sans doute l'expression révoltée de notre amie. Tu imagines la scène ?

— Malheureusement, oui, gloussai-je.

— Ne t'inquiète pas, répliqua-t-il. Je vois le conseiller bancaire avec Annie demain. On aura au moins quelques idées bien précises à lui communiquer et, pendant les semaines précédant le mariage, on pourra s'approvisionner et se préparer pour accueillir nos premiers gorets au printemps prochain.

Nous trouvâmes un emplacement, et Jake se gara au bord de la rivière qui grouillait de petits bateaux de plaisance, tout à leur navigation lente et régulière à travers les méandres des Broads.

— L'idée me semble excellente, déclarai-je en tendant la main vers mon sac pour envoyer un texto à Harriet. Et si tout se passe selon nos prévisions, j'ai un petit quelque chose d'autre en réserve pour nous occuper, enfin, à supposer que tu puisses me donner un coup de main.

— Eh bien, il va falloir voir, me taquina Jake. Est-ce que cette entreprise en particulier est susceptible de remplir les coffres de la ferme ?

— Oui.

— Est-ce qu'elle implique que tu quittes la ferme et aille travailler ailleurs ?

— Non, gloussai-je.

— D'accord, fit Jake en frottant une barbe imaginaire avec l'air de celui qui réfléchit intensément. Est-ce qu'Annie va approuver ce que tu as caché dans ta manche ?

Il s'approcha un peu et entreprit de caresser l'intérieur de mon poignet dans l'espoir d'entrevoir le contenu de la manche susmentionnée pour y dégoter un indice de ce que je suggérais.

— J'espère, répondis-je, en m'efforçant de repousser sa caresse. Même si je dois te prévenir qu'on aura peut-être besoin d'emprunter avant d'avoir un vrai retour sur investissement.

— D'accord, admit-il en s'approchant encore pour semer de doux petits baisers papillons dans mon cou. C'est un processus normal en affaires, il me semble. Je verrai si la banque est prête à patienter encore un peu avec nous. Bon, alors, tu m'exposes ton idée ?

— Non, répliquai-je tout en cherchant à le repousser. Et si tu n'arrêtes pas, on va devoir aller trouver un autre endroit pour déjeuner.

— Pourquoi ? fit-il d'une voix rêveuse, non sans continuer d'embraser ma peau en s'acheminant vers mon décolleté.

— Parce qu'une femme est en train de promener son chien par ici, murmurai-je. Et qu'elle commence à avoir l'air sérieusement choquée !

Sans un mot, Jake s'écarta, sauta de l'habitacle et récupéra le panier à pique-nique ainsi qu'une couverture sur la banquette arrière.

— Bon après-midi. Belle journée pour un pique-nique, vous ne trouvez pas ? lança-t-il à la femme qui rebroussa chemin sur une mimique réprobatrice.

Je ressassai mon plan pendant que nous regagnions lentement la maison, sous le soleil de cette fin d'après-midi.

Oui, j'avais eu une idée qui, je le sentais, collait davantage à mes compétences que de seconder Jake dans l'élevage des cochons, même si cela ne signifiait pas que je ne veuille pas m'impliquer. J'étais très impatiente de parcourir les vergers avec un seau de noix de terre, semant un sillon, tel le joueur de flûte de Hamelin, pour que les porcelets me suivent où je voudrais bien les conduire. Enfin, ça, c'était la théorie.

Non, cette nouvelle idée était un peu différente que celle, plus salissante, que j'avais suggérée à Jake, mais je savais aussi qu'elle ne serait sans doute pas facile à faire démarrer. Pour commencer, j'avais besoin de la bénédiction d'Annie, et vu l'agressivité de sa réaction initiale à toute idée de diversification de la ferme, je me montrais prudente pour décider de la meilleure manière d'aborder le sujet. Je me promis de l'interroger dans la soirée. Elle allait être fascinée par tout ce que nous avions appris auprès de M. Palmer, et il serait bien plus facile de la convaincre si elle était soutenue par la perspective du projet Porcelets de la Ferme aux Alouettes.

Nous nous garâmes devant la ferme, juste à côté de la camionnette professionnelle de Harriet. Je fus surprise de découvrir que la voiture de Jessica se trouvait aussi dans la cour, mais ce fut seulement en entendant la sirène d'une ambulance à l'approche que nous comprîmes que quelque chose clochait. Jake s'arracha de son siège et se rua vers la maison pour ne s'arrêter que devant la porte. Il se tourna en entendant des voix provenir de la direction opposée. Comme passée en pilotage automatique, je détachai ma ceinture et lui emboîtai le pas.

Affalée contre la porte du poulailler, Annie était environnée de sang et de ce qui ressemblait à une touffe de plumes de poule.

— C'est le renard, lâcha-t-elle, haletante, quand nous parvînmes jusqu'à elle, Jake et moi. Il est revenu.

— Arrête de parler, lui ordonna Jessica, qui appuyait ce qui ressemblait à une serviette rouge contre l'arrière du crâne de la vieille femme. Ne recommence pas à t'énerver.

Harriet paraissait au bord de la nausée.

— Harriet, l'interpella Jessica d'un ton ferme et autoritaire. Retourne voir à la maison si tu peux trouver d'autres serviettes, s'il te plaît.

— Je l'accompagne, annonçai-je, soulagée de constater que les premiers secours étaient administrés par les mains compétentes de Jessica.

— Elle s'est cogné la tête ? demandai-je à Harriet, dès que nous fûmes hors de portée d'oreilles.

— « Scalpée » serait un terme plus exact, répliqua-t-elle en frissonnant. Quand je suis arrivée au poulailler, elle gisait au sol. Je te jure, Amber, j'ai cru qu'elle était morte.

— Qu'est-ce qui s'est passé ?

— Va savoir, répondit-elle en empilant entre mes mains toutes les serviettes qu'elle avait trouvées dans le buffet. À mon avis, elle a entendu le renard dans la cour, elle s'est élancée à sa poursuite et elle est tombée.

— Mais j'avais verrouillé le portillon, objectai-je. (Un frisson glacé me parcourut à la pensée que je puisse être responsable de ce qui venait de se produire.) J'avais également verrouillé le poulailler. Elle n'avait absolument pas besoin d'aller là-bas. J'ai même vérifié une deuxième fois, avant qu'on ne s'en aille, parce qu'elle s'inquiétait.

— Eh bien, il a dû trouver le moyen d'entrer quand même, répliqua Harriet en haussant les épaules. Viens. Jess va avoir besoin de ces serviettes.

L'ambulance était arrivée et nous regagnâmes le poulailler au pas de course. Après avoir expliqué ce qui s'était produit, Jessica confia Annie aux urgentistes. Je remarquai que ses mains tremblaient lorsqu'elle recula, couverte de sang.

— Viens dans la maison, lui suggéra Harriet. On va te laver les mains. Ces gars-là savent ce qu'ils font.

Quelques minutes plus tard, les urgentistes avaient évalué la situation, appliqué une pommade sur la blessure, installé une Annie au visage cendreux dans un fauteuil et l'avaient emmenée dans l'ambulance.

— Je vous suis, déclara Jake, qui regagna la camionnette.

— Je t'accompagne, renchéris-je en ouvrant la portière du côté passager.

— Non, répliqua-t-il en démarrant. Reste ici et remets de l'ordre. Il faut que tu jettes un œil sur les autres animaux. Et trouve par où ce satané renard est entré. Je suis sûr qu'Annie se sentira mieux si elle sait que tu t'occupes de la ferme. Tu t'en sens capable ?

— Bien sûr, croassai-je, les yeux pleins de larmes. J'avais verrouillé le portillon, Jake, sanglotai-je, horrifiée à la pensée qu'il puisse me rendre responsable de ce qui s'était passé. J'en suis sûre.

— Je sais, me rassura-t-il, gentiment. Je t'appelle dans un moment. Jessica et Harriet vont rester avec toi. Je te téléphone dès que je peux.

Toutes les trois, nous cherchâmes et cherchâmes encore, nous fîmes plusieurs fois le tour du poulailler en quête de signes d'effraction, mais nous revînmes bredouilles. Plus le temps passait, plus j'avais l'impression qu'il n'existait qu'une seule manière d'entrer et de sortir du poulailler : en franchissant le portillon. Par conséquent, c'était moi qui étais à blâmer. Pourtant, je savais aussi, sans l'ombre d'un doute, que j'avais verrouillé cette foutue porte.

— Au moins, il n'en a eu qu'une, constata Harriet en me frottant le bras pour me réconforter.

— Mais pourquoi il a fallu que ça tombe sur Patricia ? sanglotai-je, avant de me moucher bruyamment dans le morceau d'essuie-tout que Jessica me tendit. Pourquoi elle parmi toutes les poules ? Vous savez que c'était la préférée d'Annie.

— J'imagine qu'elle essayait de défendre les poussins, expliqua Jessica, ce qui ne m'aida guère.

Je tirai sur le loquet du portillon.

— Je ne comprends toujours pas comment ça a pu se produire, repris-je en secouant la tête. Ça ne tient pas debout.

Chapitre 30

Même si je savais que je n'avais rien fait de mal, j'étais toujours accablée par la culpabilité et bourrelée de remords déplacés, si bien que je redoutais le retour de Jake, ce soir-là, surtout s'il ramenait Annie avec lui. Comment pourrais-je l'affronter en sachant que, quand bien même elle n'en dirait rien, elle devait me blâmer pour ce qui était arrivé ? Il n'y avait pas d'explication logique à l'enchaînement improbable des événements, si ce n'était que je n'avais pas verrouillé correctement le poulailler.

Je saluai Jessica et Harriet en leur promettant de les tenir au courant dès que je recevrais des nouvelles, puis j'attrapai les clés de la maison et appelai les chiennes pour qu'elles m'accompagnent dans une promenade. J'avais besoin de faire quelque chose, car rester assise à la table de la cuisine en attendant que le téléphone sonne n'allait pas m'aider à recouvrer ma sérénité.

C'était une soirée d'été parfaite. Une douce brise soulevait les fines branches des saules sur la rive et de petits lapereaux gambadaient librement en bordure des champs vides. Je me mis en route vers les confins de la ferme, avec l'intention de me rendre compte de la façon dont nous pourrions relier la terre aux vergers, quand les cochons seraient là, mais mes yeux étaient sans cesse attirés par les lapins en goguette. Pas étonnant que le renard soit revenu attaquer les poules. Elles devaient être bien plus faciles à attraper que les petits fous que je voyais dévaler les pentes environnantes.

Ayant rappelé les chiennes, je me dirigeai vers les vergers, passant devant Pip et Flamme qui étaient à l'autre bout de leur enclos, puis regagnai la cour, sans me sentir plus calme pour autant.

— Allez, viens, proposai-je à Lily, qui était restée à mes côtés. On va voir si Jake nous a laissé un message, d'accord ?

Je regardai autour de moi… Pas de Bella en vue.

— Bella ! criai-je brusquement.

Les battements de mon cœur s'accélérèrent. J'avais déjà causé la perte de la précieuse poule d'Annie. Si quelque chose arrivait à Bella, je pouvais faire mes bagages et filer à la gare de Peterborough *illico*, parce que je ne supporterais pas l'idée de la décevoir une nouvelle fois.

— Bella ! hurlai-je encore plus fort.

Un aboiement lointain parvint à mes oreilles aux aguets et, Lily sur mes talons, je m'en allai voir ce que fabriquait cette imbécile de chienne. Bella avait depuis peu développé une fascination pour les hérissons. Elle montait la garde devant eux, aboyant furieusement et sautillant sur ses quatre pattes comme un agneau, mais je ne pensais pas qu'il s'agisse de cet irritant scénario, en l'occurrence, parce qu'elle était trop silencieuse et, quand je l'aperçus enfin, trop calme.

Plantée là, avec la queue qui se balançait d'un côté à l'autre, les oreilles pointées vers l'avant, elle fixait obstinément du regard un point sous la haie, dans le but évident de m'obliger à m'y intéresser. J'espérais qu'il ne s'agissait pas d'un renard. Campagnarde de fraîche date, je n'avais aucune idée de la manière dont ces animaux réagissaient quand ils étaient acculés et aucune envie d'en faire concrètement l'expérience.

— Qu'est-ce que tu as trouvé ? lançai-je, en me penchant avec précaution à côté de Bella, dont la queue battait de plus en plus énergiquement parce que je manifestais de l'intérêt pour son butin.

Avec quelques pas supplémentaires, je découvris ce qui l'excitait à ce point : Patricia. La belle chienne, l'intelligente chienne d'Annie avait retrouvé sa précieuse poule chérie.

Patricia me dévisagea et je dévisageai Patricia. Son regard perçant, toujours soupçonneux, me rappela nos anciennes batailles et ce fut une main hésitante que je faufilai sous la haie afin de l'en tirer doucement. Je retins mon souffle, anticipant un inévitable coup de bec, mais il ne vint pas. Aussi précautionneusement que je le pus, je réussis à la tirer de sa cachette pour l'approcher de moi, en m'efforçant de ne pas regarder les plumes trempées de sang dans son dos ou de ne pas penser à la possibilité de la perdre, maintenant que, grâce à Bella, elle avait été retrouvée plus ou moins en un morceau. Mon cœur débordait de soulagement et j'aurais facilement pu me laisser tomber moi-même au pied de la haie pour sangloter si je n'avais mis de côté mes émotions pour gérer la situation que j'avais assez littéralement en main.

Lily se précipita en tête de cortège, ouvrant la voie vers la maison, tandis que Bella trottinait à mes côtés, désireuse de revendiquer les honneurs du trésor qu'elle avait retrouvé. Je récupérai sous le porche le carton vide que nous conservions pour les livraisons de colis et, après l'avoir rapidement garni avec l'une des serviettes dénichées un peu plus tôt par Harriet, j'y déposai doucement Patricia avant de la transporter dans la maison.

— Kate ! hurlai-je dans le combiné, avant de me rappeler l'état précaire de Patricia et de baisser la voix. C'est Amber, de la Ferme aux Alouettes. Oh ! Dieu merci, vous avez décroché !

— Que se passe-t-il ? s'enquit Kate, inquiète. Ce n'est pas Pip ? Ou Flamme ?

— Non, répondis-je d'une voix tremblante. C'est Patricia, la poule favorite d'Annie.

Je lui expliquai qu'un renard avait failli en faire son dîner et lui décrivis la blessure qu'elle avait sur le dos.

— Bien, soupira Kate. Je ne suis pas très optimiste à son sujet. C'est le choc qui risque de lui être fatal, plus que la blessure, d'après ce que tu me décris. Tu as bien fait de l'isoler et de la mettre dans ce carton. Garde-la dans un endroit chaud et silencieux pour l'instant, comme le cellier, et essaie de ne pas la déranger si c'est possible.

— D'accord, dis-je en prenant une profonde inspiration. Mais je ne peux vraiment rien faire de plus ?

— J'ai bien peur que non, répondit Kate. Mais c'est un vieil oiseau robuste. Elle peut s'en sortir. Cela étant, je ne voudrais pas te donner trop d'espoir. Passe-moi un coup de fil demain si elle est encore en vie, et je viendrai jeter un œil sur elle.

Elle raccrocha avant que je n'aie la possibilité de la remercier, mais je lui étais reconnaissante d'avoir proposé de passer. Kate, qui pouvait se montrer brusque, était une professionnelle expérimentée. En tant que telle, elle pensait sans doute que nous faisions beaucoup de ramdam pour une vieille poule réchappée d'une batterie. Toutefois, elle avait également bon cœur et savait ce que Patricia signifiait pour Annie. Avec mille précautions et aussi doucement que possible, je soulevai la boîte où Patricia reposait, calme et endormie, pour l'installer dans le cellier dont je refermai silencieusement la porte.

Annie était un vieil oiseau robuste, elle aussi, et j'étais certaine qu'elle allait s'en tirer, cependant je n'avais aucune intention de lui annoncer que sa poule avait été retrouvée jusqu'à ce que je sois absolument sûre que son amie à plumes allait survivre. D'après mon expérience, un faux espoir était aussi utile qu'une absence d'espoir.

Jake rentra seul, ce soir-là. Il était presque 20 heures quand je l'entendis se garer dans la cour. Je retirai son dîner du tiroir chauffant, supposant qu'il aurait assez d'appétit pour le manger. Je savais en revanche que ce n'était pas mon cas. J'alternais entre inquiétude pour Annie à l'hôpital et pour Patricia, tétanisée dans le cellier. Je n'arrivais même pas à ravaler la boule qui s'était formée dans ma gorge, alors manger du hachis Parmentier…

— Alors ? demandai-je en me précipitant à sa rencontre, à l'instant où il ouvrit la porte de derrière. Est-ce qu'elle va s'en sortir ?

— Elle va bien, répondit-il en me serrant fort dans ses bras pour déposer un baiser sur le sommet de mon crâne. Du moins elle ira bien, si elle arrête de geindre et laisse l'interne et les infirmières faire leur travail.

— Elle est aussi pénible que ça ?

— Ce n'est rien de le dire, soupira-t-il.

Ivre de soulagement, j'enfouis ma tête contre son torse et me cramponnai à son étreinte pleine de chaleur, pendant que je libérais mes larmes.

— J'avais bien verrouillé le portillon, finis-je par lâcher, entre deux reniflements inélégants.

— Je sais, répliqua-t-il. Et je sais que tu as vérifié une deuxième fois, pendant que je chargeais la camionnette. Je t'ai vue le faire et je l'ai dit à Annie.

— Et elle t'a cru ?

— Bien sûr.

Bon, c'était déjà quelque chose, mais n'empêche que l'incident était bel et bien survenu.

— Comment le renard a-t-il pu entrer, alors ? demandai-je en levant les yeux vers lui. Ça n'a aucun sens. Avec Jessica et Harriet, on a examiné chaque centimètre carré de ce poulailler et on n'a rien trouvé. Pas même une entaille dans la clôture.

— Et le portillon était toujours verrouillé ?

— Oui.

Avec la panique ambiante, je n'avais pas vraiment pris ce fait-là en compte.

— Tu sais quoi ? reprit Jake, qui m'observa en secouant la tête. Si je ne connaissais pas très bien cet endroit, je dirais que quelqu'un a délibérément laissé sortir Patricia.

Décontenancée, je m'extirpai de son étreinte.

— C'est absurde, m'insurgeai-je. Il n'y a personne ici et puis pourquoi quelqu'un ferait une chose pareille ?

Jake haussa les épaules et s'en fut se laver les mains à l'évier avant de s'asseoir pour manger.

— Peu importe, repris-je. En parlant de cette poule, tu ne devineras jamais qui Bella a trouvé.

Chapitre 31

En dépit de mes pires cauchemars et, croyez-moi, j'en fis plusieurs cette nuit-là, Patricia était toujours avec nous le lendemain matin et me parut plutôt plus vive. Elle prit même quelques becquetées dans la poignée de maïs que je lui présentai, sans que je parvienne à déterminer si elle était avide de nourriture ou de mes doigts. L'un dans l'autre, cette apparente amélioration me réconforta.

— Si ça ne te dérange pas, dis-je à Jake en refermant doucement la porte du cellier avant d'aller me laver les mains, je ne vais pas t'accompagner à l'hôpital aujourd'hui, mais j'ai préparé quelques affaires pour que tu les y apportes.

— Annie s'attend à te voir, protesta Jake en fronçant les sourcils. (Visiblement déconcerté, il se resservit en toasts.) Elle ne te fait aucun reproche, Amber. Tu le sais, non ? ajouta-t-il en me jetant un regard perçant.

— Oui, répondis-je, sans être pleinement convaincue pour autant. Mais il y a énormément de choses à faire ici et rappelle-toi que tu dois aller à la banque ensuite, donc impossible de prévoir combien de temps tu seras absent. Je n'aimerais pas m'éloigner trop longtemps de Patricia, surtout maintenant qu'on commence à entrevoir une lueur d'espoir la concernant.

— C'est un très bon argument, concéda Jake en jetant un coup d'œil à sa montre. D'accord, tu t'occupes de la ferme et je rends visite à Annie avant de filer à la banque. Mais, Amber, ajouta-t-il, sévère, il va bien falloir que tu l'affrontes, à un moment ou à un autre. Les infirmières n'endureront pas ses caprices pendant très longtemps.

— Je sais, admis-je. Et j'ai envie de la voir. Je me dis juste qu'il est plus important que je me consacre au rétablissement de Patricia en prévision du retour d'Annie.

Jake n'était pas parti depuis quelques minutes que le téléphone sonna.

— Alors, demanda Jessica, comment va la malade ? Il y a des nouvelles ?

— Pas depuis hier soir, répondis-je avec un soupir. J'en déduis donc qu'elle doit bien se conduire.

Jessica éclata de rire.

— C'est le jour où Annie commencera à bien se conduire qu'il faudra s'inquiéter.

Il y eut un silence d'une seconde au bout du fil, et je m'armai de courage pour lui parler comme j'aurais dû le faire la veille.

— Jess, commençai-je, je n'ai pas pu te dire ce que j'avais sur le cœur, hier, à cause de l'ambulance et de tout le reste.

— Et de quoi s'agissait-il ?

— Déjà, merci, pour commencer, répondis-je. Merci de tout ce que tu as fait pour Annie. Je frémis rien que de penser à ce qui se serait passé si tu n'avais pas été là.

Je me remémorai son calme, le jour où nous nous étions rencontrées, quand je m'étais brûlé la main à la poignée de la bouilloire, mais le scalp d'Annie, c'était un incident autrement plus grave. Je n'étais pas certaine de ma réaction si, en regagnant la ferme, je l'avais découverte affalée dans la cour.

— Ce n'était rien, protesta Jessica. Tu aurais fait exactement la même chose si tu étais arrivée avant moi.

Son apparente désinvolture ne m'empêchait pas de comprendre qu'elle souriait. N'empêche, je n'étais pas certaine de partager son optimisme.

— Eh bien, merci quand même, répétai-je. Ça m'a fait plaisir de te croiser, même dans des circonstances aussi horribles. On ne s'est pas beaucoup vues, ces derniers temps, ajoutai-je. Tu me manques.

— Vraiment ? dit-elle, visiblement surprise. Je croyais que Harriet et toi aviez une nouvelle meilleure amie avec qui vous amuser, maintenant.

— Si tu veux parler de Holly, répliquai-je, je ne l'ai pas vue depuis des lustres. Bien entendu, je ne peux rien garantir concernant Harriet mais, moi, je n'ai pas eu de ses nouvelles.

Je ne pouvais m'empêcher de considérer comme un immense soulagement le silence qui régnait sur le front Holly. Je n'étais pas certaine que j'aurais été en mesure de gérer ma paranoïa liée à son retour à Wynbridge en plus de tout ce qui s'était produit par ailleurs. Je me rendis soudain compte que le cadeau des deux bacs à lessive ainsi que son affirmation catégorique comme quoi elle n'avait plus de vues sur Jake n'auraient pas pu tomber plus à pic.

— Même si la situation peut changer dans quelques jours, ajoutai-je en me disant qu'il valait mieux être complètement franche avec Jessica. Si Annie approuve mon nouveau projet.

— Oh ! glapit-elle, sans prêter attention au fait que mon aveu impliquait de nouvelles passes d'armes avec Holly. Quel est ce nouveau projet ? Tu m'intrigues, là. D'abord la foire de mai et maintenant, ça ! Allez, crache le morceau !

J'aurais voulu m'arracher la langue pour avoir ainsi baissé ma garde. Jake aussi bien qu'Annie avaient plus qu'insisté : ils tenaient à ce que les revers de fortune que connaissait actuellement la ferme demeurent strictement privés, or, pour regagner les bonnes grâces de Jess et lui dire la vérité, je m'étais laissé emporter. Et j'avais bien choisi mon interlocutrice ! Quand il s'agissait de dénicher des secrets, Jess avait le flair affûté d'un springer anglais dans un aéroport.

— Jess, bredouillai-je pour m'excuser, je suis désolée, mais je ne peux pas vraiment t'en dire plus. En revanche, ajoutai-je, dans l'espoir que ce lot de consolation la détournerait temporairement de sa piste, je te promets que tu seras la première au courant, dès que je serai en mesure d'en parler.

— Bon, d'accord, consentit-elle, boudeuse. Tu promets ?

— Je te le jure.

— Cela étant, fais attention, reprit-elle, un peu radoucie. Si ce projet a quelque chose à voir avec Holly, tu ferais mieux de surveiller tes arrières, tes avants et tout ce qu'il y a au milieu, parce que je me méfie d'elle comme de la peste.

— D'accord, promis-je. Je me tiendrai sur mes gardes, si ce que je projette nous amène à collaborer au bout du compte.

Et je savais pertinemment que ce serait le cas. Je voulus ajouter que, si Jake et Harriet étaient passés à autre chose, si je pouvais tolérer la présence de Holly dans les parages, bacs ou pas bacs, il était peut-être temps que Jessica aille de l'avant, elle aussi, mais je tins ma langue. J'étais si soulagée d'avoir enfin retrouvé mon amie que je ne voulais pas de nouveau tout flanquer par terre.

— Bon, préférai-je éluder, ça avance, cette préparation du mariage ?

Quand nous eûmes fini de discuter des mérites respectifs des roses et des lis, ainsi que des suggestions douteuses de Henry en matière d'animation musicale, la moitié de la matinée s'était écoulée, et j'étais sérieusement en retard sur mes tâches.

Je venais juste de terminer une vérification obsessionnelle du poulailler et je me dirigeais vers l'écurie quand Holly en personne se gara dans la cour, aussi élégante que le 4×4 qu'elle conduisait. Je remerciai ma bonne étoile de ce qu'elle ait débarqué après ma conversation avec Jessica.

— Bonjour, Holly, lançai-je poliment, ignorant mon envie de consulter ma montre. Tu viens admirer tes bacs ?

— Mes quoi ? demanda-t-elle, sourcils froncés.

— Tes bacs, répétai-je en désignant le porche. Tu ne trouves pas qu'ils sont magnifiques ?

— Si, si, répondit-elle après leur avoir accordé un bref regard. Si, super.

Elle avait à peine remarqué ma belle composition florale et, en l'examinant plus attentivement, je me rendis compte que ses mains tremblaient légèrement et qu'elle avait les traits pâles et tirés, sans plus rien de la mine décontractée et calme qu'elle affichait d'ordinaire.

— Ça va ? demandai-je, redoutant de la voir défaillir, car, à la différence de Jessica, je n'avais pas les compétences en matière de premiers secours qui l'aideraient à se remettre sur pied. Holly ?

— Oui, fit-elle. Oui ?

— Je t'ai demandé si tu te sentais bien. Tu m'as l'air un peu patraque. (Elle hocha distraitement la tête et j'insistai pour qu'elle en vienne au fait.) Qu'est-ce que je peux faire pour toi, dans ce cas ?

— Je me demandais juste comment allait Annie, répondit-elle.

Il y avait un tremblement nettement perceptible dans sa voix.

— Oh ! bon sang, marmonnai-je. Les nouvelles vont vraiment vite, par ici ! Tu en as entendu parler au pub ?

J'espérai que les habitants de Wynbridge ne rendaient pas tous la « novice » que j'étais responsable de ce qui s'était produit.

— On peut dire ça comme ça, s'agaça-t-elle. Alors, comment va-t-elle ?

J'avais vraiment du mal à comprendre l'inquiétude de Holly. D'après ce qu'on m'avait dit, Annie et elle avaient le plus grand mal à se supporter. Cependant, je lui appris tout ce que je savais, et elle me parut plus ou moins rassurée.

— Je me faisais du souci, déclara-t-elle en guise d'explication, quand elle se rendit compte que sa question me rendait perplexe. Je ne m'entends peut-être pas très bien avec elle, mais j'ai quand même vécu ici, au bout du compte, et je ne voudrais pas apprendre qu'elle a été sévèrement ou même simplement blessée.

C'était plutôt sensé, me dis-je, et je décidai de mettre sa préoccupation apparemment sincère sur le compte de son récent changement de personnalité. Secrètement, je croisais les doigts pour que, désormais pourvue de toutes les informations, elle se rende en ville et prenne ma défense, au moins auprès des habitués de La Sirène.

— Écoute, Holly, repris-je, voyant qu'elle n'ouvrait plus la bouche mais ne regrimpait pas pour autant dans son véhicule – au contraire, elle restait plantée là, le regard absent. Ne le prends pas comme une marque d'impolitesse, mais il faut vraiment que j'y aille. Tu es la bienvenue si tu souhaites m'accompagner, ajoutai-je, afin qu'elle ne pense pas que je cherchais à me débarrasser d'elle, mais je dois m'occuper de Pip et nourrir les oies.

J'avais évoqué cette dernière tâche avec désinvolture, cependant Holly ne tressaillit même pas à la mention des oies. Puis je me rappelai que Jake m'avait parlé du peu de cas qu'elle faisait du fonctionnement quotidien de la Ferme aux Alouettes et je compris qu'elle ne devait même pas se douter de la dangerosité des bestioles.

— Non, c'est bon, lâcha-t-elle, avant de regagner enfin la sécurité de son luxueux intérieur cuir. Je ne voulais pas te retarder. Je tenais simplement à m'assurer que tout allait bien. Au revoir.

Et, dans un nuage de poussière, elle rebroussa chemin vers le portail, me laissant plus perplexe que jamais quand elle disparut enfin.

— Alors, demandai-je quand Jake revint, un peu plus tard ce jour-là, comment va Annie ? Quand est-ce que l'hôpital la laisse rentrer à la ferme et qu'est-ce que la banque a dit ?

— Qu'est-ce qui est arrivé à ta main ? répliqua Jake, sourcils froncés, sans répondre à mon avalanche de questions.

Il s'approcha de mes doigts enveloppés d'un épais pansement.

— Rien, répondis-je, penaude. C'est la faute des oies.

— Elles t'ont mordue quand tu les as nourries ?

— Non.

Et je fourrai la main dans la poche de mon pantalon, afin de détourner son attention.

— Que s'est-il passé, dans ce cas ? insista-t-il en se mordillant la lèvre.

Je constatai avec agacement qu'un léger amusement éclairait son regard. Aussi me sentis-je plus déterminée que jamais à ne pas lui dire ce qui s'était passé. Pourquoi devrais-je être celle qui lui fournissait sa tranche quotidienne de rigolade ? Toutefois, si je voulais connaître les réponses à mes questions – ce qui était bel et bien le cas –, je n'avais pas beaucoup le choix. Je commençai par lui faire savoir que j'avais suivi ses instructions.

— J'ai d'abord rempli la mangeoire. Exactement comme tu m'as dit de faire, ajoutai-je, pour faire bonne mesure. Puis, après avoir bien examiné le portillon, je les ai laissées sortir.

— Continue, m'encouragea Jake avec un sourire.

— D'accord, répliquai-je sèchement. Pour abréger une histoire aussi longue qu'hilarante, si j'ose dire, elles m'ont fait reculer vers le portillon et je me suis écorché la main sur un morceau de fil de fer barbelé, quand j'ai essayé de sauter par-dessus sans l'ouvrir.

— Aïe, fit Jake en essayant de faire disparaître son sourire derrière une mimique compatissante.

— Oui. « Aïe » est une manière d'exprimer mon vécu.

Et j'assortis cette déclaration à un air menaçant.

Je ne précisai pas qu'en retombant de l'autre côté du portillon, je m'étais pris les pieds (exceptionnellement non chaussés de leurs bottes) dans le seau d'eau froide que j'avais rempli pour Pip, ce qui m'avait valu de glisser et d'avoir les pieds comme les jambes complètement trempés.

— Tu as bien désinfecté la coupure ? demanda Jake, apparemment redevenu sérieux.

— Bien sûr, répondis-je en croisant les doigts de ma main valide.

J'espérais que mon nettoyage sommaire à l'aide d'un morceau d'essuie-tout avait suffi à éliminer toute infection potentielle.

— Dans ce cas, viens, déclara-t-il, on se sert un petit verre et je te raconte tout.

Son voyage à Wynbridge avait permis à Jake d'apprendre qu'Annie rentrerait à la ferme le lendemain, munie d'instructions strictes : elle devrait se reposer et se ménager. La banque trouvait l'idée des cochons excellente et, en théorie, avait même accepté d'attendre avant que nous ne remboursions une partie de notre découvert et même de nous accorder un petit prêt afin de nous aider à affronter les coûts liés au démarrage.

Je vidai mon verre de sirop de fleurs de sureau, soulagée de sentir que la vie à la ferme reprenait son cours. Ces deux jours avaient été à la fois traumatisants et tumultueux, ces vingt-quatre heures en fait, et, même si ça n'avait pas duré aussi longtemps que j'en avais eu l'impression, j'étais contente que tout se soit aussi bien terminé.

Patricia aussi semblait se remettre. La blessure dans son dos, après un lavage et un examen attentif, tenait davantage de l'égratignure que d'une entaille béante, et j'étais heureuse à la perspective de la rendre à Annie presque comme neuve.

— Et ton idée, alors, c'est quoi ? tenta de me faire avouer Jake. Tu ne m'as toujours pas révélé ton projet.

— Chaque chose en son temps, répliquai-je en remplissant de nouveau nos verres. J'en parlerai à Annie dès qu'elle aura repris ses marques, et on partira de là.

— Tu es une sacrée cachottière, marmonna Jake, qui glissa de sa chaise et se dirigea à genoux vers moi.

Je me tortillai sur mon siège avant même qu'il ne m'ait atteint.

— Pas du tout, répliquai-je en gloussant. Je ne veux tout simplement pas te donner de faux espoirs au cas où Annie y soit totalement opposée.

— Tu penses que ce pourrait être le cas ?

— Je ne sais pas, admis-je. Et toi, arrête d'aller à la pêche aux infos, parce que je ne te dirai rien du tout.

— Vraiment ? insista-t-il en posant doucement les mains sur mes genoux.

— Vraiment ! m'esclaffai-je entre deux tentatives pour le repousser.

Il me tira de ma chaise afin de me prendre dans ses bras.

— C'est de bonne guerre, concéda-t-il, beau joueur. Dans ce cas, voyons donc si tu auras plus envie de parler de ce que tu veux faire ce soir.

— Ce soir ?

— Eh bien, réfléchis, reprit-il en resserrant son étreinte. Annie est saine et sauve à l'hôpital, et nous avons la maison pour nous tout seuls.

— Tu aurais pu dire la même chose hier soir, objectai-je.

— Certes, mais j'étais inquiet.

Il inclina la tête pour m'embrasser dans le cou et les oreilles.

— À propos d'Annie, tu veux dire ? demandai-je, en fermant les yeux pour savourer chaque sensation éveillée par ses caresses.

— Oui, confirma-t-il, avant de préciser, avec un sourire espiègle : Mais ce soir je me sens délicieusement serein.

Chapitre 32

La vieille camionnette n'était pas conçue pour le confort du passager, il était hors de question que nous nous serrions à trois dans sa cabine. Aussi, de bonne heure le lendemain matin, Jake se mit-il en route tout seul, cette fois avec la promesse de revenir en compagnie d'Annie. Même si j'étais nerveuse à l'idée de la revoir, j'étais ravie qu'elle rentre si tôt. La ferme paraissait bancale sans elle. La vieille femme me manquait et, même si une partie de moi se sentait affreusement coupable de ne pas lui avoir rendu visite, je pensais tout bêtement que je n'aurais pas pu supporter de la voir sur un lit d'hôpital où on lui disait quoi faire (indépendamment du fait qu'elle choisisse de s'y plier ou non).

Je passai l'essentiel de la matinée à voleter dans la maison et le petit jardin d'Annie, à vérifier que tout était bien en ordre pour son retour. Les chambres avaient du linge propre et des vases garnis de fleurs fraîches, le réfrigérateur et le garde-manger étaient remplis d'assez de nourriture pour nous permettre d'affronter une apocalypse de zombies. À mesure que le temps passait, même les chiennes parurent prendre conscience de l'ambiance, et il devint extrêmement difficile de garder Patricia confinée dans le cellier.

— Il n'y en a plus pour longtemps, lui dis-je pour la réconforter. Je te le promets.

Elle me scruta de ses yeux perçants, et je jurai l'avoir entendue souffler.

Finalement, au moment où la pendule de la cuisine sonnait 11 heures, j'entendis la camionnette se garer près du porche.

— Tu peux venir me donner un coup de main ? m'appela Jake par la porte ouverte.

Comme il m'avait paru perdu et impatient, je rassemblai mon courage pour ce qui allait suivre.

— Je peux me débrouiller toute seule ! s'emporta Annie en réponse. (Je trouvai à sa voix des intonations aiguës et nasillardes.) Reste où tu es, Amber.

Je sautillai d'un pied sur l'autre, incapable de décider quoi faire. Je ne voulais pas laisser Jake batailler seul, mais je ne voulais pas non plus contrarier Annie. Pour elle, me semblait-il, il n'y avait rien de pire en ce bas monde que d'être redevable ou dépendant de quelqu'un.

Après ce qui me parut durer des heures plutôt que deux minutes, j'entendis claquer les portières de la camionnette et un pas traînant sous le porche.

— Ça y est, espèce de vieille entêtée, marmonna Jake sur un ton plus doux qu'aurait pu le suggérer la teneur de sa réplique. Te voilà de retour chez toi.

Je me précipitai pour avoir mon premier aperçu de la femme qui avait changé ma vie en l'espace de deux mois seulement… et dus me retenir pour ne pas crier sous le choc. La dernière fois que je l'avais vue, quand on l'avait transférée à l'arrière de l'ambulance, elle avait le teint terreux, mais à présent, bien que ses manières soient les mêmes, elle ne ressemblait absolument pas à ce qu'elle avait été. Je fus consternée de la découvrir frêle, fragile et très peu sûre sur ses jambes. Son visage était livide, presque cireux, ses yeux ternes et la peau sur ses mains, que je pris dans les miennes, avait la consistance sèche du papier.

— Bienvenue à la maison, croassai-je. Tu nous as vraiment manqué.

Ma voix, qui avait toutes les peines du monde à sortir de ma gorge, trahissait mes vains efforts pour donner l'impression que rien n'avait changé quand chaque nouveau regard à Annie me confrontait à l'ampleur de la transformation.

La vieille femme hocha la tête, mais ne répliqua rien et je sentis une vague de chaleur déferler sur mon corps pour se concentrer sur mon visage et empourprer mon cou et mes joues jusqu'à ce qu'ils flamboient. Jake, Jessica et même Harriet s'étaient mis en quatre pour m'assurer qu'Annie ne me rendait pas responsable de ce qui s'était passé, toutefois son silence semblait suggérer le contraire.

Lentement et précautionneusement, je lui fis traverser la cuisine vers son fauteuil favori, à côté de la cuisinière, afin de l'y faire asseoir tout aussi lentement. Je reculai alors d'un pas et me rendis compte de la raison de son mutisme. Devant les grosses larmes qui roulaient sur ses joues, je me précipitai avec mon mouchoir, afin de juguler le flot.

— Merci, ma chérie, balbutia-t-elle gentiment. Je ne devrais pas pleurer. Ça me donne des élancements dans la tête, mais c'est un tel soulagement d'être rentrée.

Elle avait pris ma main pour s'y agripper cette fois avec le peu de forces qui lui restait. Jake, qui laissa tomber sur la table les quelques affaires qu'elle rapportait de l'hôpital.

— Comment va ta tête ? demanda-t-il. À part les élancements, je veux dire. L'interne a dit que tu serais peut-être un peu incommodée après le trajet de retour.

— Ça va, répondit Annie. Pas vraiment pire qu'avant. Tu sais qu'ils recollent les bords ensemble ? ajouta-t-elle en ramenant ses yeux sur moi. (Mon estomac, sensible, se tordit à cette idée.) Qui l'eût cru ? Qui aurait cru que je finirais comme ce vieil Humpty Dumpty[1] ?

Une étincelle de son ancienne espièglerie allumait ses yeux pervenche.

— Pas tout à fait, s'esclaffa Jake. Si tu te rappelles, ni les chevaux ni les hommes du roi n'ont réussi à en rassembler

1. Personnage ovoïde d'une vieille chansonnette anglaise qui, assis sur un mur, se brise en tombant par terre et dont ni les chevaux ni les hommes du roi ne parviennent à rassembler tous les morceaux. (NdT)

les morceaux, alors que toi, tu es presque comme neuve, conclut-il en lui embrassant la main. Et en parlant d'œuf, tu n'as pas quelque chose pour Annie, Amber ?

— Bien sûr ! m'exclamai-je en recouvrant la mémoire. Ferme les yeux et tends les mains.

— J'espère qu'il s'agit d'une tasse de thé, répliqua-t-elle. Je suis absolument desséchée.

Jake me jeta un regard, à l'évidence soucieux.

— Tu as pris une tasse de thé juste avant qu'on ne quitte l'hôpital, objecta-t-il. Non que je veuille t'empêcher d'en boire une autre, naturellement, s'empressa-t-il d'ajouter.

— Oh ! mais je n'ai pas bu leur truc, protesta Annie. Je n'ai pas avalé la moindre tasse de thé depuis que je suis partie d'ici.

— Quoi ? s'étonna Jake. Pourquoi donc ?

— Pour deux raisons, répondit-elle d'une voix chantante. *Primo*, elles ont un goût de gadoue et *secundo*, d'après l'homme qui occupait le lit voisin du mien, ils y mettent des drogues.

— Des drogues ?

— Oui, confirma-t-elle sur un ton de conspiratrice. Pour faire tenir tout le monde tranquille.

Renonçant à argumenter, Jake se contenta de me regarder en levant les yeux au ciel et tendit la main vers la théière.

— Ça explique beaucoup de choses, me glissa-t-il à voix basse.

— Qu'est-ce que tu veux dire ? chuchotai-je à mon tour.

— L'état de sa peau et ses larmes.

Je secouai la tête, faute de mieux comprendre.

— Elle est déshydratée. Patiente un peu : demain à la même heure, avec son poids en thé en train de clapoter dans son organisme, elle sera de nouveau elle-même.

— Eh bien, je l'espère, murmurai-je en jetant un bref regard à la vieille femme. Ce serait chouette de retrouver l'ancienne Annie.

— Qu'est-ce que vous avez à échanger des messes basses, tous les deux ?

Cette intervention aussi soudaine que vigoureuse nous fit sursauter à l'unisson.

— Regarde-moi ça, fit Jake en souriant, comme s'il s'agissait d'une preuve. Il lui suffit de penser à une tasse de thé et la voilà de retour parmi nous ! Tu vas nous révéler où tu as planqué toutes les tasses que tu n'as pas bues ?

— Ce ne sont pas tes affaires, répliqua Annie d'un air mystérieux.

— Tu as toujours les yeux fermés ? demandai-je.

Je me sentais déjà bien mieux que dix minutes plus tôt.

— Oui, rétorqua-t-elle. Et à ce rythme, je vais m'endormir.

Jake déplia une vieille serviette sur les genoux d'Annie, et j'allai récupérer Patricia dans le cellier, à qui je chuchotai des douceurs dans le creux de ce que je supposais être ses oreilles, pour la supplier de demeurer silencieuse. Apparemment consciente de l'importance de l'événement, elle joua admirablement son rôle et se laissa transporter avec un minimum de tracas depuis son carton jusqu'au giron de sa maîtresse.

— Voilà, lâchai-je avec un soupir de soulagement quand les mains d'Annie se refermèrent autour du vieil oiseau.

Patricia s'installa aussitôt, toute contente, sur la serviette, prête pour le tapage et l'attention qui allaient s'ensuivre.

Annie ouvrit lentement les yeux tandis que Patricia fermait les siens, l'une et l'autre se délectant de la joie de leurs retrouvailles. Une boule de la taille d'une balle de golf s'était logée dans ma gorge.

— Elle se trouvait sous la haie. C'est Bella qui l'a retrouvée, expliquai-je avec un geste du menton en direction de la chienne qui, inhabituellement silencieuse, s'était installée aux pieds d'Annie pour attendre de se voir gratifier d'un peu d'attention. Je n'ai pas laissé le portillon ouvert, ajoutai-je avant d'avoir pu m'en empêcher. Quand nous sommes partis d'ici, Jake et moi, il était verrouillé. Je le sais.

Pendant toute la matinée, je m'étais répété que je n'y ferais pas allusion, que ça n'avait pas d'importance, parce que Jake m'avait affirmé qu'Annie en était déjà persuadée, mais la voir si frêle et si fragile à cause de ce qui s'était passé avait envoyé balader ma résolution et j'étais incapable de ne pas évoquer la question.

— Je sais, répliqua-t-elle en me regardant droit dans les yeux. Je sais que ce n'était pas toi et je ne veux surtout pas que tu me penses d'un autre avis, parce que ce n'est pas le cas. Mais je vais vous dire quelque chose à tous les deux, ajouta-t-elle d'un air sévère, alors que son regard passait de moi à Jake. Je suis persuadée que quelqu'un a ouvert le portillon. On a laissé sortir mes filles et on a refermé. Quand je me souviendrai de qui il s'agit, ça va barder.

— Que veux-tu dire ? m'écriai-je. Tu sous-entends que quelqu'un est venu ici ?

— J'en suis quasi certaine, répondit-elle en secouant doucement la tête. Même si pour l'instant c'est encore la pagaille là-dedans, ça va finir par me revenir. Retenez bien mes paroles.

J'étais terrifiée par ce qu'elles impliquaient, mais ma certitude que le portillon était bien verrouillé quand Jake et moi étions partis signifiait que son idée pouvait fort bien s'avérer la seule explication logique à ce qui s'était produit.

Chapitre 33

L'intuition de Jake concernant la déshydratation d'Annie se révéla juste et, comme prévu, il ne fallut pas longtemps pour qu'elle redevienne elle-même d'esprit, à défaut de l'être totalement de corps. Nous y allions pas à pas, trop lentement s'il fallait en croire Annie, mais sa tête guérissait à merveille, donc cela valait la peine de supporter son impatience et ses pleurnicheries. Le simple fait de monter et descendre l'escalier, d'aller et de revenir du jardin l'épuisait physiquement, en revanche sa perspicacité et sa vivacité d'esprit étaient aussi aiguisées que jamais. Par conséquent, même si j'étais désolée qu'elle ne puisse toujours pas se déplacer aussi vite et avec autant d'autonomie qu'elle l'aurait aimé, j'étais reconnaissante de ce que son état nous offre autant d'occasions de nous asseoir pour causer.

— Tu sais, me confia-t-elle un soir où je l'aidais à entrer dans la baignoire, je pourrais m'habituer à me faire bichonner comme ça.

J'arrangeai le coussin de bain pour qu'elle puisse y appuyer la tête.

— Oui, confirmai-je, j'ai remarqué que tu commençais à apprécier.

Nous échangeâmes un regard avant de sourire.

— Tu es une perle, déclara-t-elle. Je ne sais pas ce que j'aurais fait sans toi, ces derniers jours.

— Et sans Jake, ajoutai-je, parce que je ne tenais pas à tirer toute la couverture à moi.

— Bien sûr, admit-elle, mais je n'arrive pas à l'imaginer aussi enclin à me laver le dos. Non, je suis sincère, Amber : si tu n'avais pas été aussi désireuse d'aider, j'aurais été reléguée dans une maison de retraite quelconque, à l'heure qu'il est. (Elle frissonna à cette pensée.) Et une fois qu'on t'a collée dans un endroit de ce genre, il n'y a qu'une seule manière d'en sortir.

— Le hic, c'est qu'on a besoin de toi ici, en fait, répliquai-je, afin de passer à un sujet de conversation plus gai. Il y a tellement de choses à faire avec le projet Porcelets à mettre en place et le mariage de Jess et Henry à préparer qu'il nous faut toute l'équipe de la Ferme aux Alouettes en pleine forme. Chacun doit faire sa part, conclus-je en souriant, car je répétais ainsi la propre devise d'Annie.

— Quel toupet ! s'esclaffa-t-elle. Tu es bien en train de faire chauffer ma serviette ?

— Oui, bien sûr. Est-ce qu'il m'est déjà arrivé d'oublier ?

— Non, confirma Annie, redevenue sérieuse. Bien que tu sois toujours occupée, tu n'oublies jamais rien, alors que je dois lutter pour mémoriser des tas de choses, maintenant.

— Sois patiente avec toi-même, la réconfortai-je. L'interne a dit que ça reviendrait, mais que t'obliger à te rappeler ne servirait en fait à rien.

— En tout cas, il y a une chose que je n'ai pas oubliée.

— Ah bon ? répliquai-je, en me demandant si le potentiel visiteur mystère était sur le point d'être démasqué. Qu'est-ce que c'est ?

— Pendant qu'il m'expliquait les avancées du projet Porcelets, Jake a lâché que tu avais une idée. À l'en croire, tu lui aurais parlé d'un autre moyen que tu envisageais pour rentabiliser la ferme, mais je n'ai pas entendu un mot là-dessus, depuis. Je ne me trompe pas ?

Quoiqu'un peu déçue, je me demandai si le moment n'était pas en effet venu d'aborder le sujet.

— Non, confirmai-je. J'ai en effet pensé à quelque chose mais, avec tout ce qui s'est passé ici, disons que j'ai relégué cette idée au second plan.

— Eh bien, vas-y, raconte, s'impatienta Annie. Seulement, commence d'abord par refaire couler un peu d'eau, s'il te plaît. Le bain refroidit.

Une fois l'eau du bain revenue à une température plus agréable, Annie fixa sur moi un regard qui, je m'en rendis compte, n'était pas très différent de celui qu'affectionnait sa poule tant aimée. Ayant décrété qu'elle régnait sur la cuisine, les chiennes et, si elle pouvait agir en toute impunité, sur Jake et moi, Patricia avait vite été ramenée auprès des poussins, de Mabel et de Martha dans le poulailler. Bien que boudant toujours à cause de cette rétrogradation en matière de logement, elle revenait lentement à sa routine d'ancienne poule de batterie plutôt que de pseudo-humaine.

— Bon alors, insista Annie. À quoi avais-tu pensé ?

Je pris une profonde inspiration et m'armai de courage, en prévision d'un éventuel refus.

— Je pensais au Cottage des Prés.

— Bah, souffla Annie.

— Et je me disais que c'était du gâchis qu'il reste là, fermé, à attendre, inhabité et laissé à l'abandon.

— Tu n'es pas la seule, lâcha-t-elle amèrement.

Mince, ce n'était pas la réponse à laquelle je m'attendais, pourtant je n'avais pas encore exposé la partie principale de mon projet.

— J'ai dit à Jake, il y a des mois, qu'il fallait ranger cet endroit, ronchonna Annie. Ce n'est pas une bonne chose qu'il reste là, comme une espèce de capsule temporelle macabre. Il plane au-dessus de nous, on dirait un sanctuaire dédié à une époque qui devrait être oubliée. Je ne supporte pas de m'en approcher.

Je n'y avais pas songé de cette manière. Je n'avais pas supposé que Jake puisse en fait vouloir garder les lieux en l'état. Il me vint soudain à l'esprit que le cottage pouvait être pour lui un rappel précieux de sa relation avec Holly, avant que la situation ne tourne au vinaigre. J'étais toujours partie du principe que la bâtisse était demeurée telle quelle parce qu'il en avait jeté les clés dans la rivière et qu'il était parti à Londres, mais cette nouvelle hypothèse était-elle la véritable raison derrière ses réticences à s'occuper du cottage ? C'était une vraie folie de sa part d'avoir entamé une relation avec moi et de m'avoir proposé de venir m'installer ici sans avoir vidé la maisonnette au préalable. Et quelle sorte d'idiote j'étais de m'être contentée d'accepter la situation sans exiger qu'il règle le problème ?

— Donc tu veux toi aussi qu'il vide le cottage ? reprit Annie. Ça ne m'étonne pas. Ça ne doit pas être agréable d'avoir sous les yeux, non loin d'ici, la vie qu'il a menée avec une autre.

— En effet, confirmai-je d'une voix chevrotante. Maintenant que tu le dis, ce n'est pas agréable.

— Ton idée, ce n'était pas de déménager toi-même là-bas, avec Jake ? Cela étant, je ne vois pas comment cette solution ferait rentrer le moindre argent dans nos caisses. L'entretien de deux maisons aurait plutôt tendance à nous faire dépenser plus, mais je comprends que tu veuilles jouir d'une certaine intimité, ajouta-t-elle avec un soupir. Ça ne doit pas être facile de se retrouver coincée ici avec moi.

— Non, me hâtai-je de protester, en m'efforçant de chasser toute image de la vie de Jake et Holly au cottage. Non, ce n'était pas du tout ce que j'avais en tête.

Impossible d'envisager d'y vivre en sachant que l'endroit était déjà truffé de souvenirs d'une autre relation, quand bien même elle s'était mal terminée.

— De quoi s'agit-il alors ?

— Je pensais le redécorer. En cas de besoin, d'y entreprendre quelques travaux de rénovation et d'en faire une location de vacances. (Annie ouvrit la bouche pour répliquer, mais je continuai, en faisant mine de n'avoir rien remarqué.) Je sais que tu n'aimes pas l'idée de voir les gens considérer la campagne comme un terrain de jeux géant, mais le cottage et son cadre sont si jolis qu'à mon avis, tu pourrais facilement gagner plus d'argent en le louant que si tu y installais un métayer. Et puis, les touristes commencent juste à comprendre tout ce que les Fenlands ont à offrir, donc, selon moi, le moment est parfait. C'est injuste pour les beaux paysages de la région de demeurer secrets et de ne pas répandre la joie. On pourrait au moins essayer pendant un an et voir ce que cette activité rapporte.

J'attrapai la serviette d'Annie. L'eau devait avoir de nouveau refroidi et je ne voulais pas qu'elle attrape un rhume par-dessus le marché. Elle me laissa l'aider à sortir du bain et s'assit sur les toilettes pendant que je lui séchais les pieds et les jambes. Nous achevâmes tout le processus sans échanger un mot et je souris en mon for intérieur, heureuse de constater que nous nous en sortions à merveille. Nous aurions tout aussi bien pu faire cela depuis des années, plutôt que quelques jours.

— Je pense que c'est une très bonne idée, lâcha-t-elle au moment où je lui enfilais précautionneusement sa chemise de nuit par la tête.

— Vraiment ? m'exclamai-je en lui passant les bras dans ses manches. Vraiment-vraiment ? Je pensais que tu détesterais l'idée.

Elle se libéra de mes mains empressées.

— D'un certain côté, c'est le cas, admit-elle. Mais je sais qu'il est temps que les choses changent, et le cottage est assez éloigné pour ne pas gêner la ferme. Il me semble que j'en suis arrivée au point où je ferais n'importe quoi pour sauver cet endroit et vous le transmettre, à Jake et à toi. Mais je veux que ce soit toi qui t'occupes de la mise en œuvre de cette idée, Amber. C'est la tienne et tu es plus que capable de la faire fonctionner. Laisse les cochons à Jake et occupe-toi de ramener le Cottage des Prés à la vie.

Annie avait-elle vraiment dit qu'elle voulait me transmettre la Ferme aux Alouettes, à moi tout autant qu'à Jake ? Je rougis à la pensée de passer ici le restant de mes jours en tant que partenaire de Jake, sur le plan intime comme sur le plan professionnel, plutôt que dans le rôle que je jouais à l'heure actuelle – celui d'une personne qui cherchait seulement à voir si elle réussirait à s'adapter. Personnellement, je savais déjà ce qu'il en était de mon adaptation : celle d'un gant taillé sur mesure, que la perspective de porter toujours me ravissait profondément

— Je suppose que tu vas devoir te la coltiner pour débarrasser le cottage, vu tout ce qui lui appartient là-dedans, marmonna Annie avec un reniflement de dégoût. Mais vu que vous êtes copines, maintenant, ça ne sera sans doute pas trop pénible.

Je lui nouai son peignoir puis suspendis la serviette sur le radiateur.

— Je n'irais pas jusque-là, répliquai-je, mais oui, Holly m'aidera à vider la maisonnette. Elle s'est même déjà proposée, en fait.

Je ne pouvais pas m'empêcher de penser à Jake et à ses réticences à s'occuper de la bâtisse alors que Holly avait déjà offert de s'acquitter de sa part du travail. Mais bon, puisque Annie m'avait intronisée chef du projet Transformation du cottage, il allait devoir s'en accommoder, que cette idée lui plaise ou non.

Chapitre 34

Quand nous nous attelâmes finalement à la tâche, Jake ne parut pas du tout irrité par l'idée de vider le Cottage des Prés. En fait, je fus soulagée de voir qu'il y semblait plutôt favorable. Je m'admonestai fermement en le regardant passer les contacts de son téléphone en revue pour y trouver celui de Holly et tentai de ne pas analyser pourquoi il pouvait l'avoir.

— Le voilà, lâcha-t-il enfin. Et au cas où tu te poserais la question, c'est un nouveau numéro qu'elle a demandé à Harriet de me transmettre afin que je puisse la contacter quand on en viendrait à vider le cottage.

Je sentis mon visage s'empourprer, gênée que mon raisonnement soupçonneux ait été aussi transparent.

— Je n'arrive toujours pas à croire qu'Annie ait donné son accord pour cette idée de location de vacances, reprit-il en secouant la tête avant de m'attirer entre ses bras. Tu mènes tout le monde par le bout du nez, finalement.

— Je ne dirais pas cela, répliquai-je. Mais tu as maintenant une sacrée concurrence.

Ce faisant, je le soulageai de son téléphone pour transférer le numéro de Holly sur le mien.

— Que veux-tu dire ? demanda-t-il en fronçant les sourcils.

— Cochons ou mini-séjours à la ferme, répondis-je avec un sourire. À ton avis, lequel aura généré le plus de bénéfices à la fin de l'année prochaine ?

— Le résultat dépendra sans doute de l'argent que tu auras dépensé pour remettre cet endroit en état, s'esclaffa-t-il avec un geste en direction des piles de magazines que j'avais étalés sur la table.

Je m'abstins de lui répliquer que ces magazines étaient uniquement destinés à me donner de l'inspiration et que je projetais de tirer pleinement parti des ventes aux enchères de Wynbridge et de différents sites marchands en ligne, quand le moment viendrait de meubler le cottage et de lui donner l'allure de l'emploi. S'il s'imaginait remporter la compétition financière avant même qu'elle n'ait commencé, ça ne me dérangeait pas. J'étais déjà impatiente de lui présenter mes bons résultats dans quelques mois.

— Bien, déclarai-je sur un rapide baiser, avant de m'extirper de son étreinte. Allons mettre ce projet en route, d'accord ? Je suggère un voyage jusqu'à La Sirène pour voir Holly et ensuite on pourrait aller trouver Harriet, Jess et Henry. Qu'est-ce que tu en dis ?

— On a vraiment besoin de la voir ? grogna-t-il, avec une voix qui évoquait plus un gamin sur le point de piquer une colère qu'un homme adulte.

— Oui, décrétai-je en agitant la main devant son visage. Ce n'est pas parce que tu as son numéro qu'on va réussir à lui envoyer un message. Tu sais que le réseau est très mauvais par ici.

— Dans ce cas, utilise le fixe.

— Écoute, répliquai-je avec la sensation croissante d'être la mère du gamin susmentionné plutôt que la compagne de Jake. On va aller au pub, elle sera là, on fixera une date, point à la ligne.

— Et Annie ?

— Annie ira très bien, répondit l'intéressée en effectuant le lent trajet qui séparait le porche de son fauteuil. Cela fait une semaine que je serine Amber pour que vous passiez une soirée dehors, rien que tous les deux. Vous n'avez pas quitté la ferme depuis que je suis rentrée de l'hôpital, et il est temps que vous le fassiez.

— Qu'est-ce que tu en penses ? insistai-je en papillonnant des cils à l'intention de Jake. Voilà des lustres qu'on n'a vu personne.

— Bon, d'accord, capitula-t-il. Mais seulement si tu promets de bien te conduire, Annie.

— Tu peux toujours courir, mon chéri, s'esclaffa-t-elle, malicieuse. Tu peux toujours courir !

J'étais impatiente de revoir tout le monde et de prendre des nouvelles. J'avais même hâte de croiser Holly, ce qui décontenançait Jake. Je lui confiai mon impatience, alors que nous nous mettions en route.

— Tu dois être cinglée, répliqua-t-il sur un éclat de rire. Tu es non seulement la petite amie la plus compréhensive du monde, mais également la plus folle !

Si je pouvais apprécier d'être la plus folle, je ne savais trop quoi penser de mon côté compréhensif.

— Que veux-tu dire ? l'interrogeai-je.

— Eh bien, toute cette histoire avec Holly, répondit-il, les yeux de nouveau fixés sur la route mouillée. C'est uniquement quand on a parlé de tes projets pour le cottage, Annie et moi, que j'ai vraiment compris comment la situation devait t'apparaître, le fait que j'aie tout laissé exactement en l'état, je veux dire. (Je haussai les épaules sans ouvrir pour autant la bouche.) Annie prétend que j'ai de la chance que tu aies supporté ça pendant tout ce temps, mais, pour être honnête, je n'avais même jamais vu les choses sous cet angle. Je suis désolé si ce *statu quo* t'a gênée, Amber. Si toutes ces affaires sont encore en place, c'est uniquement que j'ai été trop paresseux pour entrer par effraction et faire le tri. Ce n'est pas comme si je m'éclipsais pour aller m'asseoir au milieu de ces vestiges et pleurer sur le passé.

Je savais que c'était idiot, mais je fus soulagée d'entendre cette mise au point. Maintenant que je connaissais la vérité, j'allais pouvoir considérer la situation avec légèreté.

— Donc, répliquai-je avec un soupir théâtral, tu n'espères pas secrètement te remettre en couple avec Holly et reprendre les choses là où vous les avez laissées ? Tu n'as pas dans l'idée de me renvoyer vivre à Londres ?

— Non ! Bon sang, non ! s'écria Jake, qui fit faire une légère embardée à la voiture quand il se tourna pour me regarder. Nom d'un chien, Amber ! C'était ce que tu redoutais ?

— Non, répondis-je, égayée par sa réaction. Bien sûr que non, mais cela valait la peine de le dire rien que pour voir ton visage. Maintenant, tu veux bien garder les yeux sur la route ?

— Espèce d'andouille ! s'exclama-t-il, haletant. Dis-moi plutôt pourquoi tu es si impatiente de voir Holly.

Une main cramponnée à sa poitrine, il gonfla les joues et expira jusqu'à ce que son visage reprenne son teint normal.

— Eh bien, il y a deux raisons, me semble-t-il. Primo, comme je te l'ai déjà expliqué, pour qu'on puisse fixer une date à laquelle on videra le cottage. J'espère qu'il sera débarrassé, décoré et meublé au moment où les pommes seront prêtes à être ramassées.

— Je suis sûr que ce sera le cas, approuva Jake. Je sais à quelle vitesse un projet avance, du moment où tu t'y mets à fond. En octobre, on fêtera ton succès avec un pichet de cidre des Alouettes !

— Oui ! m'exclamai-je, toute joyeuse. J'aime bien l'idée !

— Et quelle est l'autre raison ?

— Je veux m'assurer qu'elle va bien, répondis-je. Elle est venue, le lendemain de l'accident d'Annie, et elle avait l'air vraiment patraque. Un peu bizarre, en fait.

— Tu ne me l'avais pas dit. Qu'est-ce que tu entends par « bizarre » ?

— Je ne sais pas, éludai-je. Elle n'était pas aussi maîtresse d'elle-même que d'habitude.

J'avais repensé plusieurs fois à l'apparition de Holly, ce matin-là, mais je n'en avais parlé ni à Jake ni à Annie.

À mes yeux, il y avait quelque chose qui clochait dans cette visite, sans que je puisse mettre le doigt sur quoi exactement.

— Et puis, ajoutai-je en m'emparant de mon téléphone pour parcourir l'album de photos, je veux lui montrer comme ses bacs sont beaux. Je suppose que c'est la manière que j'ai trouvée pour lui dire que je ne lui gardais pas rancune et que j'avais dépassé le fiasco de la foire de mai. Si je ne lui ai pas envoyé toutes ces belles pensées par téléphone, c'est parce que, jusqu'à il y a une minute, je ne savais pas que nous avions son numéro et, de toute façon, ce fichu réseau est trop faible. Tu sais quoi ? Je songe sérieusement à m'inscrire à l'un de ces groupes d'action militant pour « Internet en zone rurale » !

Comme il pleuvait à verse, Jake me déposa à la porte de La Sirène et s'en fut se garer sur la place du marché. Pour une fois, le pub était relativement calme et j'avisai, droit devant moi, Holly, assise très droite sur un tabouret de bar. Elle agita la main dès qu'elle m'aperçut et je la rejoignis en songeant qu'elle avait effectivement l'air bien plus sereine que la dernière fois que je l'avais vue.

— Quelle soirée ! m'esclaffai-je en m'adressant aussi bien à elle qu'à Jim.

Je retirai mon manteau et les éclaboussai tous les deux de gouttelettes glaciales.

— Pardon, marmonnai-je. Je n'ai passé que quelques secondes sous ce déluge et regardez dans quel état je suis. Le pauvre Jake est allé chercher une place où se garer. Il sera trempé jusqu'à la moelle, le temps d'arriver ici.

— Dans ce cas, pourquoi on ne prendrait pas nos verres pour aller réserver le canapé près du feu ? proposa Holly. J'ai trouvé ridicule que tu l'allumes en plein mois de juin, Jim, mais maintenant, ajouta-t-elle avec un léger frémissement, je te suis plutôt reconnaissante de cette initiative.

Nous passâmes commande de nos boissons, et je la suivis jusqu'au canapé, ce qui me permit d'observer sa silhouette maigrichonne de derrière. Si elle prenait quelques kilos, elle ne sentirait sans doute plus autant le froid… Ce fut la première pensée qui me vint à l'esprit, mais, désireuse de faire preuve de bonne volonté et pour mettre notre relation sur de bons rails, je la laissai s'éloigner sans l'énoncer à haute voix. Puis je me laissai tomber avec plaisir sur le canapé, dans le recoin le plus douillet que le pub avait à offrir.

Nous venions juste de finir d'admirer les photos des bacs quand Jake fit irruption. Il avait les cheveux plaqués sur le crâne et la chemise collée à son torse, aux endroits idoines. Je ne pus retenir le petit soupir qui s'échappa de mes lèvres. Il était tellement sexy ainsi que je n'avais pas très envie qu'il vienne se chauffer auprès du feu, mais après un bref coup d'œil à Holly qui, à en juger par son œil mélancolique, pensait exactement la même chose, je changeai rapidement d'avis. Remisant mon téléphone dans ma poche, je m'enjoignis à ne pas baisser ma garde trop vite.

— Tiens, mon gars, lui cria Evelyn de derrière le bar, et elle lui lança une serviette. Sèche-toi avec ça. On ne voudrait pas que toutes nos clientes aient un coup de chaud.

— Merci, Evelyn.

Avec un sourire penaud, il se passa la main dans les cheveux, si bien qu'ils ne tardèrent pas à pointer dans toutes les directions.

— Jake, appela Holly en agitant une main magnifiquement manucurée. Par ici !

Il se dirigea vers nous, l'air gêné, en écartant sa chemise de son torse à la musculature affriolante.

— Assieds-toi là, précisa-t-elle en tapotant le siège à côté d'elle. Sèche-toi près du feu.

— Décale-toi, m'intima-t-il en attirant mon attention d'un petit coup de serviette. Je veux me réchauffer.

Je ne savais pas trop s'il n'avait pas entendu Holly ou s'il avait choisi de l'ignorer mais, dans un cas comme dans l'autre, elle parut s'assombrir. Cherchait-elle vraiment à le reconquérir, comme Jessica l'avait supposé à plusieurs reprises ? Je commençai à me le demander. En tout cas, requinquée en moins d'une seconde, elle poussa la pinte de Jake vers lui.

— Alors, reprit-elle, que puis-je pour vous, mes chers amis ?

Pendant la conversation, je me secouai et repoussai dans un coin de mon esprit les soupçons de Jessica. Holly m'accordait autant d'attention qu'à Jake, voire davantage en fait, si je prenais en compte nos contacts visuels, et je n'arrivais pas à me l'imaginer assez éhontée pour tenter de flirter avec lui en ma présence. En ce qui concernait cette situation, j'avais besoin de prendre un peu de recul. Mon esprit revint aux bacs à lessive et aux excuses poignantes qu'elle avait présentées à chacun au pub, avant cet épisode.

— On voudrait te demander une faveur, expliqua Jake. Amber a monté un projet incroyable, mais on a besoin de ton aide pour le faire démarrer.

Je réfléchis aussitôt à ce qui venait d'être dit. Au sens strict, nous n'avions pas vraiment besoin de son aide. Si nous avions voulu, nous aurions pu nous contenter de jeter ses affaires dans le jardin du cottage et la laisser se débrouiller avec, mais ce n'était pas notre genre de procéder ainsi, me rappelai-je, en espérant que Jake n'allait pas dévoiler d'autres détails de ce que je comptais faire de cet endroit.

— Tu te rappelles, poursuivit-il, après une longue gorgée de sa pinte, quand nous en avions discuté, tu avais dit que tu serais partante pour m'aider à débarrasser le cottage ?

— Oui, convint Holly. Naturellement.

Je ne pouvais en être sûre, parce que je ne la connaissais pas assez bien, mais ce souvenir parut la démoraliser un peu.

— Bref, continua Jake qui ne se rendait compte de rien, si tu es toujours d'accord, nous voudrions nous en occuper ces jours-ci. N'est-ce pas, Amber ?

— Oui, confirmai-je. Et le plus tôt sera le mieux, si ça ne te dérange pas.

— Pas du tout, répondit Holly avec un sourire. (La déception ou tout autre sentiment négatif avait disparu.) Dites-moi juste quel jour et je viendrai. Pour être honnête, j'espérais que vous me posiez cette question au plus vite. J'emménage dans un appartement en ville et quelques affaires supplémentaires ne seraient pas de trop pour lui donner un aspect douillet. Je ne voulais pas acheter quoi que ce soit avant d'avoir vérifié ce qui me restait dans ce « cottage oublié par le temps ».

Jake ne réagit pas et je me sentis mal à l'aise de l'entendre parler de ce qu'elle possédait encore à la Ferme aux Alouettes, surtout maintenant que cet endroit était mon territoire.

— Tu t'installes définitivement à Wynbridge alors ? demandai-je après une gorgée de vin. J'avais l'impression que tu n'aimais pas trop la vie dans la région. Je te voyais plutôt comme une citadine.

— Tu sais ce qu'on dit, répliqua Holly en haussant les épaules. Le changement a les mêmes vertus que le repos. Et pour tout te dire, mon revirement, c'est principalement à toi que je le dois, Amber.

— Vraiment ?

— Oui, s'esclaffa-t-elle. Ta venue ici et l'affection dont tu t'es prise pour ce qui nous entoure m'ont en quelque sorte incitée à regarder cet endroit avec des yeux neufs.

— Génial ! m'exclamai-je en souriant, même si c'était tout le contraire de mon opinion. C'est extra ! Qu'est-ce que tu comptes faire, question travail ?

— Mon père possède une agence immobilière, et il parle de monter en parallèle une espèce d'entreprise de locations de vacances. Avec un peu de chance, c'est moi qui finirai par la diriger, une fois que j'aurai un peu appris les ficelles du métier.

Je sentis Jake frémir à côté de moi.

— Eh ben, c'est génial, tu ne trouves pas, Amber ?

— Si, répondis-je, non sans hausser mes sourcils si haut qu'ils disparurent presque sous mes cheveux, tant j'espérais lui faire saisir ainsi l'allusion.

— Merveilleux, en fait, poursuivit-il pourtant. Vu que le projet d'Amber, c'est de retaper le Cottage des Prés et de le louer comme gîte de vacances. Ça pourrait être ta première commission, Holly !

Il avait l'air extrêmement content de lui et Holly, dont les yeux ne cessaient de passer de Jake à moi, paraissait tout aussi ravie. Ni l'un ni l'autre ne remarquèrent l'expression orageuse qui se peignit quelques instants sur mon visage.

— C'est une idée fantastique, approuva Holly en frappant dans ses mains. Laissez-moi récupérer mon agenda et on se fixe tout de suite une date pour vider le cottage !

Je me mordis la lèvre afin de m'empêcher de répondre. Je n'avais aucune intention de lui verser une commission, ni à elle ni à qui que ce soit d'autre, d'ailleurs. Jake l'ignorait, mais j'avais déjà tracé quelques esquisses pour créer un site web et un compte Twitter et j'étais en train de prendre mes dispositions pour m'occuper moi-même des ventes, du marketing, de la promotion et des réservations. C'était un navire que j'étais plus qu'heureuse de gouverner seule !

Chapitre 35

Maintenant que le lundi suivant comportait l'item « Débarras du cottage » dans mon agenda et que nos verres étaient vides, j'espérais plus ou moins que Holly comprendrait qu'il était temps de nous laisser. Je tenais vraiment à disposer de quelques minutes avant l'arrivée du reste du gang, histoire de remettre les pendules à l'heure en privé avec Jake concernant ses bavardages inconsidérés. Malheureusement, elle paraissait avoir l'intention de s'éterniser, et je dus me résoudre à entraîner mon petit ami vers l'extrémité la plus silencieuse du bar, sous prétexte de commander une nouvelle tournée.

— Quelle chance ! s'exclama-t-il, rayonnant.

Il avait la poitrine gonflée et les yeux étincelants. À l'évidence, il était enchanté par la tournure inattendue qu'allait prendre notre projet. J'attendis, pianotant sur le bar, pendant qu'il commandait des verres pour tout le monde.

— Et s'ils ne viennent pas ? râlai-je en désignant Evelyn qui nous tournait le dos pour remplir nos innombrables verres.

— Quoi ?

— Tu vas être bien embêté avec toutes ces boissons, s'ils ne se pointent pas. C'est de l'argent fichu en l'air ! pestai-je.

Jake se rendit enfin compte que quelque chose clochait, que je n'affichais plus mon habituelle expression enjouée.

— Pourquoi tu fais cette tête ? demanda-t-il, intrigué. Regarde, ajouta-t-il en désignant la porte. Tout le monde est là. Inutile de t'inquiéter.

Je pivotai. Harriet et la jolie fille appelée Rachel – comme je le savais depuis la foire de mai – échangeaient des accolades avec Holly, pendant que Jessica se laissait tomber sur le canapé d'en face. Henry faisait le planton entre elles, incapable de décider quelle attitude adopter.

— Génial ! marmonnai-je en levant les mains, résignée. On avait bien besoin de ça : un duel au crépuscule entre Holly et Jess. Ce n'était pas du tout ce que j'avais en tête quand j'ai suggéré qu'on passe la soirée avec les copains.

Jake régla les consommations et souleva avec précaution le plateau chargé de verres.

— Je pensais que c'était ce que tu voulais, répliqua-t-il en amorçant son trajet chancelant jusqu'aux canapés. Je te rappelle que c'était ton idée au départ, Amber.

— Oui, grommelai-je dans son dos. Eh bien, il faut croire que même les idées les plus simples ont tendance à dégénérer.

— Pardon ?

— Rien.

Jake se retourna lentement vers moi, ce qui fit glisser légèrement les verres sur le plateau.

— Est-ce que j'ai fait quelque chose de travers ? demanda-t-il, sourcils froncés. Je pensais que tu serais aux anges que Holly s'occupe des réservations pour le cottage.

— J'avais l'intention de m'en charger, rétorquai-je, incapable de me retenir plus longtemps. Je suis déjà en train de réfléchir au moyen de créer un site web et tout ça. Je n'ai pas prévu de payer qui que ce soit d'autre pour effectuer un travail plus que dans mes cordes. Ce projet est censé augmenter les rentrées d'argent de la ferme et solder son découvert, tu te rappelles ?

— Mais c'est sans doute mieux de payer un professionnel pour que le travail soit fait correctement, objecta Jake à voix basse. Quelqu'un qui connaît les tenants et les aboutissants du domaine.

— Quelqu'un qui connaît les tenants et les aboutissants du domaine ? fulminai-je. Tu n'es pas sérieux, là ? Je ne pense pas que Holly ait travaillé un seul jour dans sa vie. Et je ne te parle même pas de s'être spécialisée dans quoi que ce soit !

À part causer des ennuis, pensai-je, mais je gardai cette réflexion particulièrement mesquine pour moi.

— Et de toute façon, ajoutai-je, au mépris de l'idée tordue de Jake, c'est à moi qu'Annie a confié le Cottage des Prés, donc c'est moi qui embaucherai et licencierai et je suis plus que capable d'effectuer un travail de niveau professionnel, merci bien.

— Mais je lui ai déjà annoncé qu'elle pourrait s'en charger. Elle ne va pas être contente.

— Et en quoi est-ce que ce serait mon problème, exactement ?

Peut-être parce que mon petit ami semblait un peu trop inquiet de mécontenter son ex-petite amie.

— Parce que tu veux qu'on aille tous de l'avant, répondit-il, l'air encore plus confus qu'avant.

Il ne paraissait pas vraiment avoir compris ce qui s'était passé et je fonçai droit vers la table avant qu'il ne puisse gaffer davantage. Malheureusement, l'atmosphère autour du feu était encore plus électrique qu'entre Jake et moi.

Cependant, sans paraître se rendre compte de la tension inflammable qui régnait, Jake fit passer les verres, et Harriet était juste sur le point de me présenter officiellement à Rachel quand Jessica intervint :

— J'ai cru comprendre que des félicitations s'imposaient, déclara-t-elle en levant son verre.

Elle balaya le groupe d'un œil luisant de colère. Henry, plein de courage, lui posa une main apaisante sur la cuisse, mais elle s'empressa de l'écarter.

— D'après ce que j'ai compris, reprit-elle en s'adressant à moi, Holly et toi, vous êtes sur le point de lancer une affaire de gîte de vacances.

Je la quittai du regard pour poser les yeux sur Holly, laquelle haussa les épaules et articula un « désolée ». Elle offrait l'image de la plus parfaite innocence, mais, de fait, était-ce sa faute ? C'était Jake qui avait vendu la mèche. Oh ! comme j'avais envie de lui donner le fouet, et pas de la manière coquine que j'avais imaginée précédemment, quand il était entré avec sa chemise mouillée, façon Mr Darcy.

— Je suppose qu'il s'agit de ta grande idée, continua Jess, impitoyable. Le grand projet dont tu avais promis de me réserver la primeur ?

J'étais affligée de la découvrir aussi fâchée. Quand je lui avais promis qu'elle serait la première à être mise au courant, j'étais sincère.

— Oui, confirmai-je d'une voix à peine plus audible qu'un croassement étranglé.

— Pardon ?

— Oui, répétai-je, un peu plus fort, cette fois.

— Eh bien, bonne chance ! lança-t-elle en souriant, avant de porter son verre à ses lèvres pour en vider d'un trait le contenu. Parce que tu vas très certainement en avoir besoin.

Non, ce n'était vraiment pas ainsi que j'avais imaginé le déroulement de la soirée. Je me hissai inconfortablement sur un tabouret rapporté du bar et nous demeurâmes ainsi en silence, tantôt tripotant nos verres, tantôt fixant le tapis ou le feu. Finalement, quand je fus incapable d'en supporter davantage, j'engageai la conversation avec Harriet et Rachel qui, malgré l'atmosphère glaciale, paraissaient enveloppées dans un halo de chaleur.

Hasardant un bref regard du côté de Jessica, désormais coincée entre Jake et Henry, je constatai qu'elle affichait toujours une expression à faire cailler le lait et Holly, fragile et timide à côté de Rachel, semblait prendre des heures à vider son verre d'eau pétillante.

— Eh bien, lança-t-elle au bout d'un moment, j'aimerais beaucoup rester bavarder, mais j'ai un rendez-vous et puis, ajouta-t-elle en parcourant d'un sourire notre petite assemblée dépitée, je ne pense pas que je puisse suivre votre cadence.

J'espérai que ces dernières paroles avaient pour but d'apaiser la tension plutôt que de susciter une réaction. Elle se leva et je l'accompagnai jusqu'à la porte, pour m'assurer qu'elle allait vraiment partir.

— À la semaine prochaine, dans ce cas, lui dis-je. Lundi, c'est bien ce qu'on a convenu ?

— Oui, confirma-t-elle. Autour de 10 heures. Oh ! et Jessica ! lança-t-elle par-dessus son épaule.

— Quoi ? lui grogna-t-on depuis le canapé.

— Ce n'est pas Amber qui m'a parlé des projets pour le cottage, c'est Jake. Donc si tu veux t'en prendre à quelqu'un, passe plutôt tes nerfs sur lui. Désolée, Jake, ajouta-t-elle, mais tu as bien gaffé sur ce coup-là, non ?

J'aurais pu l'embrasser pour cette dernière réplique. Juste au moment où je commençais à la soupçonner de jouer l'avocate du diable, elle venait de se racheter totalement. En quelques phrases bien senties, elle m'avait dédouanée vis-à-vis de Jessica et remis Jake à sa place. Cependant, quand je rejoignis le groupe pour prendre place à l'endroit que Holly venait de libérer (l'ironie de la chose ne m'échappa nullement), l'expression affichée par Jessica m'avertit que Holly aurait tout aussi bien pu se taire.

— J'imagine qu'à tes yeux, elle est encore plus parfaite, maintenant, lança-t-elle en me jetant un regard noir. Madame cherche à nous réconcilier tous avant de s'envoler dans un nuage parfumé de Miss Dior.

— Miss Dior ? s'immisça Henry, obligé de se contorsionner pour regarder sa fiancée. C'était plutôt du Chanel N° 5, non ?

Nous le dévisageâmes, bouche bée, mais ce fut Rachel qui se mit à glousser la première.

— Qu'est-ce qu'il y a ? fit Henry en s'empourprant. C'était bien ça, non ?

Le rire de Rachel était si communicatif qu'en quelques secondes nous riions tous à gorge déployée, Jessica comprise.

— Mon chéri, j'aimerais bien que tu ne sortes pas ce genre de remarques, dit-elle en se penchant pour déposer un baiser sur sa joue. Je ne veux pas que les gens aillent penser que j'épouse le seul gay du village.

— Oh ! lâche-moi, protesta Henry, qui se leva et arrangea ses cheveux de la manière la plus efféminée qu'il put imiter. Qui veut un autre verre ?

Harriet se leva d'un bond pour l'accompagner au bar.

— Moi, répondit-elle, avant d'ajouter avec un clin d'œil à l'adresse de Jessica : Et sache qu'à ma connaissance, Rachel et moi sommes les seules gays du village.

Le visage de Jessica valait le coup d'œil. Elle avait l'air absolument mortifiée.

— Je plaisante, lâcha Harriet. Jess, je te fais marcher.

— Bon sang, marmonna Jessica. Je devrais apprendre à me taire. Je suis désolée. Ce n'était pas ce que je voulais dire.

— C'est bon, déclara Harriet. On te pardonne. N'est-ce pas, Rachel ?

— Je pense que oui, grommela Rachel. Il faut bien s'attendre à une mentalité de petite ville, dans un endroit comme celui-ci.

Jessica semblait souhaiter que le sol s'ouvre sous ses pieds pour l'engloutir, mais Rachel se remit à rire.

— Qu'est-ce que vous êtes bêtes ! s'écria Jessica, soulagée. Je pensais que je vous avais vraiment blessées.

— Il en faudrait beaucoup plus que ça, s'esclaffa Harriet qui passa son bras sous celui de Henry. Allez, viens, tu nous as promis des verres.

L'atmosphère s'allégea considérablement après cet épisode et nous passâmes une agréable soirée à parler du mariage et de mes projets censément secrets concernant le Cottage des Prés. Jake ne pipa mot concernant le projet Porcelets et je n'en fis rien non plus. Il était un peu tard pour qu'il se rappelle le silence censé entourer tous les changements que nous comptions opérer, mais il ne servait à rien de s'appesantir sur ce qui avait été fait.

Jim sonna bientôt la cloche annonçant la dernière prise de commande.

— Bon, est-ce que ça ira ? demanda Jessica. Je sais que tu reçois la visite de Mlle Sainte-Nitouche, mais ce serait génial si je pouvais juste te prendre cinq minutes de ton temps, lundi, Amber.

— Bien sûr, répondis-je, enchantée. Tout à fait.

J'étais si heureuse d'avoir regagné ses faveurs que j'aurais accepté n'importe laquelle de ses suggestions et, pour être honnête, il était plutôt agréable que les autres et elle soient au courant pour le cottage. Au moins pourrais-je leur faire part de mes avancées – ainsi que de tout échec potentiel, évidemment, même si j'espérais qu'il n'y en aurait pas tant que ça.

— Et vous ne parlez à personne de cette idée de cottage, d'accord ? leur rappela Jake alors que nous nous dirigions vers la porte. Annie ne veut pas que les gens soient au courant de ce qui se passe à la ferme en ce moment.

— Dois-je comprendre que d'autres changements sont en vue ? demanda malicieusement Henry en agitant ses sourcils.

Jake vira au pourpre et je levai les yeux au ciel. Son silence sur le cottage abandonné, quand je lui avais annoncé mon intention de déménager à la ferme, relevait du prodige, car il s'avérait absolument nul pour ce qui était de conserver des secrets.

— On ne dira pas un mot, promit Harriet en se tapotant l'aile du nez. Mais je ne peux pas me porter garante pour Holly, évidemment.

Comme je rechignai à rouvrir cette boîte de Pandore, je répliquai :

— Eh bien, on va devoir croiser les doigts en espérant qu'elle connaisse le sens du mot « discrétion ».

Jessica eut le temps de me jeter un regard noir, mais Henry la poussa dehors avant qu'elle n'ait pu ajouter quoi que ce soit. Nous prîmes rapidement congé les uns des autres, car la pluie continuait de tomber, et nous regagnâmes la ferme, Jake et moi, pour y retrouver l'excitante perspective de nos nouvelles aventures.

Chapitre 36

Annie passa le week-end à houspiller Jake pour qu'il aille forcer l'entrée du cottage, afin que je puisse démarrer le ménage de l'endroit, mais il n'en fit rien.

— Je ne vois pas pourquoi tu as besoin d'elle là-bas pour avancer, ronchonnait-elle, cinglante. Si ça ne tenait qu'à moi, je louerais une benne à ordures, je flanquerais toutes ses affaires dedans et je lui ferais payer l'addition.

J'étais ravie de constater qu'Annie était redevenue elle-même, même si elle n'était plus aussi solide sur ses pieds. En revanche, elle aurait pu éviter de constamment rappeler à Jake son incapacité à s'attaquer au cottage sans Holly auprès de lui. Il allait déjà être assez difficile comme ça d'avoir sous les yeux le témoignage de la vie qu'ils y avaient vécue sans que j'aie à m'interroger sur les raisons pour lesquelles Jake ne répondait pas aux incessantes insinuations d'Annie.

Le dimanche après-midi, la situation avait atteint son paroxysme et Annie, la mine résolue, était prête à s'emparer d'un marteau pour abattre la porte. Prenant pour la énième fois une profonde inspiration, je tentai de m'immerger dans l'échantillon de points de croix dont elle m'avait munie dans l'espoir de me transmettre son héritage de couturière.

Malheureusement, je n'étais guère douée. La pâtisserie semblait bien davantage dans mes cordes, mais, comme je refusais de la décevoir, je suais à la tâche pendant que la pluie tombait à verse et que le grondement du tonnerre au loin poussait Bella et Lily à se réfugier sous la table.

Tenant le tissu à bout de bras, je devais plisser les paupières en raison de la pénombre. Avec Annie, la broderie avait toujours l'air très facile – elle s'asseyait dans son fauteuil et son aiguille entrait et sortait à un rythme régulier –, alors qu'avec moi le résultat tenait du foutoir. J'étais censée m'exercer à broder l'alphabet, mais mes lettres ressemblaient plus à des spaghettis qu'à des caractères ordonnés.

— Est-ce que ça vous dérangerait si on changeait de sujet ? demandai-je en laissant tomber tissu, aiguille et le reste sur la table. Demain, ce sera bien assez tôt pour moi, mais ressasser cette histoire ne fera pas passer le temps plus vite.

— Ça va, ma belle ? s'enquit Annie, sourcils froncés. Je n'avais pas l'intention de te froisser.

— Évidemment que non, ça ne va pas, rétorqua Jake.

— J'ai juste envie qu'on en finisse, expliquai-je à Annie. Je suis impatiente d'entamer les transformations. Je visualise déjà exactement le résultat que je veux obtenir, même si je n'y suis encore jamais entrée. C'est ce qu'on va devoir faire avant que je ne puisse me mettre à la tâche qui me préoccupe, rien de plus.

— Tu sais pourquoi je veux que Holly soit ici ? demanda Jake.

— Non, répondit Annie.

— Je posais la question à Amber, rétorqua Jake avec irritation.

— Non, lâchai-je sur le même ton qu'Annie. Pas vraiment.

Il se passa les mains dans les cheveux et vint s'asseoir à la table, à côté de moi.

— Ne te méprends pas, commença-t-il. Je la crois sincère quand elle affirme qu'elle est désolée, mais ça n'efface pas le souvenir de ce qui s'est passé.

— Bien sûr, approuvai-je.

— J'ai vu Holly dans ce qu'elle a de pire, renchérit-il, amer. Tous autant que nous sommes, nous l'avons vue et, même si je ne peux nier qu'elle semble avoir changé, je ne vais pas lui laisser la moindre possibilité d'aller ensuite raconter ici et là que certaines de ses affaires étaient cassées ou manquaient. Quand j'ouvrirai cette porte demain, je veux qu'elle soit là et qu'elle admette que personne n'est entré dans le cottage depuis que j'en ai verrouillé la porte, il y a des mois.

— Je vois, fis-je.

Certains éléments de ma vie redevenaient plus nets. C'était logique. Si Holly avait l'impression qu'on était entrés sans elle et que j'avais eu l'occasion de fouiner dans ses affaires, elle pourrait très bien s'en offusquer et je comprenais pourquoi Jake ne voulait pas donner à l'ancienne Holly une excuse pour refaire surface. Les raisons pour lesquelles il refusait d'entrer dans le cottage sans elle ne laissaient plus planer aucun doute sur le peu de confiance qu'il lui accordait, même si elle avait montré une incroyable patience avant de remettre la main sur ses affaires. Oui, il était bien préférable d'attendre et de tout faire ensemble.

— Tu es sûre que tu vois ? insista Jake, qui paraissait soulagé. Parce que ce que je t'ai dit il y a quelques jours sur cet endroit est tout à fait vrai. Je voulais juste oublier cette histoire, quand bien même Annie m'en empêchait. À dire vrai, si tu n'avais pas eu cette idée géniale de gîte de vacances et que j'avais pu m'en tirer comme ça, le cottage aurait sans doute fini par pourrir sur pied.

— Pourrir ! Bon sang, ne me dis pas qu'il y a des trucs dans le frigo ! m'écriai-je.

Le nez me piquait, rien qu'à la perspective de constater par moi-même ce que donnaient du fromage et du lait abandonnés pendant près de deux ans.

— Sans doute que si, répliqua Jake en haussant les épaules. Même si Holly était la championne des régimes. Avec un peu de chance, elle était en phase hostile aux produits laitiers à l'époque, ce qui nous évitera des découvertes trop catastrophiques.

— N'empêche qu'Annie a raison sur un point : on aura sans doute besoin d'une benne. Pour commencer, il faudra remplacer le réfrigérateur, à moins que tu n'aies envie de t'attaquer au nettoyage. (L'idée ne parut guère le séduire.) Personnellement, je serais rassurée de savoir que les appareils sont neufs si on met la maison en location.

— Et le lit aussi, intervint Annie.

Pourquoi fallait-il qu'elle mentionne le lit ? C'était l'élément de mobilier que je redoutais le plus de voir. Jake décocha un regard noir à sa tante puis me prit la main.

— Si tu préfères ne pas venir, je comprendrai, murmura-t-il.

Pas question que je les laisse entre eux.

— Non, répondis-je avec un sourire. Ça ira. L'union fait la force et ainsi de suite.

Je jetai un coup d'œil à Annie qui me renvoya le plus discret des clins d'œil. Ce n'était pas que je ne faisais pas confiance à Jake, mais, à l'évidence et à en juger par ce que tout le monde disait, à commencer par lui, j'étais loin d'avoir tout vu concernant Holly et, même si je cherchais toujours le meilleur en chacun, je n'étais pas du tout prête à la laisser seule avec mon petit ami pour le moment.

— N'oublie pas que Jess va passer, ce matin, me rappela Jake pendant que je nourrissais les poules.

Nous étions lundi et j'allais ensuite l'aider à choisir les meilleurs outils pour forcer la porte du cottage. Examinant ce que nous avions réuni, il réfléchit de nouveau à la tâche qui l'attendait.

— Tu sais, lâcha-t-il, je me demande s'il n'existerait pas une clé qui ouvre la porte de derrière.

— Vraiment ? Mince alors, ça nous faciliterait énormément le travail, non ?

Et je pensais aussi aux économies que nous réaliserions, puisque nous n'aurions qu'une serrure à faire changer au lieu de deux.

— Oui, répondit Jake pensivement. La porte de la cuisine était toujours verrouillée le matin, si je ne m'abuse, et j'ai refermé la porte de devant. En tout cas, ce sont les clés de la porte de devant que j'ai jetées dans la rivière.

— Pourquoi les clés de la porte de derrière n'étaient-elles pas sur le même trousseau ?

— On ne l'ouvrait presque jamais, répondit-il en haussant les épaules. En tout cas pas Holly. Le jardinage, ce n'était pas son truc. Sauf erreur de ma part, elle ne s'asseyait même jamais dehors. Non, il s'agissait bel et bien des clés de devant, répéta-t-il.

J'éclatai de rire.

— Rappelle-moi de ne jamais me disputer avec toi.

— Ça ne risque pas, dit-il en laissant tomber ses outils dans un seau pour me prendre dans ses bras.

— Ah bon ! gloussai-je. Et pourquoi donc ?

— Parce qu'on veut les mêmes choses, toi et moi, répondit-il après un petit baiser. On n'a aucun sujet de discorde.

— C'est bien vrai, confirmai-je en songeant à tout l'amour que m'inspirait la Ferme aux Alouettes.

Nous attendions déjà devant le Cottage des Prés quand Holly vint y garer son 4×4.

— Bon sang, gémit-elle en sautant de son véhicule. Regarde-moi cet endroit. Comment as-tu pu me convaincre d'emménager là-dedans, Jake ? C'est sombre et miteux. (Jake me lança un regard et haussa les sourcils.) Sans vouloir te vexer, s'empressa-t-elle d'ajouter avec une petite caresse sur mon bras.

— Il n'y a pas de souci, répliquai-je avec un sourire.

— Pour autant que je m'en souvienne, intervint Jake, tu avais des ambitions bien plus élevées que cet endroit, Holly. Je ne pense pas que tes projets s'accommodaient d'un séjour prolongé au cottage. Je me trompe ?

Touché ! Première manche pour Jake. Je ne le voyais pas comme quelqu'un de vache, mais Holly semblait avoir un don inné pour faire ressortir le pire chez les gens. C'était tout d'abord Jessica qui avait relâché son côté explosif et maintenant Jake se retrouvait lui aussi à mordre. Allais-je ajouter mon nom à cette liste avant la fin de la journée ?

— Ça ne sera plus ni sombre ni miteux dans quelque temps, de toute façon, me hâtai-je d'intervenir avant que l'échange de coups de feu ne devienne incontrôlable. J'ai prévu de faire couper tous ces conifères hirsutes, comme ça il y aura bien plus de lumière et de la place pour un véritable petit jardin.

— Dieu merci ! s'esclaffa Holly.

Jake me regarda et leva les yeux au ciel, puis, muni de son seau d'outils, il franchit le portail à la suite de Holly pour remonter le chemin envahi de broussailles et de mauvaises herbes qui conduisait à la porte d'entrée.

— Je me rappelle que tu m'avais portée dans tes bras pour me faire franchir le seuil, lâcha-t-elle avec un sourire rêveur à l'intention de Jake, puis elle se ressaisit et m'adressa un regard d'excuse. Pardon, Amber.

J'avais le sentiment vague et pourtant croissant qu'elle cherchait à rendre l'expérience particulièrement inconfortable pour moi. Je comprenais qu'il subsisterait des souvenirs dans tous les coins, toutefois j'osais espérer qu'elle n'allait pas attirer mon attention sur chacun d'eux. Ma patience n'irait pas jusque-là et Jake, imperméable à ses minauderies, paraissait avoir déjà atteint les limites de la sienne.

— Eh bien aujourd'hui, ce n'est pas à l'ordre du jour, rétorqua-t-il en lui passant devant sans ménagement, ce qui l'obligea à reculer dans l'herbe détrempée. Venez. Je vais entrer par-derrière.

— J'espère que ça ne sera pas trop gênant pour toi. Très franchement, je pense qu'il aurait mieux valu que tu ne viennes pas.

Holly souriait en trottinant dans le sillage de Jake.

— Oh non, protestai-je, alors que me parvenait un bruit de verre brisé. Je n'aurais manqué ça pour rien au monde. Je suis trop impatiente de jeter un œil là-dedans et d'évaluer le potentiel de cet endroit.

— Bon, j'espère que tu ne seras pas déçue, lâcha-t-elle d'une voix inquiète. Et en fait, ce n'était pas vraiment ce que je voulais dire.

— Dépêchez-vous, lança Jake. Je suis à l'intérieur !

Je savais exactement ce qu'elle avait voulu dire et c'était justement pour cela que j'étais ici.

Chapitre 37

Mon premier geste fut d'écarter les rideaux poussiéreux sur leur tringle et d'ouvrir en grand les fenêtres. L'air qui flottait dans le cottage n'était pas exactement déplaisant, plus confiné qu'imprégné de moisi et d'humidité, ce qui fut une surprise agréable.

Pendant que Holly courait dans tous les coins, roucoulant à propos de ci et soupirant à propos de ça, et que Jake fixait un morceau de contreplaqué sur le trou qu'il avait pratiqué quand il avait brisé la vitre, je déambulai de pièce en pièce en faisant de mon mieux pour ignorer l'aménagement douillet des lieux pour visualiser l'espace transformé grâce à mes idées de rénovation gaies et bon marché. Holly n'avait pas tort quand elle affirmait que l'endroit était sombre et miteux, mais je savais que j'avais raison en ce qui concernait l'abattage des envahissants conifères. Une fois qu'ils ne seraient plus là, le cottage serait déjà à moitié transformé et en mesure de respirer.

La cuisine et la salle à manger à l'arrière de la maison regardaient vers l'est et surplombaient ce qui était pour l'heure un minuscule jardin envahi d'herbes folles. Jake m'avait dit que les quelques meubles de cuisine avaient été achetés juste avant que Holly et lui ne viennent s'installer. Leur style Shaker, tout simple, se mariait très bien avec ce que je projetais. À part un récurage minutieux, un petit coup de peinture, de jolis rideaux et quelques touches de déco, la pièce n'avait pas besoin de grand-chose, et il en allait de même pour la salle de bains.

Le salon était petit, mais confortable, avec son poêle à bois et ses fenêtres ouvrant sur l'avant du cottage. La pièce pourrait sans mal accueillir quatre personnes et j'imaginais comme il serait agréable de se blottir autour du poêle quand le vent rugirait au-dehors. Je m'efforçai de ne pas penser à Holly et Jake, assis ensemble sur le canapé, à se donner à croquer des morceaux de guimauve, revêtus de pulls assortis.

— Tu vois que c'est un taudis, fit Holly en secouant la tête. Je t'avais prévenue. Je ne réussirai jamais à vous trouver beaucoup de réservations, si cet endroit reste comme il est.

— En fait, je le trouve merveilleux, lançai-je à Jake qui me rendit mon sourire. Et pour tout te dire, ajoutai-je à l'intention de Holly, si je n'étais pas aussi heureuse à la ferme, je réfléchirais sérieusement à emménager ici. À ce propos, pendant qu'on en parle, Holly, ne t'inquiète pas pour les réservations, parce que je vais m'en occuper moi-même, une fois que j'aurai remis le cottage en état.

Holly s'étrangla sur le mug de café isotherme qu'elle avait apporté.

— De toute façon, lança-t-elle, la commission pour un endroit comme celui-ci me rembourserait à peine mes efforts. Bon, je ne vais pas être longue. Une heure, deux maximum, et je débarrasse le plancher.

Sur quoi, elle quitta la pièce.

— Tu aimes vraiment ou tu as juste dit ça pour l'énerver ? demanda Jake quand il fut certain qu'elle était hors de portée d'oreille.

— Non, je suis sincère, c'est trop mignon ici. Pas aussi confortable que je l'aurais imaginé, mais tu sais, chacun ses goûts.

À dire vrai, je m'étais attendu à ce que l'endroit soit aussi chic que Holly, mais ce n'était pas le cas. Le cottage était même peut-être encore plus austère que mon appartement londonien. Je m'étais armée de courage pour découvrir les tableaux que Jake et elle avaient choisis ensemble et des photos fourrées sur toutes les surfaces, en témoignage de la vie merveilleuse qu'ils avaient partagée. Du moins avant que Holly ne révèle son vrai visage et ses ambitieux projets d'ascension sociale, pourtant à part un vase et un drôle d'abat-jour Ikea, il n'y avait rien. Le côté douillet que j'avais tenu à distance en franchissant le seuil venait davantage du cottage lui-même et des dimensions réduites des pièces que des objets, lesquels s'avéraient dénués de toute valeur sentimentale.

Un coup sec à la porte d'entrée nous fit sursauter tous les deux.

— C'est sans doute Jess, déclara Jake. Tu crois que je devrais aller la chercher pour que leurs chemins ne se croisent pas ?

Son expression paniquée me fit éclater de rire.

— Non. Reste ici, je vais lui ouvrir.

— Tu en es sûre ?

— Sûre et certaine, répondis-je en plantant un baiser sur sa joue mal rasée. Je pense pouvoir te faire confiance pour ne pas t'enfuir avec Holly quand j'aurai le dos tourné. (Jake me dévisagea et secoua la tête.) Cela dit, si tu décides de prendre la tangente, est-ce que tu pourras laisser la clé sur le perron de devant, parce que je suis persuadée que cette maisonnette en a assez d'être fermée.

— Donc elle est dans les lieux, lança Jessica sur un ton chantant, dès l'instant où elle m'aperçut.

— Oui, confirmai-je d'une voix étouffée.

Je n'avais aucune idée de la pièce où Holly se trouvait, mais je ne voulais courir aucun risque. Pas question qu'elle entende Jessica la débiner. La journée promettait d'être assez épineuse sans que j'aie à résoudre les disputes et autres problèmes qui pouvaient être évités.

— Viens, lui dis-je. Retournons à la ferme pour jeter un œil sur Annie et tu me diras ce qui t'amène.

Annie s'avéra aussi stupéfaite que Jessica d'apprendre que j'avais laissé Holly et Jake seuls au cottage.

— Tu ne peux pas lui faire confiance, répéta-t-elle pour la centième fois.

Et Jessica d'embrayer, en secouant la tête d'un air de défi :

— Tu ne sais pas comment elle est.

— Oui, mais ce que vous semblez oublier, toutes les deux, c'est que je peux faire confiance à Jake et que je sais comment il est, rétorquai-je tout en nous servant une tasse de thé.

— C'est vrai, admit Jessica.

— Certes, concéda à son tour Annie. N'empêche qu'elle est bien capable de tenter quelque chose.

— Annie ! m'écriai-je. Arrête, s'il te plaît.

Je commençais à me sentir irritée et de plus en plus paranoïaque.

— Pardon, bredouilla l'interpellée en trempant son sablé dans son thé.

— Oui, renchérit Jessica. Pardonne-moi aussi.

Sur la prière de Jessica, nous regagnâmes le verger après nous être arrêtées en route, pour qu'elle puisse jeter un œil sur Pip et admirer Flamme.

— Ces deux-là t'ont offert un sacré démarrage à la ferme ! s'esclaffa-t-elle. Je n'arrive pas à croire que tu venais tout juste d'arriver. Cela fait combien de temps, maintenant ?

Elle entreprit de compter sur ses doigts et je l'imitai.

— Environ trois mois, finis-je par conclure. C'est bien ça ? Ce n'est pas possible. Quatre peut-être. J'ai l'impression que ça fait bien plus longtemps, mais je ne crois pas que ce soit le cas.

Je ne parvenais pas à chasser mon impression de vivre depuis des années à la Ferme aux Alouettes, immergée dans la vie rurale. Tant de choses s'étaient produites en un laps de temps si bref qu'il me paraissait impossible d'avoir seulement eu le temps de mener un autre genre de vie. Oui, je m'étais acclimatée très vite : la simple pensée de retourner à Londres pour y reprendre le cours de mon ancienne vie me retournait l'estomac.

À l'heure actuelle, la promesse que j'avais faite à Simon de le revoir pour parler du poste à Dubaï me semblait se profiler à l'horizon de quelqu'un d'autre. Je n'avais absolument pas l'impression que cette perspective avait un lien avec moi. Peut-être pourrais-je résoudre le problème par mail, mais il était inutile que je m'en soucie pour le moment. Une éternité s'étendait encore devant moi avant que mon temps ne soit écoulé et qu'il ne s'attende à me voir prendre une décision.

— En tout cas, déclara Jessica en posant une main sur mon bras pendant que je refermais le portail du verger derrière nous, peu importe. Pour ma part, j'ai l'impression que tu vis ici depuis toujours.

— Vraiment ? demandai-je, enchantée qu'elle ait la même sensation que moi.

— Vraiment, confirma-t-elle.

Je me rappelai qu'elle avait réclamé de venir me voir avec une idée en tête et, soudain consciente que Jake et Holly se trouvaient depuis bien longtemps au cottage, je voulus faire avancer la conversation.

— Bon, tu voulais me parler de quelque chose en particulier ?

— Oui, répondit Jessica avec un sourire.

— Tu sais que si je peux faire quoi que ce soit pour t'aider à préparer ton mariage, je n'hésiterai pas. Mes compétences professionnelles sont sans doute un peu rouillées, mais je suis certaine que j'arriverais très vite à les remettre en état de fonctionner. (Jessica éclata de rire et passa son bras sous le mien.) Tu veux donc que je botte quelques fesses ? Le traiteur traîne des pieds ? Le photographe refuse de se montrer coopératif ?

— Non, répondit Jessica. Ça n'a rien à voir. Mais je voudrais te demander quelque chose.

— Vas-y. Ça ne te ressemble pas de faire ta timide.

Jessica s'arrêta et se tourna vers moi. Le visage rougi, elle paraissait s'être quelque peu départie de la confiance et de l'assurance qui lui étaient habituelles. Elle se passa la langue sur les lèvres.

— Bon, se lança-t-elle, je sais qu'on ne se connaît pas depuis très longtemps, même si on a l'impression du contraire, et je me demandais… (Elle m'adressa un sourire timide.) Je me demandais si tu serais d'accord pour être ma demoiselle d'honneur.

— Vraiment ? couinai-je.

— Vraiment, s'esclaffa-t-elle. Harriet est ma vieille fille d'honneur et j'ai une petite nièce toute bouclée pour le côté mignon, alors j'aurais bien aimé que tu acceptes de jouer le rôle intermédiaire.

— Jessica, répondis-je, toute fière, non sans essuyer une larme, je serais honorée d'être ta demoiselle d'honneur et de remplir n'importe quel rôle.

— Génial ! commenta-t-elle avec un sourire. Je savais que tu serais d'accord.

Elle me serra fort dans ses bras.

— À une condition, stipulai-je en me libérant. Pas de taffetas. Oh ! et pas de robe à froufrous.

— D'accord, promit Jessica, qui fit mine d'être déçue. Et qu'est-ce que tu penses des nœuds et des couches de dentelles rose vif ?

Bras dessus, bras dessous, nous regagnâmes le cottage. Tout était silencieux quand nous entrâmes dans la cuisine. J'avais accepté que Jessica vienne annoncer la nouvelle à Jake, mais seulement si elle promettait de bien se comporter avec Holly.

— Où sont-ils ? me demanda-t-elle à voix basse.

Elle se dirigea vers le vestibule où je la suivis en haussant les épaules. Qu'elle ait choisi de chuchoter ne me paraissait pas très encourageant et je sentis mon cœur faire un salto quand j'entendis des voix étouffées en provenance de la chambre à coucher. Jessica leva la main pour m'ordonner de m'arrêter et nous retînmes notre respiration afin d'écouter ce qui se disait derrière la porte close.

— Oh ! bon sang, elle est énorme ! s'écria Holly. Encore plus grosse que dans mon souvenir !

— Je parie que tu n'aurais jamais pensé la revoir, s'esclaffa Jake. Pour être honnête, je suis étonné qu'elle soit de sortie. Tu oserais la prendre dans ta main ?

— Je ne peux pas, répondit Holly. Et si elle essayait de me mordre ?

J'en avais assez entendu. J'ouvris brusquement la porte pour découvrir Jake et Holly, debout sur le lit, en train de fixer le plafond d'un air terrifié.

— Bon sang, mais qu'est-ce que vous fabriquez ? m'écriai-je.

— Oh ! Dieu merci, tu es revenue ! s'exclama Jake dont les épaules se relâchèrent à l'instant où il m'aperçut.

Il bondit du lit et quitta la chambre, laissant Holly plantée où elle était.

— Qu'est-ce que vous fabriquiez ? répétai-je alors qu'il se tapissait derrière moi, tenant un broc en plastique qu'il avait récupéré dans la salle de bains.

— Le plafond, répondit-il, frissonnant. Regarde.

Dans le coin du plafond au-dessus de la fenêtre se tenait sans doute la plus grosse araignée du monde connu. Je savais que Jake les détestait et, à l'évidence, c'était aussi le cas de Holly. Je souris narquoisement à la pensée de la laisser en plan pendant le restant de l'après-midi, mais mon côté humain remporta la bagarre et je compris que je ne pourrais pas me montrer aussi mesquine.

— C'est la même araignée que quand on vivait ici, affirma Holly, une fois qu'elle se fut résolue à filer vers la porte. J'en suis sûre, sauf qu'elle n'était pas du tout aussi grosse, à l'époque.

Je m'approchai de la délinquante avec le broc. D'un mouvement fluide, je fis tomber l'araignée dedans et la jetai par la fenêtre. Aucun doute qu'elle finirait par revenir, mais d'ici là, les deux êtres terrifiés qui se tenaient à mes côtés connaîtraient un répit d'au moins quelques heures.

— Merci, Amber, balbutia Holly.

Elle tremblait de la tête aux pieds, alors que Jessica se gondolait dans son dos.

— Oui, renchérit Jake. Merci, ma chérie.

— Vous formez vraiment le couple parfait, commenta Jessica, hilare.

Pas perturbé le moins du monde que sa phobie ait été étalée au grand jour devant cette dernière, Jake m'attrapa par la taille et me serra contre lui.

— Tout à fait, confirma-t-il en m'embrassant sur les lèvres. Elle est le yin de mon yang, la gauche de ma droite, le noir de mon blanc…

— Oui, oui, le coupa Jessica en s'éloignant. On a saisi l'idée, n'est-ce pas, Holly ? ajouta-t-elle de manière appuyée.

— Je vais récupérer quelques cartons dans ma voiture, annonça l'interpellée qui emboîta le pas à Jessica.

Je décidai de ne pas chercher à comprendre comment Holly et Jake s'étaient retrouvés ensemble sur le lit. Je me contentai de l'enlacer plus fort, savourant l'idée d'être la seconde moitié de toutes les paires qu'il pourrait bien envisager.

Chapitre 38

Par chance, l'absence de bibelots personnels signifiait que Holly aurait embarqué toutes ses affaires à la fin de la journée. Jake était plus qu'heureux de la voir prendre plusieurs objets décoratifs en plus de la plupart de la vaisselle et des ustensiles de cuisine. Les dispositions prises par son père pour qu'une camionnette vienne récupérer les meubles les plus gros (notamment le lit, hourra !) nous garantissaient que le cottage serait débarrassé de toutes les affaires de Holly vers l'heure du goûter. Moins de huit heures entre le commencement et l'achèvement, et j'avais enfin le champ libre dont je rêvais.

— Bon, déclara Jake après que nous eûmes salué Holly, qu'est-ce que tu en penses, maintenant que c'est vide ? Tu trouves toujours que l'endroit a du potentiel ?

— Tout à fait, répondis-je, enthousiaste, en passant de pièce en pièce pour refermer fenêtres et rideaux. Je pensais ce que j'ai dit tout à l'heure. J'aime vraiment cette maison et je sais que des gens seront prêts à payer le prix pour venir séjourner ici.

— Mais tu oublies une chose, objecta-t-il en examinant la cuisine vide, nous… je devrais plutôt dire « tu » disposes d'un budget extrêmement serré.

— Oh ! crois-moi, répliquai-je en me mordillant la lèvre, j'ai ces contraintes bien présentes à l'esprit. Je pense que la plus grosse dépense sera liée à l'abattage de ces conifères.

— Ce ne sera pas un problème, me rassura Jake. Je connais quelqu'un qui peut le faire. D'ailleurs, ajouta-t-il, l'air particulièrement fier de lui, il me doit une faveur.

— Eh bien, dans ce cas, allons dîner. Et tu en profiteras pour téléphoner à ton ami amateur de tronçonneuse, histoire de fixer une date.

À notre retour, tout était calme et silencieux à la ferme. Jake et moi échangeâmes un regard en découvrant la table déjà mise, un grand saladier de laitue du jardin en son centre.

Jake se lava les mains et me jeta le regard « fais gaffe » destiné à me rappeler d'être sur mes gardes quand Annie allait révéler le plat qu'elle nous avait concocté. Je savais que peu importait ce dont il s'agirait, je devrais en manger un peu. C'était le premier plat qu'elle cuisinait depuis son séjour à l'hôpital et j'avais la ferme intention de ne pas laisser ses efforts finir à la poubelle.

— Pas de panique, s'esclaffa Annie quand, une fois dans la cuisine, elle se rendit compte que nous traînions aux abords de la table. La tourte au jambon et au lard vient de chez le boucher et pour le reste, ce sont des pommes de terre nouvelles. Rien d'exotique. Je vous aime trop, tous les deux, pour risquer de vous empoisonner.

Nous prîmes place autour de la table et remplîmes nos assiettes à ras bord. Rien à dire, vider une maison, ça donnait faim.

— Alors, comment ça s'est passé ? attaqua Annie.

— C'est terminé, répondit Jake en se resservant de salade.

— Déjà ?

Annie ouvrait des yeux comme des soucoupes.

— Il n'y avait pas tant de choses que ça, en fait, répondis-je. Quelques vêtements tout juste bons à partir pour une organisation caritative, tellement ils étaient démodés, d'après Holly, et deux ou trois meubles. C'était à peu près tout.

— On n'a pas vécu là-bas assez longtemps pour transformer l'endroit en foyer, précisa Jake avec un haussement d'épaules. Et puis Holly n'était pas souvent là. Aucun de nous deux n'a vraiment essayé de transformer le cottage en un lieu où nous aurions envie de passer du temps ensemble.

— Elle ne m'a jamais semblé être une fille aimant particulièrement la vie domestique, lâcha Annie, méprisante, avant de me sourire avec chaleur. Pas comme certaines. Bref, assez parlé d'elle. Dis-moi plutôt, Amber, quelle est la prochaine étape de transformation du Cottage des Prés ?

Je l'informai de mes projets d'abattre les conifères qui entouraient la maisonnette, afin d'y laisser entrer plus de lumière et que ses occupants puissent profiter des levers et couchers de soleil époustouflants sur les Fenlands. Je lui montrai la liste que j'avais commencé à constituer, avec le détail de tout ce qui s'accorderait au style du cottage. Une fois qu'elle eut terminé sa lecture, elle passa la feuille à Jake.

— C'est juste un bric-à-brac démodé, constata-t-il en levant les yeux quand il eut fini de parcourir la page. Ou bien je devrais dire « du mobilier *vintage* » ?

— Oui, confirmai-je. J'ai l'impression que le cottage a été construit dans les années 1950, au début des années 1960 peut-être. Et je me suis dit que ce serait génial de le meubler avec des objets plus ou moins de cette époque, en supposant que je parvienne à en trouver. Le *vintage* est très populaire, en ce moment, en plus le cadre et le style du cottage se prêteront parfaitement à une expérience de vacances sur mesure.

Je n'avais aucun mal à imaginer la tapageuse famille Larkin de *The Darling Buds of May*, que j'aimais tant, s'activer dans ce cottage, y dévorant de gargantuesques dîners et savourant des cocktails.

— L'idée me semble géniale, mais tous ces objets sont onéreux, objecta Jake. Tu es sûre que tu vas y arriver ?

— Absolument, répondis-je en songeant à la vente aux enchères et à toutes les choses que j'avais vues là-bas et qui m'avaient semblé parfaites. D'ailleurs, je sais où commencer mes emplettes, ajoutai-je, mystérieuse.

— En attendant, avant que tu ne dépenses la moindre somme, tu pourrais peut-être jeter un œil dans le grenier, déclara Annie, l'air particulièrement contente d'elle.

— Vraiment ?

Étonnée, je la quittai des yeux pour regarder Jake avant de revenir à sa tante.

— Je serais bien en peine de te renseigner, lâcha-t-il en secouant la tête. Je pense n'avoir jamais mis les pieds dans le grenier. En fait, je ne sais même pas où se trouve la trappe !

Je brûlais d'impatience de passer en revue ce qu'Annie avait mis de côté au fil des années. J'espérais que mes trouvailles seraient plus excitantes que la boîte de décorations de Noël et l'antenne de télévision que mes parents stockaient dans le leur.

— Je remise des choses dans ce grenier depuis plus d'années que je ne peux me rappeler, poursuivit Annie, mélancolique. Et ma mère avant moi, et sa mère avant elle. Il ne s'agit fort probablement que de détritus, mais tu as les coudées franches pour utiliser tout ce qui pourrait s'avérer utile. Ici, le grenier part de l'avant-toit et se prolonge très loin. Il y a aussi de vieux meubles là-haut. L'espace est un peu encombré, maintenant. Pour tout te dire, il est probablement plus que temps que quelqu'un y fasse un tri sévère.

— Et où se trouve la trappe, exactement ? demandai-je.

J'avais les doigts qui me démangeaient, et le mal de dos que j'éprouvais depuis que j'avais aidé Jake et le chauffeur de la camionnette à soulever les canapés s'estompait rapidement.

— Je te montrerai demain, répondit Annie, qui commençait à débarrasser la table. Tu m'as l'air fatiguée et il n'y a aucune urgence.

Elle avait raison, bien sûr, et je savais qu'une fois mon exploration entamée, je serais incapable de m'arrêter. Il valait sans doute mieux passer la soirée à peaufiner ma liste et commencer le lendemain, avec les idées claires.

— Que voulait Jessica ? demanda Jake. Tu ne me l'as pas dit.

Il était en train de transporter vers l'évier les assiettes empilées par Annie.

Je n'arrivais pas à croire que j'aie oublié ! Après le tollé provoqué par cette satanée araignée, la nouvelle excitante dont j'étais porteuse avait été complètement mise de côté.

Je sentis mon visage s'empourprer sous l'effet de la fierté et de l'excitation.

— Tu ne devineras jamais, gloussai-je.

— Quoi ?

Je pris une profonde inspiration et me mordillai la lèvre.

— Allez ! s'impatienta Annie en tambourinant des doigts sur la table. Accouche !

— Elle m'a demandé d'être l'une de ses demoiselles d'honneur ! lançai-je précipitamment.

J'en sautillai sur place.

— En voilà une sacrée surprise ! commenta Annie avec un grand sourire.

— Ça oui. Harriet va être sa vieille fille d'honneur, pour reprendre l'expression de Jess. Elle a aussi une nièce qui portera les fleurs et maintenant moi ! Je n'ai jamais été demoiselle d'honneur de ma vie !

— C'est vraiment adorable ! s'exclama Annie en tapant dans ses mains. Parfait, en réalité. Vous porterez tous les deux les tenues de mariage officielles, pour l'occasion.

— Tous les deux ? m'étonnai-je en me tournant vers elle. Qu'est-ce que tu veux dire ?

— Pendant que tu étais sortie avec Jess, expliqua Jake, Henry s'est présenté au cottage après être passé voir Annie. Je suis surpris que Jess et toi ne l'ayez pas croisé, en fait. Bref, il m'a demandé d'être l'un de ses placeurs.

— Waouh ! m'esclaffai-je. Mais c'est génial, alors !

En glissant vers le sommeil, cette nuit-là, je ne pus m'empêcher de mesurer l'écart avec ma perception des choses rien que vingt-quatre heures plus tôt. La veille au soir, j'avais eu du mal à m'endormir, pleine d'appréhension et d'effroi à la pensée de devoir regarder Holly et Jake trier les restes de leur vie commune. Ce soir, en revanche, je n'arrivais pas à trouver le sommeil parce que je bouillonnais d'excitation. Non seulement en prévision du mariage de Jessica et Henry, mais également parce que j'avais devant moi la perspective de meubler le cottage avec des trésors qui appartenaient déjà à la Ferme aux Alouettes.

Chaque fois que je pensais que cet endroit m'avait donné tout ce qu'il pouvait, je faisais une autre petite découverte et y vivre devenait encore plus magique. Était-ce terminé ou restait-il autre chose ? Avais-je atteint ma limite ou de nouvelles surprises m'attendaient-elles encore ?

Chapitre 39

De bonne heure le lendemain matin, j'entendis Jake s'affairer dans la chambre, mais je refusai de montrer que j'avais conscience de sa présence agitée aussi longtemps que je pus.

— Bon alors, tu viens ou quoi ? finit-il par me demander quand il comprit que je n'allais pas bondir du lit, fraîche et dispos, sans un peu de cajoleries.

— Où ? demandai-je en bâillant, les yeux toujours fermés. Où est-ce que je suis censée aller ?

— Au Cottage des Prés, évidemment. Tony débarque avec sa tronçonneuse pour abattre les conifères.

— Aujourd'hui… Quoi ? Maintenant ? fis-je en ouvrant un œil. Quelle heure est-il ?

— 7 heures passées, répondit Jake qui retira mes couvertures. (Comme c'était une manœuvre qu'il lui était déjà arrivé de pratiquer, je me cramponnai fermement.) Et ce n'est pas comme si nous devions nous inquiéter de gêner le voisinage. Viens, fainéante ! J'ai déjà effectué tes corvées et les miennes.

Il éclata de rire en passant une main sous l'édredon pour me chatouiller les jambes.

— C'est bon, capitulai-je. Accorde-moi dix minutes et j'arrive.

— Cinq, répliqua-t-il avec un sourire. C'est parti !

Une fois habillée, mes cheveux relevés en un chignon lâche au sommet du crâne, je descendis gauchement à la cuisine, non sans me rendre compte que mon état n'était pas seulement dû à une nuit agitée. Toutefois, comme Jake faisait déjà vrombir le moteur, je n'eus pas le temps de m'apitoyer sur mon sort.

— Ça va ? demanda Annie, inquiète.

Elle me fourra un mug fumant entre les mains dès que j'eus enfilé mes bottes.

— Je n'ai pas beaucoup dormi, lui répondis-je. J'étais trop excitée.

— Tu es sûre que c'est tout ?

— Oui, acquiesçai-je. Oui, ça ira, dans une minute ou deux.

Elle choisit d'accepter mes explications et me lança un clin d'œil.

— Eh bien, quand tu reviendras, je te montrerai où se trouve le grenier. N'oublie pas de prendre des gants sous le porche, si tu as l'intention de prêter main-forte aux gars.

— Des gants ? M'esclaffai-je. Je croyais qu'on s'était mis d'accord qu'on n'était pas du genre à porter des gants.

— Ça, c'était avant qu'on ne te propose d'être demoiselle d'honneur, répliqua-t-elle, sagement. Ça ne serait pas du meilleur effet si tu avais des mains de vieux fermier sur les photos, si ?

— En effet, convins-je avant de me mettre en quête de la plus petite paire que je puisse trouver. Je pense que non, en effet. Ça va aller, toi ?

— Très bien, répondit-elle. J'ai promis à Jake de garder les chiennes ici avec moi. Elles ne feraient que se mettre dans vos pattes, et les tronçonneuses peuvent se montrer sournoises.

Jake lança un coup d'avertisseur et je me précipitai dehors, mug et gants en main, prête à démarrer la journée.

Si je ne savais pas que c'était impossible, j'aurais dit que Tony, le copain de Jake, « Tony la Cime », comme l'appelaient ses copains, avait sans doute été lui-même un arbre dans une vie antérieure, plus probablement un saule.

Grand, fin, doté de pieds immenses que soulignaient ses chaussures de sécurité, mais avec une voix qui s'élevait rarement au-dessus du murmure, il ne mit pas longtemps à faire tomber le premier arbre, et il devint bientôt évident, quand nous reculâmes pour admirer la vue, qu'elle ferait le succès du Cottage des Prés.

— Je ne suis pas fan d'abattre des arbres en pleine santé, me confia-t-il quand nous fîmes une pause, mais ces géants-là sont une menace. Je parie qu'ils n'ont jamais été ni surveillés ni taillés depuis qu'on les a plantés.

Je ne connaissais pas grand-chose aux arbres, presque rien en fait, mais je voyais bien ce qui lui inspirait ces commentaires. Le sol autour des souches était si sec et si poussiéreux que rien n'y poussait. Pour autant que je puisse en juger, tout ce que ces créatures grossières fournissaient, c'étaient un coupe-vent et un mur d'obscurité.

Vers l'heure de midi, tout ce qui restait de la rangée de devant, c'étaient quelques souches inégales, que Tony promit d'égaliser quand il aurait fini de s'occuper de l'arrière du cottage.

— Ils vont repousser ? demandai-je.

Certes, je trahissais ainsi mon ignorance mais, tant pis, j'étais curieuse.

— Non, répondit-il. Leur compte est bon. Affaire classée. Personnellement, je ne planterais rien sur leur ancien emplacement. Si tu veux créer un jardin, places-en les limites plus loin. Sinon, tu vas dépenser une fortune pour enrichir le sol et passer ta vie à déterrer des racines.

Je me sentis un peu triste d'avoir été à l'origine de la disparition des conifères, mais dès que j'eus à nouveau franchi le seuil du cottage, ma conscience coupable ne tarda pas à s'apaiser. À l'instant où je pénétrai dans la cuisine à l'arrière, je constatai toute l'ampleur du changement en matière de luminosité.

L'avant du cottage était tourné vers l'ouest, afin que le salon et l'une des chambres reçoivent le soleil en fin de journée, alors que la cuisine, la salle de bains et la seconde chambre profitaient du lever du soleil. Je repensai à la suggestion de Tony de créer un jardin. Quelles plantes s'accommoderaient bien avec le thème *vintage* ? Peut-être pourrais-je demander à Harriet et Rachel de me donner quelques idées.

Je passai de pièce en pièce, pour savourer la transformation et, tandis que j'étais plantée là, sans un bruit, avant que le raffut de la tronçonneuse ne retentisse à nouveau, je jure que j'entendis le cottage soupirer. Pour la première fois depuis des décennies, la maisonnette pouvait littéralement respirer à nouveau.

— Ça ne te dérange pas si je retourne à la ferme ? demandai-je à Jake un peu plus tard. Annie a promis de me montrer le grenier et, pour être honnête, je suis crevée.

Jake m'examina pendant de longues secondes, puis ôta l'un de ses gants afin de me tâter le front du revers de la main.

— Tu as l'air fatiguée, constata-t-il. Je vais te ramener en camionnette.

— Non. Ne t'inquiète pas. Je peux tout à fait y aller à pied. J'ai juste le sentiment que je ne pourrai plus trimballer le moindre de ces trucs.

— D'accord. Mais tu es satisfaite, là, non ? Personnellement, j'ai l'impression d'un petit miracle, mais est-ce que ça ressemble à ce que tu avais imaginé ?

— C'est encore mieux, lui répondis-je. À mon avis, voici l'allure que devait avoir cet endroit quand il a été construit, et tu vas sans doute me prendre pour une idiote, mais je suis certaine que le cottage est content, lui aussi.

— Que veux-tu dire ?

— Quand j'y suis entrée, j'ai eu l'impression qu'il poussait un immense soupir de soulagement. Tu saisis l'idée ?

— Pas vraiment, s'esclaffa-t-il, mais c'est bien le genre de choses qu'Annie ou toi auriez pu dire, donc tu as sans doute raison.

*

Annie dormait dans son fauteuil à côté de la cuisinière quand je regagnai la maison. Les chiennes, allongées docilement à ses pieds, remuèrent à peine lorsque je soulevai le verrou et entrai sans bruit à l'intérieur.

— Vous faites de sacrés chiens de garde, constatai-je en leur souriant.

Quelques mois plus tôt, j'avais été extrêmement réticente à l'idée de partager la maison avec elles, sans même parler de mon lit.

Comme je ne voulais pas la déranger, je m'installai dans le fauteuil en face d'Annie et je commençais tout juste à somnoler moi-même quand elle remua.

— Comment les choses avancent-elles, là-bas ? demanda-t-elle, avant de s'étirer le dos avec précaution et d'étouffer un bâillement. J'ai entendu la tronçonneuse, il doit sûrement être près de terminer à l'heure qu'il est.

— Oui, presque, répondis-je en me redressant dans mon siège pour chasser ma propre somnolence. Il n'en reste plus que deux, à gauche, derrière.

— Ils étaient minuscules quand on les a plantés, dit Annie, dont les yeux brillèrent à ce souvenir. Mon père les avait achetés au marché de Wynbridge pour trois fois rien. Ils n'étaient pas censés dépasser deux mètres, mais avec tous les autres travaux à la ferme et personne pour vivre au cottage, on n'a pas tardé à les oublier. Cette pauvre petite bicoque n'a jamais été une priorité. Je suis ravie que ça change. Elle mérite son heure de gloire.

— J'espère bien arriver à vous rendre fiers, le cottage et toi, déclarai-je avec un sourire.

— Le cottage, murmura-t-elle pensivement. Je n'ai jamais vraiment compris pourquoi on l'appelait « cottage ». Sans doute pour flatter la folie des grandeurs de ma mère.

— Je dois avouer que j'ai moi-même réfléchi à cette dénomination.

Après l'avoir vu pour la première fois, je me rappelai avoir pensé que le mot « cottage » ne m'avait jamais semblé moins approprié à une demeure. Pourtant, maintenant que j'en avais exploré l'intérieur et que j'étais tombée sous son charme, j'étais d'un tout autre avis.

— L'endroit est difficilement qualifiable de « cottage », non ? reprit Annie, dont la question faisait parfaitement écho à mes premières impressions. C'est juste un petit bungalow en fait. Rien de plus.

— Je suppose, en effet, concédai-je. Mais le Bungalow des Prés, c'est moins séduisant, non ? Je pense que ta mère a eu raison de lui attribuer un nom aussi joli, folie des grandeurs ou pas.

— Oui, admit-elle, tu dois avoir raison. Bon, allons jeter un coup d'œil dans ce grenier.

Même si Annie appelait cet endroit un « grenier », « antre aux trésors » aurait été plus approprié. Quand on franchissait en courbant la tête la porte minuscule dissimulée derrière la commode de la chambre d'Annie, on avait l'impression de remonter le temps et, si l'endroit n'avait pas été aussi bondé, j'aurais fini la journée à passer au crible tous ces trésors.

Tout au bout se trouvaient les pièces les plus anciennes, alors que les adjonctions les plus récentes avaient été déposées plus près de la porte. À examiner les joyaux qu'Annie et sa famille avaient entassés là, on avait l'impression qu'ils ne s'étaient séparés de rien depuis des générations et je savais que je pourrais sans mal équiper tout le cottage avec ce qui avait été accumulé depuis le début de l'existence de la Ferme aux Alouettes.

— Tu es sûre que je peux me servir de tout ? demandai-je à Annie pour la centième fois. Si ça se trouve, il y aura des dégâts ou de la casse.

— Amber, tous les objets enfermés là croupissent comme le petit cottage avant ton intervention. Il est plus que temps de les vendre ou de les utiliser à bon escient.

Je déballai en riant une belle cruche de cristal et six verres assortis décorés de marguerites.

— Il y a des choses ici qu'on devrait avoir au rez-de-chaussée, dans notre cuisine ! Tu nous imagines servir du Pimm's là-dedans, après avoir passé une longue journée à cueillir des pommes ? Et ce sucrier et cette boîte à farine ! m'écriai-je. Toutes ces pâtisseries que j'ai faites au rez-de-chaussée, alors que ces merveilles dormaient au-dessus de ma tête, implorant que je les utilise !

Je savais que je m'emballais, mais c'était plus fort que moi. À force de me plonger dans mes magazines, j'étais tombée amoureuse de tout le matériel de cuisine rétro que j'y voyais, or j'en avais là un plein grenier. Toute une palette étalée devant moi.

— Ces objets-ci, lança Annie depuis la caisse à thé retournée qui lui servait de siège, ils ont appartenu à ma grand-mère.

Je les manipulai avec un respect accru.

— Waouh ! Mais dans ce cas, pourquoi tu les as relégués ici ?

Je devinai la réponse à l'instant où la question franchit mes lèvres. Parmi les meubles et autres coffres de linge de lit, il y avait des ustensiles de cuisine en abondance, mais rien qui concerne de près ou de loin la couture.

— Est-ce que je suis une cuisinière ou une chef pâtissière ? demanda Annie, l'air amusé.

— Non, gloussai-je en me mordillant la lèvre.

— Eh bien, tu as ta réponse. Comme il y avait peu de chances que j'utilise l'un de ces accessoires, je les ai montés ici. En revanche, ajouta-t-elle affectueusement, si tu veux les utiliser, on demandera à Jake de nous aider à les rapporter en bas.

— Non, protestai-je en reposant les ustensiles là où je les avais trouvés. Je ne peux pas. C'est déjà bien assez que tu me laisses me servir de tout ça pour le cottage. Il s'agit d'objets et de trésors de famille, Annie. Je n'ai aucun droit de les prendre. Ils doivent rester bien à l'abri ici.

— Tu ne fais donc pas partie de la famille ? s'étonna Annie, qui haussait les sourcils pour me fixer de son regard qui voyait tout. Tu ne te considères pas comme l'une de nous ?

J'ignorais quoi répondre. Jake et moi formions un couple, bien sûr, et je vivais dans sa maison de famille, mais je ne pensais pas avoir passé assez longtemps à la ferme pour être considérée comme un membre de la famille, même si Annie m'avait déjà affirmé que cet endroit constituerait tout autant une partie de mon avenir que de celui de Jake.

— Comme je l'ai dit, reprit Annie en souriant, sans que ses yeux me quittent un seul instant, je demanderai à Jake de nous aider à tout descendre.

Chapitre 40

— Alors, qu'est-ce que vous en pensez ? demanda Jessica. Ma mère n'arrête pas de me répéter qu'elles sont trop décolletées mais, moi, je trouve que cette coupe est parfaite. Ce n'est pas comme si vous étiez des adolescentes. Ma nièce, Mia, porte une tenue dans le même tissu, mais évidemment dans un style complètement différent.

C'était la première fois que Harriet et moi découvrions les robes que Jessica voulait nous voir porter à son mariage et, à en juger par son expression, Harriet était du même avis que moi. Nous les trouvions toutes les deux absolument adorables.

— Elles sont magnifiques, déclara Harriet, en palpant avec précaution le tissu vert soyeux. Je sais que je ne suis pas trop du genre fifille, mais ces robes sont à tomber.

— Qu'est-ce que tu en penses, Amber ?

C'étaient des robes assorties, dos nu et descendant à mi-mollet, tout à fait dans le style années 1950. Elles étaient élégantes et extrêmement sophistiquées. Je devinai que le thème du mariage avait été nettement révélé par le choix de Jessica et je me demandai si Henry et elle envisageaient de passer leur lune de miel dans la splendeur *vintage* du Cottage des Prés.

— C'est adorable, renchéris-je. Absolument adorable. Si c'est ce que tu as choisi pour nous, je suis impatiente de découvrir ce que, toi, tu vas porter.

Nous n'eûmes même pas droit à un indice sur la robe de Jessica, mais Harriet et moi nous en moquions. Nous étions trop occupées à nous admirer en train d'entrer et sortir des cabines d'essayage dans la boutique de Norwich, munies de boissons gazeuses à siroter et chouchoutées comme des princesses pendant que nous examinions toute la panoplie de chaussures et autres accessoires, avant de nous attaquer au choix de la bonne taille de robe. Je fus plutôt décontenancée quand la fermeture Éclair de la robe choisie parce qu'elle faisait ma taille habituelle refusa de remonter plus loin qu'à mi-hauteur.

— Tu as mangé toutes tes pâtisseries ? me taquina Harriet. Tu es censée partager le gâteau, Amber, « partager ». Tu n'as pas oublié ?

— Laisse-la tranquille, intervint une Jessica protectrice. La vie à la campagne exige un peu de rembourrage et puis, on ne voudrait quand même pas qu'elle ressemble à Holly, si ? Je suis sûre que Jake préfère quand il y a un peu de viande sur les os.

Du rembourrage ! Un peu de viande sur les os ! Combien de kilos avais-je pris exactement ? Je me retournai pour m'examiner dans le miroir. Vu tout l'exercice que je faisais à la ferme, j'étais surprise d'avoir pris ne serait-ce qu'un gramme, mais vu que je ne faisais plus de sport à proprement parler, sans doute qu'un peu de « rembourrage » ou de « viande » en plus étaient inévitables.

— Il y a une salle de sport à Wynbridge ? demandai-je en rentrant le ventre et les joues. (Jessica et Harriet se mirent à rire.) Je suis sérieuse, en fait.

Sourcils froncés, je repartis dignement vers la cabine d'essayage pour demander à l'assistante si elle pouvait m'apporter une taille supérieure.

Après l'humiliation d'avoir dû me résigner à prendre une robe d'une taille au-dessus, une halte à Wynbridge, au Café du Cerisier, était bien la dernière tentation dont j'avais besoin, mais comme Jessica nous avait servi de chauffeur toute la journée, à Harriet et à moi, je ne me sentis guère en droit de protester.

Ce fut Harriet qui passa commande la première auprès d'Angela.

— Je prendrai une tranche de gâteau au café et aux noix avec un thé, déclara-t-elle en m'adressant un petit sourire. Tu pourrais t'assurer que la tranche est bien copieuse ? J'ai un solide appétit, aujourd'hui.

Je lui tirai la langue, non sans continuer mon examen attentif des gâteaux alignés sur le comptoir, pendant que Jessica effectuait un choix plus soucieux des calories.

— Et toi, Amber, qu'est-ce que je te sers ? demanda Angela en se tournant vers moi, stylo et carnet de commandes dégainés.

— Je vais prendre un thé et un cupcake rouge velours, s'il te plaît, demandai-je en m'efforçant d'ignorer l'œil attentif de Harriet.

— Bravo ! s'écria cette dernière, ce qui fit sursauter les clients attablés juste à côté de nous. L'espace d'une seconde, j'ai cru que tu allais céder à la pression. (Elle éclata de rire et chassa complètement mon coude de la table.) Il te reste un peu d'espace pour respirer dans cette grande robe, non ? Et tout le temps qu'il faut pour le remplir d'ici le mariage, n'est-ce pas, Jess ?

Je la fusillai du regard.

— Rappelle-moi pourquoi on est amies, en fait ? demandai-je en frottant mon bras.

Cette fois, ce fut Harriet qui me tira la langue alors que Jessica, sur un petit claquement de langue réprobateur, levait les yeux au ciel.

— Vous n'avez pas à vous en faire, vous deux, répliqua-t-elle. Le grand jour, c'est vers la mariée que tous les regards sont tournés. Moi, en revanche, je ne peux pas continuer à engloutir toutes ces sucreries.

— Dans ce cas, pourquoi tu nous as amenées ici ? s'enquit Harriet, intriguée. Quand t'empiffrer de ces délices givrés pleins de crème est hors de question ?

— J'ai demandé à Jemma de concevoir le gâteau, chuchota Jessica, tout excitée, et je voulais juste vérifier que tout était sous contrôle.

En regardant Jemma s'affairer dans la cuisine, je n'arrivais pas à imaginer qu'il puisse y avoir le moindre problème, mais c'était le grand jour de Jessica, et je savais qu'il ne fallait pas polémiquer. Je la regardai fouiller dans son sac pour en sortir carnet et stylo, puis se diriger vers la cuisine, afin de vérifier les progrès effectués par Jemma sur son gâteau chéri.

Quelques minutes plus tard, elle était de retour et nous nous apprêtions toutes les trois à croquer dans nos commandes quand la porte du café s'ouvrit, livrant passage à Holly. Elle se précipita vers le comptoir, plus maigre encore que d'habitude, me sembla-t-il – mais peut-être cette impression était-elle due au fait qu'elle se promenait jambes nues. Ses genoux, constatai-je avec un sursaut, étaient la partie la plus large des perches qui lui servaient de jambes.

J'éprouvai un pincement de culpabilité à la pensée de mes propres genoux et mollets. Jake se formaliserait-il que j'aie pris quelques kilos ? L'avait-il seulement remarqué ? Si tel était le cas, il n'en avait rien dit. Je n'aimais pas cette prise de conscience soudaine de mon poids et de ma silhouette. Je n'y avais jamais prêté beaucoup d'attention jusqu'à présent et aucune intention de commencer. Après tout, si je n'avais pas eu à essayer une robe de demoiselle d'honneur plus grande, je ne m'en serais sans doute même pas rendu compte, pour commencer. Certes, j'avais aimé intégrer deux cours de gym à mon emploi du temps hebdomadaire quand je vivais à Londres, mais il s'agissait davantage d'évacuer ainsi les frustrations d'une semaine au bureau que de sculpter ma silhouette.

— Dix livres qu'elle ne pourra pas repasser cette porte sans faire un commentaire, souffla Jessica, ce qui lui valut un regard sévère de la part de Harriet.

— Tu en es toujours là ? chuchota-t-elle, l'air irrité. Si Amber et moi, on arrive à être polies avec elle, je ne vois pas pourquoi tu n'y arrives pas.

Je me gardai de lever les yeux et de faire une remarque. Toute cette histoire entre Holly, Harriet et Jake ne me concernait pas vraiment et je refusais de me laisser entraîner à prendre un parti, surtout à l'issue de ce qui avait été une journée aussi spéciale.

Holly fourra dans un sac sa bouteille d'eau et ce qui ressemblait à une barre de céréales, pas très différente de la part de gâteau dans laquelle Jessica s'apprêtait à planter les dents, puis elle pivota sur ses talons pour sortir.

— Oh ! bonjour, les filles, nous lança-t-elle avec un sourire quand elle nous avisa. Je ne vous avais pas vues.

— Bonjour, Holly, répondit Harriet, la bouche pleine de miettes. Comment va ?

— Salut, dis-je à mon tour en agitant vaguement ma fourchette dans sa direction.

Jessica ne broncha pas.

— Bientôt le grand jour, reprit Holly avec un regard appuyé au membre silencieux de notre groupe. Et si je peux me permettre, Jessica, tu as une mine splendide. Le rayonnement caractéristique des futures mariées te rend tout bonnement radieuse. Tu ne trouves pas, Amber ?

— Mmm, acquiesçai-je après un bref coup d'œil à Jessica. Oui, j'imagine.

— Tu fais cette espèce de jeûne ? demanda-t-elle à Jessica. Je ne veux pas dire que tu en aies besoin, évidemment. Vu tout le cheval que tu fais, tu conserves la ligne.

— Je songeais à essayer, répondit Jessica qui levait les yeux pour la première fois. Seulement jusqu'au mariage.

Je n'arrivais pas à y croire. Qu'était-il arrivé à la fiancée de glace ? Une flatterie glissée au moment opportun et Jessica commençait à fondre. Il fallait rendre justice à Holly, elle était impériale quand il s'agissait de jouer à ce jeu-là. Harriet me tapota la jambe sous la table et sourit à l'adresse de son assiette.

— Et ces trucs-là, reprit Holly en agitant la barre pleine de graines qu'elle venait de payer, c'est bon ?

Elle s'assit gracieusement sur une chaise vide.

— Très, répondit Jessica. Même si, personnellement, je préfère celles aux canneberges.

La conversation entre elles deux se prolongea pendant que Harriet et moi dévorions nos desserts et buvions nos thés sucrés. Je ne pouvais en être sûre s'agissant de Harriet mais, personnellement, je me déconnectai quand elles abordèrent le sujet de la vie sans légumineuses. Très franchement, si je les avais encore écoutées, je ne pense pas que mon pouls y aurait résisté encore longtemps. Je n'avais jamais été amatrice des régimes à la mode et je n'allais pas changer simplement parce que la taille de mon jean était un peu serrée.

— Bon, je ferais mieux d'y aller, déclara Holly au moment où j'en étais venue à songer à commander quelque chose d'autre. J'ai dit à mon père que je n'en avais que pour cinq minutes.

— C'est l'un des avantages à travailler en famille, convint Jessica. Non que ma mère me passe grand-chose, cela dit, ajouta-t-elle d'un air sombre.

— À plus tard, déclara Holly, qui se leva après l'avoir rapidement embrassée sur la joue. (Elle avait vraiment embrassé Jessica sur la joue !) Mais si je ne te revois pas avant, tous mes vœux pour ton mariage. Et vous, les filles, vous devriez prendre exemple sur Jess et y aller mollo sur le sucre.

Elle avait disparu avant que je n'aie la possibilité de riposter. Non que j'aurais su quoi répliquer. Jessica avait les joues rougies et les yeux qui étincelaient, tellement son ego avait été stimulé.

— Eh bien, vous savez quoi ? Je me dis qu'elle a peut-être vraiment changé.

Harriet envoya son poing en l'air, ce qui attira de nouveau l'attention des autres clients.

— Dieu soit loué ! s'écria-t-elle. Est-ce que ça signifie qu'on va pouvoir se retrouver à La Sirène sans redouter une altercation si tu nous surprends en train de causer avec elle ?

— N'exagère pas, la réprimanda Jessica en ramassant son sac sous la table. Je ne me suis jamais conduite aussi mal.

Son interlocutrice haussa les sourcils et plaça les mains sur ses hanches.

— Je voulais juste m'assurer qu'elle était sincère quand elle affirmait être désolée, Harriet. C'est tout. Je ne voulais surtout pas que quelqu'un d'autre soit blessé, à commencer par toi.

— Eh bien, j'apprécie ta sollicitude, répliqua l'intéressée. Mais est-ce que ça signifie que toute cette querelle est bel et bien terminée ?

— Tout à fait, confirma Jessica. Je ne vois plus aucune raison de lui garder rancune. Tous ces moues et sourcils froncés ne sont certainement pas bons pour le teint, en plus.

Sur quoi, elle se leva pour aller régler les ultimes détails avec Jemma.

Chapitre 41

Le plein été à la Ferme aux Alouettes était presque littéralement un rêve – enfin, pas le genre de rêves que j'aie jamais fait, bien sûr. L'été précédent, j'avais suffoqué en ville et redouté mes trajets où je ruisselais de sueur et mes nuits sous air conditionné, mais cette année-ci, juillet et août furent tout simplement deux mois de béatitude. Les jours heureux étaient vraiment arrivés et je n'imaginais pas que la vie puisse être plus belle.

Je partageais mon temps entre les travaux au cottage, mon aide à Jessica pour les préparatifs de son mariage, mes tâches à la ferme et dans la maison, afin de seconder Annie. Les choses avançaient, s'accomplissaient, mais sur un rythme détendu, décontracté et même Jessica, fiancée infernale en puissance, s'était muée en fiancée relax. En fait, elle s'était à ce point détendue qu'après avoir d'abord vérifié que je ne m'en offusquerais pas, elle avait invité Holly à sa réception de mariage !

Les chiennes passaient leurs journées endormies sous les arbres du verger ou vautrées sur le carrelage frais de la cuisine. Même les oies avaient baissé d'un cran dans leurs attaques belliqueuses. Les poussins, qui tenaient désormais davantage d'adolescents hirsutes et revendicatifs que de petites boules de duvet toutes douces, se pavanaient dans la basse-cour (l'un d'entre eux avec plus de résolution que les autres, à mon avis) tandis que Mabel, Martha et Patricia, Dieu merci, complètement guérie, se baignaient dans la poussière, le bec ouvert et l'œil rivé sur un ciel à qui elles imploraient la pluie. Même Pip était plus calme quand il faisait chaud, mais on n'aurait pas pu en dire autant de Flamme, toujours partant pour un petit galop autour de l'enclos même si le soleil brillait dans un ciel bleu sans nuages.

Enfin entièrement rétablie, Annie adorait faire un peu de jardinage dans son petit jardin. Soulagée de ce que le renard semble avoir disparu pour de bon, elle était détendue et passait le plus clair de son temps à broder à l'ombre.

Bien que toujours aussi occupé, Jake était également plus serein, désireux de tout mettre en place pour lancer le projet Porcelets au printemps suivant et se préparer à ce qui s'annonçait comme une récolte de pommes exceptionnelle. Il envisageait un futur plus que radieux pour la ferme et j'étais sur la même longueur d'onde que lui.

— Ça te dirait qu'on emporte un pique-nique au bord de la rivière, pour le déjeuner ? me demanda-t-il par une matinée ensoleillée d'août, avant d'aller retrouver Henry pour discuter de l'emplacement du chapiteau du mariage. On pourrait se baigner, suggéra-t-il, histoire de me tenter davantage. Si la journée s'avère aussi caniculaire que celle d'hier, ça pourrait être une bonne solution pour se rafraîchir un peu.

— J'aimerais bien, mais je n'ai pas de maillot ni de bikini. Je n'ai pas pensé à emporter quoi que ce soit d'approchant.

— Qui a parlé de maillot de bain ou de bikini ? répliqua Jake en haussant les épaules.

— Oh ! je vois, fis-je avec un sourire. C'est la coutume, par ici ?

Malgré moi, une image de Holly et lui dénudés, en train de plonger dans la rivière, surgit dans mon esprit.

— Non, répondit Jake qui sourit à son tour. Mais il faut une première fois à tout !

— Donc il ne s'agit pas d'une activité que Holly et toi aviez l'habitude de pratiquer ?

Je me détestai aussitôt d'avoir posé cette question, mais les mots refusaient tout simplement de rester dans ma tête.

— Grand Dieu, non ! s'exclama Jake. Je ne me serais même pas fatigué à le lui demander. Elle était un poil trop prude pour ce genre de choses.

Bon, c'était déjà ça.

— D'accord, décrétai-je. C'est dit. Je prépare tout et je te retrouve là-bas un peu plus tard.

Tout se déroula comme Jake l'avait prévu : une autre journée de canicule qui nous fit accueillir avec grand plaisir la douce brise sous les saules. Je venais d'achever la peinture de la dernière pièce du cottage et, épuisée, je sautai avec joie sur cette excuse pour faire une pause. Je n'étais pas une experte en décoration d'intérieur, mais même moi, je savais que la peinture n'était pas censée sécher sur les murs sitôt qu'elle avait quitté le rouleau.

Par chance les plafonds, les portes, les plinthes et les fenêtres n'avaient pas eu besoin de retouche et je n'avais dû repeindre que les murs pour donner au cottage une touche plus chaleureuse. Maintenant que la peinture était terminée, je pouvais enfin passer à la partie plaisante. Comme Jake considérait avec un amusement extrême mes planches et albums pleins de coupures de magazines, j'étais impatiente de tout arranger pour le voir ravaler ses moqueries.

Je me débarrassai de mes chaussures et enfouis mes pieds dans la fraîcheur relative des herbes hautes. Comme midi avait déjà sonné, j'espérais que Jake n'allait plus trop tarder. Peindre donnait vraiment faim et le panier de pique-nique me faisait de l'œil. J'attachai une ficelle autour du col de la bouteille, puis plongeai précautionneusement le sirop de fleurs de sureau dans la rivière. L'eau sur mes mains avait la douceur de la soie… Je fus incapable de résister plus longtemps.

Je relevai ma robe, la coinçai dans ma culotte et m'assis sur la berge, pieds et mollets pendouillant dans l'eau.

— Désolé, je suis en retard !

Je me levai d'un bond et me retournai, tout sourires, pour découvrir qu'il avait amené Henry et Jessica avec lui.

— Oh ! fit Henry qui se détourna en vrai gentleman.

— Désolé, marmonna Jake, j'ai essayé de te texter, mais, comme tu le sais, le réseau est mauvais.

— Heureusement que je n'étais pas en train de me baigner dans mon plus simple appareil. De toute façon, je n'ai pas emporté mon téléphone. Tu peux te retourner, Henry !

Le pauvre était rouge comme une pivoine, en revanche je ne pus déchiffrer l'expression qui s'était peinte sur le visage de Jessica. Elle m'observa d'un air interrogateur pendant une seconde ou deux puis se laissa tomber sur la couverture.

— Vous restez tous les deux pour déjeuner ? demandai-je en ouvrant le panier du pique-nique.

— Non, ne t'inquiète pas, on ne va pas t'ôter le pain de la bouche.

— J'ai emporté de quoi nourrir un régiment, répliquai-je. Restez et tu me raconteras comment les choses avancent pour le mariage.

— On se laisse tenter ? demanda-t-elle à Henry.

— Disons que j'ai un petit creux, répondit-il en examinant d'un œil approbateur les récipients que je disposais.

— Du moment que tu es sûre de toi, déclara Jessica. Parce que celui-là a un appétit d'ogre.

— Pas de souci, répliquai-je en passant une assiette à Henry. Comment vous vous en êtes sortis avec le chapiteau ?

— Tout est réglé, annonça Jake. Les gars ont suggéré de le dresser à l'extrémité du champ qui jouxte le verger. Comme ça, si le temps le permet…

— Ce qui sera évidemment le cas, l'interrompis-je pour rassurer Jessica.

— Ce qui sera évidemment le cas, répéta Jake, eh bien, les invités pourront se promener dans le verger sans avoir à traverser tout le reste du champ.

Henry se servit une cuillerée de salade à l'avocat.

— Et puis, renchérit-il, avec cet arrangement, les voitures seront toutes garées plus près de l'entrée du champ, même si on n'en attend pas beaucoup, puisque la plupart des gens prévoient de venir à pied depuis l'église, en supposant que…

— N'en dis pas plus, intervint Jessica. Je commence à devenir paranoïaque à propos de la météo. Comme tout se déroule à merveille pour le moment, le seul désastre susceptible de se profiler à l'horizon, c'est la fin de cette météo enchanteresse.

— Ce qui n'arrivera pas, déclara Jake en tendant la main vers une tasse. Pas avant des semaines, en tout cas. Où est le sirop ?

— Dans la rivière, lui répondis-je. Accroché à la ficelle sous la pierre.

— Quelle maligne tu fais ! N'importe qui croirait que tu as toujours vécu ici.

Et sur un petit baiser au sommet de mon crâne, il s'en alla récupérer la bouteille.

— Je confirme, déclara Jessica.

— Et moi aussi, fit chorus Henry. Je n'arrive plus à imaginer la Ferme aux Alouettes sans Amber pour la maintenir sur le droit chemin.

— Merci bien, lança Jake. Et qu'est-ce que je faisais pendant toutes ces années ?

— Tu gérais le quotidien, répondit Jessica. Ni plus, ni moins. C'est Amber qui a fait bouger les choses.

— Merci, les amis, bredouillai-je en sentant mon visage devenir aussi écarlate que celui de Henry.

— Et à ce propos, reprit ce dernier, est-ce que je pourrais échanger deux mots en privé avec toi avant qu'on ne s'en aille, Amber ?

— S'il s'agit de mes sous-vêtements, répliquai-je, je te fais la promesse solennelle de ne pas recommencer à les montrer au mariage.

— Non, répondit-il, rougissant de nouveau. Ça n'a rien à voir.

— Alors, comment ça se présente, question invités ? demandai-je à Jessica, afin de laisser à Henry le temps de reprendre contenance. Personne ne manque à l'appel, j'espère ?

— Non, répondit-elle en levant les yeux au ciel. Ce n'est pas trop tôt. Certains se sont vraiment fait désirer, je vais te dire.

— Et Holly ? demandai-je prudemment. Elle a confirmé sa venue ?

— Quoi ? s'étrangla Jake.

— Oh ! j'ai oublié de te le dire. Holly et Jess sont les meilleures amies du monde, à présent. Elles se sont rapprochées en parlant régime et, en guise de récompense, Holly a été invitée à la réception.

Jessica me jeta un regard noir avant de répondre, tandis que Henry ricanait derrière sa serviette.

— Je n'ai pas eu à lui courir après au moins, rétorqua-t-elle avec dédain. Et oui, elle vient. Elle a renvoyé son coupon-réponse dans la foulée, en fait. Apparemment, elle est absente de la région presque jusqu'au grand jour et, à la différence de certains, elle a veillé à ne pas oublier de répondre.

— Pour ce qui est d'apprendre les ficelles du métier auprès de papa, on repassera, glissai-je à Jake. Et *idem* concernant son professionnalisme.

— C'est bon, marmonna-t-il. On ne pourrait pas éviter de ressasser la même conversation ?

Je le regardai et éclatai de rire. J'appréciais qu'il ait qualifié l'épisode de « conversation » devant nos amis, mais quand je lui avais développé ma pensée sur ce que m'inspirait son offre à Holly de s'occuper des réservations du cottage, nous nous étions disputés.

— Tu as raison, convins-je en renfilant mes chaussures. Viens une minute, Jess. J'ai eu une idée pour le mariage et je voudrais t'en parler.

— Ne tardez pas trop, nous lança Henry. Il faut que je retourne travailler.

— Alors, qu'est-ce que tu en penses ?

— Parfait, fit Jessica en tapant dans ses mains. Absolument parfait.

— Je ne voulais pas dire quoi que ce soit devant Jake, parce qu'il se moque toujours de moi quand il sait que j'ai déniché une idée dans un magazine.

Jessica tendit les mains et s'empara du bocal de verre que je lui tendais, pour en admirer la simplicité.

— Donc si on commence à récolter des bocaux maintenant…

— De toutes les tailles, lui rappelai-je.

— Et que je me procure des rubans et des lacets à nouer autour de leur goulot…

— Et des bougies à insérer à l'intérieur.

— On pourra les disposer autour des tables dans le verger et éclairer le chemin jusqu'au chapiteau.

— Exactement, confirmai-je. Je peux me charger de tout, si tu veux. Ça ne me dérange pas de m'en occuper car si je commence maintenant, ça ne sera pas un de ces trucs de dernière minute qui vire au cauchemar.

— Oh ! ce genre de choses-là est exclu chez nous, déclara Jessica d'un air sévère. Les cauchemars de dernière minute sont tout simplement interdits.

— Bien sûr, convins-je avec un sourire. Message reçu. Bon, dans ce cas, pourquoi tu n'irais pas me chercher Henry, qu'on puisse avoir notre petite conversation avant qu'il ne retourne travailler ?

La « petite conversation » de Henry s'avéra une demande plutôt conséquente et tenant davantage de ce que je faisais à Londres que de la nourriture des poules ou de la peinture du Cottage des Prés : pour la première fois depuis que j'avais emménagé ici, je regrettai de ne pas avoir emporté mon carnet d'adresses et mon vieux téléphone. Il allait falloir que je sollicite quelques passe-droits pour mener à bien cette affaire, mais Henry était aux abois.

Jusqu'à la dernière seconde, il avait cru que sa lune de miel était arrangée. Il avait versé des arrhes importantes qui semblaient avoir disparu dans la nature en même temps que l'entreprise auprès de laquelle il avait effectué sa réservation. Il savait où il voulait emmener sa future femme et à quoi ils allaient s'occuper une fois sur place, mais au-delà de ce projet, ayant déjà été échaudé, il se sentait assez démuni.

— Tu es mon dernier espoir, me confia-t-il en se tordant les mains. Enfin, tu vois ce que je veux dire.

— Je vois, ne t'inquiète pas. Je m'en occupe.

— Je savais que tu serais capable de résoudre le problème.

Il semblait déjà soulagé et plus qu'heureux de se décharger de ses difficultés sur moi. Personnellement, j'aurais bien aimé être aussi confiante que lui, toutefois, quoi qu'il m'en coûte, j'avais la ferme intention de les aider, Jessica et lui.

Chapitre 42

La petite faveur demandée par Henry me prit finalement bien plus de temps que je ne l'avais imaginé en lui offrant de m'en charger. Sans Internet à la ferme et avec un accès qui se limitait au Café du Cerisier et aux heures d'ouverture de la bibliothèque, il était inévitable que je ne progresse pas aussi vite que je l'aurais voulu. Comme le réseau à la ferme était très intermittent, je me retrouvais obligée de conduire jusqu'à une aire de repos en haut de la route pour vérifier mes mails et encore, seulement quand le vent soufflait dans le bon sens et que la camionnette était garée pile au bon endroit. Quelques jours après notre conversation clandestine, alors que le mariage approchait à grands pas et que la tension et le niveau de stress de Henry augmentaient si vite qu'on en venait à douter qu'il résiste jusqu'à la cérémonie, j'avais presque résolu le problème. Il ne me manquait plus qu'un dernier petit effort ainsi qu'un peu de calme et de silence pour tout vérifier et m'assurer que chaque détail était réglé.

— Je vais juste faire un tour en ville ! lançai-je à Jake encore à l'étage. Je serai de retour vers midi.

Annie était attablée dans la cuisine, fouillant compulsivement le journal local, en quête de bribes de ragots. Je rassemblai mes affaires et jetai un regard coupable sur la dizaine de cartons empilés dans la cuisine.

— Ça ne te dérange pas ? Je te promets que j'emporterai tous ces trucs au cottage, ce soir.

— Ne t'inquiète pas, ma chérie, répondit Annie avec un petit geste de la main pour me congédier. On n'a pas le choix et il n'y a pas urgence. Je suis sûre que ce que tu fais pour Henry est important, sans quoi tu ne t'épuiserais pas à essayer de résoudre son problème.

— C'est important en effet, confirmai-je, reconnaissante qu'elle se montre aussi compréhensive. Merci, Annie.

— Mais qu'est-ce que tu comptes faire de ce fatras ? grommela Jake qui entra en trébuchant dans la cuisine, les sourcils rageusement froncés. Tu ne peux pas laisser tout en plan, maintenant que tu as quelque chose de plus excitant à faire, Amber. Et si Annie se cassait la figure sur ces cartons ?

— Excuse-moi, protesta l'intéressée en pivotant sur sa chaise afin de fusiller Jake d'un regard sévère par-dessus ses lunettes. Si quelqu'un s'est cassé la figure sur quelque chose ici, c'est toi. Il est là à s'agiter avec ses grands pieds, à mal parler aux gens sans même avoir salué qui que ce soit ! Quel est ton problème, mon garçon ?

— J'ai juste hâte que le cottage soit terminé, répondit-il, maussade. Je croyais que ce serait le cas, à l'heure qu'il est.

— Moi aussi, répondis-je en regardant la pendule. Mais Henry…

— Henry, rien, me coupa Jake. Je lui ai demandé ce qui se passait quand je l'ai vu hier, et il m'a répondu qu'il ne voyait pas de quoi je parlais.

— Ah bon ? rétorquai-je, agacée que Henry n'ait pas pu baisser juste assez sa garde pour m'éviter de me retrouver dans le collimateur de Jake. Tu sais bien que c'est censé rester secret.

— Bref, je ne sais pas de quoi il s'agit, reprit-il, la voix lourde de sarcasme, mais je ne vois pas ce qui peut prendre aussi longtemps. Je sais que tu aimes être occupée, seulement tu ne peux pas te contenter de passer d'une chose à une autre sans rien achever.

— Si aider Henry me prend du temps, lui rappelai-je, c'est parce qu'on n'a pas d'accès à Internet ici, ni ce petit réseau si précieux. Tu le sais très bien. Et je ne passe pas d'une chose à une autre, merci beaucoup. C'est juste un contretemps, rien de plus. C'est quoi, cette attitude et ces questions pleines de sous-entendus ?

— Rien, répondit-il. Rien.

Et il donna un coup de pied rageur dans l'un des cartons.

— Bien, lâchai-je en levant les bras au ciel. À plus tard.

Et je me dirigeai vers la porte. À part sa saute d'humeur quand j'avais suggéré d'héberger la foire de mai, c'était un aspect du caractère de Jake que j'avais rarement vu et je ne peux pas dire que je l'appréciais beaucoup. Si j'avais su qu'aider Henry allait causer d'aussi nombreux problèmes, je n'aurais jamais accepté, mais il n'était pas question de revenir sur ma parole. Tout était signé, conclu et presque livré. Si j'abandonnai Henry maintenant, non seulement tout serait perdu, mais il aurait le cœur brisé.

— Je ne veux simplement pas que tu te fasses de nouveau aspirer, laissa échapper Jake à l'instant où mes doigts se posaient sur le verrou de la porte.

— Qu'est-ce que tu veux dire ?

— Est-ce que ce que tu fais pour Henry est lié à ton ancien travail ?

— Sois plus précis, lui intimai-je, rechignant à confirmer ou démentir ses soupçons.

— Je vois bien que toute cette activité te met en effervescence.

Je n'avais pas la moindre idée d'où il tirait cette conclusion. La plupart du temps, je me sentais patraque, nauséeuse et en proie à la panique à la pensée de ne pas être capable de tout régler dans les temps.

— Je n'en tire aucune « effervescence », répliquai-je. Crois-moi.

— Écoute, dit-il. Je t'aimais vraiment quand on vivait à Londres. Mais je t'aime bien plus depuis qu'on vit ici.

Je fronçai les sourcils.

— Je ne comprends pas. Qu'est-ce que tu essaies de me dire exactement ?

— Juste que tu as beaucoup changé depuis que tu vis ici. Je sais à quel point tu aimes la ferme et, pour tout te dire, j'ai juste peur que quelque chose surgisse, qui ait le pouvoir de t'éloigner d'ici. (Il poussa un soupir, l'air extrêmement malheureux.) Je ne veux pas te revoir t'embringuer dans la vie que tu avais avant. La vie que, d'après tes dires, tu étais prête à abandonner, tu te rappelles ?

— Je ne suis embringuée dans rien du tout, répliquai-je en traversant la cuisine pour le serrer dans mes bras. Et je ne m'en vais nulle part non plus. Mon cœur appartient à la ferme, ajoutai-je, avant de planter mon regard dans le sien. Je te promets que ce sera toujours le cas. Je t'en prie, n'aie aucun doute là-dessus. D'accord ?

— D'accord, fit Annie, qui se moucha bruyamment. C'est noté.

Je m'écartai de Jake. Pendant une minute, j'avais oublié qu'elle était là. Eh bien, de cette manière, ils connaissaient tous les deux la profondeur de mon attachement à la ferme.

— Écoute, repris-je, il faut que j'y aille. J'espère mettre un point final à cette affaire aujourd'hui, mais si tel n'est pas le cas, je t'en prie, ne mets pas en doute mon engagement envers cet endroit, ou envers toi, d'ailleurs. Tu es coincé avec moi, maintenant, conclus-je sur un sourire. Vous l'êtes tous les deux.

Le cœur lourd, je roulai jusqu'à Wynbridge, déçue que Jake ait seulement songé à mettre en doute mon engagement envers la Ferme aux Alouettes et les nouveaux projets, tous plus exaltants les uns que les autres, que nous commencions à voir se concrétiser. Je les aimais, lui, Annie, la ferme et tout ce qui y était associé. Et ce, depuis l'instant où j'étais arrivée et pas seulement à cause des magazines sur papier glacé que je lisais. J'aurais bien voulu qu'il prenne une seconde pour se rappeler que j'avais aimé tout ça, même s'il m'avait caché pendant très longtemps sa relation avec Holly et le fait qu'ils aient vécu au cottage. J'aimais tellement la vie à la ferme que j'avais consenti un effort colossal pour surmonter tous ces obstacles et voir au-delà.

Quand je dénichai une place de parking, la bibliothèque et le Café du Cerisier étaient ouverts, mais la question ne se posait pas de savoir où aller. La bibliothèque avait beau offrir plus de silence, elle manquait d'aliments caloriques propres à me réconforter.

Lizzie était en train de mettre en place l'un de ses ateliers de loisirs créatifs.

— Bonjour, me lança-t-elle avec un sourire éclatant. Ça va ? Tu me sembles un peu déprimée.

— Ça va, répondis-je en essayant de lui rendre ses salutations chaleureuses avec un sourire approprié. C'est juste que j'ai beaucoup à faire, ces temps-ci, et ne pas avoir Internet à la ferme, c'est un sacré handicap. Cela étant, ajoutai-je en reluquant sur le comptoir l'étalage de gâteaux tout juste sortis du four, venir jusqu'ici m'offre certaines compensations.

À l'évidence blasée de voir ces glaçages crémeux, Lizzie ne prit pas la peine de suivre mon regard.

— Je ne sais pas comment tu t'en sors sans Internet chez toi, reprit-elle en secouant ses boucles rousses, consternée. Je deviendrais folle si je ne pouvais pas relever mon compte Twitter et mes mails tous les jours.

— Il faut croire que je m'y suis habituée, répondis-je. Et je n'ai plus de compte Twitter en ce moment.

— Chacun son truc, soupira-t-elle. Laisse-moi juste deux secondes et je vais te chercher Jemma pour qu'elle prenne ta commande.

— Merci, Lizzie.

J'ouvris mon ordinateur et me mis au travail, bien décidée à régler les derniers détails de cette affaire aussi vite que possible.

— Bonjour, Amber, me lança Jemma avec un sourire. Qu'est-ce que je te sers ?

Elle était aussi enjouée que sa meilleure amie. Je lui rendis son sourire.

— Bonjour, répondis-je en examinant le menu du petit déjeuner.

Mon ventre ne trouva rien de mieux que de renchérir par un gargouillis bruyant. Je me sentis rougir : il était impossible que Jemma n'ait rien entendu. Heureusement, elle était trop polie pour commenter ces bruits intempestifs.

— Je sais qu'il est très tôt, repris-je en repoussant le menu entre les burettes, mais est-ce que tu crois que je pourrais avoir une tasse de chocolat chaud et un double muffin au chocolat ?

On avait vu mieux en matière de petit déjeuner sain, mais c'était ce qui me faisait envie et, comme Harriet l'avait plaisamment rappelé, j'avais encore un peu d'espace à remplir dans ma robe de demoiselle d'honneur, maintenant qu'elle était plus grande.

— Pas de problème, répondit Jemma, qui nota ma requête dans son carnet de commandes.

— C'est la seule chose que j'aie envie d'avaler, précisai-je pour me justifier, même si elle n'attendait rien de tel. Mon appétit est un peu instable en ce moment, ajoutai-je distraitement.

Je venais d'entendre le « ping » indiquant l'arrivée d'un nouveau mail dans ma messagerie et je l'ouvris impatiemment, pour voir s'il s'agissait de la nouvelle que j'attendais.

— Tu es enceinte, c'est ça ? me chuchota Jemma.

— Pardon ?

Mes yeux quittèrent aussitôt l'écran de mon ordinateur pour retourner se poser sur elle. Je n'arrivais pas à déterminer à son expression si elle plaisantait ou non. Le commentaire qui suivit m'indiqua qu'elle était sérieuse.

Elle tapota la pointe de son stylo sur son carnet de commandes.

— Quand j'ai été enceinte de mes deux gamins, mes repas étaient complètement à l'envers, expliqua-t-elle, comme si nous causions de la chose la plus naturelle au monde. Pendant les premiers mois, poursuivit-elle, mélancolique, ça a été pizza au petit déjeuner, bouillie d'avoine à midi et…

— Non, l'interrompis-je avec un petit rire nerveux. Non, je ne suis absolument pas enceinte.

— Ah bon, fit-elle en haussant les épaules, c'était juste une idée. Parce que Jake et toi, vous avez bien dansé autour de l'arbre de mai, non ? ajouta-t-elle en baissant la voix.

Comme je ne répondais rien, elle partit préparer ma commande.

La supposition incongrue de Jemma ne cessant de résonner de plus en plus fort à mes oreilles, je me hâtai d'envoyer les confirmations que Henry n'avait pas réussi à sécuriser, j'imprimai un itinéraire avec tous les détails et liens récapitulant ce qu'il devait faire ensuite, puis j'expédiai le tout sur sa messagerie. J'en avais enfin terminé, cependant je n'éprouvais pas le soulagement qui aurait dû être le mien. En fait, l'achèvement du projet s'était à peine enregistré dans mon cerveau.

Je refermai brusquement mon ordinateur, laissai de l'argent dans mon assiette, puis, abandonnant mon muffin à moitié mangé, je lançai le « salut » le plus joyeux que je pus produire et me dirigeai vers la pharmacie. D'ordinaire organisée à la perfection avec de petites étoiles dorées sur le calendrier de ma cuisine et mon agenda de bureau faisant office de sauvegarde à toute épreuve, je surveillai l'arrivée et la fin de mes règles avec une précision militaire. Plus d'une demi-journée de retard et je pianotais nerveusement sur mon bureau, impatiente de les voir arriver, mais à la ferme, je n'avais aucun de ces rappels visuels et, si j'étais totalement honnête, le souci de mon cycle menstruel était complètement passé à la trappe depuis mon déménagement.

Pendant que j'examinais les rayonnages, je me creusai la cervelle pour essayer de me rappeler ma dernière incursion dans le « rayon féminin », comme ma mère l'appelait, mais mes pensées étaient si confuses que je ne pus même pas hasarder une hypothèse. La panique s'était bel et bien insinuée en moi quand je regagnai précipitamment le parking non pas munie d'un, mais de trois tests de grossesse (par mesure de précaution), immensément soulagée de n'avoir reconnu personne dans la file d'attente.

— Génial, fit Jake en ouvrant la portière de la camionnette avant même que je n'aie coupé le moteur. Tu es de retour.

Je m'empressai de cacher les emplettes de la pharmacie, contenues dans un sac transparent, bon marché et guilleret, que je fourrai derrière mon ordinateur. Puis je sautai du véhicule en protégeant le tout contre ma poitrine.

— Je suis vraiment désolé pour tout à l'heure, lâcha-t-il.

Il donnait des coups de pied dans les pierres sur le sol poussiéreux, tel un enfant coupable. On aurait dit qu'il avait douze ans, et je savais qu'il était authentiquement désolé. Jusqu'à un certain point, je pouvais même le comprendre.

— OK, concédai-je, désireuse de filer à la salle de bains. Vraiment, je comprends.

— Tu me jures ? insista-t-il, penaud.

— Promis.

— D'accord. Alors laisse-moi t'aider, offrit-il avec un sourire.

— Non, répliquai-je sèchement, en resserrant ma prise sur mes affaires. C'est bon, je peux gérer.

Son sourire disparut, aussitôt remplacé par le froncement de sourcils que je commençais à connaître de mieux en mieux.

— Je suis vraiment désolé, tu sais, bredouilla-t-il.

À l'évidence, il n'était pas convaincu que je lui aie pardonné sa suspicion excessive.

— J'ai dit que je comprenais, répétai-je en passant devant lui pour m'engouffrer dans la maison. Pardon, mais j'ai juste très envie d'aller aux toilettes.

— Très bien, dit-il en haussant les épaules. (Sa bouderie était revenue.) Dans ce cas, dépêche-toi, qu'on transporte ces cartons au cottage.

Chapitre 43

— Amber !

J'entendis Jake m'appeler depuis le rez-de-chaussée, mais sa voix semblait me parvenir par-delà un million de kilomètres. Pour l'impression que j'en avais, il aurait tout aussi bien pu s'égosiller depuis une autre galaxie.

— Tu es tombée dans les toilettes ou quoi ? répéta sa voix. Tu viens ?

— Oui ! répondis-je en tremblant, avant que ma voix ne se brise. Laisse-moi juste une seconde, ajoutai-je, une fois que je me fus éclairci la gorge.

J'observai les trois bâtonnets de plastique en éventail sur le rebord de la fenêtre, les mains agrippées si fort au lavabo que mes articulations étaient devenues blanches. Je pris une profonde inspiration pour me forcer à rassembler mes pensées éparses.

Parvenue à bout de ma nausée, j'avais lu et relu chaque notice fournie avec les tests, puis tremblé quand un engourdissement s'était propagé avec régularité en moi avant de me paralyser. Il avait commencé quelque part en dessous de mes genoux mais paraissait vouloir à tout prix assujettir mon cerveau comme mon corps.

Je n'avais pas seulement grossi, donc. Pas seulement pris quelques kilos au niveau du ventre parce que j'avais mangé des gâteaux et des pâtisseries presque plus vite que je pouvais les enfourner.

Non, pas grosse. Enceinte.

Je fermai les yeux pour repousser la vue de ces lignes bleutées en ordre de bataille, mais elles étaient toujours là quand je rouvris les paupières. La première était apparue à une vitesse alarmante, de même que la troisième. C'était la deuxième qui avait pris son temps, mais elle était là cependant, preuve concluante que j'allais avoir un bébé. Le bébé de Jake.

À part quand nous avions dansé autour de l'arbre de mai, nous n'avions jamais évoqué l'idée d'avoir des enfants. Jusqu'à présent, notre relation ne s'était concentrée que sur nous-mêmes, la ferme et Annie, mais nous allions devoir aborder le sujet, désormais. Et bien que peu au clair avec ce que j'éprouvais (je ne m'étais même pas encore autorisée à penser à la minuscule vie qui poussait en moi en cet instant), je savais au moins une chose : ce n'était pas censé se passer de cette façon.

Jake et moi aurions dû être impliqués tous les deux dans le projet, non ? Nous aurions dû, après être tombés d'accord, essayer de concevoir un enfant, quand nous aurions assez roucoulé. Nous aurions dû choisir les tests ensemble. Il aurait dû attendre, en retenant son souffle, que j'agite les lignes bleues à son attention, puis il m'aurait prise dans ses bras, en caressant d'une main protectrice mon ventre encore plat…

— Amber !

Il ne m'aurait certainement pas braillé dessus depuis le pied de l'escalier.

— J'arrive !

Je rassemblai tant bien que mal tout le matériel dans le sac de la pharmacie, empruntai le couloir au pas de course jusqu'à notre chambre et fourrai le tout dans le tiroir du haut de ma table de chevet.

— Désolée, balbutiai-je, hors d'haleine quand je parvins enfin à la cuisine. Pardon.

— Bon sang, ça va ? demanda-t-il, l'air soucieux. (Il n'y avait soudain plus trace de colère dans sa voix.) Tu as une mine affreuse.

— Ça va, répondis-je. Je me suis sans doute trop précipitée.

Ce n'était certainement pas le bon moment pour révéler la vérité. Je voulais me faire à cette idée de grossesse non planifiée avant de lui en donner la possibilité. Puisque j'avais réduit à néant tout le scénario de la « découverte idéale », la scène au cours de laquelle j'allais partager la nouvelle avec le futur père devait être la perfection absolue.

— Oh ! tu as déjà tout chargé dans la camionnette, constatai-je en découvrant la soudaine absence des cartons qui encombraient la cuisine jusqu'à récemment. Je suis vraiment désolée de les avoir laissés aussi longtemps ici. Je sais que la situation a été un peu chaotique.

Jake secoua la tête.

— Non, répliqua-t-il. C'est moi qui suis désolé. J'aurais dû davantage t'aider sur ce projet, tu as pratiquement tout fait toute seule et, ajouta-t-il, je te demande pardon pour ce que je t'ai dit tout à l'heure.

— Je sais, le rassurai-je en lui prenant la main. Ne t'inquiète pas pour le cottage. Tu as déjà bien assez à faire de ton côté, avec le projet Porcelets et la récolte à venir. Par ailleurs, j'avais promis de m'en occuper toute seule. Simplement, je ne pensais pas que la requête de Henry me prendrait autant de temps. Mais s'il y a bien une chose dont je suis sûre, même si j'ai pu donner une impression différente, c'est que j'ai détesté chaque minute que j'y ai consacrée. Cela étant, ajoutai-je avec un sourire ironique, quand tu connaîtras le fin mot de l'histoire, tu comprendras pourquoi je ne pouvais pas refuser.

— Amber, soupira Jake en m'attirant dans ses bras, tu es vraiment une perle, tu sais. (Je ne pus m'empêcher de glousser en l'entendant citer Annie une fois de plus.) Tu fais toujours passer les autres avant toi, pour rendre les choses meilleures.

— Disons que je fais de mon mieux, convins-je en souriant.

Cette grossesse inattendue allait-elle améliorer les choses ou au contraire les compliquer bien trop tôt ?

— Je suis désolé de l'avoir perdu de vue, poursuivit Jake. J'aurais dû le savoir plutôt que de t'interroger. Tu en as bavé depuis que tu as abandonné ta carrière pour venir ici et je t'aime aussi pour ça, vraiment. Si je recommence à me conduire comme un imbécile, fais-moi plaisir, dis-le-moi, d'accord ?

— Pas de problème, répondis-je, soulagée. Tu peux compter sur moi.

Déballer les cartons du stock *vintage* du grenier et apposer ma touche finale constituèrent sans aucun doute possible la meilleure partie du projet de rénovation du cottage. Annie avait même réussi à confectionner des rideaux et des coussins à partir des piles de tissus que j'avais découvertes. Chaque pièce dégageait une authenticité si incroyable que je m'attendais à voir Ma Larkin de *Darling Buds of May* sortir de la cuisine où elle s'affairait, munie d'un plateau de petits pains à la saucisse ou de cocktails à base de gin.

— Alors, demandai-je en fixant le dernier rideau, qu'est-ce que tu en penses ?

J'avais effectué la plupart du déballage en pilotage automatique, parce que mon esprit n'arrêtait pas de se repasser les semaines qui venaient de s'écouler pour déterminer quand cette arrivée inattendue avait pu se produire dans ma vie. Impossible de le savoir, bien entendu, et même dans mon état confus, j'étais en mesure de voir à quel point l'ensemble avait fière allure.

Le calme que j'éprouvais me faisait l'effet d'un choc. Pour quelqu'un dont la vie n'allait pas tarder à se modifier au point de devenir méconnaissable, j'étais presque sereine, mais, de fait, à quoi m'aurait-il servi de paniquer ? Une crise de stress n'aurait rien changé à ce qui s'était passé et, quand je repensais à l'expression de Jake pendant que nous tournions autour de l'arbre de mai, je ne pouvais pas vraiment envisager qu'il soit autre chose qu'enthousiaste, une fois qu'il aurait surmonté le choc de cette adjonction inattendue à notre couple.

Si une chose pareille m'était arrivée un an plus tôt, j'aurais eu l'impression que ma vie entière était fichue, mais vivre à la ferme, entre Jake, Annie et tous nos espoirs et projets, m'amenait à penser que le cadeau d'un bébé pourrait être la pièce qui viendrait compléter le puzzle.

Jake, qui était arrivé, vint se planter à côté de moi. Il balaya les lieux du regard et hocha la tête en découvrant la pièce claire et spacieuse avec son joli mobilier *vintage*.

— Tu te rappelles quand on a parlé de cet endroit pour la première fois et que j'ai dit que j'envisageais de le faire raser ?

— Oui, répondis-je d'une voix hésitante.

Je croisai les doigts en espérant qu'il n'allait pas m'avouer son regret de ne pas l'avoir fait. Il afficha un sourire rayonnant.

— Eh bien, j'ai en quelque sorte l'impression que c'est fait.

— Que veux-tu dire ? m'étonnai-je. De quoi tu parles ?

Il désigna les lieux d'un cercle du bras.

— Tout ça donne l'impression d'être complètement neuf. La maison entière est différente, claire, rutilante.

J'éclatai de rire.

— C'est que tout est différent. Et la clarté provient de l'abattage des conifères.

— Non, répliqua-t-il, redevenu sérieux. C'est plus que ça. Le cottage entier dégage une aura complètement différente. On dirait qu'il a été purifié ou quelque chose du genre.

— Purifié ?

J'éclatai à nouveau de rire, incapable de comprendre ce dont il parlait.

— Exorcisé, si tu préfères. Non, ne ris pas. Je sais ce que je veux dire. Toute l'atmosphère a changé. Je n'aurais jamais cru pouvoir me sentir à l'aise ici, expliqua-t-il en me prenant la main. Mais grâce à toi, c'est le cas. Quand tu m'as parlé la première fois de tout ce truc *vintage*, je me suis dit que tu étais givrée, mais tu t'es obstinée et c'est absolument parfait.

— Merci, répondis-je en souriant.

Les joues en feu, je me demandai si le moment n'était pas finalement propice pour que je lui parle du bébé.

— Tu contribues vraiment à l'amélioration de tout ce que tu touches, Amber. Tu as le chic pour faire ressortir le meilleur en tout, qu'il s'agisse du bien commun, comme pour la foire de mai, ou de projets plus personnels, comme avec cette ferme. Tu me rends incroyablement heureux et je pense…, ajouta-t-il en me soulevant du sol pour me transporter dans la chambre à coucher, je pense qu'on devrait être les premiers à baptiser cette pièce avec une petite sieste crapuleuse. Qu'est-ce que tu en dis ?

Il me reposa sur mes pieds et je lui fus reconnaissante de ne pas commenter le tonnage supplémentaire qu'il venait de manœuvrer.

— Mince, grogna-t-il en fouillant frénétiquement son portefeuille. Bon, ben on va peut-être s'abstenir.

Ma tête me hurlait de lui dire que désormais, l'absence de moyen de contraception n'était pas un problème, mais mon cœur demeurait inflexible : ce n'était pas le moment. Et puis, cette annonce n'aurait certainement pas constitué les meilleurs préliminaires qui soient ! Pour dire à mon bien-aimé que je portais son enfant, il fallait une mise en scène prudente et une occasion très spéciale. Peut-être pourrais-je tirer parti de quelques moments volés avec lui pendant le mariage de Jessica et Henry, quand la ferme resplendirait.

Chapitre 44

Frénétiques. Telle serait la meilleure façon de décrire les derniers jours avant le mariage.

Les amis de l'heureux couple étaient venus déposer divers bocaux et bouteilles de verre pour que nous les transformions en bougeoirs afin d'illuminer le verger pendant la soirée. Et, à l'insu de Jessica, je m'étais adressée à Lizzie du Café du Cerisier pour lui emprunter, afin de parachever le tableau, des kilomètres d'une jolie guirlande dans un tissu à fleurs ainsi que quelques boîtes de conserve peintes dans des teintes pastel et garnies de fleurs fraîches pour les tables en extérieur.

Secrètement, je projetais aussi d'utiliser quelques bougies pour illuminer le chemin qui conduisait à l'emplacement préféré de Jake, au bord de la rivière : c'était l'endroit que j'avais élu pour lui parler enfin du bébé. J'avais repassé au moins un millier de fois la scène dans ma tête, j'avais même préparé un petit discours et j'en étais venue à éprouver la même impatience que Jess de voir le jour de son mariage arriver, afin que Jake et moi puissions enfin partager l'excitation de cette grossesse.

Par chance, la météo était toujours radieuse et le chapiteau fut hissé le jeudi, sans la moindre anicroche. Malheureusement, on ne pouvait en dire autant concernant le niveau de stress de Jessica qui allait croissant, à tel point qu'il menaçait de devenir totalement hors de contrôle.

— Tu vois, lâcha-t-elle en déboulant dans la cuisine de la ferme où elle laissa tomber un carton de bocaux de confiture sur la table. (Ils s'entrechoquèrent craintivement.) C'est toutes ces petites choses qui vont me faire perdre les pédales.

— Je t'ai déjà répété cent fois qu'on pouvait s'occuper de tout ça, protesta Harriet qui arrivait sur ses talons, pour déposer une demi-douzaine de sacs en plastique à côté du carton. Tu te mets les nerfs en pelote pour des choses qui ne sont même pas un problème. Ressaisis-toi, Jess, et laisse quelqu'un d'autre te soulager d'une partie de la pression.

Annie et moi échangeâmes un rapide coup d'œil tandis que l'interpellée décochait à son amie un regard noir capable de faire tourner le lait frais.

— Tu sais que tu peux nous laisser en charge de tout ce qui concerne le verger, Jess, déclarai-je en venant rapidement me planter entre les deux amies, afin de prévenir tout heurt. On t'a dit des centaines de fois qu'on s'occuperait des bougeoirs et de leur installation. Focalise-toi sur le chapiteau et les traiteurs.

— C'est Henry qui s'en charge, répliqua-t-elle en se mouchant bruyamment.

— Eh bien alors, charge-toi des voitures et des fleurs, suggérai-je.

— Ma mère a la haute main là-dessus, et sur l'église et les divertissements, et avant que tu n'évoques le sujet, le gâteau est presque terminé. C'est une vraie perfection.

— D'accord, conclut Harriet, les mains fermement appuyées sur les hanches. Dans ce cas, qu'est-ce qui te met dans un état pareil ?

— Oui, intervins-je de nouveau. Qu'est-ce qui te reste à faire, en fait, Jess ?

— Je dois aller à Norwich récupérer les robes, répondit-elle en consultant sa montre. Puis je vais chercher ma cousine à l'aéroport.

— Je vois très bien ce qui te fait paniquer, s'immisça Annie, un sourire ironique aux lèvres. Tout cela en quarante-huit heures ? Tu ne vas jamais arriver à remonter l'allée centrale de l'église, Jessica !

— Je sais, je sais, souffla Jess. Je perds un peu les pédales, non ?

Elle esquissa un petit sourire avant de se mettre à suçoter sa lèvre inférieure.

— Un peu ! ironisa Harriet.

— Vous n'aviez quand même pas cru que j'allais arriver au grand jour sans piquer au moins quelques crises de fiancée infernale, non ?

— Non ! nous écriâmes-nous en chœur, ce qui fit rire Jessica.

— Tu viens avec moi juste pour jouer la sécurité ? demanda-t-elle en plongeant son regard dans le mien. Pour un dernier essayage ?

Je me baissai aussitôt vers les sacs en plastique, afin de dissimuler mes rougeurs.

— Non, marmonnai-je. Je vais m'occuper des bougeoirs et puis, elle m'allait la semaine dernière, cette robe, je suis sûre que je n'ai pas mangé autant de gâteaux que ça depuis !

Ce fut finalement une bénédiction que je n'aie pas accompagné Jessica à Norwich parce qu'il s'avéra que Harriet n'était pas ce qu'on aurait pu appeler douée en matière de loisirs créatifs. Quand je levai les yeux pour voir où elle en était, je venais de terminer mon onzième bougeoir quand elle bataillait toujours avec le troisième.

— Comment se fait-il que tu puisses semer des graines aussi minuscules et manipuler des boutures aussi petites et que tu sois incapable de nouer un fichu ruban autour d'un bocal de verre ?

— Je ne sais pas, répondit Harriet avec un sourire penaud.

— Tiens, dis-je en lui passant le ruban et les ciseaux. Coupe-moi ce ruban et fais-moi tomber une bougie là-dedans, sans quoi on va y passer la nuit !

— Comment ça avance, au cottage ? demanda-t-elle en tirant une longueur de ruban sur la bobine, qu'elle réussit instantanément à emmêler.

— C'est terminé, lui répondis-je, toute fière. Et le résultat est incroyable, même si c'est moi qui le dis ! Je suis impatiente d'y accueillir mes premiers visiteurs, maintenant.

— Et Holly est toujours sur les rangs pour organiser les réservations ? s'enquit-elle.

— Absolument pas, répliquai-je, en me renfrognant. Comment es-tu au courant ?

— Elle en a fait mention au pub, le soir où Jake a mis les pieds dans le plat. Je pense que vous étiez au bar, tous les deux. J'ai eu l'impression qu'elle était très motivée, d'ailleurs.

— Eh bien, Dieu merci, j'ai pu rectifier le tir, le jour où on a débarrassé le cottage. Et on n'a plus entendu parler d'elle depuis qu'elle a pris des vacances, précisai-je, en retirant les ciseaux des mains de Harriet avant qu'il n'y ait plus de ruban disponible. Entre nous soit dit, j'espère qu'elle va être tellement occupée à soigner son bronzage qu'elle ne songera pas à essayer de me faire changer d'avis. Tu sais où elle est partie ?

— Aucune idée, répondit Harriet. En fait, elle est restée évasive quand je l'ai interrogée et ne m'a jamais donné de véritable réponse. Autrefois, elle se serait vantée pendant des semaines mais, cette fois, je suis aussi démunie que toi. Je ne serais pas surprise s'il y avait un homme là-dessous.

Je poussai vers elle, de l'autre côté de la table, un lot de bougies parfumées à la lavande.

— Tiens, la coupai-je, ignorant ses ragots. Essaie d'en mettre une dans chacun de ces bocaux sans faire aucune bêtise.

Harriet éclata de rire et s'attela à cette tâche élémentaire avec entrain. Nous œuvrâmes dans un silence amical pendant les minutes qui suivirent… J'imaginai Holly surgir à la réception du mariage, bronzée et splendide. Si j'avais décidé d'accepter le poste à Dubaï que m'avait offert mon chef, quelques mois plus tôt, mon propre teint aurait pu rivaliser avec le sien, mais j'étais heureuse d'avoir refusé.

Penser à Dubaï me rappela cependant que le délai que j'avais négocié était presque écoulé.

J'avais su à l'instant où j'avais posé le pied sur les terres de la Ferme aux Alouettes que c'était l'endroit qu'appelait mon cœur. Je ne voulais pas m'envoler à l'autre bout du monde pour un bronzage sans trace de maillot et un poste encore plus stressant que celui que j'avais laissé à Londres. J'avais eu tort de ne pas en avertir Simon plus tôt, je le savais, mais en toute honnêteté j'avais eu tant à faire pour m'acclimater à ma nouvelle vie que je n'avais pas accordé la moindre pensée à l'ancienne… jusqu'à maintenant. Je me promis sur-le-champ que dès le mariage passé, je lui passerais un coup de fil pour m'expliquer. Je lui ferais même part de la nouvelle de ma grossesse si Jake était aussi heureux à ce sujet que je l'espérais.

Je reposai le bocal que j'étais en train d'habiller et passai distraitement une main sur mon ventre.

— Ça va ? me demanda Harriet.

— Mieux que jamais, répondis-je en souriant.

Chapitre 45

Au grand soulagement de Jessica et au mien, ma robe de demoiselle d'honneur m'allait encore bien. Par chance, elle mettait en valeur mes nouvelles courbes, en restant du côté de la modestie et de la réserve et, même si la mère de Jess avait déclaré que son style était un choix « osé » pour un mariage, les quelques autres personnes ayant vu les robes les déclarèrent « à tomber ».

Une fois qu'elle eut encore plus choqué sa mère en refusant sa proposition d'un dîner de répétition et qu'elle eut interdit à Henry, en termes sans équivoque, de s'envoler pour Dublin avec ses potes du rugby pour s'adonner à « l'enterrement de vie de garçon du siècle », personne n'osa décliner quand elle requit la présence de chacun à La Sirène, la veille au soir du grand jour.

— Bon alors, tout est en place pour demain ? demanda Annie quand je la ramenai du chapiteau ce soir-là.

— Oui, répondis-je. Ce n'est pas trop tôt.

Suspendre la guirlande de bougeoirs nous avait pris du temps, mais le jeu en valait vraiment la chandelle, même si je n'étais pas certaine que Jake en convienne.

Il était tout sauf enchanté d'avoir perdu près d'un après-midi entier à nous aider, alors qu'il avait reçu sa propre liste de tâches de la part de Jessica, mais je m'étais dit que, dans l'état qui était le mien, grimper sur un escabeau branlant pour accrocher des bougies et des guirlandes n'était pas la meilleure des idées. Non que Jake soit au courant, bien sûr, ce qui, je l'espérais, expliquait toutes ses récriminations.

S'il avait su que j'étais enceinte, j'avais le sentiment qu'il se serait montré plus chevaleresque.

— Je ne vois pas pourquoi Harriet ne peut pas t'aider à faire ça, avait-il ronchonné quand je lui avais tendu des longueurs de tissus et de lumignons en apparence interminables.

— Parce qu'elle supervise les opérations sous le chapiteau, lui rappelai-je.

Certes, je l'admets, il ne s'agissait que de la moitié de la vérité. Après avoir vu le massacre qu'elle avait perpétré avec les lanternes, je n'imaginais même pas ce dont elle aurait été capable avec plusieurs mètres de guirlandes à fixer et une légère brise. Aussi m'étais-je gardée de mentionner auprès d'elle que j'avais besoin d'aide.

— On terminera bien plus vite, si tu arrêtes de te plaindre, avais-je avancé pour motiver Jake.

— Oh ! ne t'inquiète pas pour lui, me réconforta Annie en souriant. Quand il te verra dans ta robe, demain, il oubliera ces histoires de guirlandes et de lumières scintillantes !

— J'espère, fis-je en rougissant.

— En fait, poursuivit Annie, je ne serais pas surprise si vous aviez sous peu une annonce à nous faire, tous les deux. D'après mon expérience, un mariage à la campagne fait toujours ressortir le romantisme en chacun de nous.

Mon cœur s'arrêta de battre un instant à cette idée, puis je commençai à m'inquiéter : et si Annie s'avérait une traditionaliste fervente ? Peut-être serait-elle déçue que l'annonce que nous allions faire aille à l'encontre de la tradition.

— Eh bien, je ne suis pas au courant, répliquai-je pour essayer de lui faire abandonner la thématique nuptiale. Dis-moi plutôt : qu'est-ce que tu penses vraiment des changements que nous avons opérés dans le cottage ? C'est bien, selon toi ?

J'avais été choquée par la réaction d'Annie quand je lui avais fait traverser les pièces pour la première fois, après que la rénovation avait été achevée. Elle était demeurée silencieuse pendant l'essentiel de la visite et, quand j'avais finalement osé hasarder un regard vers elle, mortifiée à l'idée d'avoir eu tout faux, j'avais été sidérée de lui découvrir le visage humide et des larmes qui ruisselaient le long de ses joues, sans qu'elle songe à les essuyer.

— J'adore, répondit-elle avec un hochement de tête enthousiaste. Vraiment, même si, je dois le reconnaître, ça m'a flanqué un coup de voir de nouveau réunis autant d'objets que ma mère avait coutume d'utiliser. J'ai presque eu l'impression qu'elle allait entrer d'un instant à l'autre dans chaque pièce.

— Mais quel est ton sentiment, à présent, de voir tous ces objets si précieux disposés dans le cottage ? N'hésite pas : si tu préfères, je remonte tout au grenier et j'irai m'approvisionner ailleurs. La vente aux enchères propose un vaste choix de mobilier, donc je suis certaine de pouvoir dénicher mon bonheur là-bas.

— Absolument pas, répliqua-t-elle en me caressant la main. C'est parfait. Ne songe même pas à changer quoi que ce soit, ajouta-t-elle avec un clin d'œil.

Je l'embrassai sur la joue, immensément soulagée.

— D'accord, je vais m'abstenir.

Je la ramenai à la maison et, pendant que j'attendais que Jake vienne à bout de ses tâches dans le verger pour nous conduire à La Sirène, j'inspectai rapidement le contenu de la petite boîte que j'avais dissimulée sous une étagère du porche. J'avais prévu d'aller disposer, de bonne heure le lendemain matin, une couverture et quelques lanternes supplémentaires sur la berge, avant de me rendre chez Jess pour me préparer. Mon cœur battit follement quand je nous imaginai, Jake et moi, assis sous les saules, pendant que je lui parlais du bébé, de notre bébé. Je n'arrivais toujours pas à y croire. Physiquement, je ne sentais pas de grande différence, mais mon cerveau devait batailler pour penser à autre chose qu'à la petite vie fragile que je portais en moi.

— Tu es prête ?

Je pivotai, le cœur tambourinant plutôt que battant dans ma poitrine, désormais.

— Bon sang, tu m'as flanqué une de ces frousses ! m'exclamai-je, la main à ma poitrine. Oui, oui, je suis prête.

— Je vais juste me laver les mains, je change de chemise et on y va. Il vaudrait mieux ne pas faire attendre Jess.

— Comme tu dis, approuvai-je en souriant. Pour être franche, je ne sais pas trop si j'ai envie de cette soirée ou non.

— Moi non plus, admit Jake avec un sourire de conspirateur. On reste une heure et, si Jess est trop à fond, on s'esquive de bonne heure.

— À condition qu'on en ait le cran, gloussai-je.

Tout le monde était déjà là quand nous arrivâmes au pub et, grâce à la bouteille de champagne offerte par Jim et Evelyn, Jessica était bien plus détendue qu'elle ne l'avait été quand je l'avais vue un peu plus tôt.

— Je n'ai bu qu'un demi-verre, nous chuchota Henry avec un sourire rusé. Et visiblement, il a suffi de lui donner le reste pour la calmer. Elle est plus détendue que je ne l'ai vue depuis des semaines.

— Mais elle a été trop nerveuse pour avaler quoi que ce soit depuis le petit déjeuner, chuchotai-je à mon tour. Tu ne voudrais quand même pas qu'elle finisse complètement pompette.

— Oh ! je n'y avais pas pensé, marmonna Henry qui parut soudain déconcerté et beaucoup moins ravi de son plan sournois.

— Si elle a une gueule de bois demain, renchérit Jake avec un petit ricanement, je ne donne pas cher de ta vie, mon pote !

— Salut, vous deux ! nous lança Jessica qui se précipita pour nous serrer dans ses bras à nous en faire éclater les côtes. Je commençais à me dire que vous ne viendriez pas.

— Nous n'aurions manqué ça sous aucun prétexte, répliqua Jake en me tendant un verre de vin. N'est-ce pas, Amber ?

— Tout à fait, convins-je. (Bon sang, qu'allais-je bien pouvoir faire de ce verre ?) Mais tu sais quoi, ajoutai-je, mue par une soudaine inspiration, si ça ne te dérange pas, je vais me cantonner au jus de fruits, ce soir. Il faut au moins que l'un de nous deux garde les idées claires.

Et je repoussai le verre qu'il me tendait.

— Ça m'est égal, protesta Jake. Je peux prendre le volant pour nous ramener, si tu préfères.

— Non, pas de problème, insistai-je. Passe ce verre à Harriet.

— Si tu es sûre de toi…

— Sûre et certaine. Va boire une pinte avec Henry. Il a quand même raté une expédition à Dublin, après tout.

— C'est très généreux de ta part, me remercia Henry avant de me gratifier d'un petit baiser.

— Eh ! bredouilla Jessica. Pas de mamours avec ma demoiselle d'honneur, merci bien.

— Vous avez vu qui vient d'arriver ? intervint Harriet, soudain apparue à côté de moi. Regarde les couleurs qu'elle a. Elle n'a certainement pas fréquenté la plage de Cromer !

— Bonjour ! lança Holly, rayonnante, en se dirigeant d'emblée vers nous. Comment se portent nos fiancés ? Pas de crise de nerfs de dernière minute ?

— Pas encore, répondit Jessica qui embrassa l'air à environ un mètre de chaque côté du visage parfait de Holly. Mais il y a tout le temps. Bon sang, où tu es allée pour avoir un bronzage pareil ?

Tenant sa nouvelle « amie » à bout de bras, elle la reluquait de haut en bas.

— C'est un secret, déclara Holly d'un air suffisant. Je vous révélerai tout demain.

— Oh ! fit Jessica. Je brûle d'impatience.

— C'était le but recherché, s'esclaffa Holly. Ça ne te dérange toujours pas si j'amène quelqu'un, n'est-ce pas ?

Jessica fit clapoter son champagne par-dessus le bord de sa flûte.

— Pas du tout ! Plus on est de fous, plus on rit.

Harriet et moi échangeâmes un regard stupéfait. Ce n'était pas ce qu'elle avait dit quand elle nous avait demandé de l'aider à résoudre les subtilités des plans de table pour le souper sous le chapiteau ! Comment Holly était-elle parvenue à ce résultat ? J'allais devoir étudier sa technique d'un peu plus près, parce que sa capacité à embobiner les gens était ahurissante.

— Génial ! lâcha-t-elle avec un sourire. (Elle nous éblouit de ses dents d'un blanc nacré, d'autant plus blanc qu'il ressortait sur sa magnifique peau dorée.) Je brûle d'impatience. Quoi qu'il en soit, je ne devrais pas trop m'attarder à vous écraser de ma bonne mine, pauvres petits pâlichons !

Elle prononça ces mots avec un léger sourire aux lèvres, mais je n'étais pas entièrement convaincue qu'elle ne se moque pas de nous, plutôt que de plaisanter avec nous.

— Qu'est-ce que tu penses de ça ? demandai-je à Harriet pendant que nous la regardions s'éloigner d'un pas décontracté.

— Du Holly tout craché, répondit-elle en levant les yeux au ciel.

Je reportai les yeux sur elle.

— Vraiment ?

— Bon sang, oui. Tu penses que tu t'en es tirée mais, ensuite, tu piges et il est trop tard pour revenir en arrière.

— Une vraie méduse, constatai-je.

— Exactement. Tu ne sens pas la piqûre jusqu'à ce qu'elle soit partie. Elle s'est peut-être excusée, mais elle ne changera jamais.

J'étais surprise par l'aveu de Harriet.

— Hmm, fis-je en regardant Holly se hisser élégamment sur un tabouret et engager la conversation avec Jim. À ton avis, elle sous-entendait quoi par « je vous révélerai tout demain » ?

— Va savoir, soupira Harriet. Je n'ose pas imaginer.

— Tu ne penses quand même pas qu'elle compte éclipser les jeunes mariés ? demandai-je, les yeux comme des soucoupes.

— J'en doute, répondit Harriet. Pas maintenant qu'elle a déployé autant d'efforts pour faire de nouveau ami-ami avec tout le monde.

— Dans ce cas, qu'est-ce qu'elle manigance ?

— Aucune idée, répliqua Harriet en haussant les épaules. Mais ne t'inquiète pas : si elle commence à devenir incontrôlable, on lui demandera juste de partir.

— Tu en es sûre ?

Avant qu'elle n'ait eu le temps de répondre, Henry s'avança, et tout le monde se tut pour le regarder poliment : chacun s'attendait à une espèce de discours de prémariage.

— Bon, annonça-t-il, je vais ramener Jess à la maison.

— Quoi ?

Harriet et moi avions poussé notre cri ensemble.

— Tu n'es pas sérieux ? protesta Jake, les sourcils froncés. On vient juste d'arriver.

— Je sais, admit-il, mais je me suis trompé, question champagne.

— Je vais bien, déclara Jessica, avec un hoquet qui fendit l'air et provoqua l'hilarité générale. Très, très bien.

— Oui, convins-je en plantant mes yeux dans ceux de Henry. Tu as peut-être raison.

— Oh ! mon Dieu, gémit-il. Sa mère va piquer une crise.

— Emmène-la prendre l'air, suggéra Jake. Ça réglera son problème.

— À qui, à ma future belle-mère ? s'enquit Henry, visiblement perdu.

— Mais non, crétin, s'esclaffa Jake. Jess. Emmène Jess prendre l'air, pour l'aider à dessoûler.

— Je ferais mieux d'y aller avec vous, déclara Harriet. Juste au cas où elle ait besoin de quelqu'un pour lui tenir les cheveux sur le trajet du retour. Bon sang, je décroche toujours les meilleurs boulots.

— Quelle catastrophe ! geignit Henry. Je suis vraiment désolé, vous autres.

— Ne t'inquiète pas, le consolai-je en lui caressant le bras. Finalement, c'est sans doute une bonne chose qu'on se couche tôt, ajoutai-je en réprimant un bâillement. On se voit à l'église demain.

— Oh non, couina Jess en me serrant encore une fois dans ses bras. Vous vous en allez déjà ? Vous venez tout juste d'arriver.

— Oh ! par pitié ! la houspilla Harriet. Emmenons-la hors d'ici, Henry. Plus vite on la mettra au lit, mieux ce sera !

Chapitre 46

La journée de mariage de Jessica et Henry débuta exactement comme chacun l'avait espéré pour l'occasion, ensoleillée et lumineuse, mais traversée d'une petite brise qui avait juste assez de force pour dissiper une chaleur excessive. Ma première tâche fut de retrouver Harriet au chapiteau et d'y attendre l'arrivée de Jemma et Lizzie du Café du Cerisier. Il était de notre responsabilité de veiller à ce que le gâteau soit installé sur la bonne table et que tout le reste soit bien en ordre, ces touches finales étant censées coller aux standards exigeants de la perfectionniste Jessica.

Je traversai le verger et descendis vers le chapiteau, bien déterminée à faire de mon mieux pour que le grand jour de Jessica et Henry soit aussi harmonieux que possible, avant de foncer vers la rivière afin d'installer la couverture et les lanternes en prévision de la suite. J'étais certaine que les papillons dans mon ventre, la nuit dernière, devaient plus au bébé qu'à ma nervosité et je n'en étais que plus excitée de partager désormais la nouvelle avec Jake.

— J'espère que ça ne t'ennuie pas si nous avons déjà commencé ! m'interpella Jemma à mon approche.

Je contournai le chapiteau par l'arrière et découvris une camionnette Morris impeccablement retapée, chargée de boîtes à gâteaux rigides, garée à côté de l'entrée des traiteurs. Le logo montrant un joli cerisier et un cupcake m'indiqua sur-le-champ que le gâteau se trouvait entre de bonnes mains et que Jemma et Lizzie avaient les mêmes exigences, aussi bien à l'intérieur qu'au-delà des murs du café.

Jemma était sortie sur le seuil, légèrement hors d'haleine.

— Bonjour, Amber, lança-t-elle en souriant. J'ai presque terminé avec le gâteau.

— Bonjour, bonjour, renchérit Lizzie, toute joyeuse. Superbe journée pour un mariage en blanc, tu ne trouves pas ?

J'éclatai de rire, ce qui incita Jemma à lever les yeux au ciel, puis les deux amies recommencèrent à s'affairer dans leurs tabliers immaculés assortis, l'un et l'autre ornés du même élégant cerisier que celui du logo de la camionnette. Elles travaillaient avec une maîtrise parfaite et, pour la énième fois, je m'enthousiasmai de la splendeur de ce qu'elles avaient créé.

— Bon, fis-je après un coup d'œil à ma montre qui me révéla que le temps filait bien plus vite que je n'en avais eu conscience. Comment ça se présente ?

— Viens voir, répondit Jemma en s'écartant pour me laisser pénétrer sous le chapiteau.

La tour de cupcakes pastel, les fleurs offertes aux invités, les pochettes cadeaux artisanales pour les enfants et une infinité d'autres petites attentions délicates s'inscrivaient dans le thème campagnard *vintage* et élégant que – je l'avais deviné – visait Jessica et que parachevait la banderole peinte à la main, maintenant artistiquement accrochée derrière la table principale.

— C'est juste un petit cadeau supplémentaire de notre part, m'expliqua Jemma avec un sourire. Une idée de Lizzie. Qu'est-ce que tu en penses ?

— Waouh ! s'écria Harriet, radieuse, en débarquant enfin. C'est époustouflant !

Le rouge qui avait envahi les joues de Lizzie prit une nuance encore plus intense que ses cheveux et la pauvre agita une main dédaigneuse.

— J'espère qu'ils vont aimer. C'est la première que je réalise. Je peux l'ôter sur-le-champ si tu penses que ce n'est pas leur tasse de thé.

— Non, la rassurai-je, pas question. Laisse-la où elle est. Je sais qu'ils vont adorer, c'est magnifique.

— Bon, déclara Jemma, une fois qu'elle eut revérifié avec Lizzie que tout était en place. On ferait mieux de retourner au café. Lizzie donne un cours de feutrage, cet après-midi, et j'ai encore un millier de gâteaux à glacer, mais avant de partir, ajouta-t-elle en se tournant pour que je sois la seule à l'entendre, je peux te parler quelques secondes, Amber ?

— Bien sûr, répondis-je en la suivant dehors, vers l'arrière de la camionnette.

— C'est à propos de ce que je t'ai dit au café, l'autre jour, commença-t-elle, gênée, les yeux rivés à ses pieds. Comme quoi il y aurait peut-être une chance pour que tu sois enceinte.

— Eh bien ?

Je tentai de me concentrer sur ma respiration pour empêcher mon visage de me trahir en prenant une nuance violacée.

— J'espère que je ne t'ai pas blessée, expliqua-t-elle en me coulant un bref regard. Parce que tu as filé quelques minutes après, et je n'arrête pas de me répéter que c'est à cause de ce que je t'ai dit.

— Non, répliquai-je en veillant à garder un ton léger. Absolument pas.

Elle portait désormais sur moi un regard scrutateur.

— Tu es sûre ? insista-t-elle. Parce que je m'en voudrais beaucoup.

— Non, répétai-je. Honnêtement. J'étais pressée, c'est tout. Tu découvriras plus tard à la réception pourquoi, bluffai-je.

— Ouf, dans ce cas tout va bien, soupira-t-elle. J'étais tellement inquiète de t'avoir contrariée !

— Pas de souci, la rassurai-je avec un sourire.

Et je la serrai brièvement dans mes bras, car le moteur de la camionnette vrombissait déjà.

— Tu viens, Jem ? l'appela Lizzie depuis le siège conducteur. On est en retard.

— J'arrive ! Bon, ajouta-t-elle à mon intention, laisse le gâteau couvert jusqu'à la dernière minute et passe une merveilleuse journée !

Sur quoi, elle se rua vers la portière passager et grimpa dans le véhicule.

— Mais vous revenez, plus tard ? leur lança Harriet. Plus on est de fous, plus on rit.

— Oui, on a promis à Jessica. Dès que le café est fermé, on débarque à la réception.

Nous regardâmes la camionnette cahoter à travers champ, avant de regagner le chapiteau pour une ultime vérification.

— C'est épatant, non ? commenta Harriet avec un soupir rêveur.

— Oui. Si je me mariais, ce serait exactement ce que je voudrais.

Mon ancien rêve d'un mariage caribéen au bord d'une piscine avait définitivement été relégué aux oubliettes depuis mon arrivée à la Ferme aux Alouettes, et je me retrouvais joyeusement prise au piège de la splendeur brute des Fenlands et de la beauté romantique des vergers.

Harriet me tira de ma rêverie en tapotant impatiemment sa montre.

— On aura tout le temps de penser à ça. Tu es prête ? On est à la bourre.

— Je pourrais avoir dix petites minutes ? suppliai-je. J'ai une dernière chose à faire.

— Je vais t'attendre à la voiture. Mais si tu n'es pas là dans cinq minutes, je pars sans toi et tu t'exposes à essuyer toute seule la colère de Jessica en pleine gueule de bois.

— Mince alors ! gloussai-je tandis que nous refermions la porte du chapiteau. Elle était sacrément pompette, hein ?

— Je ne sais pas ce que Henry est allé s'imaginer, s'esclaffa-t-elle à son tour. Que Dieu lui vienne en aide si sa future femme se sent rien moins que rayonnante !

Juste quelques minutes plus tard, après avoir disposé les bougies, les lanternes et la couverture près de l'endroit préféré de Jake au bord de la rivière, je me mettais en route avec Harriet, pour le grand jour de Jessica et Henry.

Je n'ai jamais été quelqu'un d'exubérant quand il s'agissait de manifester mes émotions et Harriet pas davantage, pour ce que j'en savais, mais la vue de notre amie dans sa robe de mariée nous obligea l'une et l'autre à nous jeter sur un mouchoir.

Elle tournoyait devant le miroir en pied de sa chambre.

— Je sais que ce n'est pas une robe à froufrous ou quoi que ce soit d'approchant, concéda-t-elle avec un sourire, mais elle est bien quand même, non ? Elle me ressemble.

— Elle est parfaite de tous les points de vue, commentai-je en lissant ma propre robe, d'une coupe similaire.

Jessica avait opté pour une tenue crème à la mode des années 1950, sans bretelles et descendant à mi-mollet, avec une ceinture verte et de petites fleurs de soie rose pour piqueter sa coiffure et composer son bouquet. Nos robes de demoiselles d'honneur, avec leur bretelle tour de cou, étaient du même vert délicat que la ceinture de Jessica et nos petits bouquets de soie ainsi que les accessoires de nos coiffures s'accordaient parfaitement au rose des siens.

— Elles ne sont pas fabuleuses, ces fleurs ? s'enquit une Jessica rayonnante.

Elle n'avait finalement aucun mal de tête consécutif au champagne que Henry s'était bêtement échiné à lui faire boire. Aussi Harriet et moi échangeâmes des regards soulagés quand nous la découvrîmes à ce point heureuse et excitée.

— C'est Lizzie qui les a confectionnées. Ce qui me fait penser…, fit-elle soudain. Comment ça se présente, sous le chapiteau ? Tout va bien ?

— C'est splendide, Jess, répondit Harriet en reniflant. Je ne pense pas avoir jamais vu une salle de mariage plus jolie. C'est tout bonnement exquis.

Jessica, qui inspectait minutieusement ma robe, pour vérifier que la fermeture Éclair n'était pas ne serait-ce qu'un peu trop serrée, haussa un sourcil en croisant mon reflet dans le miroir. Je haussai les épaules, faute de savoir quoi répondre : il était en effet très surprenant d'entendre Harriet, la fille la moins fille, la moins fanfreluche que nous connaissions, se montrer lyrique à propos de fleurs et de décorations de mariage.

En fait, le choc fut presque trop violent quand nous pûmes enfin apprécier sa transformation au moment où elle sortit, intimidée, de derrière le paravent et glissa ses pieds menus dans ses escarpins. Chaque fois que nous nous étions rendues à la boutique de Norwich, elle avait refusé de sortir de sa cabine d'essayage et, mis à part savoir que la robe lui allait, même la future mariée ignorait tout du résultat final.

— Bon sang, Harriet ! Tu es vraiment une fille ! la taquinai-je.

J'étais plus habituée à la voir couverte de boue et portant une paire de bottes en caoutchouc Hunter pour comble de l'élégance.

— Oh ! ça va, hein, marmonna-t-elle, à moitié flattée, à moitié embarrassée.

Des voix et des claquements de portières au-dehors nous avertirent qu'il était presque temps de partir. Nous nous hâtâmes donc de parfaire nos coiffures et d'arranger nos robes, sans oser nous examiner mutuellement : le temps nous manquait tout simplement pour retoucher nos maquillages.

— Ça y est, les filles ? Vous êtes prêtes ?

La mère de Jessica avait l'air aussi vive et assurée qu'à l'ordinaire. Elle s'était tenue à l'écart pendant que nous nous habillions, préférant superviser la petite porteuse de fleurs et empêcher son mari de s'approcher trop près du bar et de modifier son discours.

— Les voitures sont arrivées, Jessica !

— Tu peux entrer, maman ! lui cria la future mariée. On est prêtes.

— Oh ! mon Dieu ! s'exclama-t-elle en se faufilant dans la pièce. Ce que vous êtes belles ! J'admets que j'avais des réserves concernant cette robe, Jessica, mais tu avais raison.

Dissimulées derrière nos bouquets, Harriet et moi enregistrâmes le choc sur le visage de Jessica.

— Alors maintenant, les filles, reprit la mère de la mariée en s'adressant à nous, tournez-vous que je puisse voir votre dos. Mmm, fit-elle en se renfrognant. (Son sourire s'estompa légèrement tandis qu'elle se mit à tripoter ses perles.) Je continue à penser que ces dos-nus constituent un choix osé. Tu ne voudrais quand même pas te faire éclipser, Jessica !

— Tout va bien se passer, maman, grommela cette dernière en refoulant sa mère vers la porte.

— De toute façon, il est trop tard pour y changer quoi que ce soit, j'imagine.

Nous échangeâmes un sourire, Harriet et moi, en nous gardant bien d'intervenir.

Chapitre 47

La messe de mariage se déroula sans encombre, et ce fut une assemblée très joyeuse qui partit à pied de l'église de Wynthorpe pour gagner le chapiteau cet après-midi-là, afin de faire la fête en grande pompe. Harriet, Jake et moi ouvrîmes les portes pour permettre à Jessica et Henry d'avoir le premier aperçu de l'intérieur époustouflant et, à en juger par leurs réactions, je peux affirmer sans crainte que les invités avaient du mal à ne pas s'attendrir.

Après le repas et les discours, l'heureux couple se dirigea vers la piste afin d'ouvrir le bal et je profitai de l'occasion pour aller vérifier qu'Annie se portait bien et la féliciter de son choix de chapeau, ce qui me valut une petite caresse.

Je trouvais le couvre-chef en question, un chapeau de paille décoré, tout à fait de saison. Certes, il avait connu des jours meilleurs, mais elle avait raison : vu que nous étions en plein milieu de la période de cueillette, la petite colonie de fruits en soie et en plastique perchée au sommet de son crâne était on ne peut plus appropriée.

— Il y a même une petite gerbe de blé glissée derrière, ajouta-t-elle en se tournant pour que je puisse bien profiter de l'effet. Si tu n'avais pas fouillé au grenier, je ne l'aurais jamais retrouvé.

Je ne savais pas trop si je devais me sentir coupable ou ravie. À en juger par la manière dont Jake secouait la tête, de l'autre côté de la piste de danse, je conclus que je devais pencher en faveur de la culpabilité. Quand la chanson de Jessica et Henry se termina, il se dirigea vers moi, dans son habit de cérémonie, bien plus chic et plus élégant que je ne l'avais jamais vu. Je remarquai que la couleur de sa cravate était assortie au vert de ma robe et la rose à sa boutonnière avait la même nuance que le tissu utilisé par Lizzie pour fabriquer les bouquets. Je lui souris et m'empourprai en songeant que nous étions décidément faits l'un pour l'autre, de toutes les manières possibles.

— M'accorderiez-vous cette danse ? demanda-t-il quand il fut parvenu jusqu'à moi, la main tendue.

— Bien sûr, mon cher garçon, répondit Annie, rayonnante. J'avais fini par croire que tu ne m'inviterais jamais !

Elle s'avança et je gloussai, au bord de la piste de danse, en regardant Jake qui entraînait sa tante dans de lentes rotations. Sa progression était ralentie par une grosse grappe de cerises qui semblait déterminée à le frapper dans l'œil chaque fois qu'il osait regarder dans ma direction.

— Tu t'amuses bien ? demanda une voix tout près de mon oreille.

— Holly ! fis-je en souriant. Bonjour ! Je ne t'ai pas vue arriver.

Nous nous examinâmes à la dérobée. Personnellement, j'avais toujours pensé qu'il était de mauvais ton de porter du blanc à un mariage si l'on n'était pas la mariée, mais peut-être avais-je tort. Par ailleurs, étant donné l'éclat de son teint, je ne pouvais la blâmer de vouloir le mettre en valeur. J'étais sur le point de la complimenter à ce sujet quand elle me devança.

— Tout le monde ne peut pas porter ce vert, lâcha-t-elle, sourire chaleureux aux lèvres. Mais avec tes cheveux bruns et ta carnation, ça fonctionne à peu près. (Je pinçai les lèvres, tentant de trouver une réplique.) Je n'en dirais pas autant pour Harriet, en revanche, poursuivit-elle.

Elle fronça le nez et désigna du menton le coin de table où se trouvaient la seconde demoiselle d'honneur et Rachel, occupées à se rapprocher d'un bol de fraises.

Pan, un petit coup de tentacule de méduse par procuration ! Non, je n'allais certainement pas mettre Harriet au courant, quand j'en aurais l'occasion.

— Comme je te le disais, je ne t'ai pas vue arriver, répétai-je, bien décidée à parler d'autre chose, plutôt que de me laisser entraîner dans un échange de vacheries. Tu as amené quelqu'un ?

— Oui, répondit-elle en regardant autour d'elle. Il est là quelque part. Tu le verras, tout à l'heure, sois-en bien certaine.

— Est-ce que ce mystérieux invité est parti en voyage avec toi ? demandai-je en me rappelant que, d'après Harriet, un homme était probablement impliqué dans la soudaine disparition de Holly.

Ses yeux de féline revinrent se poser sur moi.

— En quelque sorte, répondit-elle. Il se trouvait déjà à l'étranger. Je n'ai fait que le rejoindre pour passer un peu de temps avec lui.

— Eh bien, je suis impatiente de le rencontrer. Maintenant, si tu veux bien m'excuser, ajoutai-je en constatant que Jake, qui avait ramené Annie à sa table, se dirigeait vers moi, j'ai rendez-vous avec la piste de danse et mon splendide cavalier.

— Garde-m'en une ! minauda Holly à l'adresse de Jake, avant de se mêler à la foule des invités.

— Ce n'est pas mal vu de porter du blanc à un mariage si ce n'est pas toi la mariée ? demanda-t-il en la regardant s'éloigner.

Je n'avais aucune envie de discuter des choix de tenue de son ex.

— Hmm, fis-je en nouant mes bras autour de son cou. Bon alors, tu vas danser avec moi ou pas ?

— J'aimerais faire quelque chose d'autre avec toi, murmura-t-il en m'attirant doucement dans ses bras. Je t'ai déjà dit à quel point tu étais sublime dans cette robe ?

— Non, répondis-je en m'écartant, feignant de faire un caprice. Non, tu n'as rien dit.

Il s'empressa de me ramener entre ses bras pour m'embrasser dans le cou.

— Eh bien, tu l'es, chuchota-t-il. En fait, je ne pense pas pouvoir réussir à attendre qu'on soit au lit pour te montrer exactement tout ce que m'inspire ta tenue.

— Repos, soldat, répliquai-je en souriant. Si vous me retrouvez au bord de la rivière dans une heure, vous n'aurez pas à attendre jusqu'au coucher. Il y a quelque chose que j'aimerais te dire, ajoutai-je pour m'assurer qu'il n'aille pas s'imaginer un simple rendez-vous galant clandestin.

— Oh ! murmura-t-il. L'idée me plaît bien.

— C'est ce que je me suis dit, répliquai-je en m'approchant si près de lui que nos hanches se touchaient presque. Et maintenant, viens. Encore une petite chanson et je ferais mieux de retourner à mes obligations.

Le temps semblait ne jamais vouloir s'écouler, mais l'heure H arriva enfin, celle de m'éclipser du chapiteau, d'allumer les bougies et de repasser le discours que j'avais l'intention de lui tenir. Mon cœur battait une mélodie qui lui était propre pendant que j'observais, émerveillée, les minuscules lumières qui commençaient à scintiller dans les arbres et la jolie guirlande qui ondulait sous la brise. Toutefois, mon pas se fit vacillant quand j'atteignis la rivière. Les bougies y brûlaient déjà. Pourvu que Jake ne soit pas déjà arrivé. Je voulais installer la scène et je n'avais pas l'intention que quoi que ce soit vienne me déstabiliser. Je me sentais déjà nerveuse, mais je savais que tout irait bien si je parvenais à suivre mon plan.

Un mouvement brusque du côté d'un des saules attira mon attention. Comme mes yeux s'adaptaient encore au changement de luminosité, je ne pouvais que distinguer une silhouette masculine de haute taille.

— Salut, Amber.

— Dan ! m'écriai-je. Bon sang, qu'est-ce que tu fabriques ici ?

Mon cœur s'était mis à battre sur un rythme tout différent dans ma poitrine.

Il s'installa sur la couverture et tapota la place à côté de lui.

— Il faut que je te parle, répliqua-t-il en haussant les épaules. Quelqu'un m'a dit que tu avais l'intention de te livrer à un petit jeu de séduction par ici, alors je me suis dit que je pourrais en profiter. Rassure-toi, s'esclaffa-t-il, je ne resquille pas. J'ai été invité à ce mariage.

Mon cerveau parcourait à toute allure la liste des invités pour tenter d'identifier le coupable.

— Par qui ? demandai-je, sourcils froncés. Qui t'a invité et t'a dit que j'allais venir ici ? Je pensais que tu étais toujours à l'étranger.

Mes pensées embrouillées fusaient en tous sens, n'importe comment.

Je savais que Jake n'allait pas tarder et je voulais par-dessus tout que le cadre soit parfait et que nous nous retrouvions seuls, or je voyais bien à l'attitude de Dan qu'il n'était pas d'humeur à se laisser éconduire.

— Holly, lâcha-t-il simplement. C'est elle qui m'a invité et a entendu que tu susurrais des mots doux à Jake sur la piste de danse, comme quoi tu le retrouverais ici.

Holly. Ce simple nom fit courir un frisson le long de mon échine. Un pressentiment affreux m'envahit aussitôt.

— Elle est venue me voir à Dubaï, continua Dan. Et elle m'a demandé si j'aimerais l'accompagner ce soir, pour l'empêcher de faire des bêtises. (Je gardai le silence.) Tu connais Holly, n'est-ce pas ? insista Dan, obligé de lever les yeux vers moi puisque je ne réagissais pas. D'après ce que je comprends, vous êtes copines toutes les deux, maintenant.

— Je n'irais pas aussi loin, croassai-je.

Puis mon cerveau se mit à rechercher frénétiquement tous les indices qui auraient pu me prévenir de la tournure inattendue des événements. Mais je compris que Holly était trop intelligente pour m'en avoir donné un.

— Dan, repris-je, qu'est-ce que tu fabriques vraiment ici ?

Il y avait quelque chose de déconcertant dans sa soudaine apparition. S'il était vraiment de retour dans la région pour ce mariage, il aurait à n'en pas douter cherché à joindre sa famille un peu plus tôt dans la journée au lieu de se tapir dans les ombres et de surgir sur le lieu de mon rendez-vous secret. Mon cœur se serra encore un peu quand je compris que sa présence n'avait absolument pas pour but d'empêcher Holly de faire des bêtises, pour la bonne raison qu'il avait clairement l'intention d'en commettre lui-même.

— En fait, répondit-il, avec un sourire torve qui me crispa le ventre, je suis venu te rappeler qu'il était temps de rentrer.

— Comment ça, rentrer ?

— Simon attend ta réponse. J'ai récemment découvert que tu avais passé les six derniers mois à réfléchir pour savoir si tu voulais ou non de ce poste à Dubaï. Tu sais, le poste que je pensais être le mien. Ce poste dont tu t'es bien gardé de me dire qu'on te l'avait offert et qu'il serait à toi au moment où tu claquerais des doigts. Tu as juste joué à la fermière le temps que je lance l'affaire, c'est ça ?

Je sentis ma gorge s'assécher et mon cœur battre de plus en plus vite à nouveau. Et pas parce que j'étais excitée, non, mais parce que j'étais submergée par une peur nauséeuse qui dévorait tout. Je devais me débarrasser de lui et tout expliquer à Jake avant que Dan ne lui livre sa version amère et distordue des événements. Peut-être était-il convaincu du bien-fondé de sa colère, mais je n'avais fait que me plier aux exigences de Simon en gardant le silence sur sa proposition.

— Amber ?

Je faillis bondir en entendant Jake m'appeler à travers les arbres : trop tard !

— Elle est ici ! se hâta de répondre Dan, sabotant mon unique chance de rebrousser chemin et d'éloigner mon petit ami.

— Dan ?

— Salut, frérot, lança Dan en se levant d'un bond pour serrer affectueusement la main de Jake. Comment ça se passe, la vie à la ferme ?

— Super, répondit Jake, visiblement décontenancé. Génial, en fait. Mais qu'est-ce que tu fabriques ici ? C'est la surprise dont tu me parlais ? demanda-t-il en se tournant vers moi.

Je secouai la tête, mais Dan ne me laissa pas le temps de placer une parole.

— D'après ce que je comprends, vous avez de grands projets pour cet endroit, reprit-il. Mettre le cottage en location et des cochons dans le verger. C'est bien ça ? demanda-t-il en me fixant du regard.

— Comment es-tu au courant ? s'enquit Jake.

Il paraissait rien moins que ravi de voir son frère, à présent, et je savais que Dan n'allait pas me laisser la possibilité d'expliquer quoi que ce soit.

— Holly, croassai-je.

— Quoi ?

— Holly, répétai-je en m'éclaircissant la gorge, les yeux rivés sur Dan. Elle a changé de camp. Dubaï : c'est de là qu'elle tient son bronzage.

— Oh ! lâcha Jake, d'accord. Je vois. Donc Holly et toi, vous êtes ensemble, maintenant, c'est ça ? Vous êtes sans aucun doute bien assortis. Déterminés et entêtés. Le couple de rêve.

— Oui, convint Dan en souriant à Jake. Déterminés et entêtés. Mais en fait, c'est toi qui sembles avoir le chic pour te dégoter des femmes dans ce genre-là.

— Que veux-tu dire ? demanda Jake, perplexe.

— Ne dis rien, intimai-je à Dan, en m'avançant vers lui. Je t'en prie.

— Qu'est-ce qu'il ne doit pas dire ? insista aussitôt Jake.

Malgré ma supplique, Dan me désigna d'un signe du menton et n'hésita pas une seconde.

— Amber ici présente est une femme déterminée et entêtée, non ? Je suis venu lui rappeler que Simon attend sa réponse.

— C'est-à-dire ? s'étonna Jake, dont le regard quitta son frère pour venir se poser sur moi. Une réponse à quelle question ?

— Celle de savoir si elle voulait le poste à Dubaï : il lui a donné six mois pour l'étudier, pendant que j'allais là-bas faire tout le sale boulot et installer le bureau.

— Quoi ? s'écria Jake.

Ses yeux étaient devenus deux fentes minuscules. Je tentai désespérément de reprendre mon souffle, mais le sol tanguait sous mes pieds. Je n'arrivais pas plus à croire à la bassesse de Dan qu'à la longueur de l'inertie dont j'avais fait preuve.

— Quoi ? répéta-t-il.

— Oups, fit Dan avec un sourire. Désolé, tu ne lui en avais pas parlé ?

— Parlé de quoi ? gronda Jake.

— Je te le laisse, lança Dan qui recula en me dévisageant.

Je m'éclaircis la gorge et tournai vers Jake des yeux qui le suppliaient de comprendre ce que j'allais tenter de lui expliquer. Ce que j'aurais dû lui expliquer avant même qu'on ne monte dans le train qui allait nous amener à la Ferme aux Alouettes.

— Avant qu'on ne quitte Londres, commençai-je d'une voix tremblante qui restait coincée dans ma gorge, Simon m'a annoncé qu'il songeait à agrandir son entreprise. Il pensait installer un bureau à Dubaï et m'a demandé si j'avais envie de le diriger. Je lui ai tout de suite répondu par la négative, m'empressai-je de préciser. Mais comme il ne voulait pas me voir partir, il m'a proposé six mois de réflexion.

La mine stupéfaite de Jake m'indiquait qu'il ne comprenait rien du tout. Je n'étais d'ailleurs plus très sûre de comprendre de mon côté. J'avais laissé ma tête et mon cœur se passionner pour la vie à la ferme et repoussé indéfiniment l'envoi d'un simple « merci, mais non merci » par mail qui aurait tout réglé.

— Donc si je comprends bien, venir ici avec moi, c'était une sorte de congé sabbatique ? lâcha-t-il d'une voix au calme perturbant. Tu es venue ici dans l'idée de faire quelque chose de différent pendant quelques mois avant de disparaître à Dubaï ?

— Non, répondis-je. Pas du tout !

— Merde, je savais que tu ne faisais strictement rien pour Henry quand tu n'arrêtais pas de disparaître sous prétexte de vérifier tes mails. Tu échangeais avec Simon, c'est ça ? C'était ça, la grande nouvelle que tu voulais m'annoncer ce soir ? hurla-t-il. Une dernière nuit ensemble avant ton retour à Londres ?

— Non, sanglotai-je. Je n'ai jamais eu la moindre intention de partir. J'ai su à la seconde où on est arrivés que c'était le seul endroit au monde où je voulais vivre. En fait, je me suis tellement laissé emporter par tout ce qui s'est passé ici que j'ai complètement oublié Simon et Dubaï. Et maintenant, le voilà qui rapplique pour déclencher tout ce cirque, ajoutai-je en désignant Dan. Je ne sais pas pourquoi il m'a obligée à t'en parler, mais je te promets, je n'ai jamais voulu de ce poste et je n'aurais jamais dû quitter Londres sans l'avoir déclaré une bonne fois pour toutes à Simon. Tu me crois, n'est-ce pas ?

Mes yeux scrutaient frénétiquement Jake, en quête d'un indice, d'un espoir. Mais son visage demeurait indéchiffrable tandis qu'il se passait les mains dans les cheveux.

— Je ne sais plus qui croire, marmonna-t-il. À présent, les mois que nous avons passés ici m'apparaissent comme une imposture. Pendant tout le temps où je pensais que tu t'engageais envers Annie, la ferme et moi, en fait, tu avais une offre d'emploi en réserve sur laquelle te rabattre au cas où ça ne fonctionnerait pas. Holly avait raison à ton sujet, conclut-il en reculant d'un pas vers le verger.

— Pardon ?

— Elle m'a prévenu que tu ne resterais pas longtemps.

— Quand ? demandai-je. Quand est-ce qu'elle a dit ça ?

Je n'arrivais pas à croire qu'il ait parlé de moi avec elle sans m'en informer.

— Il y a des semaines, cracha-t-il méchamment. Elle m'a dit que tu allais t'ennuyer et que tu finirais par repartir et elle avait raison. Quand je pense que je me suis échiné à prendre ta défense.

— Mais elle se trompait complètement, sanglotai-je. Elle se trompe, répétai-je, plus fort, cette fois.

Je tentai de repousser l'image de Holly et Jake en tête à tête, occupés à disserter de ce que je voulais ou ne voulais pas. Combien de fois s'étaient-ils retrouvés ? Une fois par hasard ou à l'occasion de rendez-vous réguliers ?

— Je suis désolé, Amber, lâcha Jake. Mais même si c'est le cas, je ne pense plus savoir qui tu es.

— Je suis toujours moi. J'ai juste commis une erreur. Une erreur stupide. Tu es quand même capable de t'en rendre compte, non ?

Insensible à mon ton suppliant, il recula encore d'un pas et secoua la tête.

— Non, répondit-il, avant d'élever la voix. Pourquoi cet endroit ne vous suffit-il jamais ? Je pense que tu ferais mieux de partir.

— Quoi ?

— Va-t'en ! hurla-t-il.

Je restai plantée là, trop terrifiée pour bouger et trop choquée pour parler. À travers mes larmes, je le vis se détourner et regagner le chapiteau d'un pas chancelant. Dan entreprit de souffler les bougies et de rouler le plaid, comme si de rien n'était.

— Si j'étais toi, déclara-t-il en me le passant, je suivrais son conseil et déguerpirais dès que possible.

Je lui arrachai la couverture des mains.

— Qu'est-ce que tu racontes ? répliquai-je entre deux reniflements. On surmontera cette épreuve, tu verras. Je vais aller trouver Jake pour tout lui expliquer comme il se doit.

— Non, non, non, s'esclaffa Dan. Ça ne marche pas comme ça par ici et puis, tu l'as entendu : il désire que tu t'en ailles.

— Ne sois pas ridicule, rétorquai-je bravement. Ce n'est pas ce qu'il a voulu dire. (Je déglutis, de moins en moins sûre de moi au fil des secondes.) C'étaient des paroles prononcées dans le feu de l'action. Et ce sont mes affaires, Dan, les miennes et celles de Jake. Ni les tiennes, ni celles de Holly, ni même celles d'Annie. Jake et moi, on résoudra ces difficultés entre nous. Tu verras.

— Parce que tu penses vraiment qu'Annie voudra seulement poser les yeux sur toi quand elle découvrira ce que tu as fait ? Tu imagines qu'une seule personne ici sera prête à le faire ?

— Ce n'est rien de plus qu'une erreur stupide, affirmai-je sans détour. J'ai quand même bien le droit de commettre une erreur !

— Bon sang, Amber ! s'esclaffa Dan. Comment peux-tu être aussi aveugle ?

— Aveugle ?

— Aux yeux de Jake, c'est la même histoire qui se répète, répondit-il carrément. Tu l'as entendu : « Pourquoi cet endroit ne vous suffit-il jamais ? » Il pense que tu es comme Holly. Encore une femme aimée qui les trouve insuffisants, lui et sa bien-aimée Ferme aux Alouettes. Tu es juste une autre fille que ni lui ni cet endroit n'ont su satisfaire !

— Tais-toi, sanglotai-je. Ce n'est pas du tout ça !

— En tout cas, c'est ce qu'il pense. Et c'est ce qu'Annie va penser. Pour être honnête, ajouta-t-il, impitoyable, c'est ce que tout le monde va penser.

Je me tus, mais je sentais ma colère céder la place à de la peur. Si les mois passés à la ferme m'avaient appris quelque chose, c'était qu'on vivait ici sous le regard de tous et en rendant des comptes à tous. Rien à voir avec la vie urbaine où vous pouviez juste vous éclipser, passer inaperçu et résoudre vos problèmes en paix. Un carrousel étourdissant de visages déçus et réprobateurs tourbillonna devant mes yeux quand je commençai à me figurer la réaction des gens d'ici en apprenant ma prétendue supercherie.

Dan haussa les épaules, conscient du point qu'il venait de marquer.

— Comme je te l'ai dit, reprit-il, la meilleure chose à faire, c'est d'obéir à mon frère : épargnez-vous une scène humiliante, à toi-même et à lui, et prends un train pour regagner le monde auquel tu appartiens.

Chapitre 48

Toutefois, si je quittai la fête du mariage, ce ne fut pas seulement pour me ménager : il y avait désormais la question très réelle du bébé à prendre aussi en compte. Je n'en savais toujours pas beaucoup concernant une grossesse, mais je ne pouvais supposer que l'adrénaline, la peur ou un rythme cardiaque endiablé soient le cocktail le plus propice au développement sain d'un fœtus. À dire vrai, j'étais terrifiée. Non seulement on m'avait privée de ma grande révélation, mais je risquais par-dessus le marché de perdre l'amour de ma vie et la demeure que je chérissais.

J'avais presque atteint la maison quand je me rendis compte que je n'étais pas seule.

— Qu'est-ce que tu fabriques ici, Holly ? bouillonnai-je. Qu'est-ce que tu veux ?

La créature démoniaque sortit de l'ombre, avec sa robe blanche qui étincelait dans la nuit tombante.

— Je voulais juste m'assurer que tu allais bien, répondit-elle d'une voix mielleuse. Je pensais avoir entendu des éclats de voix, et Jake m'a paru contrarié quand il est passé devant moi, sur le chemin.

— Tu sais très bien que ça ne va pas, crachai-je. C'est toi qui as manigancé tout cet imbroglio pour bien t'assurer que ce ne soit pas le cas.

— Mais il ne s'agit pas que de toi, Amber, vois-tu, répliqua-t-elle en souriant. Et n'oublie pas que c'est toi qui as menti sur ce poste à Dubaï.

— Je n'ai pas menti, rétorquai-je. Je n'ai fait qu'obéir à Simon qui m'avait demandé le silence. Je pensais avoir adopté la bonne attitude.

— Il te suffit de jeter un œil sur Jake chéri pour voir à quel point tu te trompais. (Comment osait-elle l'appeler ainsi ?) Mais ne t'inquiète pas, dès que tu seras rentrée au galop à Londres, je l'aiderai à ramasser les morceaux. Laisse-moi un jour ou deux, et il ne se rappellera même plus ton nom.

— Il ne veut pas de toi ! m'esclaffai-je.

— Ah bon ? Tu en es sûre, Amber ? Si Jake ne voulait pas de moi, pourquoi est-il resté en contact avant que je ne parte à Dubaï ? Pourquoi a-t-il continué à chercher à me voir ?

— De quoi tu parles ?

— Il se trouvait partout où j'allais, répondit-elle. Chaque fois que je prenais mon téléphone, j'avais reçu un texto de sa part.

— Tu mens ! hurlai-je, mais j'avais la nausée.

— Pourquoi mentirais-je ? répliqua-t-elle en haussant les épaules. Tiens, regarde par toi-même, ajouta-t-elle en attrapant son téléphone.

Je détournai le regard.

— Non, sanglotai-je. Je n'ai pas besoin de voir ça. Tu es un poison, Holly, tu le sais ?

Elle ouvrait déjà la bouche pour répliquer, mais j'en avais assez entendu. Jake m'avait déjà ordonné de partir et Holly venait de me confirmer qu'il avait toujours envie d'elle. La preuve de ce désir se trouvait stockée dans son téléphone. Je lui passai devant pour me précipiter dans la maison, fis mes bagages et décampai.

Ce fut seulement une fois assise dans le train qui filait vers le sud en direction de Londres que je constatai n'avoir aucune idée de ce que j'allais faire quand je serais sur place. Je n'avais ni emploi ni domicile vers lesquels revenir.

Comment m'enfuir pouvait-il s'avérer une option plus sûre pour le bébé que rester, annoncer ma grossesse à Jake et tenter de mettre de l'ordre dans la situation ?

Mais naturellement, nos vies ne se résumaient pas à ça. S'il ne s'était agi que de quelques fils entremêlés, je les aurais suivis un à un pour les démêler, mais l'intrusion aussi soudaine que choquante du triangle amoureux constitué par Holly, Jake et Dan compliquait les choses au-delà du raisonnable. Quoi qu'il se passe désormais, quitter la Ferme aux Alouettes était la seule solution raisonnable, non ?

La ville m'apparut aussi étriquée que claustrophobique, vibrant d'individus qui vivaient leur vie à un rythme frénétique et, en dépit d'efforts soutenus, je ne parvenais pas à m'extraire du bruit et de l'agitation. Mon installation provisoire dans une chambre d'hôtel bondé ne fit qu'aggraver le problème, ainsi que mon manque de sommeil, mais la locataire de mon appartement m'interdisait d'aller ailleurs : je n'avais tout simplement pas d'autre choix.

Je demeurai hébétée pendant les premiers jours qui suivirent mon retour, m'aventurant dehors aussi peu que possible. Pour être honnête, j'étais encore secouée par le geste drastique que je venais d'effectuer et choquée par la rapidité avec laquelle la situation m'avait échappé. S'il avait seulement fallu affronter les cancans du voisinage concernant mon erreur stupide, j'aurais pu gérer, mais les conversations clandestines de Jake et Holly venaient ajouter une sensation de trahison au constat de ma stupidité.

En plus du choc d'avoir laissé la ferme derrière moi et de la peur de ne jamais trouver le courage de voir ce que Jake avait fait derrière mon dos, il y avait une douleur affreuse, un élancement terrible dans ma poitrine… Nul besoin d'être un génie pour comprendre que, pour la première fois de ma vie, j'avais bel et bien le cœur brisé. Quand j'avais vu des films ou lu des livres sur des gens qui déclaraient avoir le cœur brisé, j'avais toujours cru qu'il s'agissait d'un état d'esprit, rien de tangible qui concerne directement le corps, pourtant c'était bel et bien le cas. J'avais vraiment l'impression que mon cœur était déchiré en deux et aucune idée de la manière de recoller les morceaux, ni même si j'en avais envie.

S'il n'y avait pas eu le bébé, j'aurais probablement sombré bien plus profondément que je ne voulais bien l'admettre, mais jamais je ne m'autorisai à perdre de vue que j'étais responsable de la vie minuscule qui grandissait à l'intérieur de mon ventre. Ce bébé, aussi petit et peu formé qu'il soit, n'avait rien fait de mal. Il méritait le meilleur de ce que j'avais à offrir et non le pire. Et ce furent ces pensées-là qui me tirèrent finalement de ma stupeur et m'obligèrent à commencer à réfléchir avec un minimum de cohérence et à envisager comment je comptais avancer.

Ma première escale fut pour l'agence de location par l'entremise de laquelle j'avais loué mon appartement.

— Vous tombez à pic, déclara Annalise, l'agent en charge de mon bien, quand je débarquai sans m'être annoncée et me laissai tomber sur la chaise en face de son bureau. Nous avions l'intention de vous contacter. Votre locataire aimerait bien que vous songiez à vendre. Elle adore cet appartement, surtout sa magnifique cuisine, et elle serait prête à vous faire une offre très généreuse, bien au-dessus du prix du marché, ajouta-t-elle dans un chuchotement plein de sous-entendus.

— Waouh ! fis-je avec un faible sourire. C'est génial.

L'évocation de la cuisine qui m'avait été autrefois si précieuse me rappela la matinée où Jake s'était lancé dans la préparation d'un petit déjeuner anglais complet, ce qui m'avait précipitée dans des angoisses excessives concernant les éclaboussures de graisse et autres coquilles d'œufs égarées. Comment les choses avaient-elles pu changer autant en un laps de temps si bref et comment, ensuite, un stupide petit malentendu avait-il pu faire basculer la situation dans un chaos hors de contrôle et de ma portée désormais ?

— Puis-je lui annoncer que vous n'êtes en tout cas pas rétive à l'idée ? insista Annalise dont les doigts planaient déjà au-dessus du téléphone.

— Oui, déclarai-je. Tout à fait. Même si j'aurais besoin de deux semaines afin de m'organiser assez pour pouvoir déplacer les affaires que j'ai laissées dans l'appartement. Voyez-vous, je ne suis plus très sûre de l'endroit où je vais habiter à présent.

— Oh ! ça n'a pas d'importance, répliqua-t-elle vivement. La vente ne sera pas effective avant un peu de temps. J'en conclus que la vie à la campagne ne vous a pas convenu, au bout du compte ?

Elle inclinait la tête sur le côté, en signe d'empathie.

— Oui et non, répondis-je en récupérant mon sac et mon téléphone avant d'achever de me ridiculiser.

D'après ce que j'avais lu, les hormones de grossesse étaient très différentes des hormones normales. Bien plus difficiles à apprivoiser, pour commencer. Récemment, je m'étais retrouvée à pleurer à chaudes larmes devant des publicités nunuches à la télévision et que Dieu vienne en aide à tous ceux qui me témoignaient de la gentillesse ! Tout à coup, j'avais l'impression d'être impuissante à endiguer le flot et à refouler les larmes déjà prêtes à ruisseler.

J'agitai mon téléphone dans la direction d'Annalise.

— Tenez-moi au courant, bredouillai-je en m'éclaircissant la gorge. Je n'ai plus de problème de réseau, à présent.

Plus de problème de réseau, pourtant ça ne semblait guère préoccuper tous ceux que j'avais laissés derrière moi. Je n'avais pas reçu le moindre appel de qui que ce soit depuis que j'avais chargé mes sacs dans le taxi et filé à la gare. Je ne m'attendais pas à recevoir de nouvelles de Jessica, bien sûr. Henry et elle devaient profiter de la lune de miel en Autriche que j'avais passé tellement de temps à organiser.

J'aurais bien aimé être là pour voir sa réaction quand son époux avait exhibé les deux billets pour l'École espagnole d'équitation de Vienne, où elle pourrait admirer les célèbres figures effectuées par ses lipizzans. Je l'imaginais jacassant, tout excitée, à propos de l'atmosphère baroque du palais impérial, des pirouettes, des cabrioles et du gala, ainsi que de la visite spéciale qu'il avait été si difficile d'organiser.

Bref, non, je n'attendais pas de nouvelles de Jessica, en revanche j'avais espéré que Harriet chercherait à entrer en contact avec moi.

Ayant réussi à m'extraire de l'agence de location sans connaître l'embarras de larmes traîtresses, je hélai un autre taxi afin d'aller voir Simon et découvrir ce qui s'était passé pour que Dan revienne ricocher dans ma vie et la fasse si cruellement exploser.

— Oh ! Amber ! s'exclama Simon en secouant la tête quand je lui eus raconté les détails navrants des récents événements. Je suis désolé ! Si j'avais eu la moindre idée de sa réaction, je t'aurais prévenue.

— Je sais, dis-je en me mordant la lèvre pour arrêter mes larmes. Je sais, mais à quoi a-t-il réagi, exactement ? Est-ce que j'ai raison de supposer que les choses ne se sont pas bien déroulées à Dubaï ?

— Non, il y aura bel et bien un bureau là-bas, répliqua-t-il. Mais pas avec Dan pour le diriger. Je devine qu'il ne t'a pas informée de son licenciement ?

— Tu l'as renvoyé ?

— Oui, et, pour être honnête, je suis content d'en avoir terminé avec lui. Il a tout bousillé quand il aurait pu prendre la peine de bien faire le job, en fait. D'après les informations que j'ai pu recueillir auprès du reste de l'équipe et de ses notes de frais, il a passé le plus clair de son temps à prendre le soleil et à appréhender l'expérience comme de simples vacances !

— Oh ! je vois.

— La goutte d'eau qui a fait déborder le vase, c'est quand il a fait venir cette femme pendant deux semaines. Billet en classe affaires, aucune restriction question dépenses, apparemment ! Alors je lui ai fait régler son propre vol de retour, et celui de cette femme aussi, d'ailleurs, et je sais de source sûre qu'il n'a presque plus d'argent et très peu de perspectives.

Soudain, tout commençait à se mettre en place. Dan, habilement renseigné par les bribes de commérages très certainement rapportés par Holly, avait paniqué en réalisant qu'entre les mains de Jake les affaires de la ferme se transformaient, si bien qu'un futur radieux et rentable semblait se profiler à l'horizon. Si tout paraissait rose à la ferme et que sa vente n'était plus d'actualité, il ne risquait pas de mettre bientôt la main sur les biens d'Annie. Non qu'il ait été en droit de s'attendre à quoi que ce soit, naturellement, mais j'étais prête à parier que ce constat ne l'avait pas empêché d'espérer.

Je croisais tous les doigts que je pouvais pour que Jake et Annie aient vu clair dans les raisons de sa soudaine apparition et en aient deviné les véritables motifs ainsi que le pourquoi de la dizaine de bâtons au moins qu'il avait mis dans leurs roues. J'espérais aussi que mon absence n'avait pas douché leur enthousiasme pour sécuriser cet avenir de la ferme auquel nous avions travaillé si dur ensemble. Il était grand temps que la Ferme aux Alouettes prospère.

— Je suis désolé qu'il ait tout gâché pour toi, Amber, marmonna Simon quand je me levai pour partir. Je ne pensais vraiment pas qu'il puisse se montrer aussi malveillant.

— Moi non plus.

— Qu'est-ce que tu vas faire, maintenant ? demanda-t-il. Si je peux t'aider en quoi que ce soit, n'hésite pas à me le demander.

Je ne pus m'empêcher de regretter qu'il n'y ait pas davantage de personnes comme Simon de par le monde.

— Sans rancune, me lança-t-il quand je lui déclarai que je ne voulais ni du poste à Dubaï ni reprendre mon ancienne place au bureau londonien.

Je n'aurais pas du tout été surprise qu'il s'en veuille en partie de ce qui était arrivé parce qu'il avait commencé par refuser de me laisser partir. Si seulement j'avais pu me conduire de façon sensée et quitter ce poste définitivement avant d'aller m'installer à la campagne, aucun de ces tracas n'aurait pu voir le jour, mais il était trop tard pour s'appesantir là-dessus. La bombe avait éclaté, il ne me restait plus qu'à sauver ce qui pouvait l'être et à aller de l'avant.

— Je ne sais pas trop ce que je vais faire, répondis-je en haussant les épaules, mais il n'y a pas urgence. La vente de mon appartement va me rapporter un peu d'argent, donc pour le moment, ça ira.

Bien entendu, je devais aussi intégrer à l'équation et à mes calculs le fait que cet argent allait devoir durer deux fois plus longtemps, vu qu'il y avait un bébé à l'horizon, mais Simon l'ignorait.

— Encore félicitations pour les jumeaux, conclus-je en désignant la multitude de photos qui ornaient son bureau. Ça a été une adorable surprise.

— Hmm, c'est une façon de voir les choses, marmonna-t-il.

Je laissai Simon couver fièrement du regard les photos de ses bébés adorés, regagnai mon hôtel et pris rendez-vous avec mon médecin pour le lendemain.

Chapitre 49

— Vous savez que nous ne faisons plus vraiment ce genre de choses, déclara le Dr Green en se saisissant du flacon d'échantillon que je lui tendais, avant de me proposer une chaise. Surtout quand une patiente a entamé un processus de changement de cabinet médical.

— Je sais, répliquai-je, et j'apprécie votre geste. Mais étant donné les circonstances, je ne peux tout simplement pas prendre la moindre décision sur quoi que ce soit, jusqu'à ce que je sache que c'est réellement en train d'arriver et, pour ça, j'ai besoin de votre aide.

— Qu'est-ce qui vous fait douter de la fiabilité des trois tests effectués chez vous ?

— Je ne sais pas, répondis-je, désinvolte, alors que je cherchais à ne plus penser à la Ferme aux Alouettes comme étant « chez moi ». Je pense que je n'arriverai pas à y croire tant que je ne vous entendrai pas le dire.

Mon médecin avait été quelque peu sidérée quand je lui avais demandé si elle pouvait confirmer ma grossesse, surtout après avoir cru que je quittais Londres pour de bon. Cependant, une fois que je lui eus expliqué une partie de ce qui m'était arrivé et qu'elle eut posé un long regard sévère sur les cernes noirs qui soulignaient mes yeux et les larmes qui les baignaient, elle avait accepté de pratiquer le test.

— Eh bien, nous y voilà, déclara-t-elle en me montrant le résultat. Vous êtes bel et bien enceinte.

Je ne m'attendais pas à être sous le choc et pourtant je le fus. Sa confirmation m'amena à comprendre que ma vie ne m'appartenait plus et que, quelles que soient mes décisions – petites ou grandes – dorénavant, je faisais des choix pour mon bébé, notre bébé, à Jake et à moi, tout autant que pour moi-même.

— Merci, bredouillai-je en me relevant sur des jambes flageolantes. Merci.

— Voulez-vous que je vous prenne un rendez-vous avec une sage-femme ?

— Je ne sais pas, répondis-je. J'ignore encore où je vais vivre. Peut-être pas ici, bafouillai-je. Je ne sais plus rien.

— Eh bien, réfléchissez-y, déclara le Dr Green. Et tenez-moi au courant, mais n'attendez pas trop longtemps, d'accord ?

— D'accord, chuchotai-je. Et encore merci.

Je regagnai ma chambre d'hôtel, le cœur lourd, ma vie toujours en plein chaos. Pendant ma conversation avec Simon, j'avais peut-être joué la blasée concernant mes projets, mais en réalité, maintenant que ma grossesse était confirmée, je n'arrêtais pas de me demander si je n'aurais pas mieux fait de m'en tenir à mon plan initial, à savoir y aller au culot et rester à la Ferme aux Alouettes et attendre que Jake se soit assez calmé pour me dire ce qui se passait exactement entre Holly et lui. Malheureusement, il était trop tard pour rectifier le tir. Il allait tout bêtement falloir que j'apprenne à vivre avec ma décision et que j'aille de l'avant.

À un moment donné, je devrais bien informer Jake de l'existence de notre bébé, mais j'ignorais quand. Peut-être serait-il sensé de ne rien révéler tant que je n'aurais pas un ventre assez rond à lui montrer. Comme je ne pouvais lui en vouloir de ne pas me faire confiance, il n'y avait aucune raison de lui apprendre qu'il allait être père avant qu'il ne puisse en avoir la preuve par lui-même. Mais à quel moment ? J'avais peut-être la certitude d'être enceinte, j'ignorais depuis quand.

Mon téléphone vibra dans mon sac, et je l'en tirai en pensant que ce devait être Annalise, pour m'informer jusqu'à quels sommets au-dessus du marché ma locataire était prête à grimper, pourtant je me trompais. Il s'agissait d'un texto de Harriet.

« Tu peux venir ? Annie ne va pas bien. »

Pas un mot de plus. Aucun détail sur ce dont elle souffrait, si elle avait fait une autre chute ou si elle était de nouveau hospitalisée. Il n'était pas non plus précisé si c'était Jake ou non qui avait demandé à Harriet d'envoyer le texto.

Je tapai un bref message que j'envoyai. Silence radio.

Je restai près d'une heure dans ma chambre, à débattre toute seule des arguments pour et contre un saut dans un train qui me ramènerait là-bas. D'une certaine manière, cette simple idée était ridicule. Je n'étais de retour à Londres que depuis quelques jours. Je n'avais pas encore disposé d'assez de temps pour mettre au clair mes idées embrouillées ni élaborer aucun plan véritable, sans même parler de laisser la possibilité de retomber la poussière que Dan et Holly avaient soulevée à la ferme.

Si je retournais là-bas dans l'état de vulnérabilité qui était le mien, sans armure émotionnelle, sans barrière ou bouclier pour me protéger de la déception de Jake ou du regard perspicace d'Annie, j'ignorais comment je pourrais faire face. Cependant, le fin mot de l'histoire, c'était qu'il ne s'agissait pas seulement de moi, n'est-ce pas ? Quelque chose clochait avec Annie et je savais que je ne me pardonnerais jamais s'il lui arrivait quoi que ce soit et que je n'étais pas auprès d'elle. À supposer, bien entendu, qu'elle tienne à ma présence.

L'idée de ce qu'elle pouvait penser de la situation m'avait autant fait souffrir qu'imaginer ce que Jake avait traversé (ou pas, selon que Holly avait décidé de rester ou non dans les parages pour le consoler), mais j'avais beau chercher, il ne me semblait pas possible de dégoter une solution qui me permette de tout arranger.

En proie à la plus complète confusion, j'entrepris de préparer mes bagages pour retourner à la Ferme aux Alouettes, convaincue que je devais prendre le risque, parce que la vie était trop courte pour les regrets. C'était l'une des leçons que j'avais retenues.

Chapitre 50

Même si je n'étais partie que pendant quelques jours, mon retour à la ferme, dans la lumière éclatante d'une fin d'après-midi, ainsi que mes quelques pas sous le porche m'apparurent comme le meilleur et le pire accueil imaginable. Le meilleur parce que tout me semblait absolument parfait et le pire parce que la ferme n'était plus ma maison. Je ravalai la boule qui s'était formée dans ma gorge, soulevai le heurtoir et attendis les aboiements des chiennes, exactement comme elles l'avaient fait le soir froid, humide et venteux où Jake et moi avions entamé notre vie commune ici.

Je m'accordai quelques secondes, puis frappai à nouveau, mais le seul son qui parvint à mes oreilles fut celui des pulsations de mon cœur. Tout à coup, je me sentis exténuée, incapable de rassembler ne serait-ce que l'énergie de descendre jusqu'au verger pour voir si Jake s'y trouvait. Abandonnant mes sacs, j'allai m'asseoir dans le fauteuil à bascule d'Annie, au fond du petit jardin pour lequel je m'étais donné tant de peine, et je décidai de m'installer là jusqu'à ce que quelqu'un m'y découvre…

J'ignore combien de temps je restai à me balancer, tantôt somnolant, tantôt songeant combien j'aimais la ferme, Jake et Annie, mais sans doute longtemps parce que quand j'ouvris les yeux, réveillée par une tape délicate quoique insistante sur mon épaule, le soleil se couchait et la forte chaleur de la journée s'était dissipée.

Apparemment, mes yeux me jouaient des tours, car la personne qui me tapotait l'épaule n'était autre qu'Annie et elle avait l'air en pleine forme.

— Annie ?

— Ça va ? me demanda-t-elle. Tu m'as flanqué la frousse, cela fait des heures que j'essaie de te réveiller.

Elle fronçait les sourcils, les yeux plantés dans les miens.

Lentement, je me redressai dans mon siège et sentis mon sang fuser n'importe comment dans mes veines. Je refermai les yeux, histoire de rassembler mes pensées.

J'oubliai temporairement ma peur d'affronter sa déception.

— Ça va, lâchai-je enfin. Mais toi ? J'ai reçu un texto de Harriet me disant que tu n'allais pas bien. C'est pour cette raison que je suis revenue.

— Je vais bien, répondit Annie avec un sourire. Je n'ai rien qui cloche, plus maintenant, en tout cas.

— Donc tu as été malade, en conclus-je, de plus en plus décontenancée.

— Pas exactement, répondit-elle, en s'asseyant précautionneusement sur une chaise. Plutôt confuse. J'ai eu une espèce de tournis, comme ma mère avait coutume de le formuler, mais tout est presque revenu dans l'ordre, à présent. Et puis, ajouta-t-elle en soupirant, si le texto de Harriet n'avait pas fait l'affaire et n'avait pas suffi à te ramener, Jake projetait de conduire jusqu'à Londres pour tenter de te retrouver lui-même.

— Je suis désolée, Annie, mais il va falloir que tu m'expliques. Pourquoi serait-il venu me chercher ? Après tout ce qui s'est passé à la réception du mariage, je pensais qu'il ne voudrait plus jamais me parler. D'autant qu'il lui suffisait de m'appeler s'il tenait vraiment à me contacter.

— Je ne sais pas exactement ce qu'il a l'intention de te dire, ma chérie, mais j'ai l'impression qu'il ne s'agit pas du genre de conversation qu'on a au téléphone…

Elle allait poursuivre quand la camionnette se gara dans la cour et Jake en sauta. Je me mordis violemment la lèvre pour tenter de refouler les larmes qui avaient jailli dès l'instant où j'avais compris que c'était lui. Les chiennes, qui bondirent de l'habitacle, franchirent le portillon du jardin à toute allure à la seconde où elles m'avisèrent. Je me tendis vers elles pour les cajoler et embrasser leur tête soyeuse. Je profitai au maximum du temps qu'elles m'offraient afin de tenter de reprendre contenance.

— Je vais nous préparer du thé, déclara Annie, qui s'éclipsa avec tact du côté de la maison.

Oh ! pourquoi tout ceci était-il arrivé ? Pourquoi n'avais-je pas eu le bon sens de parler à Jake de cette stupide offre de poste, six mois plus tôt ? Mon cœur n'arrêtait plus de se briser. Je n'aurais jamais dû revenir.

— J'ai reçu un texto de Harriet, marmonnai-je quand je finis par trouver le courage de lever les yeux. Elle m'a écrit qu'Annie n'allait pas bien…

Je voulais vraiment lui expliquer ce que je fabriquais à la ferme, mais, comme les mots refusaient de sortir, je m'empressai de revenir aux chiennes. J'avais du mal à respirer avec ces fichues larmes qui me piquaient les yeux, sur le point de ruisseler à nouveau. Un sanglot étranglé s'échappa de ma gorge et, l'instant d'après, Jake franchissait le portillon, me relevait et m'embrassait passionnément, en me tenant dans ses bras.

— Je croyais t'avoir perdue, balbutia-t-il alors que ses propres larmes se mêlaient aux miennes. Je pensais que tu ne reviendrais jamais.

— Mais, moi, je pensais que tu ne voulais pas me voir revenir, sanglotai-je. Tu m'as dit de partir. Même Dan a dit que tu ne voudrais plus de moi dans les parages après ce que j'avais fait.

— Et il avait raison, admit Jake en me rasseyant dans le fauteuil. Mais seulement pendant cinq minutes ! Quand je suis retourné sous le chapiteau, j'ai croisé Henry qui te cherchait. Il m'a tenu la jambe pendant les heures, sans remarquer l'état dans lequel je me trouvais parce qu'il était trop excité par la perspective de raconter à tout le monde la lune de miel surprise qu'il était sur le point de révéler.

Il voulait t'avoir auprès de lui pour pouvoir te remercier de tout ce que tu avais fait. J'ai compris à ce moment-là que je m'étais planté sur toute la ligne et je me suis précipité vers la maison pour t'y retrouver, mais tu étais déjà partie.

— Parce que je t'obéissais, insistai-je en secouant la tête. Je croyais que tu voulais Holly. Elle m'a dit que vous vous étiez revus et envoyé des textos. Elle avait des tas de messages de toi dans son téléphone.

— Et tu les as lus ? s'enquit-il. Tu as vraiment vu ce que je lui ai envoyé ?

— Non, admis-je en me remémorant que j'avais refusé de regarder l'écran. Non, mais cette histoire de poste à Dubaï, insistai-je entre deux reniflements, j'aurais dû t'en parler avant qu'on ne s'en aille de Londres.

— Ça n'a aucune importance, trancha-t-il en secouant la tête. Considère que c'est oublié.

Seulement ça en avait pour moi, et je lui devais de me montrer totalement honnête.

— Si, c'est important, insistai-je. Parce que, pour être franche, au départ je me suis dit que je pourrais envisager cette possibilité, mais, à l'instant où on est arrivés ici, j'ai eu l'impression que tout se mettait en place.

— Je sais, me réconforta Jake. Je sais. Et moi, à la seconde où je me suis calmé, j'ai compris que je n'aurais jamais dû écouter les commentaires sournois de Holly. Tu te serais épargné tous les tracas de la foire de mai et du cottage si tu avais eu l'intention de partir, non ? Je voyais bien que tu cherchais à nous bâtir un avenir ici, ajouta-t-il en posant doucement la main sur mon ventre.

Mes yeux, jusqu'alors rivés sur son visage, allèrent se poser sur sa main, puis revinrent à son regard.

— Je suis au courant pour le bébé, chuchota-t-il. C'est pour cette raison que je n'ai pas cherché à te téléphoner. Je devais te voir en chair et en os.

— Mais comment ? m'étranglai-je. Comment tu le sais ?

Je n'en avais pas soufflé mot à quiconque.

— Quand j'ai vu que tes sacs n'étaient plus là, j'ai compris que tu n'étais pas simplement partie pour réfléchir et j'ai paniqué. J'ai passé en revue tout ce que tu avais laissé derrière toi afin d'essayer de deviner où tu étais allée. Je savais que tu ne pouvais pas retourner dans ton appartement puisqu'il était habité, mais à part supposer que tu étais rentrée à Londres, j'étais démuni. Bref, j'ai jeté un œil dans le tiroir de ta table de chevet et j'ai trouvé…

— Les tests de grossesse ! m'écriai-je.

— Eh oui, confirma Jake en souriant. Les trois. Pourquoi tu ne m'en as pas parlé ?

— J'avais l'intention de le faire à la réception du mariage, chuchotai-je. Ces bougies et ces couvertures, elles n'étaient pas destinées à Dan.

— Je me disais aussi, fit Jake avec un sourire.

Il m'attira de nouveau contre lui. Même si ce n'était pas du tout ainsi que je l'imaginais prendre connaissance de la nouvelle, nous pouvions au moins partager l'excitation de cette grossesse désormais, à supposer, naturellement, qu'il soit enthousiaste.

— Eh bien, merci de m'offrir le meilleur cadeau qu'on m'ait jamais fait, dit-il en déposant un baiser dans mes cheveux.

— Alors tu es content ? demandai-je.

En m'écartant encore une fois de lui pour jauger sa réaction, je me rendis soudain compte que je retenais mon souffle.

— Non, je ne suis pas content, s'esclaffa-t-il. Je suis sur un petit nuage !

— Je n'ai aucune idée de quand c'est arrivé, repris-je. (Le soulagement qui courait dans mes veines me déliait la langue.) Je ne sais même pas à combien de semaines j'en suis.

— On aura tout le temps de penser à ça, répliqua-t-il en resserrant son étreinte. Je ne prévois pas d'aller où que ce soit. Et toi ?

Nous restâmes assis là quelques minutes, à écouter les merles qui avaient élu domicile à la ferme et les poules qui caquetaient amicalement. Je ne cherchais plus à endiguer le flot de mes larmes, je voulais juste qu'elles se tarissent et que toute cette pagaille soit derrière nous, afin que nous puissions de nouveau nous concentrer sur la vie heureuse et éclatante que nous avions planifiée depuis le début.

— Tu as parlé à Amber de Patricia ? demanda Annie à Jake quand elle revint de la maison sur ses jambes chancelantes, munie d'un plateau de thé.

— Oh ! donne-moi ça ! s'écria Jake en se levant d'un bond. Non, pas encore.

— Elle va bien, j'espère ? demandai-je en reniflant.

Je me séchai les yeux avec le mouchoir qu'Annie me tendait.

— Oui, ma chérie, répondit-elle avant de se baisser pour me déposer un baiser sur le crâne.

— Annie pense avoir finalement compris comment Patricia s'est retrouvée dans la cour, le jour où le renard était dans les parages, déclara Jake.

Il était en train de disposer ce qui m'apparut comme le plus beau service à thé de la maison.

— C'était Holly ! annonça-t-elle sans préambule.

— Holly ? répétai-je, incrédule.

Et comme par magie, le 4×4 de Holly se gara à cet instant dans la cour.

— Oui, confirma Annie en se retournant pour lui faire signe de nous rejoindre. Je n'arrivais pas à m'en souvenir jusqu'à ce que je la voie à la réception du mariage et ça m'est revenu d'un seul coup. Et, avec un peu de chance, on va aller jusqu'au fond de l'affaire pas plus tard que maintenant.

Je n'avais aucune idée de ce qui se passait, mais, brusquement, toutes mes peurs et incertitudes revinrent me submerger. Si Holly était toujours dans le paysage, je n'avais plus aucune envie de m'attarder ici et de jouer à cache-cache au milieu de leurs histoires.

— Je ne sais pas ce qu'elle fabrique ici, Jake, murmurai-je en me levant, mais je ne reste pas. C'est au-delà de mes forces.

— Assieds-toi, m'intima Annie tandis que Jake me prenait la main. Elle est là parce que je lui ai passé un coup de fil depuis la maison, pour lui demander de venir. Je veux que tu entendes ce qu'elle a à dire pour sa défense, Amber.

À contrecœur, je me rassis et détournai ostensiblement le regard quand Holly franchit en courant le portillon du jardin.

— Oh ! Dieu merci ! se hâta-t-elle de s'exclamer. Tu es de retour, Amber !

— Je te l'ai dit, rétorqua Annie. Que ce retour était d'ailleurs la raison de mon appel.

Sidérée d'entendre ce que j'avais pris pour du soulagement dans la voix de Holly, je hasardai un rapide regard vers elle. Je fus surprise de découvrir qu'elle n'avait plus grand-chose d'élégant et de sophistiqué mais ressemblait davantage à la version contrariée et blême d'elle-même qui avait surgi à la ferme au lendemain de la chute d'Annie.

— Amber, murmura-t-elle en prenant le siège en face de moi, on s'est fait tellement de soucis. Le soir où tu es partie…

— Non, non, non, l'interrompit Annie. Commençons par le commencement, d'accord ?

— Est-ce vraiment nécessaire ? demandai-je en fixant Annie du regard.

— Oui, me répondit-elle, les yeux plus perçants que jamais.

Je me radossai à mon fauteuil et soupirai. Visiblement, je n'irais nulle part tant que je n'aurais pas entendu ce que Holly avait à dire.

— Vas-y, l'encouragea Annie. Finissons-en. Holly, je sais que tu as bien plus à dire que des regrets concernant ton attitude malveillante au mariage.

Holly secoua la tête et prit une profonde inspiration, mais resta muette.

— Oh ! bon sang ! s'agaça Annie. Je commence, dans ce cas ?

— Non, répondit Holly en s'éclaircissant la gorge. C'est bon. Après tout, c'est moi qui ai flanqué la pagaille.

— Dis-moi que ce n'est pas vrai, fit Jake.

Holly se mordilla la lèvre.

— Oh que si, répliqua-t-elle. La partie est terminée. Tu le sais, n'est-ce pas, Annie ? Tu sais que c'est moi, la responsable de ton accident.

— Quoi ? m'écriai-je, non sans déplorer que le choc causé par son aveu soit venu à bout de ma détermination à garder un silence de tombe.

— Ce jour-là, j'étais venue voir Jake, reprit Holly. Et on s'est disputées, Annie et moi. Alors je suis partie, ajouta-t-elle, tête basse. Et en chemin, j'ai déverrouillé le portillon du poulailler, laissé sortir Patricia et j'ai refermé.

— Quoi ? m'écriai-je. Mais pourquoi ?

— Parce que j'étais en colère. Et blessée.

— Je n'arrive pas à y croire, fis-je, sidérée.

— Je sais, sanglota-t-elle. Moi non plus. Je suis revenue pour essayer de me faire pardonner, mais il était trop tard. L'ambulance était déjà là.

Je n'en croyais pas mes oreilles. Tout le monde était persuadé que Holly avait un fond de méchanceté, je le savais, mais ce qu'elle avait fait allait au-delà de ce dont je l'aurais cru capable.

— Que s'est-il passé ? demandai-je en me tournant vers Annie. Comment tu as compris le fin mot de l'histoire ?

— Je me suis presque souvenue de tout à la réception, expliqua-t-elle. J'ai eu une espèce d'épiphanie. Je regardais Holly et Dan se disputer de façon affreuse, et la lourdeur de son pas quand elle s'est éloignée a fait resurgir des images dans mon cerveau : ce que j'avais vu le jour où je me suis cogné la tête. Mais c'est la première fois que mes soupçons sont confirmés. (Elle se tourna vers Holly.) Tu savais que j'avais découvert ton secret, non ?

— Oui, admit Holly, mortifiée.

Je repensai à la manière dont Holly avait surgi, le lendemain de l'accident, pour s'enquérir de la santé d'Annie. Même si j'étais soulagée que le mystère soit enfin résolu et qu'on m'ait ainsi lavée de tout soupçon, ces révélations ne dissipaient en rien la douleur de savoir que Jake et elle s'étaient vus en secret et avaient parlé de moi.

— Je sais que tu n'as aucune envie de rester ici à écouter ces histoires, Amber, reprit Holly en se penchant en avant pour me regarder droit dans les yeux. Pas plus que je n'ai envie de les admettre. Mais je veux que tu connaisses toute la vérité et que tu l'entendes de ma bouche.

— Tu ne me l'as pas déjà dite, cette vérité, l'autre soir, avant que je ne quitte la ferme ? lui rappelai-je. Tu as affirmé que tu étais ici pour aider Jake à m'oublier, qu'il avait toujours envie d'être avec toi et qu'il t'avait envoyé des messages en secret.

Jake secoua la tête.

— Tout ce que je t'ai raconté, ce n'étaient que des mensonges, avoua-t-elle. Il n'y a jamais rien eu dans mon téléphone, Amber. J'ai lancé une pique concernant ton attachement à cet endroit, pendant qu'on débarrassait le cottage, Jake et moi, mais ça n'est jamais allé plus loin. Il n'y a rien eu entre nous, Amber, rien. Je t'en prie, ne va pas t'imaginer qu'on se voyait dans ton dos, parce que c'est faux.

— Mais pourquoi tu m'as raconté cette histoire, alors ?

— Parce que j'étais jalouse de toi, Amber, jalouse de ce que vous êtes en train de faire de cet endroit, Jake et toi.

C'était rassurant d'entendre cet aveu, mais j'avais besoin d'en savoir davantage avant de vraiment comprendre tout ce qui s'était passé.

— Mais qu'est-ce que Dan est venu faire là-dedans ?

— Quand Dan a renoué contact avec moi, répondit-elle en s'empourprant, j'ai pensé qu'il était amoureux de moi et que je pourrais avoir moi aussi une relation qui s'apparenterait à la vôtre, à Jake et à toi. Mais j'avais tort. (Elle sortit un mouchoir de sa poche et se tamponna délicatement le nez.) Je pensais qu'on était bien accordés et qu'on pourrait être heureux ensemble, mais il ne songeait qu'à m'utiliser. Pendant la soirée du mariage, j'ai compris que tout était en train de partir en lambeaux et j'ai décidé de te faire du mal pendant que j'en avais la possibilité. J'étais jalouse que tu fasses fonctionner la Ferme aux Alouettes et que tu sois heureuse. Je suis vraiment désolée.

— Et lui-même, qu'a-t-il à dire pour sa défense ? demandai-je. Je ne le vois pas ici, venu endosser sa part de responsabilité pour son comportement.

— Je l'ignore, répondit-elle en haussant les épaules. Une fois qu'il a eu ce qu'il voulait, il m'a laissée de nouveau tomber et, maintenant, personne ne sait où il est.

— Que veux-tu dire par « laissée de nouveau tomber » ?

— On a eu une aventure, par le passé, avoua-t-elle. Harriet avait des soupçons, mais, quand Jake et moi nous sommes séparés, elle a promis de ne rien dire. Tu peux imaginer ce qu'elle pense de moi, maintenant. Rien que je ne mérite, sans doute. Je suis désolée, Jake.

Il haussa les épaules.

— J'avais des soupçons, de mon côté.

— Je me sens désolée, moi aussi, lâchai-je, à ma grande surprise, autant qu'à celle de mes interlocuteurs. Je me sens désolée pour vous tous, surtout pour toi, Holly.

— Merci, répondit-elle avec un petit sourire. J'aurais dû savoir que c'était trop beau pour être vrai.

— Je n'arrive toujours pas à croire que Dan se soit donné autant de mal, fis-je en secouant la tête. Que s'est-il passé, la nuit du mariage ?

— Selon nous, il a paniqué, répondit Jake en reprenant la suite de cette sordide histoire. Quand il s'est rendu compte, grâce à tout ce que Holly lui avait dit, que la ferme était en plein essor, sa méchanceté a pris le dessus et il a avoué la débâcle de Dubaï. Il était tellement pressé de mettre la main sur cet endroit qu'il s'est dit qu'en te mettant hors circuit, Amber, tous tes efforts seraient réduits à néant. Il avait très certainement supposé que, sans toi, nous ne voudrions pas continuer et que nous vendrions. Lui en revanche serait toujours là, avec une chance de mettre la main sur une part du butin.

— Mais son sale petit plan n'a pas fonctionné, n'est-ce pas ? demanda Annie en me fixant de son regard perçant si caractéristique. Parce que tu reviens, pas vrai ?

Mon regard passa d'Annie à Jake, pour finalement se poser sur Holly. Je constatai que, même si elle avait l'air fatiguée et inhabituellement débraillée, elle donnait aussi l'impression de s'être soulagée d'un grand poids. Pour la première fois depuis le mariage, je voyais la route qui se profilait devant moi. Maintenant que j'avais enfin entendu toute la vérité, je pouvais prendre une décision en toute connaissance de cause.

— Oh que oui, répondis-je avec un grand sourire. Je n'ai pas le choix. Mon cœur refuse de battre correctement ailleurs, on dirait.

— Et maintenant qu'il bat pour deux, tu es obligée de rester, ajouta Jake avec mélancolie.

— Pour deux ? glapirent Annie et Holly d'une même voix.

Jake me prit la main et y déposa un baiser.

— Oui, répondit-il en souriant. Amber et moi, on va avoir un bébé !

Épilogue

Même en nous y mettant à deux, Jake et moi ne parvînmes pas à déterminer exactement le jour où j'étais tombée enceinte. Cependant, d'après mon nouveau médecin au cabinet de Wynbridge, ma date d'accouchement devait tomber autour de la Saint-Valentin. Il était incroyable de penser qu'en moins d'une année ma vie, déjà devenue presque méconnaissable, était sur le point de connaître la plus grande transformation de toutes.

Quand la vente de mon appartement londonien fut finalisée, je me fis livrer les quelques cartons que j'avais remisés dans le placard. Jake et moi en passâmes ensemble le contenu en revue et, pendant que je feuilletais les pages de mon vieil agenda de travail, je me rendis compte à quel point j'avais besoin que ma vie change, à cette époque. Soit, il me suffisait de jeter un œil à mon reflet dans le miroir de ma chambre pour savoir que, grâce à Jake, à Annie et à la Ferme aux Alouettes, ma vie s'était en effet transformée de bien des façons que je n'aurais jamais crues possibles !

Quelques photos mises à part, je ne gardai rien du contenu de ces cartons. La nuit de Guy Fawkes[1], le 5 novembre, m'offrit l'occasion parfaite pour me débarrasser enfin des restes de mon ancienne existence et, à côté de pommes de terre enveloppées dans du papier aluminium, mon agenda,

1. Fête célébrée en Grande-Bretagne pour fêter l'échec de la Conspiration des poudres en 1605, au cours de laquelle des insurgés tentèrent de faire sauter le Parlement. (NdT)

mon carnet d'adresses et mes dossiers allèrent alimenter les flammes du gigantesque feu de joie, tandis que mon téléphone portable était empaqueté pour s'en aller dans un pays lointain transformer la vie de quelqu'un qui en avait davantage besoin que moi.

Les mois s'écoulèrent lentement, passant paisiblement d'une récolte de pommes exceptionnelle aux frimas de l'hiver et, quand le 17 janvier arriva, je commençai à me demander si ma date d'accouchement n'était pas bien plus proche que je ne l'avais pensé au départ. J'étais littéralement aussi grosse que le cottage, dans mon esprit du moins, si bien que l'on dut m'escorter dans le verger pour prendre part au *waissail*[1], de peur que je ne glisse sur le sol dur et verglacé. Jusqu'à la nouvelle année, je n'avais jamais entendu parler du *waissail*, mais j'étais désormais tout à fait savante en la matière, de même que sur l'importance du rituel annuel consistant à bénir les arbres et à demander une belle récolte. J'étais impatiente qu'on verse du cidre chaud autour des racines de l'homme-pommier, l'arbre le plus vieux et le plus robuste du verger, et qu'on suspende des tartines imbibées de cidre dans ses branches.

Annie et moi avions été sur pied toute la journée, à nous affairer et à tout préparer pour les festivités de la soirée, et nous nous mîmes en route tous ensemble pour le verger, sous un ciel étoilé et une pleine lune qui brillait de façon théâtrale.

Je fus stupéfaite devant le nombre de gens qui avaient bravé le froid vif de cette nuit-là. Plus tard dans la soirée, ils seraient nombreux à se rendre à pied jusqu'aux vergers voisins afin de poursuivre cet important rituel. J'étais bien contente que la Ferme aux Alouettes figure en première

1. Rituel du sud de l'Angleterre qui consiste à honorer les pommiers afin de s'assurer que la récolte sera abondante et qu'on pourra en tirer un bon cidre. (NdT)

position sur leur liste, parce que mon dos me faisait souffrir et j'avais plutôt envie de me chauffer les pieds devant un bon feu.

— Ça va ? me demanda Harriet.

— Juste un peu fatiguée, répondis-je.

— Tu ne devrais sans doute pas être là du tout, déclara Jessica, qui s'obstinait à essayer de boutonner mon manteau et à réarranger mon écharpe autour de mon ample circonférence.

— C'est ce que je lui ai dit, intervint Jake en enchaînant sur le propos des filles.

— Je ne pouvais manquer cette cérémonie sous aucun prétexte, répliquai-je. Je l'attends depuis des jours !

Harriet passa son bras sous celui de Rachel et Jessica but une gorgée de cidre dans la vieille choppe cabossée de Henry. J'étais surprise de constater que nombre de visiteurs avaient apporté leurs propres tasses et mugs, mais, apparemment, cela faisait partie de la tradition.

— Tu n'as pas froid ? s'enquit Jake qui chercha à enrouler les bras autour de moi. Parce que personnellement, je me gèle.

— Comment veux-tu que j'aie froid avec tout ce rembourrage ? m'esclaffai-je. Non, ça va. Sauf en ce qui concerne mes orteils, évidemment.

— Je te ferai un petit massage plantaire, quand on sera rentrés, me chuchota-t-il.

J'éclatai de rire.

— Toi, tu connais le chemin qui mène à mon cœur.

Cela faisait des semaines que je n'avais plus vu mes pieds, sans même parler de les atteindre.

— J'espère bien que c'est le cas, depuis le temps ! s'exclama-t-il sur une petite étreinte.

Nous restâmes là à observer les faces rubicondes de nos voisins et amis, qui se réchauffaient autour des braseros et se chauffaient avec reconnaissance les mains à leur mug. Les enfants couraient dans tous les sens autour des arbres, sans oublier de se gaver des pommes d'amour collantes qu'Annie et moi avions passé la journée à confectionner.

Le verger avait eu fière allure cet été-là, pour le mariage de Jess et Henry, mais il y avait de la magie dans le spectacle qu'il offrait à présent, éclairé par la lumière des torches et d'un feu de camp, empli de rires, pendant que l'obscurité refluait, hors d'atteinte, sur son pourtour et je me dis qu'il me plaisait encore plus en cette occasion.

De grandes choses se profilaient à l'horizon pour la Ferme aux Alouettes. De fait, malgré les protestations d'Annie, une partie du bénéfice que j'avais tiré de la vente de mon appartement avait beaucoup réduit son découvert. L'arrivée imminente du bébé était maintenant la plus grande source d'excitation, bien sûr, mais nous attendions aussi avec impatience les porcelets, dans quelques semaines, ainsi que de nouveaux poussins et, après le succès de l'année précédente, nous nous apprêtions à accueillir de nouveau la foire (où je me garderais bien de danser autour de l'arbre de mai). Les réservations pour le cottage pleuvaient et Jake voyait lui aussi augmenter ses commandes en cidre.

L'avenir de la Ferme aux Alouettes semblait bel et bien radieux. Alors, tandis que je regardais Annie qui faisait passer le pichet de cidre et mes autres amis qui riaient à la lueur des flammes, je ne pus m'empêcher de me réjouir d'avoir échangé une existence urbaine contre ma nouvelle vie à la campagne.

Crumble aux pommes et aux mûres

Aucune visite de la Ferme aux Alouettes ne saurait être complète si l'on n'a pas goûté quelques-unes des merveilleuses pommes qui poussent dans ses vergers et une ou deux poignées de mûres que les haies environnantes fournissent en abondance. Voici donc une recette de crumble toute simple qui combine délicieusement les deux.

Ingrédients

Pour la garniture :
6 grosses pommes à cuire
Une ou deux poignées de mûres

Pour le crumble :
400 g de farine
100 g de flocons d'avoine
200 g de beurre doux ramolli
150 g de sucre

Préparation

Comme il faudra un peu de temps pour peler, ôter le trognon et détailler les pommes en petits morceaux, avoir un bol d'eau à portée de main pour les y plonger afin d'éviter qu'elles brunissent.

Une fois l'opération terminée, verser les fruits soit dans une grande casserole (avec 3 cuillères à soupe d'eau), soit dans un cuiseur vapeur, et chauffer doucement pendant quelques minutes seulement. Personnellement, je préfère utiliser un cuiseur vapeur, car les pommes ont tendance à mieux y conserver leur forme. Une fois qu'elles ont ramolli, couper le feu et préparer le crumble.

Verser la farine dans une grande jatte et malaxer le beurre dedans jusqu'à l'obtention d'une texture comparable à celle d'une chapelure fine.

Ajouter le sucre et les flocons d'avoine au sablé et bien mélanger en utilisant un couteau.

Disposer les pommes à cuire dans un grand plat allant au four et éparpiller les mûres sur le dessus. (En fonction de la saison, vous pouvez les remplacer par des cassis, des groseilles à maquereau ou des prunes détaillées en morceaux.)

Couvrir la garniture de l'appareil à crumble, enfourner le plat pour 20-30 mn à 180 °C jusqu'à ce que le crumble prenne une jolie teinte brun doré.

Servir avec beaucoup de crème fraîche ou de crème anglaise.

Et savourez un vrai goût de la campagne !

Sirop de fleurs de sureau

Pour un goût rafraîchissant et désaltérant d'été, impossible de trouver mieux que quelques gouttes de sirop de sureau fait maison mélangées à de l'eau pétillante ou à du vin, qui ajouteront des bulles à un pique-nique ensoleillé.

La saison où ramasser les têtes ébouriffées de ces fleurs est brève (à partir de la fin mai) et veillez à ne pas choisir celles qui poussent le long des routes, parce qu'elles peuvent être polluées par les gaz d'échappement. Et si vous les récoltez sur des terrains privés, commencez par demander la permission.

Recette pour 1,5 l de sirop :

Ingrédients

30 fleurs de sureau fraîchement cueillies
1,7 l d'eau
50 g d'acide citrique (aisément disponible en pharmacie)
3 citrons (coupés en rondelles et dont on a prélevé le zeste)

Préparation

Secouer précautionneusement les fleurs pour que tous les insectes qui se seraient attardés dedans puissent s'enfuir !

Dans une grande casserole, porter lentement l'eau et le sucre à ébullition et maintenir l'ébullition jusqu'à ce que le sucre soit complètement dissous.

Retirer du feu et laisser refroidir.

Une fois le mélange refroidi, ajouter l'acide citrique, les citrons tranchés et les zestes, ainsi que les fleurs. Mélanger.

Couvrir et laisser infuser pendant vingt-quatre heures. Filtrer et verser dans des bouteilles stérilisées.

Si vous le gardez dans un endroit sombre et frais, ce sirop se conservera pendant plusieurs semaines. Une fois ouvert, gardez-le au réfrigérateur.

Pommes d'amour

Les adultes comme les enfants affectionnent ces friandises aussi rapides que faciles à réaliser. Elles font partie des grandes vedettes particulièrement appréciées à la foire et au *wassail* de la Ferme aux Alouettes.

On peut les préparer deux jours à l'avance, ce qui n'est pas un mince avantage quand on organise une fête !

Ingrédients

8 pommes (de n'importe quelle variété autre que des pommes à cuire)
400 g de sucre de canne
4 c. à soupe de mélasse
100 ml d'eau
Il vous faudra également :
8 bâtonnets en bois
Un thermomètre de cuisson

Préparation

Couvrir les pommes d'eau bouillante pendant quelques secondes. L'opération permet de retirer la pellicule cireuse et, même si elle n'est pas absolument nécessaire, je trouve qu'elle aide le sirop à adhérer.

Sécher minutieusement les pommes, ôter les tiges et insérer les bâtonnets à la place. Chemiser un moule de papier sulfurisé, y disposer les pommes et mettre de côté.

Chauffer l'eau progressivement, jusqu'à ce que le sucre soit complètement dissous, puis y ajouter la mélasse et porter le mélange à 150 °C.

Ôter du feu et plonger chaque pomme dans le sirop en la faisant tourner et rouler.

Replacer sur le papier sulfurisé, une fois que les excès de sirop se sont bien égouttés dans la casserole.

Petit bonus

Si vous en avez envie, avant que le sirop ne fige, vous pouvez rouler les pommes dans des noix concassées ou des centaines d'autres fioritures possibles, en fonction de vos goûts personnels.

Savourez !

Réalisations faciles pour un joli pique-nique

À la fin d'une longue et chaude journée, il n'y a rien de plus agréable que de se prélasser jusqu'au soir dans un long goûter-pique-nique qui s'éternise. Ces quelques réalisations faciles lui donneront des allures de grande occasion et transformeront un simple repas en une réunion mémorable.

Guirlandes

Comme vous pouvez le voir sur les couvertures de mes livres et mon compte Instagram, j'ai une immense affection pour les guirlandes. Elles donnent de l'allure à un cadre, parachèvent la décoration de n'importe quelle pièce et transforment une simple réunion au jardin.

Les instructions ci-dessous vous permettront de fabriquer des guirlandes non réversibles, faciles de réalisation et parfaites pour être suspendues à une clôture ou sous l'avant-toit d'une maison de vacances.

Il vous faudra :

Un assortiment de cotonnades pour réaliser les drapeaux : 2-3 carrés de 50x50 cm suffisent. Un mélange de tissus unis et à motifs permet d'obtenir le résultat le plus satisfaisant. Personnellement, j'aime associer les fleurs, les pois et les rayures, mais chacun son truc !

Environ 3 m de bande de biais de 2,5 cm de large, d'une couleur assortie

Des ciseaux de couture et à cranter
Des épingles et un découseur
Du fil de coton assorti
Une machine à coudre
Du papier A4 ou du carton fin pour le patron du drapeau

Réalisation

Dessiner et découper le patron triangulaire.

Épingler le patron sur le tissu et découper soigneusement la forme en utilisant les ciseaux à cranter (ce qui empêche le tissu de s'effilocher et vous évite des coutures superflues). Répéter l'opération jusqu'à ce que vous ayez assez de drapeaux pour la longueur de guirlande voulue.

Espacer les drapeaux de façon régulière sur la bande de biais (ne pas oublier de laisser au moins 40 cm à chaque extrémité pour accrocher les guirlandes), puis replier le bord le plus court par-dessus. Fixer à l'aide d'épingles et faufiler afin que l'ensemble soit prêt à passer à la machine à coudre.

Piquer au point droit le long du bord de la bande de biais, puis ôter le faufil.

Suspendez le résultat, reculez d'un pas et admirez !

Bougeoirs

Quand le jour commence à tomber, allumer des bougies au jardin crée une magie particulière, et ces bougeoirs sont si rapides, bon marché et faciles à réaliser qu'il n'est nul besoin de lésiner sur la quantité !

Il vous faudra :

Un assortiment de bocaux en verre de toutes les formes et toutes les tailles

Des longueurs de ficelle, de fil de fer ou de ruban joliment imprimé (en fonction du style que vous visez)

Du sel gemme

Des bougies

Réalisation

Si les étiquettes sont jolies, vous pouvez les laisser. Sinon, savonner les récipients jusqu'à ce qu'elles soient faciles à décoller.

Choisir la ficelle, le fil de fer ou le ruban que vous allez nouer autour du goulot.

Remplir le fond du récipient d'une épaisse couche de sel gemme et poser une bougie dessus.

Disséminer les bocaux allumés dans le jardin et entre les jardinières.

Abandonnez-vous à la magie de l'ambiance !

Remerciements

Comme toujours, j'ai énormément de gens à remercier pour leur amour et les encouragements qu'ils me prodiguent dans ma vie d'autrice et, cette fois-ci, la liste est dix fois plus longue !

Tout d'abord, je tiens à remercier les membres de ma famille qui jouent un rôle qu'ils connaissent désormais de mieux en mieux, avec une assurance et une compétence accrues, sans la moindre pointe d'impatience. Paul continue à m'offrir son temps, son amour et sa compréhension. Quant à Oliver et Amelia, ils supportent mes incessantes divagations sur les traits de caractère, retournements de situation et comptages de mots avec une endurance stoïque.

Travailler avec la fabuleuse équipe de Books and the City continue d'être un rêve. Mes questions sans fin reçoivent leurs réponses, on me donne des conseils chaque fois que j'en demande, on répond en un clin d'œil à mes mails et coups de téléphone, on conçoit de splendides couvertures pour mes livres, on effectue un travail de correction parfait et le résultat… ce n'est pas un, mais deux romans dont je suis fière !

Ensuite, j'aimerais prendre dans mes bras mes camarades auteurs, la Romantic Novelist' Association et les blogueurs de livres du monde entier. Je ne peux pas exprimer assez toute la gratitude que m'inspire votre soutien à tous. Vous vous êtes fait les champions enthousiastes de mon travail sur les réseaux sociaux et au-delà. Sachez que chaque tweet, chaque recommandation me fait chaud au cœur !

Je voudrais aussi remercier mes merveilleux amis et collègues de la St Mary's Junior School à Long Stratton. L'intérêt que vous manifestez pour le temps que je passe à mon clavier ou à griffonner dans ma voiture pendant la pause déjeuner est toujours le bienvenu. Monsieur Dingle, vous finirez bel et bien par vous retrouver un jour dans l'une de mes intrigues, alors ouvrez l'œil. Et merci à vous, Posh (*alias* madame Daniels), pour m'avoir fourni les noms de deux des poules de la Ferme aux Alouettes.

Et enfin, merci à vous, chers lecteurs. J'ai été tout simplement submergée par l'amour que vous avez manifesté pour *Le Café du Cerisier* et j'espère que vous trouverez une place dans votre cœur pour *La Ferme aux Alouettes*. Que vos étagères, aussi bien virtuelles que réelles, soient toujours pleines d'histoires fabuleuses.

Heidi

Composé et édité par HarperCollins France.

Imprimé en mars 2023
par CPI Black Print (Barcelone)
en utilisant 100% d'électricité renouvelable.
Dépôt légal : avril 2023.

FSC
www.fsc.org
MIXTE
Papier issu de
sources responsables
FSC® C159065

Pour limiter l'empreinte environnementale de ses livres, HarperCollins France s'engage à n'utiliser que du papier fabriqué à partir de bois provenant de forêts gérées durablement et de manière responsable.

Imprimé en Espagne.